MARIA BARBAL | Ein Brief aus der Ferne

Das Buch
Vom katalanischen Bergdorf in die große Stadt Barcelona. Anfang der sechziger Jahre zwingt Leandre, ein alter Patriarch, seinen Sohn und dessen Ehefrau dazu, mit ihm nach Barcelona zu ziehen und dort ein Lebensmittelgeschäft zu eröffnen. Einer Laune folgend verpachtet Leandre den gesamten Landbesitz der Familie, um in der Stadt ein angenehmes Leben zu führen, während die Kinder für ihn arbeiten. Der Sohn ist den Aufgaben, die das neue Leben an ihn stellt, nicht gewachsen, er lässt sich vom Vater unterdrücken wie eh und je. Doch seine junge Ehefrau Palmira blüht in der Stadt mit den vielen Möglichkeiten, mit neuen Freunden an ihrer Seite und letztlich durch die Liebe zu ihrer kleinen Tochter Nuri vollends auf. Und obwohl der herrische Leandre droht, sie alle in die alte Welt und Ordnung zurückzuzwingen, ist Palmira fest entschlossen, ein selbstbestimmtes Leben fernab des Diktats der Männer zu führen.

Ausgezeichnet mit dem *Premi Nacional de Literatura* und dem *Premio de la Crítica Literaria de Narrativa Catalana*

Die Autorin
Maria Barbal, 1949 in Tremp, Pyrenäen geboren, gilt als eine der wichtigsten Autorinnen katalanischer Literatur. Ihr hochgelobter Bestseller *Wie ein Stein im Geröll* erschien 2008 im Diana Taschenbuch. Es folgten *Inneres Land* (2010) und *Emma* (2011). Die Autorin lebt in Barcelona.

Pressestimmen
»All ihre Romane verbinden eng persönliche Erfahrungen mit gesellschaftlichen Zuständen und der Geschichte. Sie schreibt zeitkritische Bücher, die den Individuen in der Masse gewidmet sind. (…) Barbal schafft es, mit ihrer ruhig und schlicht erzählten Geschichte die Menschen zu berühren.«
Neue Zürcher Zeitung

»Die Geschichte ist unheimlich treffend und gut erzählt. Es ist das psychologisierende Erkunden der Seelenlagen der Figuren, das die Qualität dieser Autorin ausmacht. *Ein Brief aus der Ferne* ist das sensible Porträt einer Zeit – unspektakulär und von höchster Genauigkeit.«
Deutschlandradio Kultur

MARIA BARBAL

Ein Brief aus der Ferne

Roman

Aus dem Katalanischen von Heike Nottebaum
Mit einem Nachwort von Pere Joan Tous

Diana Verlag

Die deutsche Übersetzung erschien erstmals 2011 unter dem Titel
CÀMFORA bei :TRANSIT Buchverlag, Berlin

MIX
Papier aus verantwortungsvollen Quellen
FSC® C014496
FSC www.fsc.org

Verlagsgruppe Random House FSC-DEU-0100
Das für dieses Buch verwendete
FSC®-zertifizierte Papier *München Super*
liefert Arctic Paper Mochenwangen GmbH.

Taschenbucherstausgabe 02/2013

institut ramon llull
Llengua i cultura catalanes

Die Übersetzung dieses Werkes wurde aus Mitteln
des Instituts Ramon Llull, Barcelona, gefördert.

Umschlagmotiv | © akg-images / Paul Almasy
Umschlaggestaltung | t.mutzenbach design, München
Satz | Leingärtner, Nabburg
Druck und Bindung | GGP Media GmbH, Pößneck
Printed in Germany 2013
ISBN: 978-3-453-35675-7

www.diana-verlag.de

Inhalt

DIE GROSSSTADT

Nicht einmal das Schwarze unter den Fingernägeln

Im Winter ist es kurz nach sechs schon dunkel. Die Gassen im Dorf, bitterkalt und nur spärlich beleuchtet, wirken nicht sehr einladend. Dem Anschein nach herrscht völlige Ruhe, so als ob alle schlafen würden, aber es geht durchaus geschäftig zu, bloß müsste man dazu einen Blick in die Häuser werfen können. Im Stall werden die Kühe gemolken, und in der Küche hantiert irgendwer in der Nähe des Feuers herum oder sitzt einfach nur so da.

Eine der Gassen ist für eine Weile belebter als alle anderen, aber die Leute gehen dort nicht etwa spazieren, sie haben vielmehr alle ein und dasselbe Ziel.

Wie selbstverständlich steigt ein Mann gerade die Treppe hoch zu Xau, und bestimmt tut er dies nicht zum ersten Mal. In eine angeregte Unterhaltung vertieft, sind es wenig später dann schon zwei Männer, die vor der Tür, durch die der andere kurz zuvor verschwunden ist, stehen bleiben. Allerdings nur für einen Augenblick, gerade mal so lange, bis sie den eben begonnenen Satz zu Ende gebracht haben. Auf diese Weise, wie wenn Wasser tropfen- oder schlückchenweise aufgefangen wird, finden sich dort jeden Abend gut zwei Dutzend Männer ein. Vielleicht wollen sie sich einfach ein wenig die Zeit vertreiben, während daheim die Frauen oder Kinder die Kühe melken. Und wenn sie dann nach Hause kommen, erwarten sie, dass das Abendessen auf dem Tisch steht. Vielleicht hocken sie aber auch bei Xau, weil sie sich von den schmutzig grauen, abgegriffenen Karten angezogen fühlen und von dem Wein, der in kleinen Gläsern ausgeschenkt wird.

An manchen Abenden nehmen allein die *Botifarra*-Spieler vier Tische in Beschlag. Fast hinter jedem Stuhl steht zudem ein Kiebitz, der von oben in die Karten späht und fast den Rücken des Spielers berührt, wenn dieser seine Trümpfe ausspielt. Dienstags jedoch ist für gewöhnlich nicht viel los. Xauet weiß das nur zu gut, denn schließlich steht er schon seit ein paar Jahren hinter dem Tresen. Auch an diesem Dienstag, gerade mal drei Tische sind besetzt, ist es ziemlich ruhig. Nur ab und zu zerfetzt ein Fluch den dichten Qualm, so wie ein Peitschenhieb die gärende Stallluft, doch gleich darauf ist schon wieder dumpfes Gemurmel zu hören, als ob die Spieler ihre Worte im fahlen Licht der Schankstube vor sich hin kauen würden. Die beiden Glühbirnen, die von einem der Deckenbalken herunterbaumeln, tragen als einzigen Schmuck einen Lampenschirm aus Blech, der das trübe Licht über den Tischen bündelt.

Xauet ist nicht darauf aus, den Leuten das Geld aus der Tasche zu ziehen, er lässt sie gewähren. Wenn sie einen Wein bestellen, bringt er ihnen ein Glas. Will jemand nichts trinken, auch gut, dann trinkt er eben nichts. Es erfüllt ihn mit einem gewissen Stolz, in den eigenen vier Wänden zu sein und den anderen Unterschlupf zu gewähren. Von der Theke aus genießt er den ganzen Trubel von Anfang bis Ende, mit all den dazugehörigen Ruhepausen, und das sind nicht wenige. Ihm soll es nur recht sein. Er plagt sich ja schon den ganzen Morgen bei der Feldarbeit oder wenn er das Vieh auf die Weide treiben muss. Das Einzige, was er nicht abkann, sind Raufereien, und sobald er wittert, dass sich da etwas zusammenbraut, setzt er alles daran, sie schon im Keim zu ersticken. Aber an diesem Abend bleibt ihm keine Zeit dazu. Kaum hat nämlich Frederic von den Manois die Schankstube betreten und sich an einen der Tische gesetzt, fängt der alte Raurill an, etwas in seinen Bart zu brummen, und schon hört man einen Stuhl zu Boden poltern, der heftige Rückstoß von Frederics Körper hat ihn umgeworfen. Für einen Moment herrscht lähmende Stille, bis sich die Blicke, die Frederic auf sich gezogen hat, wieder dem

Kartenspiel zuwenden. Doch dann ist mit einem Mal das metallische Geräusch eines aufklappenden Messers zu hören, und alle Augen richten sich erneut auf den kräftigen Mann, auf den Erstgeborenen der Manois, der in seiner rechten Faust eine Klinge aufblitzen lässt.

Als das Stimmengewirr wieder einsetzt, um einiges lauter als vor dem Zwischenfall, gibt es keinen, der mit Sicherheit hätte sagen können, wie sich das Ganze eigentlich zugetragen hat. Jeder weiß um die Spannung zwischen den beiden Männern, in einem Dorf bleibt nichts verborgen, niemand zeigt sich also verwundert, niemand sagt aber auch frei heraus, Angst verspürt zu haben, und dabei hat beim Geräusch der aufspringenden Klinge und beim Anblick des funkelnden Metalls doch jeder um die eigene Haut gebangt. In gewisser Hinsicht ist Xauet, wie ihn seine Stammgäste nennen, der Held des Tages gewesen. Von hinten hat er den Arm gepackt, der die Waffe hielt, und nur gesagt: »Nichts da, raus auf die Straße.« Dann hat er ihn wieder losgelassen und ist zurück hinter seine Theke. Leandre Raurill hatte sich unterdessen davongemacht, ohne dass er es gewagt hätte, auch nur eine seiner boshaften Bemerkungen zu wiederholen, nicht eine der Verunglimpfungen, mit denen er seine Zunge gewetzt hatte, kaum dass er des Ehemanns seiner Tochter ansichtig geworden war.

Es ist später Abend, und in den Gassen mit den eng aneinandergereihten Häusern, die sich gegenseitig zu stützen scheinen, herrscht Ruhe. Drinnen jedoch, an den Küchentischen, überschlagen sich die Stimmen bei dem Versuch, denen, die nicht im Wirtshaus bei Xau gewesen sind, in den schaurigsten Farben auszumalen, was sich dort ereignet hat. Es wird über die Waffe gesprochen, das Wort allein reicht aus, um die ganze Tragweite des Vorfalls vor Augen zu führen, weiterer Worte bedarf es im Grunde auch nicht, denn schließlich ist kein Blut geflossen. Aber in einem fort, sei es nun bruchstückhaft oder in aller Ausführlichkeit, wird die Geschichte eines tief verwurzelten Grolls zum Besten gegeben. Die Eltern haben sie ihren Kindern, die Alten den Jungen erzählt, und selbst den Kleinsten ist die ewig gleiche Litanei schon zu Ohren gekommen. Über die Familie, über den alten Raurill und das Erbe, darüber, wie verschieden die Menschen doch sind, was auch immer. Eben all das, was nötig ist, und noch jede Menge mehr, um zu verstehen, warum Leandre, kaum dass er seines Schwiegersohns ansichtig wurde, eine wahre Flut an Beschimpfungen ausstieß, und warum Frederic dann alle zum Verstummen brachte, indem er ein Messer zückte, ein ganz gewöhnliches Klappmesser, eins, wie es fast jedermann bei sich trägt, und nicht etwa ein Schlachtermesser, mit dem man das Schwein absticht.

Nur eine einzige Frau im ganzen Dorf weiß nichts von dem, was an diesem Abend im Wirtshaus vorgefallen ist. Roseta wohnt in dem Haus neben dem der Raurills, und das schon seit ihrer Geburt. Sie ist Witwe und kinderlos, und weil da niemand ist, mit dem sie reden könnte, geht sie immer gleich nach dem Abendessen zu Bett.

Nach dem Mittagessen hat Leandre das Haus verlassen, der Tisch ist noch nicht abgeräumt, und schon fangen die jungen Leute an zu reden. Die Überraschung steht ihnen noch ins Gesicht geschrieben, doch in dem Maße, in dem sie nachlässt, fallen die Zweifel wie Mückenschwärme über die beiden her und stechen zuerst den einen und dann, gleichzeitig oder kurz darauf, auch schon den anderen. Während Palmira laut das Für und Wider abwägt, denkt Maurici nach und hört ihr zu, er kann sich einfach nicht auf eine Sache konzentrieren. Das bringt ihn durcheinander, und sein Unbehagen wächst. Unvermittelt erhebt er sich von dem Stuhl, auf dem er während des Essens gesessen hat.

Nun redet er und ist selbst ganz erstaunt, dass seine Stimme kein bisschen zittert und sogar ein wenig aufgebracht klingt, als er die Frage stellt, weshalb sie eigentlich in der Stadt ihr Glück versuchen sollen. Schließlich hätten sie hier doch Grund und Boden, der versorgt werden will und der ihnen zugleich ein gutes Auskommen sichert. Er wolle sich nicht großtun, aber sie seien ja wohl keineswegs arm, oder mangele es ihnen vielleicht an etwas? Als er merkt, dass ihm die Frau nicht widerspricht, eigentlich hat sie ja auch dasselbe gesagt wie er, wird Mauricis Stimme wieder leiser, und er redet auch nicht mehr so schnell. Er kommt auf seine Schwester zu sprechen, auf Frederic, seinen Schwager. Nie und nimmer werde der Vater seinen Frieden mit den beiden machen. Stur wie ein Bock sei er, seitdem der Schwiegersohn den Pflichtteil der Schwester eingefordert habe. Der Vater lasse sich keine Daumenschrauben anlegen, und jetzt komme er ihnen noch damit. Den Hof will er aufgeben, und alle drei sollen sie runter nach Barcelona ziehen.

Palmira fragt sich erst gar nicht, ob das, was der Schwiegervater einfach so bestimmt hat, überhaupt in ihrem Sinn ist, und ihre Gedanken halten sich auch nicht mit den Einsichten auf, die sie im Laufe der Zeit und nach dem einen oder anderen Zusammenstoß mit ihm gewonnen hat. Sie hört bloß auf ihre innere Stimme, die sie daran erinnert, dass sie eh immer nur das getan haben, was er wollte, sei es nun, weil er Mauricis Vater ist, ihm der Hof gehört oder weil sie es gar nicht anders kennen. Weder überrascht sie seine Eile noch die Tatsache, dass ihr Schwiegervater bis zu diesem Tag kein einziges Wort darüber verloren hat, in die Stadt ziehen zu wollen. Für einen

Moment hört sie ihrem Mann zu, der sich weiter im Kreis dreht. Und sie ist ganz erstaunt, dass er sich im Gegensatz zu ihr noch immer etwas vormacht.

Sie sieht die Dinge so, wie sie nun einmal sind, und kann von daher dem Ganzen auch etwas Gutes abgewinnen. Die Zwistigkeiten mit Sabina und Frederic würden der Vergangenheit angehören und sie sich nicht mehr länger zum Gespött der Leute machen, und ihr Kind, das würde in der Stadt zur Welt kommen und es dort vielleicht einmal leichter haben. Und wer weiß, womöglich würde der Schwiegervater auch endlich damit aufhören, ihren Mann ständig herumzukommandieren. Sie müssten sich auch nicht mehr mit der Feldarbeit abplagen und mit dem Vieh, und vielleicht würde Maurici sich dort auch ein wenig als sein eigener Herr fühlen. Sie hat begonnen, den Tisch abzuräumen, ihr Mann ist schon seit einer ganzen Weile still und schaut gedankenverloren aus dem Fenster. Sie betrachtet sein glattes strohblondes Haar, das ihm ins Gesicht fällt, und dann wirft auch sie einen Blick nach draußen, so als ob sie sich vergewissern will, dass dort nichts Ungewöhnliches vor sich geht.

Die Sonne breitet sich über den Dächern aus, und an Rosetas Haus streift sie die Balkone mit den hölzernen Balustraden. Die der Raurills, sie sind aus Eisen, liegen im Schatten, genauso wie der gefrorene Schnee, überall dort, wo die Sonne nicht hinkommt. Einmal abgesehen von den Buchsbaumsträuchern und den Nadeln der Tannen und Pinien ist weit und breit kein Grün zu sehen, geht es ihr durch den Kopf, und sie beginnt mit dem Abwasch.

Er erzählt überall herum, dass es sich um ein erstklassiges Angebot handelt. Von Josep Gincstà, den alle kennen und der sich seinen Lebensunterhalt schon seit Jahren in der Stadt verdient, hat er erfahren, dass bei ihm in der Straße, gegenüber von seiner Wohnung, ein Laden zu verpachten sei. Flaschenmilch werde dort verkauft, Süßigkeiten, Gebäck und Kuchen, große Glasballons, die mit Wasser gefüllt sind. In Barcelona kauft man nämlich das Wasser. »Du kannst ja die Tränke vom Dorfplatz mitnehmen!«, meint einer zu ihm. Und Leandre lacht über den Witz und legt gleich noch einen drauf.

Bloß eins muss klar sein. Er geht fort, weil sich ihm eine einmalige Gelegenheit bietet. Es soll nur ja keiner auf die Idee kommen, er würde vor seinem Schwiegersohn davonlaufen, weil der, als er im Wirtshaus das Messer zückte, ihn dazu gebracht hatte, den Schwanz einzuziehen. Wer weiß, was noch alles hätte passieren können, wenn es Xauet nicht gelungen wäre, ihn zurückzuhalten! Jedes Mal kommt Leandre zu demselben Schluss und hakt damit das Thema für sich ab.

»Ein regelrechtes Schnäppchen, ein erstklassiger Laden, wie für mich gemacht!« Das sagt er, als er die besten Weiden verkauft, und er wiederholt es, als er das nicht ganz so ertragreiche Land verpachtet. Bei den Wiesen, zu denen nur ein steiler, steiniger Weg führt, beißt keiner an, auch wenn man Leandre bei seinem Versuch, besonders verlockende Köder auszuwerfen, einen gewissen Witz nicht absprechen kann. Schließlich überlässt er das Stück Land für einen Apfel und ein Ei oder gibt es sogar umsonst her, wenn ihm danach ist. So mimt er überall den reichen Mann und stellt klar, dass er derjenige ist, der bestimmt, wo es langgeht, den Sohn lässt er bei allen Entscheidungen außen vor. Wenn er genug beisammen hat, wird er die Ablösesumme für den Laden zahlen.

Und noch eins geht ihm durch den Kopf: Bevor er die Zelte hier abbricht, muss er mit seiner Ältesten reden. Er wird ihr auftragen, die Pacht einzutreiben, diese Kanaille von Frederic, ihr Ehemann, braucht davon erst gar nichts zu erfahren.

Leandre will sie in aller Heimlichkeit sprechen. Er stellt ihr nach, und als sie sich einmal ganz allein auf den Weg zum Gemüsegarten der Manoir macht, der am anderen Ende des Dorfes liegt, fängt er sie ab. Sabina weicht seinem Blick aus, die Tochter zeigt sich unbeteiligt und abweisend. Sie hört sich an, was er zu sagen hat, und als er fertig ist, starrt sie ihn an, aus Augen, die ebenso klar sind wie seine, und beide, Vater und Tochter, liefern sich einen kurzen und heftigen Schlagabtausch.

Ob der Vater denn allen Ernstes glaube, sie würde irgendetwas tun, was ihm zum Vorteil gereichen könne, wo er ihr doch alles genommen hat. Leandre antwortet ihr ruhig und sanft, seine Stimme hat etwas seltsam Einschmeichelndes. Vor langer Zeit hat er schon einmal so zu ihr gesprochen, doch das hatte Sabina aus ihrem Gedächtnis verbannt. Sie verspürt ein Frösteln und ist auf der Hut.

Er versichert ihr noch einmal, dass er alles in Ordnung bringen wird, sie brauche sich keine Sorgen zu machen, sie werde das bekommen, was ihr rechtmäßig zusteht. »Aber dein Mann, der soll sich da bloß raushalten!« In diesem Augenblick kocht der Zorn in ihm hoch und lässt seine Stimme laut werden, und sie, die sich schon die ganze Zeit vor ihm in Acht genommen hat, macht Anstalten zu gehen. Der Vater mäßigt seinen Ton, offenbart der Tochter, dass sie ihm als Erbin tausendmal lieber gewesen wäre, mit dem Jungen ließe sich doch kein Staat machen, und darum habe er gedacht, weit weg, da unten in der Stadt, könne er dafür sorgen, dass endlich ein richtiger Mann aus ihm wird. Für einen Moment verliert Sabina die Fassung. Als ob der Vater ihr gleich ein Geheimnis des Bruders enthüllen wird, ganze siebzehn Jahre liegen zwischen Maurici und ihr. Sie kennt ihn besser als irgendjemand sonst, schließlich hat sie ihn großgezogen, und er würde ihr niemals etwas wegnehmen. Der eigentliche Dieb steht vor ihr, denkt sie und hat sich wieder im Griff.

Der Vater raspelt nach wie vor Süßholz, und ganz plötzlich beschließt sie, einfach zu sagen, sie sei einverstanden. Wenn die anderen erst einmal weit weg wären, würde sie doch machen, was ihr gerade in den Kram passt.

Da verspricht Leandre, dass ihr Palmira noch an diesem Nachmittag die Hühner und Kaninchen vorbeibringen wird. Es ist das erste Mal, dass er ihr etwas gibt, denkt sie, hat ihr der Vater doch bis zu diesem Tag noch nicht einmal das Schwarze unter den Fingernägeln gegönnt.

Beginn

Die Umgebung der Raurills hat sich verändert. Ihre Landschaft besteht nun aus Zement und Glas, durch die sich unaufhörlich ein Strom von Autos zwängt. Nur ab und zu, wie Wasser vor einer Schleuse, staut sich der Verkehr, doch wenn das rote Licht dann wieder auf Grün springt, fließt er ungehindert weiter, und alles beginnt von vorn.

Die Wohnung, in der Palmira sich nun abmüht, die Küche bis auf halbe Wandhöhe gefliest, ist ein wenig heruntergekommen, klein, aber alles in allem leicht sauber und in Ordnung zu halten. Maurici hat die Fläche abgeschritten, die ihnen jetzt zur Verfügung steht, und über den Daumen gepeilt ist es ein Drittel ihres Hauses im Dorf, den Heuschober, den Stall, den Hof und die Tenne nicht mitgerechnet. Er sagt, er vermisse das Tageslicht. Von der Straße fällt es zwar in den Laden, doch dringt es schon nicht mehr bis ins Esszimmer, obwohl man gleich hinter dem Ladentisch durch eine türlose Öffnung dorthin gelangt. Sie werden also tagsüber eine Lampe anlassen müssen. Licht fällt nur in die zum geräumigen Innenhof des Wohnblocks hinausgehenden Zimmer, der Rest der Wohnung – Küche, Bad und das große Schlafzimmer – liegt dagegen fast immer im Dunkeln.

Sie haben ihr Ehebett aus dem Dorf runter in die neue Wohnung schaffen lassen und auch die beiden kleinen Nachttische, die Anrichte, den Esstisch mitsamt den Stühlen, den Kristallleuchter und den einzigen Kleiderschrank, den sie besitzen, einen Schrank mit Spiegeltür, eben all das, was sie sich vor ihrer Hochzeit angeschafft haben. Die Kommode ist das einzige gut erhaltene Möbelstück, das sie im Dorf zurückgelassen haben. Palmira bewahrt einen Teil ihrer Bettwäsche dort auf, Tischdecken und das ein oder andere besonders schöne Stück, auch wenn sie sich nicht sicher ist, ob sie es jemals wieder benutzen wird.

Am ersten Nachmittag unermüdlicher Geschäftigkeit, während sich die Augen noch an der ungewohnten Umgebung der abgenutzten, alten Wohnung stören, die Stimmen zwischen den wenigen Möbeln nachhallen und die Schritte auf dem kurzen Stück vom Laden zu den Zimmern und zurück immer wieder in die Irre gehen, ist mit einem Mal eine Klingel zu hören. Es läutet an der Wohnungstür.

Überrascht schauen sich die beiden an. Maurici geht öffnen und sieht sich einem schmächtigen Mann gegenüber, das Gesicht blass und eingefallen, das Haar vorzeitig ergraut. Der Mann spricht ihn auf Spanisch an, und er verschluckt dabei die Endungen der Worte. Irgendwie wirkt er traurig, doch seine fröhlich glockenhelle Stimme straft diesen Eindruck gleich Lügen.

Es ist der Nachbar aus dem ersten Stock, Dimas Lozano heißt er, und, wann immer sie etwas brauchen sollten, stets zu ihren

Diensten, er und die Frau, Dora. Maurici steht für einen Augenblick wie angewurzelt da und sagt kein Wort, doch Palmira, die alles mit angehört hat, kommt hinzu, bedankt sich bei dem Mann und bittet ihn herein. Da er merkt, dass sie mit dem Spanischen Schwierigkeiten haben, wechselt er ins Katalanische, auch wenn es vor lauter Zischlauten nur so sprüht, und schon fliegen ihm die Herzen der beiden zu. Zumindest für den Moment lehnt das geschäftige Paar die Einladung des Nachbarn ab, einen Happen mit ihm und seiner Familie zu essen, und Dimas lässt sich auch nicht dazu überreden, einen Schluck Wein aus der *bóta* zu trinken, obwohl ihn das schwärzliche Leder des Trinkbeutels an sein andalusisches Heimatdorf erinnert.

Als Josep kurze Zeit später bei ihnen vorbeischaut, sind sie noch immer ganz angetan von diesem Besuch, der so gar nicht in das Bild passen will, das sich die Raurills, nach allem, was ihnen hier und da zu Ohren gekommen ist, von den Leuten in der Stadt gemacht haben. Nicht alle sind so wie Dora und Dimas, Josep Ginestà muss lächeln, aber natürlich gibt es solche und solche, sagt er, so wie überall. Der Freund aus dem Dorf erzählt ihnen, die Lozanos seien vor etwa zehn Jahren nach Barcelona gekommen. Angustias, die älteste Tochter, sei damals gerade mal ein paar Monate alt gewesen. Mittlerweile seien noch zwei weitere Kinder hinzugekommen, und Dimas würde bei Seat arbeiten, in der Nachtschicht. »Jetzt verstehe ich auch, warum er so blass aussieht«, entfährt es Palmira. »Ich habe noch nie zuvor jemanden gesehen, der eine so fahle Gesichtsfarbe hat!« Sie sagt es, ohne darüber nachzudenken, dass ja auch Josep nachts arbeitet. Während alle drei noch lachen, weil Palmiras Stimme so aufgeregt geklungen hat, kommt Leandre durch die Tür und verkündet, dass er vom vielen Herumlaufen Durst bekommen habe.

Kaum dass die Frau den letzten Winkel der Wohnung geputzt hat und mit dem Scheuern der Fliesen fertig ist, beginnen die beiden jungen Männer damit, das Bett aufzubauen und gleich darauf den Kleiderschrank. Nachdem sie die zwei kleinen Nachttische rechts und links neben das Kopfende gestellt haben, bleibt nur noch wenig Platz, eigentlich zu wenig.

Während Maurici und Josep im Schlafzimmer ihre Arbeit verrichten, Leandre steht daneben und gibt ihnen Anweisungen, ist Palmira ins Esszimmer gegangen, um sich ein wenig hinzusetzen, ihr Kreuz macht ihr zu schaffen. Sie sieht sich im Spiegel der Anrichte und fühlt sich eigenartig, irgendwie fehl am Platz, so als wäre sie jemand anderes. Als die Männer fertig sind, verschwitzt und laut miteinander redend ins Esszimmer kommen, bereut sie es, das Abendmahl und die Hochzeitsfotos nicht vom Tisch geräumt zu haben, es wäre ihr lieber, dass für heute Schluss ist mit der Plackerei. Josep Ginestàs Blick ruht für einen Augenblick auf den Bildern, und er fragt Palmira, wo sie sie gerne hingehängt haben möchte. Im ersten Moment ist sie ein wenig erschrocken und schaut verstohlen zu ihrem Schwiegervater, der nur entgegnet: »Das ist so ziemlich egal, weil wir das Esszimmer fürs Erste eh nicht streichen werden.« Josep sieht die Frau fragend an, und sie gibt ihm zur Antwort, sie würde meinen, über der Anrichte. Ja, genau da gehören sie hin, er rückt die Leiter heran, die er von zu Hause mitgebracht hat, und steigt hinauf, in einer Hand das Abendmahl, während Palmira ihm Hammer und Nägel reicht. Ihr Mann steht mit dem Vater in der Ladentür und hört, was er sagt, er sieht ihnen zu.

Mitten über der Anrichte hängt nun das Abendmahl. Josep sagt, »so, das hätten wir«, und steigt die Leiter hinunter, rückt sie ein kleines Stück nach links, und bevor er wieder hinaufsteigt, greift er zu einem der Hochzeitsfotos. In einem ovalen

Rahmen ein lächelnder Maurici, bei ihm eingehakt die Braut, ganz in Weiß und mit einem Blumenstrauß in der Hand. Als Josep dann ein weiteres Mal hinuntersteigt, um die Leiter nach rechts zu schieben, sagt er zu Palmira, sie sei eine wunderschöne Braut gewesen, und sie, während sie ihm zuerst den Hammer und dann die Nägel reicht, denkt bei sich, was für ein netter Mensch der Mann von Neus doch ist. Seine Worte haben so ehrlich geklungen. Als er schließlich von der Leiter steigt und sie zusammenklappt, schaut er sich noch einmal die zweite Fotografie an, die in einem Rahmen aus Buchsbaumholz steckt und auf der, das rechte Bein leicht nach vorne ausgestellt, ein kaum wiedererkennbarer Leandre posiert. Er macht regelrecht ein freundliches Gesicht und wirkt viel größer als in Wirklichkeit. Madrona dagegen, das Haar zu einem Knoten zusammengesteckt, sieht starr in die Kamera, und ihre Wespentaille lässt ihre ausladenden Brüste nur noch größer erscheinen.

Anfang Mai eröffnen sie schließlich das Geschäft. Maurici kennt zwar die Waren, die sie führen, aber noch nicht alle Preise. Es fehlt ihm an Erfahrung im Umgang mit der Kundschaft, er stellt sich ungeschickt an, wenn es darum geht, ein Produkt anzupreisen, und er ist alles andere als schnell beim Bedienen. Gesichter kann er sich nur schwer merken. Er meint sogar, er würde keinen einzigen Kunden wiedererkennen, was Josep aber jedes Mal bestreitet, wenn die Rede darauf kommt, und Palmira auch. Wann immer sie kann, steht sie an der Seite ihres Mannes hinter dem Ladentisch und hat alles im Blick. Wenn gerade nicht viel los ist, erledigt sie die Einkäufe, bereitet das Mittagessen vor, wäscht, räumt auf, näht und stickt.

Abends, wenn der Tisch abgeräumt ist, zieht sich Maurici einen Stuhl heran, setzt sich und legt ein paar von den Papierstreifen vor sich hin, die beim Einpacken der Waren übrig geblieben sind. Unter dem strengen Blick des Vaters trägt er dann all seine Kenntnisse in Sachen Buchführung zusammen. Er schreibt auf, was sie an jeder einzelnen Milchflasche verdient haben, am Wasser, an den Eiern und am Gebäck, aber er verliert völlig den Überblick, wenn er beim Kleinkram angelangt ist: weiches Lakritz, Bonbons, Kaugummi, Süßholzstangen, Brausepulver … Und dabei hat es ihnen die Frau, von der sie den Laden übernommen haben, immer wieder eingeschärft: Kleinvieh macht auch Mist. Aber bis jetzt nehmen sie ja kaum etwas ein, werden stattdessen mit Rechnungen überhäuft, die sich auf ziemlich viele Peseten belaufen und im Voraus beglichen werden müssen. Seitdem sie den Laden haben, verspürt Maurici ein Schwindelgefühl, so als würde sich ein Abgrund vor ihm auftun, und es ist Palmira, die versucht, ihn von dort wegzuziehen, die alles daransetzt, dass er wieder festen Boden unter die Füße bekommt. Er aber fühlt sich trotzdem allein mit seiner Angst und versteht nicht, wie seine Frau so ruhig bleiben kann, und noch viel weniger versteht er die Unbekümmertheit des Vaters, wenn dieser, kaum dass die Papiere vom Tisch geräumt sind, die Karten hervorholt und weiter nichts als eine Partie *Manilla* im Sinn hat. Und nach dem Spiel ist er sogar noch in Stimmung, Geschichten zum Besten zu geben, gefällt sich darin, seinen Ruf als Frauenheld in Erinnerung zu bringen, während Maurici spürt, wie ihn mehr und mehr das Heimweh überkommt. Palmira ist diejenige, die schließlich mahnen muss: »Es ist spät geworden.« Und so, wie sie es bei den Hühnern im Stall gesehen hat, wenn diese etwas im Stroh verscharren, versucht sie, die Spur von Leandres Worten zu verwischen.

Alle drei wissen, dass sie viel Geld hingeblättert haben, um die Ablösesumme zu begleichen und den Laden in Gang zu bringen. Im Dorf haben sie nur noch das Haus und ein paar Stücke minderwertiges Ackerland. Gleichwohl steht für Leandre fest, dass sie früher oder später wieder zurückgehen werden, aber bis dahin sehen sie etwas von der Welt, und vielleicht gibt ja in der Zwischenzeit sein Schwiegersohn auch den Löffel ab. Er ist zwar noch jung, aber man weiß schließlich nie.

Die Rückkehr ins Dorf erscheint Maurici wie eine Erlösung, und so schöpft er für einen kurzen Moment Hoffnung und ist doch gleich darauf wieder voller Furcht.

Palmira selbst ist sich nicht im Klaren, aber tief in ihrem Innern fühlt sie, dass sich Beharrlichkeit auszahlt, und wo sie nun schon einmal den Schritt getan und das Dorf verlassen haben, sollten sie hierbleiben und nicht zurück nach Torrent gehen.

Nichts zu tun

Wenn Leandre in Barcelona aufsteht, fällt schon eine ganze Weile Licht, sei es nun trübe oder hell, durch die schlecht schließenden Fensterläden seines Zimmers.

Hin und her gewälzt hat er sich im Bett. Eben noch mit dem Rücken zum Fenster, vielleicht klappt es ja so mit dem Einschlafen, dreht er sich im nächsten Augenblick schon wieder um, weil er genau weiß, dass es ihm doch nicht gelingen wird, noch eine Mütze Schlaf zu kriegen. Schließlich fängt er an, seinen Gedanken nachzuhängen, genug Zeit hat er ja, denn für ihn gibt es hier nichts zu tun.

Er ist es nicht gewohnt, hinter einem Ladentisch zu stehen und Leute zu bedienen. Die Preise kann er sich beim besten Willen nicht merken, und das Wechselgeld würde er garantiert falsch herausgeben, da ist er sich sicher. Ganz schön blamieren würde er sich! Die Kunden mit seinen haarsträubenden Geschichten zu unterhalten, das wäre schon eher was für ihn, die würden sich bestimmt nicht mehr einkriegen vor lauter Lachen. Aber auch wenn er noch nicht lange in der Stadt lebt, eins ist ihm hier ziemlich schnell klar geworden, auf eine solche Gelegenheit kann er lange warten. Entweder haben es nämlich alle eilig, weil sie auf dem Weg zur Arbeit sind, oder aber es ist schon spät, und sie müssen schnell nach Hause, weil das Mittagessen auf dem Tisch steht, man könnte fast meinen, sich den Bauch vollzuschlagen sei weiter nichts als eine lästige Pflicht. Und abends sind eh alle müde. Aber ihm soll's egal sein, schließlich sind sie es, denen etwas durch die Lappen geht. Und letztlich kommt es auch nur darauf an, dass die Jungen schaffen und das Geld in seine Taschen fließt. Münze für Münze, Schein für Schein lässt er sich die Einnahmen vorzählen, jeden Tag, damit sie ja nicht erst auf dumme Gedanken kommen. Er ist der Herr im Haus, und er teilt das Haushaltsgeld zu und das, was man so für die kleinen Freuden des Lebens braucht.

Bei so viel Sinnieren findet er sich mit einem Mal auf beiden Beinen neben dem Bett wieder. Nur in Unterhemd und langen Unterhosen wirkt er noch schmächtiger als sonst, und wie er da steht, fallen einem Gesicht und Hals ganz besonders ins Auge, wettergegerbt von der sengenden Sonne, aber auch von der schneidenden Kälte, die mit Sturm und Eis zusticht, als wären es spitze Nadeln. Sein übriger Körper dagegen ist kalkweiß.

Erst öffnet er die Fensterläden, dann schlüpft er in Hemd und Hose, die Socken kommen ganz zum Schluss, und schon fängt er an zu jammern, au, die Schuhe! Wie wird er sich je daran gewöhnen können, Schuhe zu tragen, morgens und abends, tagein, tagaus? Schließlich ist er so weit und mustert sich im Spiegel.

Knochige Wangen, ein Netz von Falten um die kleinen blauen Augen, die recht spöttisch dreinblicken, in diesem Moment allerdings durchaus wohlwollend, betrachtet Leandre doch sein eigenes Gesicht. Auch den faltigen Hals betrachtet er, der wie von tiefen Furchen durchzogen scheint.

Bevor er wie jeden Tag auf der Flucht vor der Arbeit die Wohnung verlässt, fährt er sich mit einer Hand über seine weißen, stacheligen Haare, das hat er sich so angewöhnt, und er beglückwünscht sich jedes Mal aufs Neue zu dem kurzen Stoppelschnitt, den ihm der Friseur im Dorf vor seiner Abreise nach Barcelona verpasst hat. Wie sonst würde er diese Hitze hier ertragen? Obwohl, so kurz geschoren, man könnte fast meinen, er hätte größere Ohren bekommen. Kaffeeduft steigt ihm in die Nase, auch wenn es nur Malzkaffee ist, und er geht rüber ins Bad, um sich übers Gesicht zu waschen und zu rasieren. Unterdessen macht sich mehr und mehr der Hunger bemerkbar.

Kurz darauf setzt er sich an den Tisch, und wie gewöhnlich schimpft er gleich über das Brot, das sei doch was für den hohlen Zahn, viel zu weich, eine Kruste wie Wachs. Die gesamte Bäckerinnung wird mit ein paar Flüchen bedacht, er kann es einfach nicht lassen, aber er rastet nicht mehr so aus wie die ersten Tage, der Schwiegertochter zuliebe zügelt er seine Wut. Er hat nämlich bemerkt, dass die Frau seines Sohnes, so ein Schlappschwanz, eine durchaus energische Person ist, die Arbeit nicht scheut. Natürlich würde er ihr das niemals sagen oder sonst irgendwie zu verstehen geben, dass sie nur ja nicht erst auf eine solche Idee kommt, aber irgendwie nötigt sie ihm schon ein wenig Respekt ab. Obwohl die Frauen …, na ja, aber das ist schließlich nichts Neues, wieso also überhaupt noch einen Gedanken daran verschwenden. Doch gerade weil er die Frauen zur Genüge kennt, ist es ihm schon lieber, dass Palmira so ist, wie sie ist, ebenso eigensinnig wie er. Temperament hat sie ja genug, und damit hält sie auch nicht hinterm Berg.

Sie ist aus ganz anderem Holz geschnitzt als Madrona, die die Sanftmut in Person war! Sie beide hatten jung geheiratet, und die Frau hatte sich ihm von Anfang an gefügt, ihm jedes Wort von den Lippen abgelesen, aber jetzt ist er schon seit so vielen Jahren Witwer. Leandre wusste nicht, dass es im Dorf hieß, natürlich nur hinter seinem Rücken, die arme Madrona, möge sie in Frieden ruhen, habe ihr ganzes Leben damit verbracht, Ja und Amen zu sagen.

Und dann frühstückt er schließlich. Was für ein scheußliches Brot! Und der Kaffee erst, das reinste Spülwasser.

Nachdem er seinen Sohn gefragt hat, jeden Tag fragt er ihn, ob er im Laden gebraucht wird, schaut er runter zu seinen Füßen, die in diesen verdammten Sonntagsschuhen stecken. Was wäre, wenn der Junge eines Tages sagen würde: »Ja, Vater, bleib heute bitte hier.« Doch darüber denkt er gar nicht weiter nach, so sicher ist er sich, dass Maurici ihn niemals darum bitten wird. Und dann grüßt er noch einmal zum Abschied, dreht sich um und stolziert aus der Wohnung wie ein feiner Herr.

So verlässt er jeden Morgen das Haus, sorgfältig zurechtgemacht, auch wenn Jacke, Hemd und Hose schon etwas aus der Mode gekommen sind, nirgends wird dies allerdings so deutlich wie bei seiner breiten, seidenweichen Krawatte, die in allen möglichen Farben schillert und sich ständig auf seiner Brust aufplustert. Hochzufrieden mit sich selbst spaziert er umher, schaut nach rechts und links, interessiert sich für alles und jeden. Für die Leute und wie sie gekleidet sind, für die Plätze, die Schaufenster, für Autos, Brunnen, Hunde und Häuser. Er hat keinerlei Hemmungen, ganz unvermittelt irgendwo stehen zu bleiben und nach oben zu schauen, weil er eine Hausfassade mit schmiedeeisernen Balkonen entdeckt hat und mit einem Erker auf jedem Stockwerk, der so reich verziert ist wie der Hochaltar in der Kirche von seinem Dorf. Wieso sollte ein Passant sich denn von ihm gestört fühlen? Auf so eine Idee käme er erst gar nicht, wo der Bürgersteig doch wahrlich breit genug ist, damit alle aneinander vorbeigehen können! Darum bleibt er auch schon wieder wie angewurzelt stehen, weil er sich eingehend einen Mann anschauen will, der über einer kurzen Hose ein blau-weiß geringeltes T-Shirt trägt und Leandre wie eine leibhaftige Karnevalsfigur vorkommt. Und kurz darauf tut er es ein weiteres Mal. Jetzt betrachtet er eine Frau, die ihre Knie herzeigt, unter einem eng anliegenden Rock quillt ein jedes hervor wie ein Pfundlaib Brot.

Schon längst scheuern ihm die Schuhe an den Fersen, und an den Zehen drücken sie. Er lässt sich auf die nächstbeste Bank fallen, und wer immer auch dort sitzen mag, wenn denn jemand dort sitzt, Leandre verwickelt ihn gleich in ein Gespräch. Es gefällt ihm zu reden, und er tut es mit seltener Leidenschaft. Das vorausgegangene Wort ist gleichsam eine Einladung für das nächste, und so geht es in einem fort, wie Perlen auf einer Schnur reihen sich seine Worte aneinander. Er redet und redet, ohne eine Antwort zu erwarten. Egal worum es sich handelt, Leandre hat eine Meinung dazu, wenngleich nicht immer dieselbe, und die tut er kund, als sei es die einzig mögliche Wahrheit und noch dazu eine, die ganz allein auf seinem Mist gewachsen ist. Und überhaupt, in der Regel findet er eh keinen Gefallen daran, anderen zuzuhören.

Auf seinen Spaziergängen nimmt er vor allem die Kneipen in Augenschein. Oftmals hängt ein mit grellen Farben bemaltes Blechschild über, neben oder mitten auf der Tür. Coca-Cola. Er wirft einen Blick hinein und sagt sich, dass hier bestimmt gezockt wird. Die Karten bringen ihn auf andere Gedanken, wenn er spielt, vergeht die Zeit wie im Flug, all die viele Zeit, von der er nicht weiß, wie er sie totschlagen soll, und die zuweilen so schwer wiegt wie ein mit Getreidesäcken überladener Karren.

Seit Kurzem hat er eine Lösung für sein Problem gefunden und weiß nun, wie er sich zumindest ein paar Nachmittagsstunden um die Ohren schlagen kann. Sobald Maurici sich anschickt, sein Nickerchen zu halten, und die Schwiegertochter in der Küche das Geschirr abspült, verlässt er geschniegelt und gestriegelt das Haus und geht geradewegs vor dem Geschäft über die Straße. Da kann ihm sein Sohn, wenn er es denn mitbekommt, ruhig hinterherschreien, eines Tages würde noch ein Unglück geschehen, er überquert gleichwohl schnurstracks die Straße, um dann noch ein paar Schritte, nicht viele, auf dem Bürgersteig zu machen, bevor er schließlich bei Josep klingelt. Und der heißt ihn stets mit einem freundlichen Wort willkommen. Nie ist es Neus, die ihm die Tür öffnet, selbst wenn sie schon am Essen sind, ist es immer ihr Mann, der vom Tisch aufsteht. Da Josep als Nachtwächter in einer Garage arbeitet, schläft er für gewöhnlich bis zum Mittagessen, und nicht selten taucht Leandre bei ihnen auf, wenn sich die beiden gerade zu Tisch setzen wollen.

Sie laden ihn immer ein, einen Happen mitzuessen. Er ist satt, würde keinen Bissen mehr runterbekommen, doch zu einem Kaffee und einem Gläschen sagt er nicht Nein. Daheim erzählt er allerdings kein Sterbenswörtchen davon, damit ihm ja keiner damit kommt, er hätte den feinen Mann zu markieren oder müsse sich wie eine Frau erst lange zieren. Holt Josep dann aus der Schublade der Anrichte die Karten hervor, ist das der erhebendste Moment für Leandre. Noch bevor Neus den Tisch abgeräumt hat, diskutieren sie bereits, ob sie *Brisca* spielen sollen oder *Set i mig*. Eigentlich wäre ihm ja eine Partie

Botifarra bei Xauet lieber, zwei gegen zwei, umgeben von höllischem Qualm und dem Klirren und Klappern von Tassen und Gläsern, das nur noch vom Geschrei der Kartenspieler übertönt wird. In der Wohnung der Ginestàs dagegen wird das Spiel einzig und allein vom Geräusch fließenden Wassers begleitet, das über das Geschirr hinweg ins Spülbecken rinnt, und kurz darauf vom Klappern des Bestecks, wenn es nach dem Abtrocknen Stück für Stück in die Schublade fällt.

In der dunklen, stickigen Wohnung hallt alles nach wie in einer Büchse. Aber das ist nicht weiter schlimm. Kaum auszuhalten ist allerdings das ungebührliche Benehmen von Joseps Frau. Schon allein deshalb weiß er, was er an seiner Schwiegertochter hat. Neus sagt nie geradeheraus, was sie eigentlich will, und sie ist eine richtige Nervensäge. Irgendwann ruft sie garantiert nach ihrem Mann, es vergeht kaum ein Tag, an dem sie das nicht tut. Ganz egal, ob sie nun im Schlafzimmer ist, in der Küche oder wo auch immer. Und Leandre sitzt dann da, mit den Karten in der Hand, und wartet, denn der andre, so ein richtiger Pantoffelheld, springt gleich auf, er springt immer gleich auf, und nicht einmal schickt er Neus zum Teufel.

Deshalb schwört sich Leandre, wenn er sich auf den Heimweg macht, ganz egal, ob sie nur ein paar Runden gespielt haben oder ziemlich viele, dass er am nächsten Tag nicht mehr wiederkommen wird. Gleich in der Früh wird er sich eine Kneipe suchen, in der sie Karten spielen. Heute, das war wirklich das letzte Mal, und wenn er ihre Wohnungstür hinter sich schließt, ist er davon überzeugt, sich für immer von den Ginestàs verabschiedet zu haben.

Doch dann kommt der nächste Tag, und er sagt sich: »Dieses eine Mal gehe ich noch hin, nur dieses eine Mal noch.«

Unter ihre lebhaften dunklen Augen hatte sich ein blassvioletter Schatten gelegt, ansonsten aber war ihr Gesicht regelrecht ausgebleicht, kam Palmira doch die meiste Zeit des Tages weder mit Luft noch mit Sonne in Berührung.

Nach und nach wurde sie etwas rundlicher und schien gleichzeitig zu schrumpfen. Sie litt an Rückenschmerzen, und manchmal, wenn niemand in der Nähe war, stöhnte sie laut auf, aber das geschah nicht allzu oft. Arbeit bestimmte ihr Leben, sie war jung, doch die wenige freie Zeit, die ihr blieb, war mit Nähen, Sticken oder Häkeln ausgefüllt. Sich abplagen und zurücknehmen, so war sie es von klein auf gewohnt und hatte sich damit ebenso abgefunden wie mit der tiefen Erschöpfung, die sie jeden Abend überfiel.

Es wäre ihr lieber gewesen, ihre Schwangerschaft im Laden verbergen zu können. Aus dem Dorf war man vor allem anzügliche Bemerkungen gewohnt oder aber hämische Blicke, und so versetzten sie die Fragen, die ihr die Kundinnen stellten, und manchmal sogar der ein oder andere Mann, der seine Einkäufe bei ihnen zu erledigen pflegte, jedes Mal aufs Neue in Verwunderung. Wie sie sich denn fühlen würde, wann das Kind zur Welt käme, ob sie sich schon einen Namen ausgesucht hätten? Sosehr sie sich auch bemühen mochte, ruhig und gelassen zu antworten, sie stieß die Worte hastig hervor, als wäre sie in großer Eile. Und doch, wenn sie ihrer Arbeit nachging und allein war, kreisten auch ihre Gedanken unablässig um das kleine Gesicht, das sie sich so gar nicht vorstellen konnte.

Ging sie zum Einkaufen in die Markthalle, in die von Sant Antoni, fiel ihr Blick immer gleich auf die Kinder. Ob sie nun aufrecht in ihren Wägen saßen, auf den Schultern ihrer Väter hockten oder weinend und mit unsicheren Schritten über den Bürgersteig tapsten, sie konnte ihren Blick einfach nicht von ihnen lassen. Jeden Tag blieb sie für eine kurze Weile, den Bauch an die Scheibe gedrückt, vor dem Schaufenster eines Geschäfts mit Babykleidung stehen. Und wenn sie dann weiterging, hatte sie nicht selten die Idee für eine neue Handarbeit im Kopf, denn etwas zu kaufen, daran war überhaupt nicht zu denken.

Und doch gab es in Palmiras Leben, das sie, ohne sich dessen bewusst zu sein, ganz den anderen opferte, jeden Tag so etwas wie einen Moment der Muße. Während Maurici seinen Mittagsschlaf hielt und Leandre zum Kartenspielen ging, zog sie sich in den kleinen Raum zurück, der an das Esszimmer grenzte und zu dem um diese Zeit ruhig daliegenden Hof hinausging. Nur das verhaltene Echo der Stimmen der Nachbarn drang zu ihr und ab und zu vielleicht einmal die des Nachrichtensprechers im Radio, wenn sie in dem alten Sessel saß, den sie von den Vormietern übernommen hatten. Er war ja schon ziemlich durchgesessen, das schon, aber sie hatte einfach ein Bettlaken darübergelegt, aus naturfarbenem Leinen und makellos sauber. Dort saß sie also, und während die Nadel zwischen ihren Fingern unermüdlich durch das Stück Stoff zu gleiten schien, stellte sie sich vor, wie sie ihr Kind in den Armen wiegen würde. Sie fühlte sich wohl. Nur Roseta fehlte ihr, die Nachbarin aus Torrent.

Schon bald empfand sie die neue Wohnung als ihr Zuhause. Nach der Heirat war sie zu den Schwiegereltern gezogen, davor hatte sie im Haus ihrer Großmutter gelebt, und als sie noch ein kleines Mädchen war, bei ihren Eltern.

Ab und zu, wobei sie darauf achtete, dass die Abstände zwischen den Besuchen nicht zu groß wurden, gab sie sich einen Ruck und schaute bei Josep und Neus vorbei. Sie überquerte die Straße weiter oben, dort, wo sich die Ampel befand, die einem zeigte, wann man gehen durfte und wann nicht, lief dann auf der anderen Seite des Ladens wieder ein Stück den Bürgersteig runter und betrat das Haus, in dem die beiden wohnten, um ihnen Guten Tag zu sagen, ihnen einen Besuch abzustatten.

Stets freundlich und guter Dinge, von jener unaufdringlichen Großzügigkeit, die von Herzen kommt, den eigenen Wert nicht kennt und den Beschenkten nicht beschämt, war Josep ihnen von Anfang an weit mehr als Vermittler, Beistand und Ratgeber gewesen. Und trotzdem kostete es Palmira große Überwindung, bei den Ginestàs vorbeizuschauen. Joseps Frau löcherte sie mit Fragen und zog ständig über die Leute her, und sie tat dies mit der gleichen Selbstverständlichkeit, mit der ihr Mann allen stets seine Hilfe anbot. Und obendrein konnte es geschehen, dass sie Palmira, ohne jegliches Gefühl für das, was sich schickte und was nicht, ein Stück Stoff in den Schoß legte, aus dem sie ihr eine Bluse zuschneiden sollte, oder ihr einfach die Stricknadeln in die Hand drückte, weil sie selbst den Ärmelausschnitt des Pullovers nicht hinbekam.

Waren mehr als zwei Tage vergangen, ohne dass sie sich hatte sehen lassen, ergoss sich ein Schwall von Vorwürfen über Palmira, nicht selten allerdings versteckt hinter all dem Getue, das Neus bei der Begrüßung um sie machte. Gleichwohl stattete Palmira ihnen regelmäßig einen Besuch ab, und dann saß sie da und hörte zu, wie Josep sich vergebens bemühte, sie vor den Sticheleien zu schützen, die wie ein gereizter Wespenschwarm über sie herfielen. Mit sanfter Stimme tadelte er seine Frau oder versuchte, das Gesprächsthema zu wechseln, doch selten genug gelang es ihm, einer ihrer scharfzüngigen Bemerkungen wenigstens die Spitze zu nehmen. Palmira setzte dem für gewöhnlich das Schweigen einer reuigen

Sünderin entgegen, was den Wespenschwarm allerdings nur noch mehr zu reizen schien und ihn keineswegs zu besänftigen vermochte. Aber Palmira wusste sich nicht anders zu helfen und war auch außerstande, sich für den nächsten Besuch eine Taktik zurechtzulegen. Sie fügte sich, ließ den Sturm einfach über sich hinwegziehen, den sie, jung und in anderen Umständen, stets schon im Voraus zu wittern schien, da war all dieser aufgewirbelte Staub in der Luft, diese bedrohliche Dunkelheit, die sich jäh auszubreiten begann. Aber an den Besuchen führte kein Weg vorbei.

Abfälle waren immer noch für etwas zu gebrauchen, sie kannte es nicht anders, Gemüse- und Obstschalen, Knochen, Gräten, Brotkrumen, was auch immer, doch jetzt musste sie sich geradezu zwingen, die Essensreste nicht mehr für die Schweine, Hühner und Kaninchen aufzubewahren, für den Hund und die Katze. Seit jeher hatte sie an der Anhänglichkeit eines dankbaren Tieres ihre Freude gehabt, und weil diese sich schließlich auf dem Hof nützlich machten, war es auch nur recht und billig, sie zu versorgen. In der Stadt gab es mit einem Mal keine Tiere mehr um sie herum. Da waren nur die Vögel der Nachbarn, oben auf der Dachterrasse, die sie in ihren Käfigen zwitschern hörte, und hielt sie sich im Laden auf, konnte sie draußen wohl auch Hunde vorbeilaufen sehen, mit Halsband und Leine, und immer war da jemand, der hinter ihnen herstolperte. Die Hunde blieben stehen, schnupperten an den einzementierten Bäumen, hoben ein Bein und belauerten mit wildem Blick mögliche Rivalen, die sich ebenfalls in Begleitung befanden. Es gab riesige Hunde, die Wölfen ähnelten, während andere ziemlich mickrig aussahen, nicht größer waren als eine Ratte. Sogar einen Hirtenhund hatte sie einmal zu Gesicht bekommen, ganz verdutzt war sie da gewesen und hatte gar nicht gewusst, was sie sagen sollte.

Aber eines Tages, der erste, an dem sie in dem kleinen Esszimmer zu Mittag gegessen hatten, der Tisch war schon abgeräumt, hatte sie draußen, ganz in der Nähe des Balkons, ein paar Tauben entdeckt. Träge hockten sie da, doch kaum dass Palmira die Tischdecke ausgeschüttelt hatte, machten sie sich auch schon über die Aussaat her. Das Ausschütteln der Tischdecke wurde zu einer täglichen Gewohnheit, bis ihr einmal ein kleiner Löffel in den Hof fiel, der wohl in einer Falte der Tischdecke versteckt gewesen war. Sie ärgerte sich darüber und klaubte von nun an die Krümel in der Küche zusammen, ging aber gleich wieder zurück in das kleine Zimmer, in dem ihr Sessel stand, beugte sich über das Balkongeländer und warf die Brotkrumen mit einer abrupten und gezielten Bewegung hinunter in den Hof.

Kurze Zeit später, sie lebten nun schon annähernd einen Monat in der Stadt, stieß Palmira auf eine Katze, das dichte Fell gelblich braun und grau gestreift, die Augen schwefelgelb mit schmalen Pupillen, ein Schwanz, der sich spielerisch hin und her bewegte. Blitzschnell und voller Gier, zuerst senkte sie den Kopf und dann schlang sie alles geschickt hinunter, verspeiste sie die Überreste der jungen Seehechte, die es zum Mittagessen gegeben hatte. Palmira beobachtete das Tier und dachte dabei an all die Katzen, die sie im Haus ihrer Großmutter hatte herumstreunen sehen. Auch wenn sie den Ratten und Mäusen den Garaus machten und damit allen einen großen Dienst erwiesen, auffressen taten sie sie dann doch nicht, stattdessen strichen sie am Feuer herum, so nah, dass sie stets Gefahr liefen, sich das Fell zu verbrennen und das ganze Haus in Brand zu stecken.

Wie alle anderen Katzen wurde auch Mixa von vorneherein

der Falschheit für schuldig befunden, doch sollte ihr Verhältnis zu Palmira von Bestand sein, weitaus mehr als andere Beziehungen zu intelligenten Wesen.

Schiffbruch

Maurici steckt zuerst seinen Kopf durch die Tür, schaut nach rechts und links und tritt dann aus dem Laden, der *Granja Sali*, hinaus auf den Carrer d'Urgell. Im Schatten der Hauswand bleibt er stehen, die Beine leicht gespreizt, die Arme hinter dem Rücken verschränkt, und betrachtet die vorbeifahrenden Autos, die vorübergehenden Menschen. Er wird dessen nicht überdrüssig, und müsste er nicht ab und zu einem Kunden in den Laden folgen, um ihn zu bedienen, oder würde ihn seine Frau nicht daran erinnern, dass es noch Kisten auszupacken gibt und die ein oder andere Rechnung durchgesehen werden muss, er würde bestimmt, da ist er sich sicher, Stunden um Stunden so verbringen. Wann irgend möglich steht er also draußen vor dem Laden und rührt sich nicht von der Stelle, wie benommen von all dem Lärm und geschäftigen Treiben um ihn herum.

Unwillkürlich sieht er auch jetzt noch nach oben, wenn er wissen will, wie spät es ist, und es kommt ihm vor, als sei der Himmel ganz weit entfernt. So als wäre er ihm abhandengekommen hinter dem einzigen Grün, das seine Augen ausmachen können, dem Laub der einen Platane, die vor dem Geschäft steht, mit ihrem schon fast ausgehöhlten und doch immer noch mächtigen Stamm, die Rinde übersät mit blassgrünen und fahlgelben Flecken. Ein Himmel, der eingepfercht ist zwischen all den hohen Häusern, damit lässt sich nicht viel anfangen, er wird sich also daran gewöhnen müssen, die Uhr zu tragen, ein Hochzeitsgeschenk, und die, ja die wird ihm von nun an die Zeit anzeigen, die Zeit, nach der man sich hier in der Stadt richtet.

Sie leben nun schon eine ganz Weile in Barcelona. Im Schutz des Ladeneingangs wirft er einen Blick auf die Zeiger seiner Uhr, und die stehen gerade auf elf. In Torrent wäre es jetzt nur noch eine Stunde bis zum Mittagessen, um Schlag zwölf wird gegessen, und sein Rücken, der wäre ganz steif vom vielen Bücken, mit der Sichel in der Hand über den Ähren, mit der Sense über dem Gras. Oder weil er ihn beim Beladen des Karrens immerfort gestreckt hätte. Jetzt hat er vor allem in den Beinen das Gefühl, keine Kraft mehr zu haben. Obwohl es längst nicht mehr so schlimm ist wie in der ersten Woche, da sind sie ihm, als wären sie aus heißem Wachs, abends beim Zusperren des Ladens geradezu eingeknickt. Er merkt auch, dass seine Arme schlaffer werden. Die Arbeit in einem Laden ist körperlich weit weniger anstrengend als die auf dem Feld oder die mit dem Vieh, und sauber ist sie noch dazu. Und es gibt genau festgelegte Zeiten, die Arbeit hat einen Anfang und ein Ende. Wenn da nur nicht diese panische Angst wäre, die sich manchmal wie ein Wurm durch seine Eingeweide frisst. Wer ist er denn schon, hier in Barcelona?

Er, der Erbe eines stattlichen Hofes in Torrent, der Sohn Leandre Raurills, ist nun weiter nichts als ein eher schmächtiger Mann mittlerer Statur mit einem jungenhaften Gesicht und blondem Haar, das ihm in die Stirn fällt. Natürlich ist er nicht in der Lage, die Gedanken in Worte zu fassen, die ihn dermaßen aufwühlen und ihm eine solche Qual bereiten. Nun ist es so, dass er in einem Laden in der Stadt arbeitet und sich bemüht, so freundlich wie möglich zu seiner Kundschaft zu sein. Aber niemand weiß etwas über ihn. Sie sagen ihm, was sie möchten, sie klagen über die Hitze oder den Regen und erkundigen sich höchstens einmal nach der Frau und dem Kind, was sie aber seinem Dafürhalten nach nur aus Höflichkeit tun.

Einmal abgesehen von seinen Leuten und von Josep und Neus weiß niemand, dass er der Erbe der Raurills ist, und selbst an dem traurigsten Tag seines Lebens, an den er sich erinnern kann, das war der Tag, an dem seine Mutter starb, und obwohl er damals spürte, dass von dem Moment an, als man sie zu Grabe trug, für ihn nichts mehr so sein würde wie zuvor, selbst an jenem Tag hat er sich nicht so fremd gefühlt wie jetzt.

Sich an die lästige Armbanduhr an seinem Handgelenk zu gewöhnen, ist ihm im Grunde nicht schwergefallen, und sei es nur, um denjenigen, die ihn danach fragen, auch sagen zu können, wie spät es ist. Nicht abfinden kann er sich aber damit, ein Niemand zu sein, wenngleich die Nachbarn ja durchaus seinen Namen kennen. Maurici hier, Maurici dort, der ein oder andere sagt sogar Senyor Maurici zu ihm, doch das geht ihm entschieden zu weit. Wer ein Senyor ist, das weiß er schließlich ganz genau. Derjenige, der seinen Wagen mitten auf dem Marktplatz abstellt, seinen Blick einmal über das ganze Dorf schweifen lässt und dann ins Gasthaus zum Essen geht. Auch der Lehrer ist ein Senyor und ebenso der Pfarrer. Jedes Mal, wenn Maurici so genannt wird, will er das Missverständnis sofort aufklären, ahnt allerdings, dass denjenigen, die ihn so anreden, nicht nach Wortklaubereien zumute ist. Wahrscheinlich wird er sich nie daran gewöhnen, dass einige Leute ein Senyor vor seinen Namen setzen. Und er macht sich so seine Gedanken. Groß geworden als Bauer, ist er davon überzeugt, dass sich hinter diesem Wort etwas Widernatürliches verbirgt, und so befremdet es ihn nicht nur, wenn die Leute ihn so nennen, im Grunde stößt es ihn sogar ab.

Seine Frau hilft ihm im Laden und hält den Haushalt in

Schuss, sie kommt ihm so vor wie immer, nur dass sie förmlich auseinandergeht, nimmt Palmira doch in dem Maße zu, wie das Kind in ihr heranwächst. Doch ist sie offenbar durch nichts aus der Ruhe zu bringen. Nicht durch den Vater, der ihr, obwohl sie doch so sparsam wirtschaftet, das Haushaltsgeld peinlich genau abzählt. Und nicht durch das Kind, das sie unter dem Herzen trägt. Ihn dagegen treibt es um. Wie sollen sie nur zurechtkommen, wo sie doch von nichts eine Ahnung haben? Wer wird ihr bei der Entbindung zur Seite stehen? Und wer wird sich um das Kind kümmern, wenn hinter dem Ladentisch vier Hände gebraucht werden oder, als hätten sie sich abgesprochen, alle gleichzeitig etwas zum Frühstück oder zur Vesper haben wollen, sie in ungeduldigem Schweigen darauf warten, dass er sie bedient, schnell zusammenrechnet, im Handumdrehen das Wechselgeld herausgibt, zuvorkommend ist und doch kein Wort mehr als nötig verliert.

Es ist ja nicht so, dass er keine Kinder mag. Manolel etwa, der Zweitälteste von Dimas, das ist so ein richtiger Wirbelwind, einer, der ständig mit den Armen herumfuchtelt und beim Reden halbe Wörter verschluckt. Er ist genauso wie sein Name, halb spanisch, halb katalanisch, von allem etwas, und überhaupt ein ziemlich aufgewecktes Kerlchen. Er hat es sich angewöhnt, schon einmal nach der Milch zu fragen, die seine Mutter dann später holen wird, und bei der Gelegenheit sucht er sich schnell etwas Süßes aus, worauf er eben gerade so Lust hat oder womit er, wie er vorgibt, Jordi, seinem kleinen Bruder, eine Freude machen kann. Maurici verzettelt sich, verliert völlig den Überblick, bis Dora schließlich runter in den Laden kommt und die beiden alles gemeinsam ausklamüsern und sich angesichts der eindrucksvollen Gewieftheit des Kleinen geschlagen geben.

Manolel wäre durchaus ein Vorbild für den Erben der Raurills, könnte Maurici nur vergessen, dass es sich um ein Kind handelt, und ihn einmal mit ganz anderen Augen betrachten, als er es tut. Aber er sieht bloß einen Dreikäsehoch vor sich, eine pfiffige Rotznase. Und dabei legt sich Manolel so richtig ins Zeug, er lässt nicht locker, widersetzt sich den Verboten seiner Mutter so gut er nur kann, stellt sich taub, wenn Gusti, die ältere Schwester, einmal zufällig in seiner Nähe ist und ihm Ratschläge erteilen will, und all das, ohne mit der Wimper zu zucken, ohne das geringste Schamgefühl und ohne auch nur einen einzigen Gedanken daran zu verschwenden, dass seine kleinen Gaunereien schon im nächsten Augenblick auffliegen könnten. Irgendwie verspürt man immer das Bedürfnis, ihn einfach in die Arme zu nehmen und ganz fest zu drücken. Natürlich ist er sich dessen nicht bewusst, aber mit seinem unbekümmerten Wesen erobert er alle Herzen.

Es hat aber auch sein Gutes, dass sie den Laden übernommen haben. Der Vater legt nicht mehr so ein herrisches Gebaren an den Tag wie im Dorf, wo er alle herumkommandiert hat, ohne selbst einen Finger zu rühren, wo er das Geld unter Verschluss gehalten und die Arbeit verteilt hat. So viele Jahre unter der Fuchtel zu stehen, da reißt jedem der Geduldsfaden, und obwohl der Vater noch immer den Daumen auf das Geld hält, zumindest was die Arbeit anbelangt, ist Maurici nun sein eigener Herr. Doch selbst wenn im Sommer keine schweren Unwetter niedergehen und der Winter einen nicht mit aller Härte an die Kandare nimmt, auch in der Stadt gibt es solche und solche Zeiten, und das macht ihm Angst. Weder Palmira mit ihrer Gelassenheit noch sein Vater taugen dazu, diese Last von ihm zu nehmen, man könnte fast meinen, er sei es, der schwanger ist. Allein Josep gelingt es bisweilen, seine Qual ein wenig zu lindern. Dieser Freund, der weiß, was es heißt, hinter dem Pflug zu stehen, auch wenn es schon ein paar Jahre her ist, der selbst die Mahd eingebracht hat und sich mit dem Vieh auskennt, dieser Freund macht ihm Mut, weil er fest davon überzeugt ist, dass es vorwärts geht, vielleicht nicht ohne Rückschläge, aber sie werden es schaffen, und alles wird gut.

Möglicherweise ist sich Maurici gar nicht im Klaren darüber, dass es letztlich darum geht, sich einen Ruck zu geben, dass es die Willenskraft ist, die den Geist nährt und einen vorankommen lässt, eben jene Entschlossenheit, die seinen Freund und Ratgeber antreibt. Vielleicht vermag er nur zu erkennen, dass sie grundverschieden sind und er sich von Wassermassen umzingelt sieht, die über ihm zusammenzuschlagen drohen. Er beginnt zu zittern und fragt sich, weshalb sie eigentlich nicht ins Dorf zurückkehren, weshalb er nicht den Mut hat, diesen Vorschlag zu machen.

Johannistag

Als die Sprösslinge der Nachbarn mit drei oder vier anderen Kindern plötzlich vor dem Ladentisch standen und ihn um etwas Holz baten, war Maurici ganz verdutzt. Gusti musste ihm erst auseinandersetzen, so als käme er von einem anderen Stern, dass sie doch dabei seien, das Johannisfeuer vorzubereiten, und deshalb alte Möbel, Kartons oder Holzspäne brauchen würden und natürlich auch Papier. Im Dorf hätte er ihnen einen ganzen Sack voll geben können, oder er wäre eben mal rausgegangen, um etwas Holz zu hacken, aber hier kam ihm noch nicht einmal ein Span in die Finger. Er rückte die Flaschen und allen möglichen Kram zur Seite, schaute sogar in der Küche nach, doch das Einzige, was er auftreiben konnte, waren zwei Pappschachteln, die eine noch dazu recht klein. Lärmend und lachend verließ die kleine Schar das Geschäft, und er blieb allein zurück und haderte mit sich. Da schrieb er sich nun jede Kleinigkeit auf und wusste noch nicht einmal, welches Datum sie heute hatten. Drei Tage waren es noch bis Johanni.

Am Tag vor dem Fest, am frühen Abend, begleitete Josep Leandre zu den Raurills. Wie jeden Nachmittag hatten sie ein paar Runden gespielt, und ihre Augen, die die ganze Zeit starr auf die Karten gerichtet waren, hatten sich noch nicht wieder an das Sonnenlicht gewöhnt. In eine lautstarke Unterhaltung vertieft, so wie es für die beiden üblich war, betraten sie den Laden. Es war niemand da, doch Maurici ließ nicht lange auf sich warten und führte sie gleich nach hinten ins Esszimmer. Josep wollte sich nicht hinsetzen, er sei nur vorbeigekommen, wie er sagte, um sie auf ein Stück *coca* einzuladen und ein Glas von dem Dessertwein, den er vom letzten Weihnachtsfest aufgehoben habe. Die Flasche müsste endlich mal getrunken werden, verkündete er mit einem breiten Lachen, nicht dass der Wein noch umkippt.

Maurici rief nach Palmira, die gerade in der Küche beschäftigt war. Völlig verschwitzt kam sie ins Esszimmer, die Schürze in der Hand, und wieder spürte sie diesen Schmerz im Rücken, der sich besonders dann bemerkbar machte, wenn sie den ganzen Nachmittag über genäht hatte. Sie hörte sich an, worum es ging, hatte so gar keine Lust, wollte sich eigentlich viel lieber hinlegen, aber sie richtete sich nach den anderen und willigte ein. Vielleicht fühlte sie sich nach dem Abendessen ja nicht mehr gar so matt.

Die drei Männer traten auf die Straße, und sie blieb im Türrahmen stehen. Sie spürte, wie ihr der Schweiß von den Schläfen rann, und mit der Schürze, die sie schnell abgestreift hatte, als Maurici nach ihr rief, fuhr sie sich über das Gesicht. Das Geräusch knallender Böller ließ sie zusammenzucken, und sie ging zurück in die Küche.

Sie waren von den Stühlen im Esszimmer der Ginestàs aufgestanden, nachdem sie von der viel zu süßen *coca* probiert und die Flasche Wein geleert hatten, deren Inhalt ungleich auf die fünf Gläser verteilt worden war, die Neus auf den Tisch gestellt hatte. Sie und Palmira hatten nur daran genippt.

So wie immer, wenn sie zusammensaßen, hatte es viel zu lachen gegeben, und Leandre, Josep und Neus hatten sich gegenseitig die Bälle zugespielt. Jetzt brachen alle zu einem kleinen Spaziergang auf. Josep musste heute nicht arbeiten und wollte den freien Abend nutzen, um seine Lungen endlich einmal wieder mit frischer Luft zu füllen. Er war es ziemlich leid, jede Nacht so viele Stunden in der Garage eingesperrt zu sein.

Gemeinsam bahnten sie sich einen Weg durch die Straßen, vorbei an den unzähligen Johannisfeuern, an denen die Menschen dicht gedrängt zusammenstanden. Vor allem Jugendliche waren es, die um die Flammen tanzten, ohne sich auch nur im Geringsten von der höllischen Hitze abschrecken zu lassen. Sie sahen, wie die Stadt hier und da im Schein der Feuer förmlich aufzuleuchten begann, krachende Böller ließen sie in einem fort erbeben, und ein Weihwedel aus bunten Sternen schien sie immer wieder zu taufen. Ganz verblüfft und fasziniert bekamen die Raurills auch zum ersten Mal die Löschfahrzeuge der Feuerwehr zu Gesicht, die im Geleit der Sirenen an ihnen vorbeirasten, als würden sie verfolgt. Doch trotz ihres durchdringenden Aufheulens schien niemand groß auf sie zu achten; sie waren ein Teil dieser Nacht, so wie die Hitze, die Lichter und der Lärm.

Die Frauen gingen nebeneinanderher, und Palmira bereute

es, dass sie nicht daran gedacht hatte, sich eine saubere Bluse anzuziehen und einen anderen Rock. Sie hatte sich nur schnell etwas frisch gemacht und ein wenig Rouge aufgelegt, mehr nicht. Sie bereute es, denn neben Neus kam sie sich vor wie eine graue Maus. Es ging ihr nicht um die Taille, wahrlich nicht, aber Neus trug ein Kleid mit eng anliegendem Oberteil und plissiertem Rock, und dieses Kleid trug sie heute sicherlich zum ersten Mal, und selbst wenn es nicht funkelnagelneu war, viele Wäschen hatte es bestimmt noch nicht gesehen. Ihr schwarzes Haar war streng aus dem Gesicht gekämmt und zu einer glatten Innenrolle geföhnt, doch in der feuchtwarmen Hitze der Nacht begann es sich gleich wieder zu kringeln. An den Füßen trug sie weiße Schuhe mit ziemlich hohen Absätzen. Sie waren aus geflochtenem Leder und schienen ebenfalls neu zu sein. So angezogen hätte sie sich auf jedem Fest sehen lassen können.

Genauso wie Palmira hatten sich auch die Männer nicht umgezogen. Auf ihr Anraten hatte Leandre sogar Jackett und Krawatte zu Hause gelassen. Nur in Hemdsärmeln fühlte er sich allerdings irgendwie nicht richtig angezogen, doch anders war diese Hitze einfach nicht zu ertragen.

Sie gingen bis zu den *Fonts de Montjuïc*, und nachdem sie auf den dicht besetzten Treppenstufen doch noch ein paar freie Plätze ausgemacht hatten, setzten sie sich hin, um ein wenig auszuruhen. Versunken in den Anblick der vielen Menschen und der bunten Lichter- und Wasserspiele hing jeder seinen Gedanken nach. Maurici war es, der sie mit einem Mal daran erinnerte, wie die Johannisnacht im Dorf gefeiert wurde. Mitten auf dem Marktplatz das Feuer und ringsherum die Kinder, die Fangen spielten, während die alten Leute ihnen von der Steinbank aus zusahen. Den *vi ranci* aus dem gläsernen Schnabelkrug und dazu ein paar Stücke *coca*. »Wahrlich nichts, dem man auch nur eine Träne nachweinen müsste«, beschied Neus mit Nachdruck. Doch ihr Mann, der zwischen ihr und Palmira saß, gestand ihnen, ob sie es nun glauben würden oder nicht, und dabei schaute er die Frau an, mit der er nicht verheiratet war, manchmal hätte er ganz schön Heimweh, und dann würde er sich ausmalen, wie das wäre, später einmal wieder im Dorf zu leben, sich das Haus schön herrichten und einen kleinen Garten anlegen, und sei es nur für die paar Dinge, die man so zum täglichen Leben braucht. Jäh hallten gewaltige, farbenprächtige Donnerschläge in ihren Ohren wider, die Stimmen waren nicht mehr zu hören, und die verzerrten Worte trieben wie versprengte Wassertropfen in ihren Köpfen umher. Schon gleich beim ersten funkelnden Knall hatte sich Palmira an Mauricis rechten Arm geklammert und ihn die ganze Zeit über nicht mehr losgelassen. Als das Rufen und Lachen dann aufs Neue den nun wieder dunklen Nachthimmel erfüllte, meinte sie nur, es sei doch schon ziemlich spät.

Sie hatten gar keine Zeit gehabt, sich zu überlegen, was sie heute eigentlich machen wollten. Im Grunde waren sie noch gar nicht richtig wach, hatten schlecht geschlafen oder sahen zumindest so aus, als Palmira die Tür öffnen ging, weil es geschellt hatte. Und so wie am Tag ihres Einzugs stand Dimas dort, aber dieses Mal kam er ihrer Aufforderung nach und trat in die Wohnung. Hinsetzen wollte er sich allerdings nicht, denn er sei nur schnell runtergekommen, weil Dora sich nun einmal in den Kopf gesetzt habe, sie würden vielleicht gerne mit ihnen an den Strand fahren. Sie könnten die Straßenbahn bis zur Barceloneta nehmen, baden gehen und später dann gleich dort etwas essen.

Kurz darauf nahm die Truppe der Lozanos die Raurills ins Schlepptau, und alle zusammen zwängten sie sich in die mit schwitzenden Menschen überfüllte Bahn. Kaum wurden ihre begierigen Augen vom Glitzern des Meeres geblendet, waren sie auch schon wieder von unzähligen Menschen umgeben. Als würden sie einem Aufruf folgen, bewegten sich alle in Richtung Strand. Und mit einem Mal, noch bevor sie ihre Taschen im Sand abgestellt hatten, auf ein nicht besonders großes Fleckchen, und noch bevor die Kinder, so schnell sie konnten, aus ihren Kleidern gesprungen waren und geradewegs auf das Meer zurannten, fiel es den Raurills wie Schuppen von den Augen: Auf einen solchen Ausflug waren sie überhaupt nicht vorbereitet. Wer am meisten darunter litt, war der arme Dimas, der sich, und nicht zuletzt seine Frau, wegen dieser Gedankenlosigkeit entweder lauthals verfluchte oder sich bemühte, Maurici davon zu überzeugen, sich in Unterhosen an den Strand zu setzen, woran sich wirklich niemand stören würde. Eine ganze Weile ging es hin und her, jeder meinte etwas sagen zu müssen, und keiner hörte dem anderen zu.

Sie hatten sich die Köpfe heißgeredet, und dann kam der Moment, wo sie mit einem Mal schwiegen, und es war allen klar, dass Leandre, auch wenn er zehn Badehosen besessen hätte, um nichts auf der Welt, das fehlte gerade noch, baden gehen würde, und dass Maurici eigentlich nichts weiter wollte, als sich unter einen Sonnenschirm zu setzen. Palmira dagegen willigte ein, sich zumindest ihre Schuhe auszuziehen, vielleicht weil ihr danach war, vielleicht aber auch nur, weil sie die Situation retten wollte. Sie ging also mit den Füßen ins Wasser, Dora zufolge täte ihr das in ihrem Zustand ganz besonders gut. Doch sollte dieses Vergnügen nur von kurzer Dauer sein, denn über und über nass gespritzt, war sie es bald leid, die ganze Zeit den Rock hochheben zu müssen, und außerdem davon überzeugt, von allen angestarrt zu werden, und so machte sie ihrer Nachbarin ein Zeichen, dass sie wieder rausgehen würde. Dora stand mit Jordi huckepack im Wasser, ganz überschwänglich zärtliche Mutter, in ihrem schwarzen Badeanzug, mit ihren üppigen Rundungen, über das ganze Gesicht strahlend, so braun gebrannt, meine Güte, und sie riss die Augen auf, als wollte sie Palmira zu verstehen geben: Schon? Hast du etwa schon genug? Währenddessen strampelte der Kleine vor ihrem Gesicht herum, und fast hätte sie das Gleichgewicht verloren, wäre um ein Haar ins Wasser gefallen.

Palmira setzte sich neben ihren Mann, und derweil sie redete, strich sie sich den hellen Sand von ihren schmalen Knöcheln und auch von ihren Füßen und zwischen jedem einzelnen Zeh, rau und kitzlig war der Sand, so lästig wie ein Haufen Gören, die man nicht mehr loswird. Bislang hatte sie noch gar keine Gelegenheit gehabt, sich richtig umzuschauen. Jetzt sah sie über die Bucht hinaus, und das Meer hatte kein Ende. Mit halb geschlossenen Augen, um sich vor dem gleißenden Licht zu schützen, konnte sie nicht genug bekommen von diesem endlosen Horizont, der ihr ein Gefühl großer Ruhe gab und ihr doch irgendwie auch Angst machte. Maurici blieb stumm, und weil er ihr bedrückt vorkam, abwesend, fragte sie ihn, was ihm denn durch den Kopf gehe. »Nichts«, gab er ihr schließlich zur Antwort, und das war das ganze Gespräch.

Später, als das mitgebrachte Essen ausgepackt wurde, zwischen den quengelnden und weinenden Kindern, während sie das Brot weiterreichte, den Lederschlauch mit dem Wein, ihre Haut brannte und sie einen Riesendurst hatte, da erinnerte sich Palmira mit einem Mal, dass an ebendiesem Tag, auch wenn es wegen der vielen Arbeit fast ein Ding der Unmöglichkeit gewesen war, ihre Mutter immer etwas Besonderes zum Mittagessen vorbereitet hatte, und stets hatte ein frisches Tischtuch auf dem Tisch gelegen, weil es doch der Namenstag des Vaters war.

»In jedem Viertel hier gibt es einen Bezirksvorsteher, und der ist dafür zuständig, dir oder, wie in eurem Fall, der ganzen Familie zu bescheinigen, dass ihr neu hinzugezogen seid. Zu dem musst du hin, der unterschreibt euch die Papiere, und das war's.«

Josep hatte es Leandre erklärt, und der hatte seinem Sohn gesagt, er solle sich darum kümmern.

Es stellte sich heraus, dass der hiesige Bezirksvorsteher ein Lebensmittelgeschäft im Carrer de Sepúlveda besaß, und nachdem der morgendliche Hochbetrieb erst einmal vorüber war, machte sich Maurici auf den Weg, den Josep ihm erklärt hatte. Schon nach kurzer Zeit und noch bevor er auf die gegenüberliegende Straßenseite gewechselt war, sah er das Schild, von dem ihm der Freund erzählt hatte: »Kolonialwarengeschäft Matías«. Er fühlte sich voller Tatendrang, fand er sich doch jeden Tag ein wenig besser in der Stadt zurecht.

Durch die geöffnete Ladentür sah er einen Mann in einem grauen Kittel, der wohl um die fünfzig gewesen sein dürfte. Er bediente gerade ein kleines Mädchen, dessen Haar zu zwei langen, eher dünnen Zöpfen geflochten war. Maurici wartete draußen und vertiefte sich in den Anblick der Schaufenster rechts und links von der Eingangstür. Sie waren vollgestopft mit lauter Waren, alle mit einem Schild versehen, und das bestand aus einem rechteckigen und fast vollständig beschriebenen Stück Packpapier. In die Höhe gezogene und sich eng aneinanderschmiegende Buchstaben, bauchige, halb ausgemalte B und L, verschnörkelte Endungen. Es konnte einem fast ein wenig schwindelig werden.

Die beiden wippenden Zöpfe auf dem Rücken des kleinen Mädchens bedeuteten Maurici, dass nun er an der Reihe war.

Er betrat den Laden, und durch das freundliche Lächeln des Mannes ermutigt, trug er sogleich sein Anliegen vor.

Sich selbst konnte Senyor Maties ja nicht sehen, nicht sein wächsern wirkendes Gesicht und nicht das Haarbüschel von einer undefinierbaren Farbe, das seinen Scheitel zierte, ansonsten etwas abstehende Ohren und ein Mund mit schmalen, kaum sichtbaren Lippen. Er konnte sich nicht sehen, aber am Gesichtsausdruck seines Gegenübers erkannte er, dass ihm das Lächeln längst eingefroren war. Der Mann, der wie ein ganz gewöhnlicher Kunde an seinen Ladentisch getreten war, wollte überhaupt nichts kaufen.

Maurici blieb das Wort im Hals stecken, als er hörte, dass Senyor Maties in seiner Eigenschaft als Bezirksvorsteher erst nach Ladenschluss Besucher empfing, um acht Uhr abends. Und dabei ging es doch bloß um eine Unterschrift, dachte Maurici bei sich, noch dazu, wo kein einziger Kunde im Laden wartete … Aber der andere sagte ihm nur, er solle auf alle Fälle pünktlich sein. Man wisse ja, wie die Leute so sind. Und er wies ihn noch darauf hin, dass es zwecklos sei zu klopfen, falls der eiserne Rollladen heruntergelassen wäre.

In dem kurzen Gespräch zwischen den beiden Männern hatte Maurici erwähnt, er führe ein Milchgeschäft im Carrer d'Urgell. Als der junge Raurill dann den Laden verließ, fiel dem anderen mit einem Mal sein bescheidener Anzug auf, und gleich stellte er eine Verbindung her zu Mauricis Dialekt. Noch mehr fremdes Pack, stieß er voller Groll hervor, geradeso als sei er davon überzeugt, der andere würde ihm etwas wegnehmen.

Es war heiß an diesem Tag, sehr heiß. Die Hitze lag wie ein milchiger Dunstschleier über der Stadt, die Kleider klebten an Mauricis Körper, und seine Fußsohlen fingen an zu brennen, je länger er in seinen dünnen Strümpfen und lederbesohlten Schuhen über den Asphalt lief.

Die drückende Schwüle hielt bis zum Abend an. Im »Kolonialwarengeschäft Matías« hofierte der Inhaber gerade eine elegant gekleidete Dame. Den grauen Kittel über dem weißen Hemd bis oben zugeknöpft, beide Arme auf dem Ladentisch abgestützt, beugte er sich vor, als wollte er ihre Worte und ihr Parfüm förmlich aufsaugen. An den nackten Armen der Frau klirrten bei jeder Bewegung goldene Armreifen.

Als Maurici Raurill den Laden betrat und noch bevor er überhaupt grüßen konnte, deutete Senyor Maties mit dem Zeigefinger seiner rechten Hand auf die Uhr an der Wand und setzte seine Unterhaltung fort. Maurici warf einen Blick auf sein Handgelenk, zögerte einen Moment und ging dann wieder hinaus. Auf seiner Uhr war es genau zwei Minuten vor acht, wie er sich nochmals vergewisserte. Und so wanderte er vor den beiden Schaufenstern auf und ab, die er sich schon am Morgen angesehen hatte und in denen sich unglaublich viele Waren drängten, jeder einzelne Artikel mit einem Schild versehen, auf dem der Name und der Preis zu lesen waren.

In sicherem Abstand, ein paar Schritte vom Eingang entfernt, wartete er geduldig, bis die Frau, die mit dem Besitzer gesprochen hatte, aus dem Laden kam. Sein Herz machte einen Satz, als Senyor Maties, so als hätte er ihn völlig vergessen, mit einem kräftigen Ruck den Eisenrollladen nach unten zog. Maurici rannte in dem Augenblick los, als das metallische Geräusch in der ganzen Straße widerhallte. Doch der Rollladen war auf halber Höhe eingerastet. Es war fünf nach acht.

Kaum dass sich die beiden Männer im Laden befanden, sie hatten sich bücken und auch den Kopf einziehen müssen, war wieder das ohrenbetäubende Rattern des Rollladens zu hören, der dieses Mal von innen bis ganz nach unten gezogen wurde.

Plötzlich war es völlig dunkel um Maurici herum, seine Ohren dröhnten, und im selben Moment überkam ihn das Gefühl, gleich ersticken zu müssen. Doch dann leuchtete das spärliche Licht einer Glühbirne auf, und die Dinge kehrten mehr oder weniger an ihren Platz zurück. Aber irgendwie war da immer noch dieses beklemmende Gefühl, das sich um seinen Hals schlang wie die Weinrebe um ein Spalier. Er sah den anderen Mann vor sich, wie er sich mit gestreckten Armen und gespreizten Händen auf der Ladentheke abstützte. »Dann woll'n wir doch mal sehen, worum geht es denn überhaupt?«

Maurici, der nach Joseps Schilderung davon ausgegangen war, bei der Unterschrift handele es sich um eine reine Formalität, die mit ein paar höflichen Worten erledigt sei, sah sich regelrecht einem Verhör ausgesetzt. Oder war er einfach nur zu empfindlich?

Name, Alter, Geburtsort. Familienstand. Verdienste. In welcher Pfarrei er denn zur Messe gehe. Der Sturm ließ einfach nicht nach, und unaufhörlich prasselten all diese Fragen auf ihn nieder, mit denen er so gar nicht gerechnet hatte. Seit wann er den Laden habe, wie hoch die Ablösesumme gewesen sei? Umbauarbeiten? Und dann noch: Was er dort verkaufen würde, die Marken, die Lieferanten? Als ihm nicht eine Marke, nicht ein Lieferant mehr einfiel und er schließlich schwieg, erinnerte ihn Senyor Maties noch daran, dass er keine Konserven verkaufen dürfe, und er solle sich nur ja vorsehen, falls er mit dem Gedanken spiele, sein Geschäft zu vergrößern.

Als er in den unbeschwert heiteren Abend des Carrer de Sepúlveda hinaustrat, wollte er nur noch so schnell wie möglich das dröhnende Hinunterkrachen des Eisenrollladens hinter sich lassen und lief los, er fühlte sich erleichtert. Da fingen seine Knie an zu zittern, Schweiß rann ihm den Nacken herunter, und er spürte, wie ein Schaudern über seinen Rücken kroch, so als führe die Haut dort ein Eigenleben.

Es war zwar noch warm, aber nicht mehr so drückend heiß, auf der Straße gingen die Leute spazieren, alles wirkte so ruhig und friedlich. Die Bescheinigung hielt er in der Hand. So viel Mühe und das bloß wegen einer Unterschrift, weiter nichts als einer Unterschrift auf einem Blatt Papier.

Der Geruch des Sommers

Die eigentliche Hitze sollte erst noch kommen. Lautlos und unaufhörlich rückte sie heran und ließ sich von keiner Tür zurückhalten. Vom frühen Morgen bis weit nach Ladenschluss war es hell, die Tage schienen endlos.

Die Raurills gewöhnten sich langsam an das Leben in der Stadt, ohne dass es ihnen sonderlich schwergefallen wäre. Unterdessen war es den Juli über sowohl in ihrem Viertel als auch im Laden etwas leerer geworden.

Bei Leandre drehte sich alles nur noch um das Patronatsfest. Er sprach von nichts anderem mehr, und schließlich, ganz wie es seine Art war, bestimmte er einfach, alle würden hoch ins Dorf fahren, und wenn man deshalb das Geschäft für ein paar Tage schließen müsste, dann sei das eben so. Die beiden anderen schwiegen, und dann waren alle drei still. Bis mit einem Mal aus Palmiras Mund zu hören war, dass sie dann aber Einbußen in Kauf nehmen müssten. Vielleicht um ihr den Wind aus den Segeln zu nehmen, nicht dass sie ihm noch zu verstehen gab, er würde die Augen davor verschließen, wie knapp doch das Geld bei ihnen saß, jedenfalls entschied Leandre, der Sohn habe in Barcelona zu bleiben.

In dieser Nacht fand Maurici keinen Schlaf. Er hätte sie sich gut einprägen sollen, diese Nacht, war sie doch das erste Glied in einer langen Kette, die erste Stufe einer Treppe, die er hoch- und runtersteigen sollte, ohne zu wissen, wann es aufwärts und wann es wieder abwärts ging. Er fing an, sich im Bett hin und her zu wälzen, war sich dessen aber gar nicht bewusst, bis seine Frau zu ihm meinte, was denn eigentlich los sei. Nachdem er schnell »nichts, gar nichts« gesagt hatte, blieb er still liegen, bis er sicher sein konnte, dass sie eingeschlafen war. Da stand Maurici auf und ging rüber in das kleine Zimmer, in dem Palmira immer nähte, und er stellte sich in die sperrangelweit geöffnete Balkontür, hoffte, wieder zur Ruhe zu kommen. Zumindest war es ein wenig kühler dort, und die Stimmen, die abgehackt und leicht verzögert von draußen zu ihm drangen, lenkten ihn etwas ab. Doch waren sie ihm so fremd, dass er kein bisschen Trost bei ihnen fand, sie brachten ihn höchstens für einen Augenblick auf andere Gedanken.

Sie müssten unbedingt wieder zurück, bevor es zu spät wäre, dieses Leben hier, das war einfach nichts für ihn. Mit einem Mal kam ihm die Hitze nicht mehr gar so unerträglich vor, und er dachte, wenn er jetzt ins Bett ginge, würde er bestimmt gleich einschlafen können. Aber auch auf dieser mühseligen Reise in das Land des Schlafes war sein Bett weiter nichts als ein trostloser Wartesaal. Er kannte doch seinen Vater, sein ganzes Leben lang kannte er ihn schon. Als es hell wurde, bemerkte er, dass er mit zusammengepressten Zähnen dalag, so als hätte er sich von innen in die Wange gebissen, aber das war nicht der Fall. Die Backenzähne waren einfach aufeinandergedrückt, die oberen auf den unteren, fast so, als wären sie miteinander verschweißt. So wie die übrigen Zähne auch.

Er stand auf und zog sich an, war bemüht, nur ja keinen Lärm zu machen, da hörte er seine Frau etwas vor sich hin murmeln, vielleicht im Schlaf, und er ging zu ihr. Er setzte sich auf ihre Bettkante, und ohne sie anzuschauen, mit dem Gesicht zur Wand, fing er an zu reden. Er sagte, es sei ein Fehler gewesen, nach Barcelona zu gehen, sie müssten unbedingt wieder zurück nach Hause, und das so bald wie möglich. Sein Vater würde sich nicht ändern, aber oben im Dorf, da könnten sie doch ein ganz anderes Leben führen, da müssten sie nicht jeden Cent zweimal umdrehen. Sie seien eben noch vom alten Schlag, doch ihren Weg, den würden sie trotzdem machen. Und außer dem Vater müssten sie schließlich auch niemandem Rechenschaft ablegen.

Er sagte noch mehr, er sprach hastig, es sprudelte nur so aus ihm heraus, seine Augen waren nach wie vor starr auf die Wand gerichtet, seine Hände lagen auf dem Laken, dort, wo er Palmiras Knie vermutete. Seit sie schwanger war, flößte ihm ihr Körper Respekt ein, ja Angst, und schon seit einer ganzen Weile hatte er sich ihr nicht mehr genähert.

Die Frau hatte ihm zugehört, überrascht, erschrocken. Das, was er da sagte, war doch ein Wahnsinn. Auch wenn sie noch ein paar Raten für den Laden schuldeten, sie kamen doch ganz gut über die Runden. Wenn sie jetzt zurückgingen, dann wäre alles umsonst gewesen. Sie hielt die Augen geschlossen, vielleicht weil sie sich nichts anmerken lassen wollte, vielleicht weil sie noch gar nicht ganz wach war, weil es ihr lieber gewesen wäre, Maurici säße nicht so nah bei ihr, vielleicht aber auch, weil sie einfach nicht wusste, was sie sagen sollte. Noch immer hielt sie die Augen geschlossen. »Schläfst du etwa noch?« Palmira hatte vorgehabt, ihm eine Antwort zu geben, nur wollte sie ihn erst ausreden lassen und dann versuchen, ihn umzustimmen, doch als sie seine Frage hörte, schwieg sie. Nur für einen Moment blieb sie noch mit geschlossenen Augen liegen. Er glaubte, sie würde schlafen, und ging hinaus, vielleicht war er ja erleichtert darüber, dass sie ihn nicht gehört hatte.

Nicht etwa, dass es da noch groß was zu überlegen gab, aber während der Zeit, die die beiden oben im Dorf wären, könnte er alles noch einmal in Ruhe überdenken. Und so ganz allein, vielleicht würde er ja dann eine endgültige Entscheidung treffen.

Die Benzinwolke war den meisten der Umstehenden, die sich in Trauben um die Busse drängten, ziemlich auf den Magen geschlagen. Palmira hatte gerade noch »ich bin gleich wieder da« sagen können, bevor sie auf das Häuschen mit der Aufschrift WC zugerannt war, das auf dem Gelände der Alsina Graells stand. Zum ersten Mal seit Beginn ihrer Schwangerschaft hatte sie sich übergeben müssen. Was für ein Glück, dass nicht alle Toiletten besetzt gewesen waren, dachte Palmira, als sie, noch immer ganz bleich im Gesicht, auf Maurici zuging, der ihr aus der Menschenmenge heraus zuwinkte. Der Fahrer hatte den Motor angelassen, und Palmira, nachdem sie ihren Mann vor den beiden Stufen, über die man in den Bus gelangte, zum Abschied umarmt hatte, stieg ein und schaute sich suchend nach ihrem Schwiegervater um. Sie entdeckte ihn in der Mitte des Busses, an das kleine Fenster gelehnt. Sie schleppte die schwere Tasche zu ihrem Sitz und ließ sie einfach zwischen den Beinen stehen. Bis zu den Waden hoch waren ihre Knöchel angeschwollen.

Es herrschte eine außergewöhnlich drückende Hitze. Halb drei und in der prallen Sonne, die Fenster weit geöffnet, und jeder versuchte, einen Lufthauch abzubekommen, mochte er auch noch so heiß sein, noch so sehr nach Benzin stinken. Palmira hatte Angst, wieder vom Sog der Übelkeit mitgerissen zu werden, und so umklammerte sie, als würde sie sich an einem Tau festhalten, ein dünnes, vom Schweiß fast völlig durchnässtes

Batisttaschentuch. Dennoch erkannte sie, dass sie schon die Diagonal erreicht hatten, eine der ganz wenigen Straßen in Barcelona, die ihr ein Begriff war, eine so ungemein breite Straße. Mit einem Mal beschlichen sie Schuldgefühle. Maurici, zu Hause … ganz allein … Sie hatte nichts zu ihm gesagt, so als hätte sie auch nichts gehört, obwohl seine Worte ja sehr wohl zu ihr gedrungen waren, als sie im Bett gelegen und, eigentlich ohne zu wissen warum, ihre Augen nicht hatte öffnen wollen. Und jetzt, ja jetzt hatte sie ihre Augen geöffnet, hörte ihren Schwiegervater reden und hätte Maurici so gerne gesagt, dass sie alles mitbekommen hatte, aber dass er einfach noch ein wenig Geduld haben sollte. Kaum waren sie voneinander getrennt, tat es ihr leid, nicht mit ihrem Mann gesprochen zu haben.

Leandre hatte einen Gesprächspartner ganz nach seinem Geschmack gefunden. Auf dem Sitz vor ihm drehte sich ein Mann aus Cabdella zur Seite und reckte seinen Hals, um dem Mann aus Torrent zuzuhören, der so witzig erzählen konnte, ob seine Geschichten nun erfunden waren oder nicht, was machte das schon, auf jeden Fall ließen sie einem die Zeit nicht lang werden.

Um sieben Uhr abends erreichten sie La Pobla de Segur. Es war nicht mehr so heiß. Sie setzten sich auf die zwei Sitze ganz nach vorne, die frei geworden waren und auf denen man nicht gar so sehr durchgeschüttelt wurde. Gleich stiegen noch ein paar weitere Fahrgäste hinzu.

Mehr und mehr führte die Strecke jetzt durch eine wild zerklüftete Landschaft. Oberhalb von La Pobla windet sich die Noguera Pallaresa durch enge Schluchten, schleudert der Fluss Gischt ans Ufer, wenn er in seiner ungestümen Eile auf ein Hindernis stößt. Vielleicht haben sie im dunklen Schatten der Collegats-Schlucht nach oben geschaut, und vielleicht sind sie sogar einen Augenblick lang still gewesen, um nur ja nicht den

Anblick der Argenteria zu verpassen. Der Himmel war wolkenlos, das Tal hatte sich verengt, es wurde immer grüner und schattiger. Leandre gehörte allerdings zu denjenigen, die in der Argenteria weiter nichts als einen abgewetzten Felsen sahen, einen Felsen, über den das Wasser rinnt und an dessen Rändern Klumpen von Gras und Moos herabhängen.

Palmira stellte überrascht fest, dass die übrigen Reisenden genauso sprachen wie sie, in ihrem Dialekt, der in Barcelona immer wieder für Verwunderung sorgte. Zwar war sie noch nie darauf angesprochen worden, doch hatte sie im Blick der anderen häufig ein gewisses Befremden aufflackern sehen. Nur ob sie aus Lleida sei, wurde sie ab und zu gefragt. Für eine Weile ließ sie sich von der Stimme des Kontrolleurs einschläfern, der sich, während er die Fahrkarten verkaufte, mal mit dem einen, mal mit dem anderen unterhielt. Bis ihr bewusst wurde, dass er mit ihrem Schwiegervater sprach.

Leandre warf sich in die Brust und begann, ein Loblied auf den Laden zu singen. Man hätte meinen können, er ganz allein würde sich um alles kümmern und niemand sonst würde auch nur einen Finger rühren. Sie gab nicht einen Ton von sich. Der Kontrolleur war ebenso wenig auf den Mund gefallen wie ihr Schwiegervater, und im Witzereißen und Sprücheklopfen stand er ihm kein bisschen nach. Seine Augen traten hervor wie bei einem Frosch, und ständig fuchtelte er in seinem hochgekrempelten blauen Uniformhemd mit den Armen herum, und dann waren da noch seine kurzen Beine, auf denen er hin und her schwankte in all den gnadenlosen Kurven, durch die der Bus schaukelte, über den holprigen Asphalt voller Schlaglöcher. Wollte man Leandre Glauben schenken, war das Ganze das reinste Kinderspiel, und er brüstete sich noch immer damit, was für eine kluge Entscheidung es doch gewesen sei, dem Dorf den Rücken zu kehren, während der andere wissen wollte, wie es denn so um die Frauen in Barcelona stehe. An diesem Punkt mischten sich auch andere Fahrgäste ins Gespräch, und es ging ziemlich hoch her.

Palmira schloss die Augen.

Kurz bevor sie nach Barcelona gezogen waren, hatte das Dorf Strom bekommen. Und es war ein Segen, dass man jetzt, am späten Abend, einfach nur mit einer Hand den kleinen Knebel auf dem runden, weißen Porzellanschalter herumdrehen musste. Der Schlüssel mit dem langen Schaft hatte sich zuvor knarrend im Schloss bewegt, und die Tür war so leicht aufgegangen wie immer. Sie betraten das Haus und fröstelten. Und wonach roch es hier eigentlich? Nach Staub? Oder war es der Geruch des Sommers, der durch Türen und Wände gedrungen war und jetzt wie ein Dunstschleier oben an der Decke hing?

Schweigend erledigte sie ihre Arbeit. Palmira war schon immer eher wortkarg gewesen, das stimmte wohl, aber an diesem Abend war sie auch einfach völlig erledigt. Solange das Essen nicht auf dem Tisch stand, war nicht daran zu denken, sich ein wenig auf der Bank auszuruhen. Leandre hatte im Hof ein paar Holzscheite gespalten, und während er das Feuer anzündete, schimpfte er die ganze Zeit vor sich hin, weil die Axt so stumpf gewesen war. Dann setzte er sich an den Tisch und schlang gierig sein Essen hinunter, kein einziges Wort kam mehr über seine Lippen. Er war schon fast fertig, als seine Schwiegertochter gerade den ersten Bissen von ihrem Stück Omelette nahm.

Die Küche war groß, und die Glühbirne an der Decke verbreitete nur ein spärliches Licht, aber im Kamin brannte nach all der Zeit wieder ein richtig schönes Feuer. Die Flammen züngelten an den verwaisten Kesselhaken empor und erhellten die rußgeschwärzten Wände.

Als ihr Schwiegervater vom Tisch aufstand, ließ Palmira ihr

Essen stehen und ging nach oben, um ihm das Bett zu richten. Sie wünschten sich eine gute Nacht, Palmira kehrte zurück in die Küche und aß das mittlerweile völlig kalt gewordene Omelette auf, um dann die wenigen Sachen abzuspülen, die sie benutzt hatten. Es war Ende Juli, doch der Wasserstrahl, der über ihre Hände lief, war eiskalt. Morgen, wenn sich mehr Töpfe und schmutziges Geschirr angesammelt hätten, würde sie sich Wasser heiß machen.

In dieser Nacht, kurz bevor sie in einem der alten Betten einschlief, in dem sie noch niemals zuvor gelegen hatte, hörte sie am anderen Ende des Ganges Leandre schnarchen und von draußen die Stille, die zu ihr ins Zimmer drang. Da wurde ihr bewusst, wie weit weg Maurici doch war, und in diesem Moment spürte sie, wie es in ihrem Bauch leise gluckerte, so als ob sich dort eine winzige Wasserblase hin und her bewegen würde. Ein kleines Ding aus ihrem Dorf fiel ihr ein, das ihr als junges Mädchen überallhin gefolgt war, aber sie konnte sich nicht mehr daran erinnern, wie die Kleine geheißen hatte.

Am gedeckten Tisch

Aus Barcelona hatte sie ein paar Lebensmittel mitgebracht, obendrauf in der großen Tasche aus Nylon. Mehr oder weniger das, was sie am Abend zuvor gegessen hatten. Mit dem, was übrig geblieben war, hatte Palmira dann gerade noch das Frühstück für Leandre zubereiten können.

Schon längst wäre es an der Zeit gewesen, über Sabina zu reden, aber sie taten es noch immer nicht. Mit einem Mal war an der Tür die vertraute Stimme ihrer Nachbarin zu hören, die von Roseta.

»Ist wieder jemand zu Haus?« »Komm doch rein, Roseta, komm doch rein.« Palmira, gefolgt von ihrem Schwiegervater, lief aus der Küche in den Hausflur, doch als sie der Nachbarin gegenüberstand, konnten sich die beiden Frauen nicht umarmen. »Die hat mir gerade noch gefehlt!«, zischte Leandre.

In der einen Hand hielt Roseta einen Tonkrug und mit der anderen streckte sie Palmira einen Eimer mit Kartoffeln entgegen, und obendrauf lagen ein Kohlkopf und ein paar Eier. Im Krug befand sich frisch gemolkene Milch.

»Von meiner Fosca, erinnerst du dich noch an sie, Palmira?«

Die Nachbarin überreichte der jungen Frau die mitgebrachten Gaben, auf die leeren Gefäße wollte sie nicht warten, sie würde später noch einmal vorbeischauen. Sie wollte auch nicht hereinkommen, nein, wirklich nicht, sie müssten doch jetzt frühstücken … Und so ging sie wieder fort.

Nicht lange danach machte sich auch Leandre auf den Weg. Bevor er durch die Tür trat, sagte er nur, »ich geh dann mal«, und Palmira blieb zurück, ohne zu wissen, ob er bei seiner Tochter vorbeischauen würde oder nicht, aber sie war sich ziemlich sicher, dass er es nicht tun würde. Also musste sie wohl oder übel der Schwägerin einen Besuch abstatten, so bald als möglich, und sich auf dem Weg dorthin bloß von niemandem aufhalten lassen.

Im Grunde drehte sich im Dorf alles um die Frage, wie es den Raurills wohl in Barcelona ergehen mochte. Ob sie von der Hand in den Mund lebten oder ein gutes Auskommen hatten und vor allem, ob ihnen die Arbeit dort unten in der Stadt wirklich so viel leichter von der Hand ging als hier oben die Feldarbeit. Und bei Sabina daheim, auch wenn sie kein Wort darüber verloren, fragten sie und Frederic sich doch insgeheim, ob es denn immer so weitergehen sollte? Sich ständig vorsehen, sich ständig zusammenreißen und das Ganze nur ja nicht zu nah an sich heranlassen, auf ewig diesen kalten Krieg führen, ohne Hoffnung auf Versöhnung, einfach nur, um die Verbitterung wegen alter Ungerechtigkeiten auf kleiner Flamme weiterkochen zu können? Da war zwar noch immer Glut unter der Asche, doch kein Verlangen, die Flammen wieder auflodern zu lassen.

Palmira betrachtete die andere Frau mit diesem Leuchten in den Augen, das sie aus der Stadt mitgebracht hatte und dessen sie sich selbst gar nicht bewusst war, und mit einem Mal kam Sabina ihr fremd vor, wie sie da in ihrer Kittelschürze vor ihr stand, immer die gleiche Kittelschürze, ein weißes Karokästchen und daneben ein graues und das so weiter bis hin zur Borte ringsherum, und das kastanienbraune Haar mit zwei Klemmen hinterm Ohr festgesteckt. Ihre Wangenknochen standen hervor wie eh und je, ihre Augen waren zwar nicht ganz so hell wie die ihres Vaters, aber ebenfalls blau. Palmiras Blick blieb an der ebenmäßigen Stirn über den fein geschwungenen Augenbrauen hängen und an der leichten Stupsnase. Noch nie war ihr die Ähnlichkeit mit Maurici so sehr aufgefallen. Während die andere redete, hatte sie sie die ganze Zeit über wie gebannt anschauen müssen. Sabinas Worte waren voller versteckter Anspielungen, und dann schwieg sie plötzlich, doch ganz bestimmt dachte sie weder an die Farbe ihrer Augen noch sonst irgendwie an ihr Gesicht, das jeder, der vor ihr stand, betrachten konnte. Aber nicht jeder tat dies mit neuen Augen, die doch ansonsten dieselben waren wie immer.

Es wurde verkündet, als handele es sich um das elfte Gebot, dass der Vater und sie, die Frau des Bruders, zum Essen kommen sollten. Morgen sei schließlich der erste Tag des Patronatsfestes, und auf dem Dorf gehöre sich das nun einmal so.

Sabina erkundigte sich nicht nach der Schwangerschaft ihrer Schwägerin. Palmira wusste das, was alle wussten. Dass Sabina die Kinder im Mutterleib gestorben waren. Nur ein einziges hatte sie neun Monate lang austragen können, aber dann war es tot zur Welt gekommen.

Als sie den Dorfplatz überquerten, waren nur ein paar Kinder zu sehen, die auf dem Podium spielten, das man für die Musiker aufgebaut hatte, und die von dort aus versuchten, die hauchdünnen Papiergirlanden herunterzureißen, die alle paar Handbreit eine andere Farbe hatten. Sie gingen nebeneinanderher und sagten kein Wort, doch so unterschiedlich sie ansonsten auch sein mochten, in diesem Moment verspürten beide die gleiche nervöse Spannung. Bei jedem Schritt sagte sich Leandre, dass er ein Anrecht darauf habe, schließlich würden es Anstand und Sitte seit jeher so gebieten, und dieses Anrecht habe er geerbt wie das Blut und das Land. Er war auf dem Weg zu seiner Tochter, um dort zu Mittag zu essen. Doch Wut stieg in ihm hoch bei dem Gedanken an den Mann, den er an ihrer Seite antreffen würde, den sie geheiratet hatte, weil er es so bestimmt hatte, auf Anraten eines Verwandten hin, der Teufel solle ihn holen. Dermaßen in Harnisch geraten, stieg er die Treppe hoch zum Haus der Manois und betrat damit den Kampfschauplatz. An seiner Seite Palmira, die an wer weiß was dachte. Aber bestimmt nicht an irgendein ungeschriebenes Gesetz. Einfach nur ein Teller Suppe wäre ihr lieber gewesen als dieses ganze Festmahl.

Der Tisch war gedeckt, und Frederic saß am Kopfende. Neben ihm stand seine Mutter, und ihre Hände klammerten sich um die Stuhllehne, als suche sie nach Halt. Palmira ging auf Doloretes zu, um ein paar Worte mit ihr zu wechseln, nachdem sie zuvor allen einen guten Tag gewünscht hatte. Der Schwager war nicht aufgestanden, er schien sich hinter dem Tisch verschanzen zu wollen, und doch war es ihr in dem ganzen Stimmengewirr so vorgekommen, als habe er einen Gruß gemurmelt, den er aber, noch bevor er richtig zu hören war, gleich wieder hinuntergeschluckt hatte.

Die erste Verletzung dieser Schlacht wurde wortlos zugefügt. Am anderen Kopfende des Tisches stand weder ein Teller noch lag dort Besteck, der Platz war nicht gedeckt. Auch die Tochter war also gegen ihn, Leandre versteifte sich, als er neben dem Stuhl Platz nahm, auf den sich Sabina setzen würde, wenn sie erst mit dem Bedienen fertig wäre.

Es war so still, dass man den Schöpflöffel gegen die Wand der weißen Suppenschüssel schlagen hörte. Zunächst bekam Frederic seinen Teller gefüllt, und dann war Leandre an der Reihe, so wollte es Doloretes. »Zuerst die Männer!«, sagte sie. Niemand dankte es ihr, und auch Palmira, die ihr Möglichstes tat, um unbefangen zu plaudern, würde es niemand danken. Sie war als Vierte an der Reihe, nahm als Vorletzte ihren Teller entgegen, wobei der letzte, ganz so wie es der Brauch will, der Hausfrau vorbehalten ist. Es war eine gute Suppe, doch nur Frederic nahm einen Nachschlag. Während Palmira schon die tiefen Teller der anderen zusammenstellte, griff er zur Suppenschüssel, hielt sie schräg, um mit der Kelle die restliche Suppe herauszuschöpfen, und fragte seine Mutter, ob sie nicht auch noch etwas davon wollte. Im selben Moment musste er lachen, denn die Frau aß ganz langsam und immer nur von der Spitze des Löffels, so als habe sie Angst, sich die Zunge zu verbrennen, und sehr wahrscheinlich hatte sie genau das, Angst.

Das Esszimmer lag im schattigen Teil des Hauses. Selbst im Hochsommer war es dort kühl, ebenso kühl wie die wenigen Worte, die gewechselt wurden, obwohl doch der *porró*, so als hätte man es vorher abgesprochen, fast ohne Unterlass von Frederic zu Leandre und von Leandre zu Frederic wanderte. Palmira und Doloretes überbrachten flink und behände die kostbare Fracht, fast so, als handele es sich um eine weiße Fahne, die über das Schlachtfeld gereicht wird.

Weil so wenig geredet wurde, ging es schnell mit dem Essen voran. Mit dem Salat und der Suppe waren sie bereits fertig und nahmen nun entschlossen das geschmorte Hähnchen mit den Mairitterlingen in Angriff. Und schon bald stand eine große Schale mit Eiercreme mitten auf dem Tisch. »Ich habe ein Anrecht darauf.« Er hatte es sich unzählige Male wiederholt. Jedes Mal, wenn er den Drang verspürt hatte, von seinem Stuhl aufzuspringen, um seinem Schwiegersohn eins aufs Maul zu hauen.

Der Taxifahrer hatte die *rubia* beladen, und Palmira setzte sich auf die Rückbank des Kombis; auf dem Schoß hielt sie den Korb, den sie an sich genommen hatte, und zwischen ihren Beinen stand die Nylontasche, bis oben hin vollgepackt. Während die beiden Männer sich angeregt unterhielten, drehte sie sich um und sah, wie das Haus langsam hinter ihnen zurückblieb. Dann der Dorfplatz, die Dorfstraße und schließlich das ganze Dorf. Das Taxi fuhr weiter und weiter. Noch konnte sie die Berge sehen mit all ihren gelben, grünen und erdbraunen Flecken. Ihr wurde ganz schwer ums Herz, auch wenn sie aus dem Dorf, wohin sie vor drei Jahren geheiratet hatte, nur Roseta vermissen würde. Sie verspürte keinerlei Erleichterung, nur diesen Aufruhr in ihrem Inneren, so als wäre ihr Körper ein Streichinstrument, in dem die Schwingungen um sie herum ihren Widerhall finden. All ihre Sinne waren angespannt, und zugleich empfand sie eine seltsame Ruhe, über die sie selbst ganz erstaunt war. Gab es eigentlich jemanden, auf den sie sich verlassen, etwas, auf das sie bauen konnte?

Vielleicht befürchtete sie, ihre kleine überschaubare Welt geriete ins Wanken, war doch die Feindseligkeit, die zwischen ihrem Schwiegervater und dem Schwager herrschte, auch an ihr nicht spurlos vorübergegangen. Wenn sie es recht bedachte, stand sie sogar auf der Seite von Sabina und Frederic, doch ihr vorgeschriebener Platz war auf der anderen Seite, bei Mann und Schwiegervater. Je weiter sie sich von Torrent entfernten, desto mehr lebte sie auf, noch immer aber verspürte sie dieses Gefühl des Bedauerns, das sie sich nicht erklären konnte.

Und dann, als unmittelbare Folge der Auseinandersetzung zwischen den anderen, war da ja auch noch ihr eigener Kampf, den sie auszufechten hatte, und sie spürte, dass sie kurz davor stand, ihn zu verlieren, ja, sie war sich dessen fast sicher.

Kaum dass sie das Haus von Schwager und Schwägerin verlassen hatten, er war außer sich und seine Stimme drohte umzukippen vor lauter Zorn, hatte Leandre ihr befohlen, das Tier zu schlachten und ihm das Fell abzuziehen. Es gebe Kaninchen zum Abendessen. Als er verkündete, er gehe jetzt noch etwas trinken, hatte sie es ihm aus der Hand genommen und sich vergewissert. Das Tier war trächtig.

Zu Hause angekommen, fühlte sie sich noch immer elend und hatte sich eine Weile hingelegt. Aber es war zwecklos: Letzten Endes musste sie sich doch übergeben. Das Kaninchen ließ sie am Leben, und als ihr Schwiegervater zurückkam, redete sie sich heraus, so gut sie konnte. Und er regte sich noch nicht einmal groß auf, schließlich hatte er schon jede Menge getrunken und sich auch ausgiebig gestärkt. Hunger hatte er jedenfalls keinen mehr. Und dann war er wieder aufs Fest gegangen, und sie, nachdem sie bei ihrer Nachbarin vorbeigeschaut hatte, zu Bett, obwohl es noch nicht einmal zehn geschlagen hatte.

Zum Frühstück hatte sie ihm eine Schweinswurst gebraten, die sie von Roseta bekommen hatte, und um elf stand dann die *rubia* vor der Tür, die sie zur Haltestelle vom Überlandbus bringen sollte. Das Donnerwetter, das über sie hereinbrach, als der Schwiegervater sah, dass sie das Tier bei sich hatte und es noch am Leben war, hatte Palmira einfach über sich ergehen lassen. »Solange es seine Jungen nicht geworfen hat, werde ich es nicht schlachten«, hatte sie zu ihm gesagt, ohne ihn anzuschauen. Dann würde er es eben selbst machen, darauf könne sie Gift nehmen, hatte er ihr zur Antwort gegeben. Und so waren sie verblieben. Die ganze Fahrt über hatten sie kein Wort miteinander gesprochen.

Aprilscherz

Erst bei Tagesanbruch wird er eingeschlafen sein. Er steht mit dem Gefühl auf, es sei schon ziemlich spät, und dem ist auch so. Er wäscht sich. Noch immer kommt es ihm so vor, als wären seine Zähne miteinander verschweißt. Ohne einen Keil werde ich sie wohl nicht auseinanderbekommen, denkt er verbittert. Er steckt einen Finger zwischen die Zähne und betrachtet sich im Spiegel. Trottel, sagt er laut zu sich selbst und nimmt den Finger wieder aus dem Mund.

Er schließt die Tür auf und lässt sie sperrangelweit offen. Da sind sie wieder, die Straße, der Baum, die Autos, die vorbeieilenden Menschen, er dreht sich um und geht zurück in den Laden. Er erinnert sich an das, was er sich vorgenommen hat, als er im Bett gelegen und nachgedacht hat.

Der Morgen vergeht im Großen und Ganzen wie immer, mal gibt es viel, mal weniger zu tun. Ist gerade kein Kunde im Laden, versucht er, sein Vorhaben in die Tat umzusetzen. Er holt sich ein Stück Pappkarton und schneidet ein Rechteck aus, auf das er »Laden zu verpachten« schreibt. Er klebt es draußen an die Tür, auf eine der Glasscheiben. Dann macht er sich an die Abrechnung, und als er fertig ist, legt er ein paar Peseten in eine Blechdose. Er muss sich endlich gegen den Vater zur Wehr setzen und hat sich überlegt, wie er an ihm vorbei etwas Geld abzweigen kann. Danach fühlt er sich irgendwie beflügelt, seine Beine sind weniger schwer als sonst, und auch die Hitze kommt ihm nicht mehr so unerträglich vor. Er beschließt, zum Friseur zu gehen, um sich einen richtig kurzen Schnitt verpassen zu lassen, diese Haarsträhne da, die ihm immer wieder in die Augen fällt, heute stört sie ihn.

Als Josep so gegen eins in den Laden kommt, erschrickt Maurici. Der Freund zeigt zur Glasscheibe und meint: »Haben wir heute etwa den ersten April?« Maurici fühlt sich wie ein kleiner Junge, den man bei einer Lüge ertappt. Er erklärt Josep, es liefe nicht besonders gut für sie, er könne sich einfach nicht an das Leben hier gewöhnen, und die anderen auch nicht, fügt er hinzu. Er schaut auf, und seine Augen suchen die seines Gegenübers, und sie scheinen zu glänzen, als er sagt, er würde sich nicht wundern, wenn der Vater und Palmira gleich oben im Dorf bleiben würden. Josep sieht ihn nur an, er sagt nichts, ein Kunde ist hereingekommen, und Maurici hat sich hinter die Ladentheke gestellt.

Früher als sonst sperrt er zu, und die beiden machen sich auf den Weg zu den Ginestàs. Solange Palmira fort ist, erwarten sie ihn jeden Tag zum Mittagessen, wiederholt Josep, der nicht weiß, worüber er mit ihm reden soll.

Am Abend sieht Maurici vom Laden aus ein Taxi vor der Tür halten und gleich darauf Leandre aussteigen, der vergnügt plaudernd seine Brieftasche in der Hand hält, um den Taxifahrer zu bezahlen. Bevor Maurici auf ihn zugeht, reißt er noch schnell das Pappschild von der Tür, knickt es und steckt es sich in die Hosentasche. Er kommt gerade rechtzeitig, um Palmira zu helfen, die versucht, mit einem Korb aus dem Wagen zu steigen.

Die drei gehen ins Haus, einer hinter dem anderen, Maurici als Letzter, die Frau in der Mitte. Er hat damit gerechnet, dass sich ein regelrechter Redeschwall über ihn ergießen würde, aber keiner von beiden zeigt sich besonders gesprächig. Palmira läuft die ganze Zeit geschäftig hin und her, räumt die Sachen auf, die ganze Wohnung, gibt ihm zwar Antwort, lässt sich aber auf kein Gespräch ein. Die Familie gesund, das Haus gut in Schuss, das Patronatsfest wie jedes Jahr, die Leute wie immer. Auch der Vater weicht ihm aus, denn nachdem er einen Schluck getrunken hat, meint er, er müsste sich etwas die Beine vertreten und würde eine kleine Runde drehen.

Die Eheleute bleiben allein zurück, und Maurici fragt wieder nach seiner Schwester, nach dem Schwager, und Palmira setzt sich an den Esszimmertisch, und mit abwesendem Blick erzählt sie ihm schließlich von dem Mittagessen am Patronatstag.

Die Stunden danach verbringt er damit, sich dieses Essen noch einmal selbst und in allen Einzelheiten vor Augen zu führen, und hält sich besonders mit dem Teil auf, wo das Ganze eskaliert. Immer wieder beginnt er von vorn, folgt den Spuren, die die Worte seiner Frau gelegt haben, und fügt sie der eigenen Erinnerung hinzu.

Der Schauplatz ist ihm bestens vertraut. Das Haus seiner Schwester, das Haus der Manois. Das düstere Esszimmer, die Anrichte, die kleine Vitrine, das Kopfende vom Tisch, die Tür … Doch all dies gehört der Vergangenheit an, so wie sein ganzes früheres Leben, und er denkt an seinen Schwager, sieht ihn vor sich, kräftig wie ein Bär, unzugänglich wie ein unwegsamer Bergpfad, wie er das Wort ergreift, stolz, selbstsicher, und seinem Schwiegervater ins Gesicht sagt, den Pachtzins könne er vergessen, den hätten sie nicht für ihn eingetrieben. Maurici stellt sich vor, wie der Zorn in Leandre aufgeflammt sein muss und wie schroff seine Worte geklungen haben dürften: »Mit dir hab' ich nichts zu schaffen, ich red' mit meiner Tochter.« Von diesem Augenblick an wird wohl alles Schlag auf Schlag gegangen sein. Maurici war kaum mehr in der Lage, seinen eigenen Gedanken zu folgen, die Einzelheiten übersprang er jetzt. Der Stuhl, auf dem Frederic am Kopfende des Tisches saß, wurde zurückgestoßen, schwankte, und während ihm das Blut in den Kopf schoss, lachte er laut auf. Aber war der Stuhl nun umgefallen oder nicht? Und mit einem Mal verließ der Schwager das Esszimmer, und die drei Frauen, in stiller Übereinkunft, standen auf und begannen den Tisch abzuräumen, so als hätte Leandre nicht gerade eine Litanei von Flüchen gegen die himmlischen Heerscharen angestimmt, ohne dass auch nur ein einziger Heiliger von seinem Zorn verschont geblieben wäre. Plötzlich, sie hielten noch Geschirr in der Hand … oder vielleicht doch nicht?, erstarrten die drei Frauen, denn Sabinas Mann war zurückgekommen, und er, ja, er hatte ganz sicher etwas in der Hand, in beiden Händen sogar. Mit der einen umklammerte er an den Füßen ein Huhn, das mit aufgeplusterten Federn wie wild um sich schlug und ein laut klagendes Gackern von sich gab, während er mit der anderen Hand ein Kaninchen am Nackenfell gepackt hielt. Und im gleichen Augenblick schleuderte er die Tiere auch schon mitten auf den Tisch, sie dort zu sehen und zu hören war eins. »Hier hast du die Mitgift deiner Tochter zurück. Du kannst sie behalten, wir wollen nichts von dir.« Als Sabina nach dem Huhn griff, fiel die Zuckerdose um. Das Kaninchen kauerte unbeweglich und mit hoch aufgerichteten Ohren auf dem weißen Tischtuch. Da hatte Leandre es gepackt und gesagt: »Wir gehen!« Palmira war vorangegangen, und gemeinsam stiegen sie die Treppe zur Straße hinunter.

So hatte Maurici es vor sich gesehen, in Barcelona, am Esszimmertisch, ganz allein, und über seinem Kopf hing die Lampe, die nicht eingeschaltet war. Und noch immer allein, ließ er seine Gedanken wieder zu dem Augenblick zurückwandern, als seine Schwester das Huhn gepackt hatte, und er fragte sich: Und Frederic? Was war eigentlich mit Frederic? Nachdem die Tiere mitten auf dem Tisch gelandet waren, hatte Palmira gar nichts mehr von ihm erzählt.

Vielleicht will er sie ja danach fragen, jedenfalls steht er auf und geht in die Küche, wo er sie vermutet, und im Spülstein sieht er einen Korb stehen, den er nur allzu gut kennt. Zu Hause haben sie darin immer die Maiskörner aufbewahrt. Er schaut hinein. Das Kaninchen bewegt nur seine Schnauze, ansonsten ist es ganz still, mit seinen erschrockenen Augen schaut es ihn groß an.

Wer hätte das gedacht

Neus hatte Senyora Dolors Palmira vorgestellt und hinzugefügt, sie komme aus einem Dorf in den Bergen und sei erst vor Kurzem mit ihrer Familie in die Stadt gezogen, sie hätten die *Granja Sali* übernommen. Sie war im Türrahmen stehen geblieben und schaute zu, wie die Friseuse Palmira aufforderte, sich hinzusetzen, und ihren Kopf mit einem großen Plastiktrichter abstützte, der in der Mitte durchgeschnitten und mit einem Eisendraht am Waschbecken befestigt war.

Der kleine Raum, in dem eine Trockenhaube stand und

ein Toilettentisch mit einem großen Spiegel, war ein winziges, fensterloses Zimmer. Um diesen Raum zu gewinnen, hatte man sicherlich einen Teil vom Esszimmer abgetrennt, das zwar nicht unbedingt hässlich eingerichtet war, aber alles in allem doch etwas armselig wirkte.

Als Palmira dann vor dem Spiegel saß und ihr das Wasser aus den noch feuchten Haarsträhnen tropfte, konnte sie sich und Senyora Dolors sehen, die ihr gerade den Frisiermantel umlegte, und Neus, die sich ihr Haar streng aus dem Gesicht gekämmt hatte und es nun zu einem hohen Zopf zusammenband, den sie anschließend zu einem Knoten drehte. Während die Friseuse ihr mit dem Kamm durch das Haar fuhr, schaute Palmira zu, wie Neus in den kleinen Körben voller Klammern und Lockenwicklern nach Haarnadeln suchte, um ihren Knoten festzustecken. Dann sprühte sie Haarspray darüber und hüllte den ganzen Raum in eine penetrante Duftwolke. Senyora Dolors drückte Palmiras Kopf ein wenig nach vorne und machte sich daran, ihr das Haar im Nacken zu schneiden. Ihre Stirn berührte fast den schwangeren Bauch. Als die Friseuse dann sacht unter ihr Kinn fasste, weil sie den Kopf wieder heben sollte, und gerade damit begonnen hatte, ihr vorne die Haare zu schneiden, meinte Neus, sie würde jetzt gehen. »Mein Mann muss ja immer schon früh zu Abend essen.« Und sie lachte, als hätte sie etwas besonders Witziges gesagt.

Nicht lange und Palmira fand sich unter der Trockenhaube wieder. Sie schaute zu, wie Senyora Dolors den Frisiertisch aufräumte und gleich darauf die Haare auf dem Boden zusammenfegte. Ihre Haare, die losgelöst vom Kopf viel schneller trockneten, vielleicht hatte es ja damit zu tun, dachte sie, dass die Haut Feuchtigkeit speichert. Eine wohlige Müdigkeit überkam sie. Senyora Dolors hatte alles zusammengekehrt und sie dann allein gelassen, und prompt fielen ihr die Augen zu. Sie wachte erst wieder auf, als sie spürte, wie ihr Kopf gegen die heiße Trockenhaube schlug.

Seitdem sie diese Wohnung betreten hatte, war es ihr, als hätte sie die Stadt weit hinter sich gelassen, den Laden, die Straßen und die vielen Menschen, einfach alles. Als würde sie träumen. Palmira stellte sich vor, wie das Leben anderer Frauen wohl aussehen mochte. Die Aufmerksamkeiten, die sie ihrem Körper angedeihen ließen, damit er schön anzuschauen war, eine Creme fürs Gesicht, eine Tönung fürs Haar, Lack für die Fingernägel und Farbe für die Augen. Des Öfteren war auf der Straße, wie aus weiter Ferne, die Ahnung eines Dufts zu ihr geweht, die Spur eines Parfüms, dessen Trägerin schon längst weitergegangen war, und auch im Laden, ganz aus der Nähe, immer dann, wenn wie aus dem Ei gepellte Frauen durch die Tür traten, um ihre Einkäufe zu erledigen. Ein Duft, der aus einer völlig anderen Welt zu kommen schien, ein völlig anderes Leben bedeutete. Blumen, Parfüms, Dauerwellen, neue Schuhe, maßgeschneiderte Kleider, Schmuck, all das war die angenehme Seite von verschwitzten und abgegriffenen Geldscheinen. Mit ihr hatte das jedenfalls nichts zu tun, das war Palmira vollkommen klar, und wahrscheinlich hatte sie auch deshalb Senyora Dolors gebeten, nicht mehr als das Allernotwendigste mit ihrem Haar zu machen. Mehr war aber ohnehin nicht möglich, denn schließlich musste sie sich ihr Geld genau einteilen, doch das sagte sie nicht laut, und das war es auch nicht allein, denn hätte sie ein paar Peseten erübrigen können, um sie ganz nach Belieben auszugeben, dann hätte sie davon ganz sicher ihrem Kleinen etwas Schönes zum Anziehen gekauft. So wie es aber nun einmal stand, würde es wohl nur selbst genähte Sachen bekommen. Sie konnte nicht verstehen, wieso Senyora Calvet, eine Kundin, der man schon von Weitem ansah, dass sie nicht aufs Geld schauen musste, so eine Freude an einem handgenähten Hemdchen hatte, wo es doch ein Ding der Unmöglichkeit war, mit der Hand so feine und gerade Nähte zu machen wie mit der Maschine.

An diesen Nachmittag bei Senyora Dolors sollte Palmira sich später noch erinnern. Zum einen, weil sie es bereute, nicht genug aufgepasst zu haben, denn für eine lange Zeit würde sie sich nun selbst frisieren müssen, und sie hatte keine Ahnung, wie sie es anstellen sollte, damit die Haare, waren sie erst einmal trocken, nicht zipfelig wirkten oder kreuz und quer abstanden. Vor allem aber sollte sie sich an diesen Nachmittag erinnern wegen ihrer Unterhaltung mit Dolors, die von ihr auf keinen Fall Senyora Dolors genannt werden wollte, denn sie fand, das mache sie alt. Während sie die Nadeln herauszog und mit den Fingern die Lockenwickler ausdrehte, schnellte Palmiras Haar für einen Augenblick nach oben, um sich wie eine Sprungfeder gleich wieder einzurollen. Danach fuhr sie ihr mit kräftigen Bürstenstrichen durchs Haar und zerstörte einen Teil dessen, was sie gerade erst so kunstfertig vollendet hatte. Und schließlich begann sie, über Neus und Josep zu reden.

Sie kenne die beiden ja um einiges besser als Palmira, im Grunde seitdem sie hier unten in der Stadt lebten. Sie hatte auch zu ihr gemeint, sie wisse ja nicht, wie sie darüber denke, aber Josep, das sei doch wirklich ein braver Kerl, »der arme Junge«. Und das sage gerade die Richtige, wo sie ja so gut wie nie vor die Tür käme und gar keine Ahnung hätte, was in der Welt so vor sich ginge, aber was diese Familie betrifft … Die Einkäufe würde ja immer ihre Schwiegermutter erledigen, und von daher seien sie sich auch noch nie im Laden begegnet, aber an ihre Schwiegermutter, an die würde sie sich bestimmt erinnern, sie würde schon sehen. Und dann fügte sie hinzu: »Sie müsste eigentlich jeden Augenblick hier sein.« Palmira konnte ihr gar nicht mehr folgen bei so viel Hin und Her. Sie war noch immer ganz erstaunt, dass die andere Josep einen armen Jungen genannt hatte, wo er sie doch mit einer Hand hochheben und über seine Schulter werfen konnte, einmal abgesehen davon, dass er immer so fröhlich und voller Energie war. Sie verstand nicht, weshalb es sie ärgerte, dass die Friseuse so über ihn sprach, und auch nicht, weshalb sie so viel redete, wo sie doch eigentlich gar nichts zu sagen hatte. Palmira fragte sich: Was hatte denn die Tatsache, dass Dolors kaum vor die Tür kam, damit zu tun, dass Josep, »der arme Junge«, so ein guter Kerl war?

Später, auch wenn es ihr nichts nützen würde, sollte sie sich noch an diese Worte erinnern, ebenso wie an ihr Gesicht. Es war, wer hätte das gedacht, von seidig glänzenden, duftigen und überhaupt nicht störrischen Haaren umrahmt, die Frisur stand ihr ausgezeichnet. Sie sah sich im Spiegel und erkannte sich kaum wieder. Währenddessen nebelte Senyora Dolors sie mit diesem aufdringlich klebrigen Duft ein, den zuvor schon Neus versprüht hatte, weil die Frisur so doch länger halten würde, und sie spürte vom Magen her eine Welle von Übelkeit in sich aufsteigen, aber da nahm ihr die andere schon den Frisierumhang ab und drückte ihr einen Spiegel in die Hand, damit sie auch einen Blick auf den kurz geschnittenen Nacken werfen konnte. »Jetzt wird Ihnen bestimmt nicht mehr heiß sein!«

Mit brennenden Wangen verließ Palmira die Wohnung, und ohne bei den Ginestàs zu schellen, ging sie schnell an deren Tür vorbei. Auf der Straße spürte sie den Luftzug am Hals, sie hatte das Gefühl, um einige Kilos leichter zu sein, und nahm sich noch einmal vor, wann immer sie konnte, ein paar Peseten auf die Seite zu legen, um sich wieder einen solchen Haarschnitt machen zu lassen, und sei es nur alle paar Monate. Wie das Rauschen eines fernen Flusses kamen ihr die Worte von Senyora Calvet in den Sinn, für die sie gerade ein Hemdchen bestickte. »Sie haben goldene Hände, Palmira, damit könnten Sie sich gut und gerne Ihren Lebensunterhalt verdienen.«

Zu Hause angekommen, nahm sie bereits im Laden einen Geruch wahr, der sie sofort in die Küche laufen ließ. Maurici hatte das frisch gehäutete Kaninchen gerade an den Nagel gehängt, an dem sie für gewöhnlich immer das Geschirrtuch ließ. Er hatte es dort hingehängt, damit das Blut besser abtropfen konnte.

Schweigen

Regungslos sitzt er da und schlürft einen Schluck Weinbrand aus dem Glas, das Josep vor ihn hingestellt hat. Sein Blick ist auf die überladene und unaufgeräumte Anrichte der Ginestàs gerichtet, doch nimmt er sie gar nicht wahr. Es macht ihm nichts aus, dass Neus nach ihrem Mann gerufen hat, einen Augenblick ist das erst her. Josep und er waren gerade dabei, die Karten für die zweite Runde zu mischen, aber sie hatten sie noch nicht ausgeteilt. Nein, es macht ihm nichts aus.

Heute wird Leandre sich schadlos halten für all die unzähligen Male, die er mit seinem Sohn gespielt hat. Maurici ist es ganz egal, ob er gewinnt oder verliert, seine Augen fangen nicht an zu glänzen, wenn er ein gutes Blatt hat, und er leidet auch nicht, wenn ihn eine Pechsträhne ereilt. Was für ein Schlappschwanz, noch nicht mal amüsieren kann er sich, noch nicht einmal dazu taugt er. »Nach wem der nur kommt, dieser …?«, braust er auf. Wo er gerade an ihn denkt, in der letzten Zeit kommt er ihm ja gar nicht mehr mit der ewig gleichen

Leier. »Der Laden wirft kaum etwas ab, lass uns zurückgehen, solange noch Zeit dazu ist.« So ein Rindvieh! Natürlich ist noch Zeit dazu, jede Menge Zeit! Kapiert der denn gar nicht, dass sie sich zum Gespött des ganzen Dorfes machen würden, wo sie doch erst gerade mal ein halbes Jahr weg sind? In Torrent würde es doch überall heißen: »Schaut euch mal den Raurill an, mit eingezogenem Schwanz kommt der zurück!« Aber Maurici gibt ihm dann immer zur Antwort, das sei doch egal. Mehr noch, er hat ihm sogar gesagt, sie sollten sich endlich einmal mit Sabina aussprechen und wieder versöhnen, und dass er ihr als Vater die Mitgift auszahlen müsse, eben das, was ihr zusteht, und dann gäbe es auch kein böses Blut mehr zwischen ihnen. So weit kommt's noch! … Und das soll sein Sohn sein? Schon komisch, aber er erinnert ihn an Madrona. So ein Schwachkopf! Er kann sich nicht beherrschen und spuckt auf den Boden.

Josep lässt auf sich warten, und Leandre schlägt sich weiter mit seinen Gedanken herum, bis ihn mit einem Mal eine Ahnung beschleicht: Dieser Armleuchter von einem Sohn, seit Tagen schon sagt er kein Sterbenswörtchen, macht den Mund nicht auf, redet nur, wenn er gefragt wird. Was nur in seinem Kopf vorgehen mag? Ob er wohl irgendetwas im Schilde führt? Leandre kippt den letzten Schluck Weinbrand auf einmal herunter, es ist ein ziemlich großer Schluck. Das Glas noch in der Hand, steht er auf und verkündet mit lauter Stimme: »Ich komm' morgen wieder.« Gerade als er die Wohnungstür hinter sich schließen will, taucht Josep auf, völlig erhitzt und damit beschäftigt, sich Hemd und Hose zuzuknöpfen. »Musst du schon fort?« Leandre hätte schwören können, dass ihm ein Hemdzipfel aus dem Hosenschlitz hing, aber dafür hat er jetzt keinen Kopf. »Ja, mir ist gerade eingefallen, dass ich noch was zu erledigen habe, ich komm' morgen wieder.«

Er macht auf dem Absatz kehrt und verlässt die Wohnung, in seinem Kopf brodelt es. Er weiß zwar nicht genau, was da los ist, aber er lässt sich doch nicht für dumm verkaufen, von niemandem. Das sagt er sich, während er durchs Treppenhaus läuft, auch wenn er gar nicht weiter auf die eigenen Worte achtet, denn eins ist mal klar, was immer sein Sohn auch im Schilde führen mag, es wird nichts Gutes sein. Das sagt er sich, als er auf die Straße tritt und eilig davongeht.

In einer Ecke des Balkons, der an das kleine Esszimmer der Raurills grenzt, befindet sich ein Käfig. Maurici und Josep haben ihn an einem Sonntagnachmittag zusammengebaut, er ist ganz aus hellem Holz. Dort, wo er steht, stört er kein bisschen, ein Fremder würde sich allerdings fragen, wieso er leer ist. Obwohl ringsherum lauter Häuser stehen, fällt recht viel Licht in dieses Zimmer, und die Geräusche von draußen nimmt man höchstens wie das Echo eines fernen Donners wahr. Schon seit geraumer Zeit dringt keine Stimme mehr aus dem Laden in die Wohnung, Maurici wird wohl auf dem Hocker eingenickt sein, vielleicht steht er aber auch in der Tür und schaut auf die Straße, jedenfalls ist er nicht bei Palmira, die gerade über ihrer Näharbeit sitzt. Was sie in ihren Händen hält, ist so winzig, dass sie es fast verdeckt. Es ist ein Hemdchen.

Seit ein paar Tagen ist es nicht mehr so drückend und schwül wie während der letzten beiden Monate; es hat zwei-, vielleicht dreimal geregnet, und die Regentropfen haben den Dunstschwaden den Garaus gemacht, die im Sommer vom Asphalt hochsteigen und alles wie mit einer klebrigen Schicht Honig überziehen.

An diesem Nachmittag, Ende September, die Ginestàs sind gerade erst aus den Ferien zurückgekehrt, aus dem Dorf, hat Maurici sich ein Herz gefasst, er will sich seiner Frau anvertrauen, sie auf seine Seite ziehen. Als er das Esszimmer betritt, fällt ihm gleich auf, wie still es ist, und er denkt sich, sie wird wohl eingeschlafen sein, obwohl er doch eigentlich genau wissen müsste, dass Palmira niemals einen Mittagsschlaf hält. Um diese Zeit sitzt sie doch immer hinten, in dem abgetrennten Teil des Esszimmers, ganz in der Nähe des Balkons und näht. Er geht wieder hinaus, und die Antworten, die er sich gibt, kleidet er in Fragen. Was würde es denn auch bringen? Warum ihr in ihrem Zustand noch Sorgen bereiten, jetzt, wo sie schwanger ist?

Für eine Weile hat die Stille den Nachmittag völlig in Beschlag genommen. Palmira ist überzeugt, dass das zweite Hemdchen, das sie für Senyora Calvet in Arbeit hat, heute noch fertig wird. Weil sie ja nicht weiß, ob es ein Junge oder ein Mädchen wird, bestickt sie es in Gelb, bis sie mit einem Mal die Stimme ihres Schwiegervaters hört. Sie legt die Handarbeit nicht zur Seite, denkt nur bei sich, »wie seltsam, dass er heute schon so früh zurück ist.« Im Laden gibt ein Wort das andere, dann ist nichts mehr zu hören, außer ein klingendes Geräusch, wie von Geldstücken in einer Blechdose oder wie von kleinen Steinen. Kleine Steine? Und schließlich die Stimme von Maurici und Leandres Lachen, mit diesem Ton spöttischer Überlegenheit, der gleich noch einmal so verletzend ist.

Sie versteht nicht genau, was geredet wird, und bleibt einen Augenblick lang regungslos sitzen, offensichtlich traut sie sich nicht, sich von der Stelle zu rühren, nur ihr Herz, das schlägt wie wild. Dann steht sie auf, klar und deutlich sind nun Leandres Worte zu ihr gedrungen, der ihren Mann beschuldigt, ein Dieb zu sein. Von der Tür aus ruft sie nach Maurici. Beide Männer kommen ins Esszimmer, gerade in dem Augenblick, als sie hinausgeht, um im Laden zu bedienen. Ohne es zu wollen, tritt sie dabei auf all die Münzen, die hinter der Theke verstreut auf dem Boden liegen. Davor, mit großen Augen und einem Geldstück in der Hand, steht der Zweitälteste der Nachbarn, Manolel. Sie bedient ihn schnell und gibt ihm das, was er möchte, Lakritz und Kaugummi, und das Wechselgeld, aber sie geht nicht ins Esszimmer zurück. Mit auf dem Ladentisch aufgestützten Ellenbogen, das Gesicht in den Händen verborgen, sagt sie sich, dass sie sich nicht einmischen wird. Noch nicht einmal die Peseten wird sie vom Boden aufsammeln, ganz so, als seien sie gar nicht da. Was immer auch geschehen sein mag, das ist allein die Angelegenheit der Raurills. Über alle Streitereien, über alle Beleidigungen hinweg, letztendlich halten sie zusammen. Blut ist eben doch dicker als Wasser.

Als hätte sie ein zu stark gewürztes Gericht gegessen, stößt ihr noch oft die Erinnerung an Maurici auf, wie er sich im Spülbecken die Hände wäscht, das Kaninchen tot und mit abgezogenem Fell, dieses eine Mal, das sie aus dem Haus gegangen war, um sich das Haar schneiden zu lassen, weil sie es doch viel zu lang trug, es musste einfach geschnitten werden, das war eine Notwendigkeit, ja, so etwas wie eine Notwendigkeit. Der geschmorte Kaninchentopf, den sie zubereitet hatte, war bestimmt nicht stark gewürzt gewesen, sie hatte ihn einfach auf den Tisch gestellt, ohne ihn vorher abgeschmeckt zu haben. Ihr Schwiegervater ließ sich nichts davon auf den Teller legen, und sie hatte von vorneherein beschlossen, das Fleisch auf gar keinen Fall anzurühren. Sie würden es schon nicht in sie hineinstopfen, das würden sie nicht wagen, dachte sie. Mauricis Bitten stießen auf taube Ohren, und als er sie anfuhr: »Willst du mir nicht, verdammt noch mal, endlich den Gefallen tun und was essen?«, war sie einfach aufgestanden und in die Küche gegangen, um das Obst zu holen, so als hätte sie nichts gehört. Es gab ihr Kraft, an das Tier zu denken, an die erschrockenen Augen des Kaninchens, dem man keine Zeit gegeben hatte, seine Jungen zur Welt zu bringen, und so war es ihr nun endgültig klar, und der Weg, den sie, ohne groß zu überlegen, schon vor einiger Zeit eingeschlagen hatte, erwies sich als richtig: Am besten kam man zurecht, wenn man schwieg, wenn man so tat, als ob niemand auch nur irgendetwas gesagt hätte.

Das Schmorfleisch aß ihr Mann ganz allein. Einen Teller am Mittag, einen am Abend, und am Tag darauf dann noch eine Portion zum Mittagessen. Leandre wollte etwas anderes, und sie rührte nach wie vor keinen Bissen davon an. Das Schweigen war noch ungewohnt für sie, zaghaft erkundete sie diesen Weg und war voller Angst, jemand könne ihr deswegen Vorhaltungen machen, sie war stets auf der Hut.

Ganz allein hat er vor ein paar Tagen das Kaninchen gegessen, und ganz allein wird er jetzt auch seinen Kummer mit sich ausmachen. Er wird ihr nichts erzählen, selbst wenn sie ihn danach fragen sollte, sie würde nichts aus ihm herausbekommen. So denkt Palmira es sich jedenfalls, und obwohl sie damit vielleicht gar nicht falschliegt, so ganz stimmen tut es doch nicht.

Wie jeden Abend hat er die Abrechnung gemacht, dann ist es Schlafenszeit, und in dem Zimmer, das mit Bett und Schrank fast völlig zugestellt ist, autsch, es ist gar nicht so leicht, sich da vorbeizuzwängen, sieht Palmira, wie Mauricis Augen aufleuchten, als er ihr erzählt, der Vater habe ihn damit beauftragt, den Pachtzins einzutreiben, und er sei ihm nicht mehr böse, weil er doch versucht habe, etwas Geld zur Seite zu schaffen.

Einen Moment lang ist er still, dann sagt er, sie werde sich um den Laden kümmern müssen. Er ist sich nicht sicher, ob Palmira genickt hat, und auch nicht, ob es vor lauter Freude ist, weil er zurück nach Hause darf, dass er …, zwar kommt ihm der Körper seiner Frau unförmig vor, man sieht ihm an, dass es bis zur Niederkunft nicht mehr lange hin ist, doch ihr Gesicht ist zart, und sie hat so sanfte Augen, und ihre Brüste sind wie zwei prall gefüllte Weinschläuche, jedenfalls ist er ganz begierig darauf, an ihnen zu saugen.

Zu Hause

War es der Hieb einer Axt, der die Fäden zu seinem Traum durchtrennt hat?

So als ob er mit dem Kopf auf den Boden geschlagen wäre, was einen ganz benommen macht, aber erst später anfängt wehzutun, wacht Maurici plötzlich auf und spürt, wie sein Herz rast.

Die Umgebung, die er doch seit jeher kennt, kommt ihm mit einem Mal fremd vor, als würde er sie verkehrt herum sehen oder mit den Augen eines anderen. Er will das Licht anmachen, und er drückt auf den schmalen, birnenförmigen Schalter, der über dem Kopfende des Bettes baumelt. Diese Berührung ist ihm so vertraut wie die der Bettlaken. Ganz zerwühlt sind sie, die Laken, und die Bettdecke auch, er schaut sie an, als wären sie ganz weit weg, als könne er sie nicht anfassen und sie ihn nicht wärmen.

Die Matratze ist in der Mitte durchgelegen, auch der Sprungfederrahmen ist alt, jetzt sieht Maurici hoch an die Zimmerdecke und, als ob dort oben eine Schlange auf ihn lauern würde, springt er mit einem Satz aus dem Bett. Er läuft aus dem Schlafzimmer, die niedrige Zimmerdecke erscheint ihm jetzt bedrohlicher als jedes noch so schreckliche Tier, als würde sie jeden Augenblick auf ihn einstürzen und ihn zerquetschen. Auch im Flur bekommt er keine Luft, und so betritt er auf bloßen Füßen den winzigen Balkon, auf dem er gerade mal stehen kann, und sofort spürt er an seinen Armen die Kälte des Eisengeländers. Er klammert sich daran fest.

Der Dorfplatz ist stockfinster, und nichts ist zu hören, noch nicht einmal das Muhen einer Kuh, das Blöken eines Schafs. Der Himmel über ihm ist wie ein schwerer Topfdeckel, genau so, ganz genau so wie die Decke im Schlafzimmer, so empfindet er es jedenfalls. Wohin soll er nur gehen, damit er atmen kann, damit sich sein Brustkorb sperrangelweit öffnet und endlich wieder Luft hineinströmt? Die Panik lässt ihn erneut ins Haus flüchten, aber dort ist ihm, als würden die Wände immer enger zusammenrücken. Er will schreien, doch seine Stimme versagt. Er läuft mit großen Schritten, rennt ein Stockwerk tiefer, in die Küche, dann ganz nach unten, bekommt noch immer keine Luft, und schließlich dreht er den schweren Schlüssel im Schloss herum und öffnet die Haustür, und er spürt den Luftzug und setzt sich auf die Treppe, er rührt sich nicht, ist wie gelähmt. Gebannt horcht er auf seinen sich noch immer aufbäumenden Herzschlag, er kann gar nicht anders, er versucht sich zu beruhigen, einen klaren Gedanken zu fassen. Er hat doch Luft, kann atmen, da ist keine Zimmerdecke, die auf ihn stürzt, und auch kein wildes Tier, hier draußen lauert keine Gefahr.

Nach und nach gelingt es ihm, die Fäden wieder zu verknüpfen, die Fäden zu dem Traum, der ihn aufgeweckt hat. Ein so schrecklicher Traum war das, noch jetzt ist ihm ganz schwindlig, er fühlt sich, als wäre ein Weinfass in seine Haut eingenäht, ein Fass, das ihn hin und her wanken lässt, ihn umzuwerfen droht.

Er stützt seinen Kopf mit den Händen ab, so schwer kommt er ihm vor, nicht dass er noch gegen das Treppengeländer schlägt.

Es war im Laden, in Barcelona, vor ihm stand Senyor Maties und verlangte die Papiere, und er wusste nicht welche, und der andere wiederholte immer nur: »Alle Papiere.« Irgendetwas hielt er in der Hand versteckt, und dann fing sein Vater an zu lachen und lachte und lachte … und da ist er aufgewacht.

Komme was wolle, in diesem Augenblick beschließt Maurici, einfach nicht mehr an den Traum zu denken, und er hebt den Kopf und schaut zum Nachbarhaus. Dort sieht er Licht. Sollte er etwa Roseta aufgeweckt haben, das kann doch nicht sein! Er hat doch gar keinen Lärm gemacht, und geschrien hat er auch nicht. Die Nachbarin tritt hinaus auf den Balkon und macht gleich wieder einen Schritt zurück, aber dann erkennt sie ihn. »Kannst du auch nicht schlafen?« Bei ihr ist es schon lange so, gegen vier wird sie immer wach, und dann muss sie aufstehen und sich die Beine vertreten. »Hinterher kommt mir mein Bett viel weicher vor.« Und dabei lacht sie so treuherzig, dass er selbst unwillkürlich lächeln muss, und er erzählt ihr, wie er aus dem Albtraum hochgeschreckt ist und dass er jetzt bestimmt nicht wieder einschlafen kann. Die Nachbarin lädt ihn ein, auf ein Glas Wein zu ihr zu kommen, und als sie bemerkt, dass er zögert, schlägt sie ihm vor, sie könne auch gern einen Kräutertee aufbrühen. Sie habe Thymian, Rosmarin oder auch einen Steintee im Haus … Bevor sie noch mehr Sorten aufzählt, sagt Maurici, dass er vielleicht doch lieber ein Glas Wein trinken möchte. Einer plötzlichen Eingebung folgend, geht Roseta in die Küche, nimmt eine Flasche Wein und zwei Gläser und steigt die Treppe herunter nach draußen. Die beiden setzen sich auf die Stufen vor Rosetas Haus. Er führt sein Glas zum Mund und nimmt einen Schluck, ohne wirklich Lust auf Wein zu haben, schaut hoch zum Himmel und sieht einen Stern und dann noch einen und noch einen, ganz viele. Er versteht nicht, wie es sein kann, dass er vorhin noch nicht einmal einen gesehen hat, was heißt vorhin, ein paar Augenblicke ist das ja erst her. Er hört Roseta reden, ohne ihr zuzuhören, aber er weiß, worum es geht, er wird ruhiger, möchte, dass es Tag wird.

Ganz ungestört sitzen sie beieinander und reden, vor allem der Frau ist es ein Bedürfnis. Er dagegen hört ihr nur zu oder antwortet auf ihre Fragen. Die Nachbarin erzählt ihm von früher, als er klein war und sie selbst noch eine junge Frau. Auch von seiner Mutter erzählt sie ihm und wie sie sich gleich angefreundet haben, als sie damals ins Dorf gekommen ist, um zu heiraten. Sie sei zwar jünger gewesen als Madrona, aber sie hätten sich gut verstanden. Vom Vater erzählt sie ihm nichts, noch nicht einmal seinen Namen nimmt sie in den Mund. Und es ist so still, die Zeit verrinnt, er ist weit weg von allem, was ihn bedrückt, und da merkt Maurici, wie er gähnen muss.

Irgendwo wird ein Riegel zurückgeschoben, und mit einem Mal fühlen sie sich wie ertappt. Roseta nimmt die Flasche und die beiden Gläser und geht zurück ins Haus. Maurici folgt ihr, und ohne etwas zu sagen, stellen sich die beiden hinter die Tür und warten. Es ist Xanó, den sie da gehört haben. Sein Arbeitstag beginnt ganz früh am Morgen, er fährt den Milchwagen und sammelt bis runter nach Montsent in jedem Dorf die vollen Kannen ein. Schließlich macht Roseta Maurici ein Zeichen, er solle mit ihr kommen, und als sie oben auf der Treppe angelangt sind, fragt sie ihn, ob er eigentlich wisse, dass ihre beiden Häuser miteinander verbunden sind. Und sie betreten ein Zimmer, von dem Roseta sagt, es sei das Schlafzimmer ihrer Eltern gewesen, Gott hab sie selig. Durch das Fenster könne man auf den Heuboden der Raurills gelangen, wo aber jetzt weiter nichts als Staub herumliegt.

Er hat seine Mühe damit, das Fenster zu öffnen, sie redet währenddessen ohne Punkt und Komma weiter. »Da kann doch niemand was dagegen haben, wo wir doch nicht mehr schlafen konnten und nur einen Schluck miteinander getrunken haben.« Schließlich schwingt sich Maurici problemlos rüber auf die andere Seite, auf den Heuboden der Raurills, und von der Tür aus winkt er zum Abschied noch einmal der Frau, die ihm von oben hinterherschaut.

Er ist erst spät aufgestanden. Er hat nicht gefrühstückt, sich gleich auf den Weg gemacht, und einmal mehr kommt er am Haus seiner Schwester vorbei. Wo er sie doch so geliebt hat, und jetzt traut er sich noch nicht einmal, bei ihr anzuklopfen. Er sagt sich, dass sie sich schon noch über den Weg laufen werden. Auch mit dem Schwager will er ja nicht brechen, er ist ja nicht dabei gewesen, beim Mittagessen am Patronatsfest, und verantwortlich für das, was der Vater getan hat, ist er schließlich auch nicht. Trotzdem fällt es ihm schwer, bei Schwester und Schwager vorbeizuschauen, so als sei nichts gewesen. Sie würden sich schon noch über den Weg laufen.

Blitzblau ist der Himmel, der leichte Luftzug kühlt seine Haut, die Sonne hat nicht mehr viel Kraft, aber ihr Licht ist strahlend hell. Er betritt das Haus eines Pächters, der nun drei der besten Felder der Raurills bewirtschaftet. Zuerst ruft er ein »Gott zum Gruße« und steigt dann gleich die Treppe hoch, weil von oben eine Stimme zu hören ist, er möge doch eintreten. Sie machen viel Aufhebens um ihn, laden ihn ein, doch ein Gläschen zu trinken, einen Happen zu essen, erkundigen sich nach allen und jedem. Als er aber auf die Felder zu sprechen kommt, schlagen sie die Hände über dem Kopf zusammen. Es habe nicht genug geregnet, die zweite Mahd sei mehr schlecht als recht ausgefallen, und dann sei auch noch eine der Färsen gestürzt und zu nichts mehr zu gebrauchen … Aber sie haben ihm wirklich einen herzlichen Empfang bereitet, »wo deine arme Mutter und ich doch so gute Freundinnen waren«, hat die Altbäuerin zu ihm gemeint, und ganz angetan verlässt er das Haus.

Dann sucht er noch einen weiteren Pächter auf, trifft aber nur die Frau an. Sie ist mürrisch, ihre Kleidung düster, die Küche schmutzig. Sie löchert ihn mit Fragen, doch als er sich nach dem verpachteten Gemüsegarten erkundigt, wechselt sie geschickt das Thema, schneller, als man mit dem Stoß einer Hacke das Wasser von einer Furche zur nächsten umleiten kann. Er verlässt das Haus ohne bestimmtes Ziel, läuft aufs Geratewohl los und entfernt sich immer weiter vom Dorf, bis er sich irgendwann mitten auf einer der Wiesen der Familie wiederfindet, auf einer, die sein Vater nicht verpachtet hat. Etwas Wind kommt auf, und sein glattes, helles Haar weht ihm ins Gesicht, er hat es sich doch nicht schneiden lassen. Auf dem Boden dagegen bewegt sich nicht ein einziger Halm, denn jemand hat das Gras geschnitten, als wäre dies Stück Land sein Eigentum. Maurici geht über die abgemähte Wiese, er macht sich die Schuhe schmutzig und den Saum seiner Hose.

Wiese für Wiese, Feld für Feld läuft er den Grund und Boden seines Vaters ab. Noch immer fällt ihm sein blondes Haar in die Augen, langsam fängt es an, kalt zu werden, es wird Herbst. Er läuft und er grübelt.

Schließlich macht er sich auf den Heimweg, von oben bis unten mit Staub bedeckt, er ist erschöpft. Am Türklopfer sieht er ein kleines Bündel hängen. Er nimmt es mit hinein, und in der Küche öffnet er es. Ein Topf mit noch warmem Essen kommt zum Vorschein. Vielleicht weiß seine Schwester ja doch, dass er im Dorf ist, natürlich weiß sie es. Er hat Hunger und schlingt das Essen hinunter, er legt sich hin und schläft sofort ein.

Der Nachmittag plätschert dahin, ihm ist danach, Leute zu

sehen, die nicht in der Schuld der Raurills stehen, so wie sie nicht in ihrer. Er ist wieder guter Dinge, im Wirtshaus lädt man ihn auf ein Glas ein. Sein Schwager tut so, als würde er ihn nicht kennen, und er tut es ihm gleich.

Es ist dunkel geworden. Er hat keinen Hunger, und weil er nicht weiß, was er machen soll, geht er hoch und legt sich ins Bett, ohne sich erst auszuziehen. Kurz bevor er einschläft, ist da aber mit einem Mal wieder diese Angst, keine Luft zu bekommen, und im selben Augenblick überfällt ihn auch schon das Gefühl, eingesperrt zu sein, so als hätte er es mit seinen Gedanken geradezu heraufbeschworen. Er knipst das Licht an, geht hinaus auf den Flur und von dort auf den Balkon. Dann, weil es immer noch nicht besser wird, läuft er nach draußen. Es ist kalt, und er hört jemanden reden. Er flieht in die Scheune, und schließlich nimmt er den gleichen Weg wie schon am frühen Morgen, dieses Mal allerdings geht er zurück in das Zimmer, in dem früher einmal die Eltern von Roseta geschlafen haben.

Sie findet ihn auf dem Bett, zusammengerollt vor lauter Kälte, als sie wie jeden Morgen gegen vier Uhr wach wird und aufsteht. Sie nimmt eine Decke und legt sie über ihn, ganz vorsichtig, um ihn nicht zu wecken.

Verlangen

Vielleicht war es ja Zufall, dass Leandre, während Maurici sich in Torrent aufhielt, um den Pachtzins einzutreiben, um endlich seiner Ruhelosigkeit Herr zu werden, es sich angewöhnt hatte, Palmira das Geld beim Mittagessen zu geben.

Wenn die zwei bei Tisch zusammenkamen, dann so, wie es

seit jeher der Brauch war: Er setzte sich, während sie stehen blieb, um ihm den ersten Gang zu servieren. Dann griff der Mann in seine Weste und zog aus einer alten ledernen Brieftasche, die einem Zigarettenetui glich, ein paar Geldscheine heraus, zählte sie ab und legte sie zwischen die Teller mitten auf die Tischdecke. Sie verlor kein Wort darüber, aber sie hütete sich, die Scheine gleich an sich zu nehmen, schließlich hatte man ihr beigebracht, während des Essens sei es verpönt, Geld anzufassen, vielleicht, um sich nicht noch einmal die Hände waschen zu müssen. Und er, zwischen einem Bissen und dem nächsten, gab ihr Anweisungen, was sie am nächsten Tag zu kochen hatte, sagte ihr, was ihm schmecken würde, während sie bislang kaum einen Happen zu sich genommen hatte und schon wieder aufstehen musste, um ihrem Schwiegervater den zweiten Gang aufzutischen.

Solange sie mit dem Essen nicht fertig war, rührte sie das Geld nicht an, doch bevor sie den Tisch abräumte, nahm sie zuallererst die Scheine an sich und steckte sie in ihre Geldbörse, während sie in Gedanken überschlug, was ihr für die übrigen Dinge des täglichen Bedarfs bleiben würde.

Damals fing sie an, zweierlei zu kochen: zum einen das, was Leandre ihr am Tag zuvor aufgetragen hatte, und zum anderen etwas für sich selbst, auch wenn sie stets darauf schaute, dass der erste Gang für beide gleich war, aber eben nicht das Hauptgericht. Sie wäre mit dem Geld auch gar nicht ausgekommen, wenn sie ebenfalls Seehecht hätte essen wollen, Schnitzel, Huhn oder Lammkoteletts. Sozusagen für den Fall der Fälle hatte sie es sich zur Gewohnheit gemacht, etwas Geld beiseitezulegen, man konnte ja nie wissen. Sie tat es ganz unbewusst. Einmal abgesehen davon empfand sie es auch nicht weiter schlimm, nach dem Gemüse oder der Suppe nur ein paar Sardinen zu essen oder ein Zucchiniomelette, wenn Leandre nicht des Öfteren, kaum dass er sich seine zwei Gänge einverleibt hatte, wieder das Wasser im Mund zusammenlief, er Lust bekam auf das, was Palmira sich gekocht hatte, und sie aufforderte, ihm etwas zum Probieren auf seinen Teller zu legen, sodass sie schließlich fast leer ausging.

Für sein Alter hatte Leandre einen gesegneten Appetit und zudem eine ausgezeichnete Verdauung. Auch was Frauen anbelangte, war er längst noch nicht jenseits von Gut und Böse. Aber so ein dürres Klappergestell zu betatschen, davon hatte er die Nase gestrichen voll, so wie er auch Madronas ständige Rosenkranzbeterei leid gewesen war und die Tatsache, dass sie immer nur so dagelegen hatte, den Kopf zur Seite gedreht, wenn er auf die Erfüllung seiner ehelichen Rechte gepocht hatte. Ihm gefielen die Drallen und Fröhlichen, obwohl er zutiefst davon überzeugt war, dass eine Frau einem Mann das Leben zur Hölle machen, ja ihn in den völligen Ruin treiben konnte. Vor nichts auf der Welt fürchtete er sich mehr als vor einer Frau, die es nur darauf angelegt hatte, ihn um den Finger zu wickeln, vor so einem falschen Luder, das einem nicht nur den Verstand, sondern auch die Brieftasche raubt.

In jungen Jahren war er ganz schön hinter den Weibern her gewesen, und eine, die hatte ihm regelrecht den Kopf verdreht, er stand kurz davor, sein gesamtes Erbe zu verkaufen, wollte mit ihr auf und davon, und beinahe hätte er Madrona und die Kinder völlig mittellos sitzen lassen. Während seiner wilden Zeit hatte er sich die Hörner abgestoßen, so gut es nur ging, wenn es ihn überkam, nahm er sich einfach die Erstbeste, die ihm gerade über den Weg lief. Meistens musste er sich mit einer Frau aus der Gegend begnügen, eine mit wettergegerbtem Gesicht und sonnenverbrannten Armen, an der nicht viel dran war. Sogar in Torrent hatte er nichts anbrennen lassen, und eine hatte es ihm ganz besonders angetan, eine, die stets willig war, wie es hieß. Das Ganze war ziemlich riskant, und nach einer Weile fingen die Leute an zu reden, doch ließ er erst von ihr ab, als er nicht mehr die Augen davor verschließen konnte, dass auch ihr Ehemann etwas spitzgekriegt hatte und die geschärfte Sense schon bereitlag. Als seine Tochter dann zu einem jungen Mädchen heranwuchs, beschloss er, die Klatschmäuler zum Schweigen zu bringen und seine Glut fortan in den heimischen Laken zu löschen.

An diesem Tag bei den Ginestàs hatte ihn das Verlangen ganz plötzlich überwältigt, es war wie ein Schock. Er hatte genug davon gehabt, auf Josep zu warten, und angelockt von einem zuerst kaum hörbaren, doch dann immer weiter anschwellenden Stöhnen, war Leandre einfach aufgestanden und losgegangen, bis er sich vor der Schlafzimmertür wiederfand, hinter der sich die beiden, Neus und ihr Mann, ohne jeden Zweifel keuchend in den Armen lagen, um sich schließlich für ein paar Augenblicke in einem lustvollen Sinnesrausch zu verlieren. Eben jenes Gefühl, das auch ihn zu überwältigen begann, das keinen Aufschub duldete und ihn dazu brachte, seine Hose aufzuknöpfen. Gebannt ließ er sich von den Geräuschen leiten, die durch die Schlafzimmertür zu ihm drangen, bis er plötzlich bemerkte, dass es dort drinnen ganz still geworden war. Ihm dagegen entfuhr ein heiseres Aufstöhnen, während er zugleich feuchte und klebrige Hände bekam, und dann, ein wenig schwankend, trat er seinen Rückzug ins Esszimmer an. Sorgfältig wischte er sich mit seinem Taschentuch ab, doch der Geruch blieb ihm in der Nase hängen, und noch immer verspürte er ein Schwächegefühl in den Beinen. Er ließ sich in einen Sessel fallen. Als Josep kurze Zeit später ins Esszimmer kam, sah er ihn dort mit den Karten in der Hand sitzen, als sei er gerade dabei, sie auszuteilen.

Fortan würde er wie besessen sein von dieser Lust, die er so stark empfunden hatte, vielleicht nicht weniger stark als mit einer Frau, auch wenn er jedes Mal fürchtete, plötzlich Josep oder ihr gegenüberzustehen und sich zum Gespött zu machen, sich hoffnungslos zu blamieren. Er wusste ja nicht und konnte es auch nicht ahnen, dass die Laute, die er im Esszimmer von sich gab, Neus nur noch mehr erregten. Sei es das Klirren seines Glases, wenn er es auf dem Tisch abstellte, sei es der Klang seiner Schritte, wenn er sich, wie sie annahm, auf die Schlafzimmertür zubewegte, sie war ganz versessen darauf, ihn zu hören. Doch auch die Eile ihres Mannes erregte sie, der so schnell wie möglich zu seiner Partie Karten zurückwollte.

Einmal auf den Geschmack gekommen, machte sich Leandre Raurill jeden Nachmittag auf den Weg zu den Ginestàs, setzte sich in eine Ecke des Sofas aus granatrotem Kunstleder und rührte in seiner Tasse Kaffee herum, nachdem er drei Löffel Zucker genommen hatte. Es machte ihm nichts aus, wenn Josep auf sich warten ließ. War Neus einmal nicht da, dachte er: Schade, aber dann legen wir heute eben mal eine Ruhepause ein. Und er fügte noch hinzu, natürlich nur für sich: Was für eine herrliche Sau für einen Prachtkerl von Eber.

Familie

Er ist ein kräftiger Mann, ein Kerl wie ein Baum, seine Schultern hängen leicht nach vorn. Sein Gesicht wird von einer ausgeprägten Nase bestimmt und von großen Augen, die mal grün schimmern und mal die Farbe von gerösteten Kastanien haben. Oft verzieht sich sein Mund zu einem Lächeln, und er lacht auch viel und entblößt dabei zwei Reihen makelloser Zähne. Aber mehr noch als sein Gesicht, mehr noch als seine Kraft und Körpergröße, sind es seine Bewegungen, an denen man Josep gleich erkennt, und das sogar von hinten. Es ist seine Art zu gehen, dieser leise, leicht schlendernde Gang, und es sind seine Arme, die unbeholfen hin und her schlenkern, wenn sie nichts zu tun haben, und die geschmeidige, harmonische Bewegungen ausführen, sobald sie nur etwas tragen dürfen. So zumindest kommt es ihr vor, wenn er sich tief bückt, um den Kasten richtig greifen zu können, bevor er ihn dann mit all den vielen weißen Flaschen hochhebt, als sei er leer.

Palmiras Haar ist dunkel und lockig, wie ein Schatten fällt es ihr in die Stirn und Schläfen. Ihr Gesicht hat seine Farbe verloren, und der Kopf, wie er da auf dem stämmigen Hals und dem unförmigen Körper thront, wirkt so ungemein winzig. Die Blässe lässt ihre dunklen Augen nur noch mehr hervortreten, Augen, die immer einen feuchten Glanz zu haben scheinen, als schimmere eine Träne in ihnen, die im nächsten Augenblick zu entwischen droht. Aber Palmira weint nicht, noch ist ihr danach zumute, und doch liegt auch um ihren Mund immer dieser traurige Zug. Seit Tagen schon redet sie mit sich selbst, wenn sie allein ist, hält aber gleich wieder inne und ruft sich zur Ordnung, doch in ihrem Inneren kann sie die leise Stimme, die ihr so erbarmungslos zusetzt, nicht zum Schweigen bringen. »Du bist ganz allein auf der Welt, nur dein Kind bleibt dir noch.«

Wer weiß, vielleicht ist es ja gerade die schmerzerfüllte Schönheit ihres Gesichts, die ihn nicht müde werden lässt, sie anzuschauen, und immerfort redet er mit ihr, damit sie ihm nur ja nicht in die Küche entwischt und er ihr ein Lachen entlocken kann, das unter ihrer zierlichen Nase zu leuchten beginnt, sich über beide Wangen ausbreitet und zugleich ihre Augenbrauen in die Höhe zieht. Vielleicht ist es wegen des Kindes, das sie unter dem Herzen trägt, weshalb er ihr, ohne sich dessen überhaupt bewusst zu sein, eine solche Verehrung entgegenbringt. Oder wegen dieses Trottels von Ehemann, seit Tagen ist er nun schon fort und lässt nichts von sich hören, und der Alte scheint es auch nicht eilig zu haben, ihn zurückzuholen. Er glaubt, es sei Mitleid, das sie da in ihm geweckt hat und das nun immer größer wird, und deshalb schaut er, bevor er sich schlafen legt, jeden Morgen nach der Arbeit bei ihr vorbei, um ihr ein wenig zur Hand zu gehen. Meist hat sie dann gerade erst die Ladentür geöffnet, und es kommt ihm so vor, als hafte noch der Geruch der Bettlaken an ihr, der Geruch nach Schlaf.

Wie will sie das denn anstellen, wie soll sie denn allein die ganzen Milchkästen wegschleppen, damit wieder ein Durchkommen ist im Laden? Auch wenn sie ihm beteuert, »keine Sorge, mein Schwiegervater macht das schon«, wie will sie das denn anstellen? Glaubt sie denn wirklich, er wüsste es nicht? Sie wäre doch diejenige, die versuchen würde, die Kästen wegzuschaffen, weil sie denkt, sie sei stark, doch am Ende wäre sie völlig erschöpft. Ihr Schwiegervater, von wegen. Er kennt sie ja noch nicht lange, aber Josep weiß genau, was sie machen würde, und er hat sich nicht gefragt, weshalb er das eigentlich weiß. Ihm ist noch nicht einmal bewusst, dass er überhaupt so denkt.

Seit einiger Zeit legt er sich morgens, wenn er nach Hause kommt, aufs Sofa, und ein paarmal ist er dort auch schon eingeschlafen. Er will Neus nicht aufwecken, sagt er sich, und so streckt er sich aus und denkt zurück an diesen kurzen Moment im Laden der Raurills, wie Palmira vorhin ausgeschaut hat und worüber sie sich unterhalten haben. Er fühlt sich wohl, wenn er seinen Gedanken nachhängen kann, einfach so, bis er mit einem Mal schläfrig wird. Ginge er ins Bett, würde seine Frau womöglich noch wach werden, obwohl sie eigentlich nie etwas von ihm will, wenn sie allein sind, das geschieht nur tagsüber, wenn Leandre da ist. Neus hat kein trauriges Gesicht, und sie erwartet auch kein Kind.

Vielleicht hatte es ja mit alldem zu tun, weshalb eines Morgens, es war noch keine acht Uhr, Palmira und Josep im Laden regelrecht zusammengezuckt sind, als Neus, schick angezogen und zurechtgemacht, plötzlich vor ihnen stand.

Es hatte sich so ergeben, dass Palmira, als sie die Ladentür aufsperrte, nicht nur dem Mann gegenüberstand, der ihr immer die Milch brachte, sondern auch Josep, alle beide warteten sie vor der Tür. Der eine hatte die Milchflaschen hineingetragen, Kasten für Kasten, die leeren wieder mitgenommen und war weggefahren; der andere hatte ihr sie dann, wiederum Kasten für Kasten, so hingestellt, dass sie, ohne auch nur einen einzigen hochheben zu müssen, alle gut erreichen konnte. Und schließlich hatte er sich neben sie an den Ladentisch gestellt, wo sie gerade dabei war, noch einmal alles nachzurechnen. Irgendwie kam sie auf eine andere Summe, und Leandre würde die Rechnung später Cent für Cent überprüfen. Ihr schien es, als hätte sich der Milchausfahrer zu seinen Gunsten vertan. Beide sind dann die Rechnung noch einmal gemeinsam durchgegangen und haben das Wechselgeld nachgezählt; zu guter Letzt sind sie auf den Fehler gestoßen und, erleichtert wie sie waren, haben beide gelacht. Und dann sind sie zusammengezuckt, denn gerade in diesem Moment ist Neus in den Laden gekommen und hat gemeint: »Heute hol' ich mal die Milch.«

Es ist auch an einem Morgen gewesen, so um halb acht, schon seit Tagesanbruch hatte sie sich mit Schmerzen im Bett hin und her gewälzt, als sie einen großen, feuchten Fleck auf ihrem Nachthemd entdeckte. Normalerweise war sie um diese Zeit bereits gewaschen und angezogen, hatte auch schon eine Kleinigkeit gefrühstückt, bevor sie sich daranmachte, den Laden aufzuschließen, um wie jeden Morgen einen Blick auf die Straße zu werfen, auf den dichten Verkehr, der ohne Unterlass vor der Tür vorbeifloss, so als wäre er die ganze Nacht nicht zum Stillstand gekommen.

Josep würde nicht mehr lange auf sich warten lassen, auch wenn er seit dem Tag, an dem Neus zu einer Zeit im Laden aufgetaucht war, zu der sie für gewöhnlich noch schlief, kaum ein Wort mit ihr sprach. Er kam schnell vorbei, half ihr mit den Milchkästen und ging wieder, ohne sich groß aufzuhalten, ohne mit ihr zu plaudern. Seine Frau hatte ihm den Schleier von den Augen gerissen, und so gestattete er es sich gerade noch, jeden Morgen die Kästen aufzureihen, dann aber ging er gleich nach Hause und legte sich, so wie früher, zur gewohnten Zeit ins Bett.

Palmira dachte, wo es in Barcelona schon so kühl war, da musste es oben in Torrent doch längst gefroren haben. Und Maurici hatte nichts Warmes zum Anziehen dabei, er würde sicherlich mit ein paar alten Lumpen herumlaufen. Was er wohl dort so lange machte, fragte sie sich. Kaum hatte sie an diesem Morgen einen Fuß in den Laden gesetzt, spürte sie ein starkes Stechen im Unterleib, und obwohl es noch gar nicht an der Zeit war, ahnte sie gleich, dass das Kind nicht länger warten wollte. Mit dem Schmerz brach auch die unterdrückte Wut hervor, die sich in ihr angestaut hatte, ohne dass es ihr bewusst gewesen wäre, und so betrat sie das Schlafzimmer ihres Schwiegervaters, ohne erst anzuklopfen, und sie sagte ihm, sie müsste jetzt das Kind zur Welt bringen, wenn er wollte, könne er ja im Laden bleiben, und wenn nicht, dann sollte er eben zusperren, das müsste er selbst wissen. Es war förmlich aus ihr herausgeplatzt, die Schmerzen hatten sie das besonnene Verhalten vergessen lassen, das sie sonst immer an den Tag legte. Und ebenso ungeduldig fügte sie hinzu, es sei vielleicht angebracht, seinem Sohn Bescheid zu geben, ohne dass sie den Namen ihres Ehemanns genannt hätte, den von Maurici, der vor so langer Zeit weggegangen war und von dem sie nichts gehört hatten. An ihr war es gewesen, die Stellung zu halten, ohne jegliche Hilfe, außer der von Josep, mit dem sie eigentlich doch gar nichts verband, der aber in all dieser Zeit ihre einzige Stütze gewesen war, ihre einzige Familie.

Wie jeden Tag schaute Josep auch an diesem Morgen im Laden vorbei, während sie damit beschäftigt war, zügig, aber ohne Hast, die Sachen für das Kind in eine Tasche zu packen und die Adresse der *Aliança* herauszusuchen, die vom Krankenhaus, so als würden sich die Taxifahrer nicht bestens auskennen in der Stadt. Er verschwendete keinen Gedanken daran, dass er vielleicht zu spät nach Hause kommen könnte, nahm ihr die Tasche aus der Hand, drängte sie, sich hinzusetzen, und ging vor die Tür, um ein Taxi zu rufen. Als er zurückkam, stand Leandre im Laden und knöpfte sich gerade Hemd und Hose zu, er und Palmira sprachen kein Wort miteinander, bestimmt hatten sie schon alles beredet. Josep bestand darauf, sie zu begleiten, sie wirkte so hilflos, er war so nervös, und erst, als er sie in der Obhut der Krankenschwestern in ihren weißen Kitteln wusste, machte er sich auf den Heimweg. Doch er beeilte sich nicht. Es war schon so spät, dass es darauf jetzt auch nicht mehr ankam. Und in seinem Blaumann, den er als Nachtwächter trug, ging er durch die Stadt, als wäre er auf dem Weg zur Fabrik, ein Arbeiter von vielen, jemand, der geschlafen und gefrühstückt hatte, um nun dem neuen Tag die Stirn zu bieten.

Es war ein ausgedehnter Streifzug, den er da unternahm, durch das Wirrwarr seiner Gedanken und Erinnerungen, die zuweilen bitter waren, dann aber auch wieder zärtlich, denn diese Liebe, selbst wenn er es nicht wagte, sie beim Namen zu nennen, hielt doch immer ein wenig Freude für ihn bereit und vermochte es, seinen Kummer zu lindern. Er war so in Gedanken versunken, dass er, als er schließlich vor seiner Wohnungstür stand, das Gefühl hatte, den ganzen langen Weg nur gerannt zu sein, und vielleicht war dem ja so. Und dann brachte ihn Neus völlig aus der Fassung, denn anstatt sich zu beruhigen, als er ihr erzählte, er habe Palmira ins Krankenhaus begleitet, weil die Wehen eingesetzt hätten, wurde sie nur noch wütender, und ein Schwall von Worten brach aus ihr hervor, es waren Beschimpfungen, es waren Verwünschungen, es waren Unterstellungen. Und ganz plötzlich verspürte er nicht übel Lust, ihr einfach den Mund zuzuhalten.

Wenn er es auch nur ein einziges Mal gewagt hätte, mit einem Finger über Palmiras Wange zu streichen, dann hätte er den Wutanfall seiner Frau verstehen können. Aber er hatte nichts dergleichen getan, er hatte Palmira nur ins Krankenhaus gebracht, ein Häufchen Elend, völlig durcheinander, mit einem Bauch so dick, dass er jeden Augenblick zu platzen drohte, mit tiefen Ringen unter den Augen, fix und fertig. Er hatte sie nur ins Krankenhaus gebracht und, sobald er wieder einen klaren Gedanken fassen konnte, vor allem eine große Verachtung für Maurici empfunden, den er für den glücklichsten Mann auf der ganzen Welt hielt und zugleich für einen armen Teufel, den er einfach nicht verstehen konnte, obwohl er sich doch schon seit Tagen den Kopf zerbrach, weshalb er nichts von sich hören ließ.

Er sah in Neus' wutentbranntes Gesicht. Letztlich gab es nur eine einzige Erklärung. Palmiras Mann war ein Scheißkerl, ein solches Verhalten ließ sich einfach nicht entschuldigen.

Schon vor Tagen hatte einer der Pächter seinen Jungen mit einem Korb Kartoffeln zu Maurici geschickt, obendrauf hatte noch eine Schicht Äpfel gelegen. Doch war dies die einzige Abgabe, die man ihm zukommen ließ, nachdem er den Leuten immer wieder zu Hause oder bei der Feldarbeit nachgestellt hatte, bis er schließlich davon überzeugt war, dass sie ihm aus dem Weg gingen oder so taten, als würden sie ihn nicht sehen.

Ernährt hatte er sich bislang von dem, was tagein, tagaus zu ganz unterschiedlichen Zeiten draußen am Türklopfer hing. Es war immer ein und derselbe Henkelmann, und hatte er ihn geleert, hängte er ihn, schmutzig wie er war, wieder an dieselbe Stelle. Und sei es nur als ein kleines Zeichen seiner Dankbarkeit, er hätte ihn ruhig sauber machen können.

Maurici holte sich sein Essen ins Haus, ohne groß darüber nachzudenken. Für ihn hatte immer ein Teller auf dem Tisch gestanden, und der wurde nach jeder Mahlzeit blitzblank gespült und ihm beim nächsten Mal wieder gut gefüllt vorgesetzt. Nur wenn er das Gefäß an den Türklopfer hängte, verspürte er so etwas wie ein Schamgefühl, denn es könnte ihn ja jemand dabei beobachten, und von daher beschloss er, fortan die ruhige Mittagszeit dafür zu nutzen, wenn alle bei Tisch saßen, oder später, wenn sie ihren Mittagsschlaf hielten. Er wunderte sich, dass seine Schwester und er sich noch nicht über den Weg gelaufen waren, wo sie ihm doch jeden Tag das Essen brachte und auch den leeren Henkelmann wieder abholte, und er ja ständig raus- und reinging. Es schien fast so, als würden wachsame Augen ein Zusammentreffen zu verhindern wissen.

Wenn er also Hunger hatte, ging er runter in die Küche, und wenn er dort kein Essen mehr fand, schaute er vor der Tür nach. Er schlief im Zimmer von Rosetas Eltern, ohne dass er um Erlaubnis gebeten hätte, so wie ein Dieb, der mitnimmt, was er kriegen kann, und dann wieder verschwindet. Nach der ersten Nacht hatte er immer ein gemachtes Bett vorgefunden, richtig mit Bettlaken und einer Tagesdecke obendrauf und das Kopfkissen in einem Bezug. Schon lange hatte er nicht mehr so gut geschlafen. Gleichwohl lauerte in ihm noch immer dieses Gefühl zu ersticken, ganz plötzlich konnte es ihn wieder anspringen. Vor allem, wenn es dunkel wurde, war es hinter ihm her, wie ein Hund, der sein Fressen wittert, und auch an grauen Tagen heftete es sich an seine Fersen, wenn der bleierne Himmel sich vor die Sonne schob, ihr Licht verdeckte und ihre Wärme. Er hatte erst gar nicht wieder versucht, in seinem eigenen Haus zu schlafen, in einem der anderen Zimmer, in denen noch Betten standen, zwei ziemlich alte Betten, Ehebetten. Der Weg in die Scheune und dann hoch durch das Fenster rüber in Rosetas Haus, für ihn bedeutete das die Rettung. Und kaum lag er dort im Bett, war er auch schon eingeschlafen.

Was die Pächter anbelangte und auch alle anderen im Dorf, da machte er sich nichts mehr vor, aber wenn er an Barcelona dachte, trieb es ihn um, wie sollte er seinem Vater bloß jemals wieder unter die Augen treten, wo er doch keinen einzigen Cent hatte eintreiben können.

Die Zeit schlug er tot, indem er Risse ausbesserte, jeden Tag nahm er sich eine andere schadhafte Ecke vor. Während er sich im Haus zu schaffen machte, dachte er unaufhörlich an seine Schwester, die ihm immer so ein gutes Essen brachte, er sprach laut vor sich hin, so als würde er mit ihr reden, machte seinem schlechten Gewissen Luft, weil er zu feige war, sie zu besuchen.

Eines Morgens ließ er sich oben unterm Dach erschöpft auf eine Bank fallen, eine Bank, die er schon so lange kannte, wie er zurückdenken konnte, die ständig Wind und Wetter ausgesetzt war, denn sie stand draußen auf dem Balkon, und nur der

Dachvorsprung gab ihr etwas Schutz. Während er wer weiß was für Gedanken nachhing, ständig hing er irgendwelchen Gedanken nach, die ihn traurig machten, fiel sein Blick auf ein paar kleine Scheite Eschenholz. Ohne lange zu überlegen, holte er sein Messer hervor, öffnete es und begann damit, die Rinde zu schälen, das Holz zu bearbeiten.

Er tat das, was ihm gerade in den Sinn kam, nur die eigene Stimme leistete ihm Gesellschaft, und er tat ja nichts Böses. Friedlich verbrachte er Stunde um Stunde mit den kleinen Ausbesserungsarbeiten an den Wänden, die er dann mit Farbe überstrich, richtete all die Schäden, die der Lauf der Zeit hinterlassen hatte. Und jeden Tag widmete er sich ein wenig mehr seinen Holzarbeiten, schnitzte große Schellenbügel für die Kuhglocken und kleine für die der Schafe und Ziegen, schnitzte Salzgefäße und *soquets*, die beim Mähen die vier Finger schützen sollten. All dies hätte durchaus von Nutzen sein können, wenn nur irgendjemand noch dafür Verwendung gehabt hätte, aber die Felder wurden ja immer mehr mit Maschinen bestellt, und man kaufte Salzbehälter aus Plastik, und dem Vieh hängte man nur noch selten eine Glocke um den Hals. Doch jedes einzelne Teil war wunderschön anzusehen, es erstrahlte in dem matten Glanz, der gutem Holz zu eigen ist, verströmte seinen frischen Duft. Zudem verzierte Maurici alles mit Ornamenten, grub mit seinem Messer Furchen in das Holz, die nirgendwohin führten, stattdessen gingen sie ineinander über, waren miteinander verschlungen. Er schnitzte auch Blumen, die er auf den breiteren Seiten wie ein Kreuz anordnete, aber vielleicht hatte ihm ja sogar ein Kreuz vorgeschwebt, ein Kreuz mit Armen aus Blütenblättern. Auf dem Deckel von einem anderen Salzgefäß war dagegen nur ein Viereck zu sehen, allerdings hatte er es auf die Spitze gestellt, und alle vier Winkel zeigten nach außen. Er suchte sich Ranken, um daraus Griffe für die

Salzgefäße zu machen, die er dann auf jeder Seite kaum sichtbar mit einer kleinen Zwecke befestigte.

Dieser ganze unnütze Kram, mit dem er sich schon vor Jahren beim Viehhüten die Zeit vertrieben hatte, bereitete ihm nun ein völlig unerwartetes Geschenk. Das Schnitzen machte seine Ruhelosigkeit erträglicher, nahm ihm die Angst, gab ihm Schuldenerlass für sein Vergessen.

Die Zeit war für Maurici wie ein stehendes Gewässer, weder besonders klar, noch wirklich trüb, mit Schlick auf dem Grund und an den Ufern, voller Kaulquappen und Froschweibchen, die unvermittelt hochsprangen, laut quakten und dann wieder in einen tiefen Schlaf zu versinken schienen. Doch so wie ein Tümpel war seine Zeit auch noch mit anderen Dingen gefüllt. Alles in allem führte er jedoch ein ruhiges Leben. Nur dass ihn bisweilen eine Erinnerung bedrängte, die völlig unerwartet hochschnellen konnte, eben so wie es die Frösche tun, und ab und an ein Blick, der ihn schaudern ließ und den er erst abschütteln musste, als hätte er mit einem Bein mitten im Tümpel gestanden. Und manchmal war da dieses Gefühl zu ersticken. Vielleicht hielt ihn ja der klebrige Morast gefangen und nahm ihm die Luft zum Atmen.

Eines Tages, die Augen und seine ganze Aufmerksamkeit auf ein Stück Holz gerichtet, ein Messer in der Hand und dabei tief in Gedanken versunken, nahm er mit einem Mal wahr, wie jemand durchs Haus ging. Für einen Augenblick blieb er regungslos sitzen, lauschte nur auf die Schritte, die sich näherten, ein wenig zögerten, um dann gleich wieder ihren Weg fortzusetzen. Es war jemand mit einem leichten Gang, der sich da erdreistet hatte, ein Haus zu betreten, ohne einen Gruß hineinzurufen, so wie es der Brauch war … Wer konnte das sein?, fragte er sich. Wie angewurzelt blieb er auf der Bank sitzen, da waren nur die geschickten Bewegungen seiner Hände, die weiter an dem Stück Holz feilten, ihm eine Gestalt verliehen. Erst als er hörte, wie die Tür zum Balkon geöffnet wurde, hielt er inne.

Sabina machte ein paar Schritte auf ihn zu und, ohne ein Wort zu sagen, warf sie einen Blick auf die vielen Schellenbügel, auf die hölzernen Handschuhe und Salzgefäße, die sich neben ihm auf der Bank auftürmten oder aber mit ihren eingekerbten Verzierungen stumm und in aller Unschuld auf dem Boden verstreut herumlagen.

Er war es, der zuerst sprach, ungläubig, so als müsse man sich wer weiß wie darüber wundern, dass sie sich ausgerechnet in dem Dorf begegneten, in dem beide lebten, in dem Haus, in dem beide gewohnt und gespielt hatten, im Haus ihres Vaters, der noch immer ganz allein das Sagen hatte. Mit diesen Worten würde Maurici sich entschuldigen, nur wenig später, als Sabina alle Höflichkeitsfloskeln beiseitegeschoben und die ganze Zärtlichkeit, die in ihr aufsteigen wollte, zum Ersticken gebracht hatte, als sie mit ihren Fragen und Forderungen und Vorwürfen über ihn herfiel. Maurici versuchte erst gar nicht, sich zu verteidigen, ließ den Sturm einfach über sich hinwegziehen, kein Wort kam über seine Lippen. Es brach ihm schier das Herz, nie hätte er es für möglich gehalten, aber die Frau, die da vor ihm stand, das war nicht mehr seine liebevolle Schwester, die mit ihm gespielt, die ihn ausgekitzelt hatte, die ihm mit Kölnischwasser den Scheitel gezogen und ihn hinter dem Rücken der anderen, das war ihr Geheimnis gewesen, wie ein Mädchen angezogen hatte, genau hier, oben unter dem Dach. Sosehr er sich auch bemühte und sich den Kopf zerbrach, er konnte sich beim besten Willen nicht mehr daran erinnern, wann sie sich eigentlich überworfen hatten und wann Sabina einen Schlussstrich unter die schöne Zeit gezogen hatte.

Als sich das Unwetter schließlich legte, war es mit einem Mal ganz still, doch auch die Ruhe nach dem Sturm war voller Drohungen. Es gab noch immer Blitze und tiefschwarze Wolken, die sich jeden Augenblick entladen konnten, die den Himmel verdunkelten und keinen einzigen Lichtstrahl hindurchließen. Was er denn hier überhaupt verloren habe, wenn er weder die rechte Hand des Vaters sei, geschweige denn das Sagen habe? Den Pächtern die Tür einrennen, aber einen Bogen um das Haus der eigenen Schwester machen, das Leben eines Herumtreibers führen, die Leute würden sich schon das Maul zerreißen, dieselben Leute, die sie mit böswilligen Unterstellungen traktierten, kein gutes Haar ließen sie an ihr, als wäre sie nicht …, als hätte sie nicht … In diesem Augenblick erwachte er aus seiner Erstarrung und fiel der aufgebrachten Sabina ins Wort. Er unterbrach sie, dankte ihr, dankte ihr für das Essen, mit dem sie ihn jeden Tag versorgte, doch war ihr Blick und die Art, wie sie die Lippen schürzte, ein einziges Fragezeichen. So als hätte sie, du liebe Güte, überhaupt keine Ahnung, wovon er da eigentlich sprach.

Dann ließ sie sich wieder darüber aus, wie ungerecht es doch bei der Aufteilung des Besitzes zugegangen sei, ja, dass ihr Schuft von Vater sie einfach übergangen habe. Es verwunderte ihn, wie Sabina über den Vater sprach, sie schien noch aufgebrachter zu sein, seitdem er sich bei ihr bedankt hatte. Und wieder hörte sie ganz unvermittelt auf zu reden. Dieses Mal, weil unten an der Tür nach Maurici gerufen wurde.

Da sei ein Anruf für ihn, aus Barcelona.

VERÄNDERUNGEN

Das Gespräch

Als er sich eines Tages dazu durchgerungen hatte, mit ihr zu reden, beugte sie sich gerade über das Kind, um es zu wickeln, vielleicht stillte sie es aber auch, es bedurfte ja so vieler Gesten alltäglicher Zuwendung, dachte Maurici bei sich. Er erinnerte sich nur noch daran, dass es Palmira nicht möglich war, ihm in die Augen zu schauen, während er sprach, und wahrscheinlich hatte er sich unbewusst genau einen dieser Momente ausgesucht.

Er sagte ihr, dass er nachts nicht schlafen könne, denn sobald es um ihn herum dunkel sei, habe er das Gefühl, keine Luft mehr zu bekommen, so als ob ihm jemand die Kehle zudrücken würde. Deshalb schleppe er sich auch schon seit einiger Zeit nur noch durch den Tag, die Arbeit gehe ihm schwer von der Hand. Palmira lauschte seinen Worten wie einem auf das Vordach prasselnden Regenschauer im Sommer, von dem man gleich weiß, dass er weiter nichts als ein paar Staubkörner auf der Straße aufwirbelt, aber kein einziger Tropfen davon bis unters Dach spritzen wird. Sie hörte ihn reden und war innerlich doch weit entfernt, zu sehr hatte er in der letzten Zeit ihre Selbstachtung mit Füßen getreten, es war, als würde in der vertrauten Gestalt von Maurici ein Fremder zu ihr sprechen.

Seitdem er aus dem Dorf zurück war, hatte sie jede Nacht gehört, wie er aufstand und wie schon bald darauf die Stimmen aus dem Transistorradio die Stille der Nacht durchlöcherten, und dabei brauchte sie diese Stunden doch so dringend, um sich von den unzähligen Anstrengungen des Tages zu erholen, um wieder zu Kräften zu kommen. In den ersten Nächten hatte sich das Gemurmel fast unmerklich in ihren Schlaf geschlichen und sie wach werden lassen, doch sie schlief gleich wieder ein, erschöpft, wie sie war, vom Stillen, von all der vielen Arbeit mit dem Laden, der Wohnung, dem Essenkochen. Und dann verdarb sie sich noch ihre Augen, so sagt man ja, mit der ein oder anderen Näharbeit, die sie für ein Kurzwarengeschäft in der Nachbarschaft übernommen hatte. Deshalb war sie anfangs auch ziemlich ungehalten gewesen, dass sie wegen Maurici jede Nacht aus dem Schlaf gerissen wurde. Aber an dem Tag, an dem er sich dazu entschloss, mit ihr zu reden, nahm sie ihn schon seit ein paar Nächten nurmehr wie im Traum wahr und schlief einfach weiter. Sie hatte sich daran gewöhnt.

Einzig und allein, dass er das Gefühl hatte, keine Luft mehr zu bekommen, war ihr neu. Sie wusste nun endlich, weshalb er nachts aufstehen musste und eben das machte, was er machte. Er vertraute sich ihr in einem Moment an, als sie sich schon längst damit abgefunden hatte, allein zurechtkommen zu müssen, und in ihrem Mann nur noch einen Fremden sah. Aber darin hatte sie sich getäuscht, denn immer wieder empfand sie ganz plötzlich Mitleid mit ihm, und das, obwohl er sie nicht um Verzeihung bat und ihr auch keinen Weg aufzeigte, den sie hätten gemeinsam weitergehen können, sie beide zusammen: Maurici und Palmira.

Nur dass er nach wie vor den Radioapparat so laut aufdrehte, ein Geschenk von Josep, der sich ein moderneres, ein sehr viel kleineres Gerät gekauft hatte, das ertrug sie nicht. Damit konnte sie sich einfach nicht abfinden, denn die Stimmen hallten durch die Nacht, selbst der Schwiegervater hätte sie hören können.

Maurici wollte einzig und allein dieses Problem zur Sprache bringen und nicht das ganze Fass aufmachen. Palmira sollte verstehen, weshalb er seinen Pflichten als Ehemann nicht nachkam und sich wie ein Sack Kartoffeln von der Wohnung in den Laden und vom Laden in die Wohnung schleppte. Aber er behielt für sich, dass er im Schein der Lampe, die über dem

Tisch im Esszimmer hing, noch immer Salzgefäße und Schellenbügel schnitzte oder Löffel, wie sie die Hirten benutzen …, alles aus hellem Holz. Palmira hatte bislang noch kein Wort gesagt, und Maurici, sicherlich um ihr Schweigen zu brechen, fragte sie einfach das, was ihm gerade in den Sinn kam, als er seine Frau anschaute. »Was hast du denn da am Hals?« Palmira hatte keine Ahnung, wovon er sprach, aber sie tastete über die Stelle, auf die er deutete, während sie innerlich den Kopf darüber schüttelte, wie er versuchte, das Thema zu wechseln.

»Und was sollen wir nun tun?« Sie brachte das Gespräch an seinen Ausgangspunkt zurück, genau in dem Augenblick, als er schwieg und seine Tochter betrachtete, die in dem Körbchen lag, das Dimas ihnen vorbeigebracht hatte. Für den Fall, dass sie noch einmal schwanger werden sollte, hatte Dora es aufgehoben, es wäre dann das vierte Kind. Schließlich schaute er sie fragend an. Und Palmira redete weiter. »Vielleicht sollten wir zu einem Arzt gehen.« Maurici deutete auf ihren Hals und meinte: »Damit er sich das mal anschaut?«

Am liebsten hätte Palmira ihn geschüttelt wie ein kleines Kind, das man anders nicht zur Vernunft bringen kann. Was reimte er sich denn da für eine Geschichte zusammen mit ihrem Hals, wo er ihr doch gerade erklärt hatte, er könne nicht schlafen, sei nicht in der Lage, ein normales Leben zu führen. Am Ende würde er gar noch richtig krank. Oder hatte er das alles etwa nur erzählt, um ihr zu verstehen zu geben, dass er von nun an tagsüber schlafen würde, weil sie im Laden ja durchaus alleine zurechtkäme? Sie zog sich wieder zurück von ihm, schwieg und begann im Zimmer herumzuwerkeln, blieb aber in seiner Nähe, vielleicht würde er sich ja doch noch ein Herz fassen und offen und ehrlich mit ihr reden, vielleicht könnten sie ja doch wieder zueinanderfinden. Währenddessen berührte Maurici, vorsichtig und wie abwesend, ein Füßchen der Kleinen, die sich in ihrem Körbchen bemerkbar machte, und er sagte Palmira, er sei fest davon überzeugt, dass dieses Gefühl, keine Luft zu bekommen, auch wieder vergehen werde, so wie es gekommen war, zu Hause, oben in Torrent. Von dort habe er es nämlich mit runter in die Stadt gebracht, so wie seinerzeit den Tisch und das Bett.

Sie hielt nicht viel von Arzneien, von Pillen und Säften, aber ihr Mann war nur noch ein Schatten seiner selbst. Über einen Monat war er oben im Dorf geblieben und hatte nicht ein Mal von sich hören lassen, so als habe er sie völlig vergessen, und auch, dass sie sich in anderen Umständen befand, und jetzt, endlich, erzählte er ihr, was mit ihm geschehen war. Palmira ahnte, dass er da allein nicht mehr herauskommen würde, und so kehrte sie wieder zum Ausgangspunkt ihrer Überlegungen zurück: Wer könnte ihnen helfen?

Sie redeten noch eine ganze Weile miteinander, Leandre war beim Kartenspielen, und kein Kunde betrat den Laden, der still und ruhig im Dämmerlicht lag. Sie hatten sich hingesetzt, saßen Seite an Seite und schauten auf das Kind, das strampelte und zufrieden vor sich hin brabbelte, und während sie ruhig miteinander sprachen, schienen sie ganz vertieft in diesen Anblick zu sein. Er hatte ihr gerade gesagt, es sei am besten, sie gingen zurück nach Torrent, aber wie sollten sie nur den Vater davon überzeugen? Über die Schwester hatte er noch kein Wort verloren, seitdem er wieder in der Stadt war, genau an dem Tag, an dem die Kleine geboren wurde, war er zurückgekommen. Doch jetzt erzählte er ihr, dass ihm Sabina wie eine Fremde vorgekommen sei, wo sie sich doch immer so nahegestanden hätten, und er versuchte, seiner Frau die Worte wiederzugeben, die er in Torrent mit der Schwester gewechselt hatte. Dann war es eine Weile still, und dann fing Maurici erneut an zu reden. Im Dorf könnten sie doch ihr altes Leben wieder aufnehmen, die Wiesen bewirtschaften, damit sie genug Heu fürs Vieh hergaben, etwas Weizen anbauen, sich um den Gemüsegarten und das Federvieh kümmern. In Barcelona würde die Kleine aufwachsen, ohne jemals Haus und Hof kennenzulernen, denn wenn sie jetzt hierblieben, sagte er noch, würden sie niemals mehr zurückgehen.

Sie hatte ihm einfach zugehört, ihn nicht unterbrochen, auch wenn sie so gar nicht seiner Meinung war, doch seine letzten Worte hatten sie zusammenzucken lassen. In diesem Punkt konnte sie ihm nicht widersprechen, denn sie wusste, dass er recht hatte. Wenn sie hierblieben, würde ihre Tochter für immer ein Stadtkind sein.

Stockend fing nun sie an zu reden, und dabei war sie sich bis dahin doch so sicher gewesen, und die schwere Zeit, in der sie allein auf sich gestellt gewesen war, hatte sie in ihrer Überzeugung nur noch bestärkt, aber das, was er gerade gesagt hatte, ließ sich einfach nicht leugnen und brachte das gesamte Fundament ihrer Überlegungen ins Wanken, Überlegungen, die sie sorgfältig zusammengetragen hatte, Stein für Stein. Doch sie war eine Frau, die die Dinge sieht, wie sie nun einmal sind. Und so stolperten die Worte aus ihrem Mund, als würden sie ihre ersten Gehversuche unternehmen, klangen unsicher und ängstlich, wie bei jemandem, der weiß, dass er sich trotz gründlichen Nachdenkens irren kann, und dabei hatte sie so sehr gehofft, dass ihr Kummer sie doch wenigstens mit etwas mehr Lebensklugheit entschädigen würde.

Gegen den Willen des Schwiegervaters ins Dorf zurückkehren, wie solle das denn gehen? Und dann gab es da ja auch noch Sabina und ihren Mann, mit denen sie im Streit lagen, und das ganze Land war auf unbestimmte Zeit verpachtet, und überhaupt, wo es ihnen doch gerade etwas besser ging? Mit dem Laden, habe sie gemeint, fügte sie schnell hinzu. Nach und nach könnten sie sich doch auch hier eine Existenz aufbauen, natürlich müssten sie hart arbeiten, dürften die Hände nicht in den Schoß legen. In Barcelona, da zähle allein die Leistung, niemand würde einen fragen, woher man kam, ob man der Erstgeborene war oder nur der Zweitälteste. Ihr gefiel dieses Leben. Auch hier hatte man seine Pflichten, aber es war doch nicht immer der gleiche Trott, so wie in Torrent. Und hier könnten sie auch ganz unterschiedliche Menschen kennenlernen, nette Menschen, und vielleicht auch solche, die nichts taugten, aber, sie wisse nicht so recht, wie sie es ausdrücken solle, das sei ja immer nur für einen kurzen Moment, denn mit solchen Leuten müsse man ja nicht mehr zusammenkommen.

Vielleicht hätte sie noch weitergeredet, hätte von der Tochter gesprochen, was alles aus ihr werden könnte, wenn sie nur blieben ..., aber er hatte schon keine Geduld mehr und fiel ihr ins Wort, um ihr zu sagen, es sei ganz offensichtlich, dass sie gegen ihn war, vielleicht sogar mehr noch als der eigene Vater, und scheinbar habe es auch keinerlei Bedeutung für sie, dass er schließlich einmal alles erben würde. Sie habe sich wohl von all dem bunten Flitterkram in der Stadt blenden lassen, und wer weiß, was sie sich von den Leuten, vom Laden und überhaupt von allem hier erhoffen würde.

Palmira schluckte die scharfe Antwort hinunter, die ihr auf der Zunge lag. Eindringlich beschwor sie ihn stattdessen, solange noch nichts geklärt sei, müssten sie abwarten und zusammenhalten, schließlich sei da das Kind, das es großzuziehen galt und das sich gerade lautstark bemerkbar machte. Es hatte angefangen zu weinen und fuchtelte heftig mit seinen kleinen Ärmchen herum, so als hätte es an den Stimmen erkannt, dass am Himmel dunkle Wolken aufzogen.

Fast eine Verschwörung

Es war schon lange her, sehr lange, dass sie ihn so zufrieden erlebt hatten, zufrieden mit sich und der Welt. Palmira ging es wahrlich nicht darum, die genaue Anzahl der Jahre oder Tage zu ermitteln, doch als sie ganz unbekümmert in ihrem Gedächtnis wühlte und dabei jeden Winkel durchforstete, kam sie zu dem Schluss, ihren Schwiegervater noch kein einziges Mal so zufrieden erlebt zu haben. Alle hatten es irgendwie bemerkt, jeder auf seine Art und je nachdem, wie empfänglich er für die Stimmungen anderer war. Doch in welchem Maße auch immer, letzten Endes ist schließlich ein jeder in der Lage, ein glockenhelles »alles bestens« von einem freudlos dahingemurmelten »danke, gut« zu unterscheiden.

Natürlich gab es einen triftigen Grund für seine ausgezeichnete Laune. Die Raurills hatten nämlich beschlossen, Nuris Taufe zu feiern. Die Ginestàs waren eingeladen und die Lozanos. Neus und Leandre würden die Taufpaten sein. Aber es gab noch einen weiteren Anlass, denn Josep und Neus wollten ihr neues Auto einweihen und sie auf eine kleine Spritztour mitnehmen.

Um die Mittagszeit machten sie sich auf den Weg. Nachdem sie den weißen Seat 600 eine Weile von innen und außen bewundert hatten, zwängten sie sich in den Wagen. Die Raurills hinten und die Ginestàs vorne. Josep nahm Kurs auf den Montjuïc.

Dort fuhren sie ziemlich viel herum. Neus wollte gerne die *Font del Gat* sehen, dann hatte Leandre mit einem Mal Lust, den *Poble Espanyol* zu besichtigen, und Josep meinte, dass die Gärten, die es hier oben gab, ihnen bestimmt auch gut gefallen würden. Und die Burg? Sie müssten sich doch unbedingt auch die Festung anschauen! Als sie dann ganz oben standen und nach unten auf die Stadt schauten, wie groß sie doch war!, verschlug es allen die Sprache, nur Leandre nicht, der in einem fort redete, als ob man ihn aufgezogen hätte. Maurici nahm nur eine Ansammlung von Gebäuden wahr, zwischen denen man noch nicht einmal die Straßen erkennen konnte. Palmira aber blickte immer wieder wie gebannt zum Meer, es kam ihr so nah vor, als könne sie es berühren, ein fortwährendes Kommen und Gehen, ohne Anfang und Ende.

Auf der Heimfahrt, während Josep Maurici, der nun neben ihm saß, die technischen Besonderheiten des Wagens erklärte, herrschte auf der Rückbank, ausgelöst durch die Sprüche von Großvater Raurill, eine übermütige Stimmung, die durch die Lachsalven von Neus immer ausgelassener wurde, selbst bei der Kleinen, die vergnügt vor sich hin krähte, blieben sie nicht ohne Wirkung, was sich sogleich auf Palmira übertrug. Sie fuhren über die Paral·lel und gaben ihre Kommentare ab über die Leute, die dort flanierten, und über alles und jedes, was sie sonst noch zu Gesicht bekamen, Schaufenster, Werbeplakate, Autos, Blumentöpfe auf einem Balkon … Sie fanden alles unglaublich lustig. Beim Anblick der Leute brachen sie in Gelächter aus, der Gang, die Kleidung, die Gesichter, die Frisuren … Einfach alles trug zu ihrer Erheiterung bei, so als wäre das Innere des Wagens eine Theaterloge und der Rest der Welt eine einzige große Bühne.

Als schon fast alle am Tisch saßen, mit Ausnahme von Palmira und Dora, die ständig zwischen Küche und Esszimmer hin- und herliefen, tauchte Leandre mit einer Kiste Sekt auf. Maurici kam aus dem Staunen nicht mehr heraus, als er sah, wie der Vater zwei Flaschen aus dickem, grünen Glas in die Höhe hielt, in jeder Hand eine, so als wären es Rebhühner, die er nach allen Regeln der Kunst erlegt hätte, wo er doch weiter nichts als das Geld hatte hinblättern müssen, das die Flaschen gekostet hatten. Glücklich schien er zu sein und so viel jünger als er selbst, als der eigene Sohn. Es war schon lange her, dass dieser ihn so zufrieden erlebt hatte.

Es war eine Frage des Lichts. Erst wenn es langsam hell wurde, legte er sich ins Bett, nachdem er zuvor noch einen Spaltbreit die Fensterläden geöffnet hatte, die Palmira jeden Abend, bevor sie schlafen ging, sorgfältig schloss. Das spärliche Licht, das nunmehr ins Zimmer fiel, wiegte ihn in den Schlaf, ebenso wie seine Erinnerungen, all die vielen fernen Stimmen, sodass ihm die Augen mit den hellen Wimpern gleich zufielen und er einschlief.

Meist wachte er auf, wenn seine Frau dabei war, sich anzuziehen, und manchmal auch schon vorher, wenn sie das gemeinsame Bett verließ und die Wellenbewegung ihres Körpers die Matratze zuerst nach unten drückte, um sie dann ganz plötzlich wieder in die Ausgangsposition zurückschnellen zu lassen. Wohl oder übel stand auch er dann auf und schleppte sich dorthin, wo seine Anwesenheit erforderlich war. In den Laden, und dann stand er da, schicksalsergeben, lustlos und noch halb verschlafen.

Alles hatte mit der Dunkelheit begonnen, eines Nachts in Torrent. Ein unbeteiligter Beobachter hätte allerdings meinen können, es handele sich um eine Verschwörung. Denn eines Morgens hatte Maurici weder das Kind weinen hören noch wie seine Frau aufstand und es aus seinem Körbchen nahm. Und auch nicht, dass die beiden nach einer Weile wiederkamen, die Kleine quietschvergnügt, weil die Mutter mit ihr herumalberte, und diese verärgert, weil ihr Mann noch immer tief und fest schlief, wo sie ihn doch dringend im Laden brauchte. Aber sie traute sich nicht, ihn aufzuwecken, er schlief so selig, und sein Gesicht wirkte so zart und gelöst, dass es Palmira unwillkürlich an früher erinnerte, an die Zeit, als sie sich ineinander verliebt hatten. An ebendiesem Tag war es, dem ersten von vielen, dass Leandre seinen Sohn nicht zu Gesicht bekam und deshalb nach ihm fragte. Sie gab ihm zur Antwort, er sei unterwegs, weil er irgendwo etwas abholen müsse. Und so, weil er das Tageslicht brauchte, um schlafen zu können, begann sie, geschickt ein Netz von Ausflüchten zu knüpfen, und das, obwohl sie beileibe niemand darum gebeten hatte.

Später dann war es nicht mehr ungewöhnlich, dass Maurici bis in den Tag hinein schlief, auch wenn es nicht zu einer festen Gewohnheit wurde. Aber wenn Leandre von seinem morgendlichen Spaziergang zurückkehrte, stand er immer hinter dem Ladentisch, während Palmira sich mit der Kleinen auf den Weg zum Markt machte. Es war so, als hätten sich die beiden auf alle möglichen Fragen eine Antwort zurechtgelegt. Als hätten sie genau veranschlagt, wie viel Zeit man für dieses und jenes braucht, um nur ja den Eindruck aufrechtzuerhalten, alles ginge seinen gewohnten Gang. In der Nacht wird geschlafen, am Tag gearbeitet. Junge Leute müssen früh aufstehen, wenn sie es zu etwas bringen wollen.

Kaum war der Tisch am Abend abgeräumt, wurde Kassensturz gemacht. Das war ein regelrechtes Zeremoniell. Seitdem der Sohn ein paar Geldstücke in die eigene Tasche gesteckt hatte, genoss es Leandre, seine Autorität zur Schau zu stellen und zu zeigen, dass er als Herr im Haus alles im Griff hat. Seitdem er vom Vater dabei erwischt worden war, unterwarf sich Maurici den unwürdigsten Verdächtigungen und fortwährendem Argwohn. Rechnungen, die schon längst durchgesehen waren, wurden wieder und wieder überprüft, und das zog sich hin, aber keiner von beiden schien es eilig zu haben, die Rolle, die einem jeden von ihnen zukam, verlangte dies nun einmal von ihnen. Wenn sie dann aber irgendwann mit dem Zusammenziehen und Abziehen fertig waren, wenn Maurici alle Papiere geordnet hatte und von seinem Stuhl aufstand, um sie in die Schublade zu legen, dann konnte es vorkommen, dass Leandre plötzlich noch eine Frage hatte, es sei nichts Wichtiges, nur eine Kleinigkeit, aber er zwang den Sohn, die entsprechende Rechnung erneut durchzusehen, er musste wieder ganz von vorne anfangen oder irgendwo mittendrin, bis sie jeden einzelnen Rechenschritt noch einmal durchgegangen waren. Und so stand Maurici vor dem Vater, weil er gedacht hatte, das Ganze sei eine Sache von einer Minute, und Leandre saß noch immer auf seinem Stuhl, mit bedächtigen Gesten und hoheitsvoller Stimme. Währenddessen spülte Palmira das Geschirr ab, unter fließendem Wasser, und sie versuchte, die Ohren zu verschließen vor dem, was da zu ihr drang, klapperte mit Tellern und Tassen, um die Worte zu übertönen, so sehr empörte es sie, dass Leandre seinen Sohn wie einen Knecht behandelte. Vor einer ganzen Weile schon hatte sie die Kleine hingelegt und war an ihrem Körbchen sitzen geblieben, obwohl sie längst schlief, sie hatte sie immerfort anschauen müssen, und aus dem friedlichen Schlaf ihres Kindes zog sie die Kraft, um jedem erdenklichen Sturm die Stirn zu bieten.

Nadel und Faden

Schon von der Straße aus wirkte der Laden sehr groß. Rechts und links vom Eingang des Kurzwarengeschäfts von Senyora Roser befand sich jeweils ein Schaufenster, sodass man in aller Ruhe einen Blick auf die Waren werfen konnte, ohne gleich den Laden betreten zu müssen. Innen kam einem alles dann noch einmal so geräumig vor. Rechts ein langer Ladentisch, über dem von der Decke herab eine Glühbirne baumelte, eingefasst von einem mit Rüschen versehenen beigen Lampenschirm aus Cretonne. Im hellen Lichtkegel standen ein paar Stühle, die auf dem gefliesten Boden einen Kreis bildeten. Das war so etwas wie die Nähstube.

Ein älterer, gut gekleideter Mann hatte den Laden betreten, und Senyora Roser war gleich aufgestanden und hatte ihre Näharbeit auf den Stuhl gelegt. Sie ging auf der Rückseite des Ladentisches entlang, und erst, als sie sich auf gleicher Höhe mit dem Kunden befand, blieb sie stehen. Eine kräftige Bassstimme ertönte in dem geräumigen Laden, und unwillkürlich schaute Palmira von ihrem Stickrahmen auf. Man merkte es Senyora Roser an, wenn sie Freude daran hatte, jemanden zu bedienen, und Palmira wusste sofort, dass dies hier der Fall war. Die Stimme hatte nämlich von sich gegeben: »Ich hätte gerne eine Kleinigkeit für eine Dame.«

Diesen Worten folgte eine Reihe von Fragen und Antworten, und jede einzelne von ihnen schien die Komplizenschaft zwischen dem Kunden und der Verkäuferin nur noch zu vertiefen. Man lachte ein wenig, dann war es still, Schubladen wurden aufgezogen, die Waren ausgebreitet, mit jener Sinnenfreude, die den Handbewegungen von Senyora Roser eigen war, schmale Hände mit langen, rot lackierten Fingernägeln. Eine Puderdose, ein Lippenstift, darf es auch ein Paar Nylonstrümpfe sein, oder würden dem Herrn eher bestickte Taschentücher zusagen?

Palmira erinnerte sich noch ganz genau, denn der Mann mit der tiefen Stimme hatte bereits eine Puderdose mit emailliertem Deckel gekauft und zwei von den Taschentüchern, die sie für Senyora Roser bestickt hatte. Aber vor allem erinnerte sie sich an ihn, weil sie sich, als der Kunde den Laden verlassen hatte, über Männer und über Geschenke unterhalten hatten.

Senyora Roser hatte ihr von dem Geschenk erzählt, über das sie sich am meisten gefreut hatte, gerade mal siebzehn Jahre sei sie damals alt gewesen. Eine kleine Anstecknadel in Form eines Vogels. »Natürlich war sie nicht besonders wertvoll«, sie schüttelte den Kopf, schloss die geschminkten Augenlider hinter den tadellos sauberen Brillengläsern und lächelte. Während Senyora Roser ihr also von ihrem ersten Geschenk erzählte, außer den beiden Frauen war niemand im Laden, und obwohl sie ihr eigentlich gern zuhörte und auch die Art und Weise mochte, wie sie erzählte, hing Palmira ihren eigenen Gedanken nach, denn es war ihr bewusst geworden, dass sie von Maurici noch nie ein Geschenk bekommen hatte. Es stimmte schon, auf den Dörfern, da war man es einfach nicht gewohnt, Geschenke zu machen, schließlich hatten die meisten harte Zeiten erlebt, Zeiten, in denen es kaum etwas gab, in denen es oftmals nur darum ging, überhaupt etwas in den Bauch zu bekommen. Und doch, irgendwie machte ihr diese Erkenntnis mit einem Mal zu schaffen. Ohne genau zu wissen, warum, tat es ihr weh, wenn sie an die Frau dachte, die das Päckchen mit der gelben Schleife auspacken würde, und sie stellte sich eine feine Dame vor, schön und elegant wie ein Filmstar.

Senyora Roser hatte sich wieder ihrer Näharbeit zugewandt, sie schwieg, aber auf ihrem Gesicht lag noch immer dieses strahlende Lächeln, das die Erinnerung an ihr erstes Geschenk dort hingezaubert hatte. Plötzlich ließ sie ihre Hände auf den Frisierumhang aus rosa Batist sinken, den sie gerade umsäumte. Und sie betrachtete Palmira, wie sie sich fast andächtig über ihren Stickrahmen beugte, so als würde er ihr Halt geben, und sie sah zu, wie ihren Händen diese winzigen Blumen entwuchsen, die sich, ohne dass sie sie zuvor aufgezeichnet hätte, nach und nach zu Sträußen oder Kränzen zusammenfügten, oder aber sie reihten sich, eingestickt in das Stück Stoff, einfach nur aneinander, mit der Anmut einer sich im Wind wiegenden Girlande. Sie war stets aufs Neue überrascht, wie Palmira die Farben aufeinander abzustimmen vermochte, ohne sich im Vorfeld einen Plan zurechtgelegt zu haben. Nicht zum ersten Mal schaute sie ihr dabei zu, wie sie einfach einen Faden nahm, ihn einfädelte und mit ihm stickte, bis er zu Ende war. Dann wählte sie den nächsten Faden aus und machte es ganz genauso. Sei es um Blumen zu sticken, Blätter, Zweige oder Grasbüschel, sie schien sich immer erst in dem Augenblick für eine Farbe zu entscheiden, wenn sie den Faden aus dem Bündel mit den verschiedenen Strängen von Stickgarn zog. Mochte sie sie auch noch so sehr darum bitten, niemals wiederholte sie ein und dasselbe Motiv, sie ähnelten sich zwar, doch immer war da irgendeine Kleinigkeit, in der sie sich unterschieden, und sie konnte einfach nicht sagen, welches ihr besser gefiel. An diesem Tag, während sie ein weiteres Mal die Geschicklichkeit von Palmiras Fingern bewunderte, die ihre unlackierten Nägel ziemlich kurz trug, bat sie sie, ihr doch zu erzählen, was sie von ihrem Mann geschenkt bekommen habe. Ganz zu Anfang, fügte sie hinzu, als er noch gar nicht ihr Mann gewesen sei.

Sie legte sich den rosa Frisierumhang wieder zurecht und machte sich erneut an die Arbeit, war gespannt, was die junge Frau ihr wohl erzählen würde. Doch Palmira meinte nur, sie könne sich gar nicht mehr erinnern, und Senyora Roser schüttelte den Kopf und wollte gerade lauthals protestieren, als mit einem Mal die Tür aufging und Stimmen zu hören waren, zwei Frauen betraten das Geschäft.

Kurz darauf stand Palmira auf und räumte ihre Handarbeit fort. Mit dem Rücken zu all den langen und breiten, allerdings nicht besonders hohen Schubladen bediente Senyora Roser die beiden Kundinnen. Ab und zu drehte sie sich um, warf einen Blick in einen der Kästen, zog ihn dann an dem kleinen Metallgriff ganz heraus und stellte ihn auf den Ladentisch. Garnrollen in allen Farben und Schattierungen kamen zum Vorschein, und sie schob den Kasten den beiden Frauen hin. Nachdem diese alles durchwühlt und ihre Wahl getroffen hatten, fragten sie nach Knöpfen, und vielleicht käme ihnen ja dann in den Sinn, dass sie auch noch Nadeln oder einen Fingerhut brauchen könnten. Bevor sie sich ans Bezahlen machten, würden sie sicherlich noch nach Kordeln und Litzen verlangen, für den Fall, dass sie zu Hause keine mehr hätten, und wenn doch, auch gut, denn was man hat, das hat man schließlich. Palmira verließ den Laden, bevor die Zeit verstrichen war, die die beiden Frauen für ihren Einkauf vorgesehen hatten. Jeder Schritt des Ablaufs war ihr vertraut, hatte sie doch schon so oft diesen Gesprächen gelauscht, die Senyora Roser mit ihren Kundinnen führte, und es machte gar nichts, wenn mal einer ausgelassen wurde, ein Schritt oder zwei dazukamen, das alles war Musik in ihren Ohren, wenn sie ruhig auf ihrem Stuhl saß und ihre Hände mit präzisen Bewegungen über das Stück Stoff gleiten ließ. Sie mochte ihre Arbeit im Kurzwarengeschäft.

Um sechs kehrte sie in den Milchladen zurück, um diese Zeit war dort immer viel los, und für gewöhnlich wachte dann auch die Kleine auf. Also trat sie, nachdem sie sich von Senyora Roser verabschiedet hatte, um kurz vor sechs auf die Straße. Und auf dem Weg nach Hause, auf dem sie sich die Zeit ansonsten damit vertrieb, ab und an einen Blick in die Auslagen der Geschäfte zu werfen oder einfach nach oben zu schauen, hoch zum Himmel, zu den Platanen oder zu den Häusern, dachte sie dieses Mal an sich und ihren Mann, wie sie sich kennengelernt und ineinander verliebt hatten. Sie hätte nicht zu sagen gewusst, was anders geworden war zwischen ihnen beiden, aber sie wusste sehr wohl, dass sie nicht mehr das fröhliche junge Mädchen von damals war, das einfach nicht still sitzen konnte, und Maurici schon lange nicht mehr der Mann, den sie früher einmal gekannt hatte, ausgeglichen und voller Selbstvertrauen. Wo war nur die Freude an ihrer Zweisamkeit geblieben? Und wieder dachte sie an die Sache mit den Geschenken und wie verdutzt Senyora Roser gewesen war, als sie behauptet hatte, an ihr erstes könne sie sich nicht mehr erinnern.

Das stimmte gar nicht. Einmal war Maurici zu ihr gekommen, über Stock und Stein, den ganzen langen Weg in ihr Dorf war er zu Fuß gegangen, um ihr einen Korb mit duftenden Äpfeln zu bringen, klein und gelb sind sie gewesen und so richtig schön fest, Äpfel von der Sorte, die man *senyoretes* nennt, »kleine Fräuleins«. Während sie zwischen all den Menschen über die Gran Via ging und an Mauricis Geschenk zurückdachte, überkam sie mit einem Mal ein starkes Verlangen nach diesen Äpfeln, und als sie dann das Milchgeschäft vor sich sah, verlangsamte sie ihre Schritte, und bevor sie durch die Ladentür trat, atmete sie tief durch.

Unterdessen herrschte im Kurzwarengeschäft wieder völlige Ruhe. Senyora Roser saß allein in der Nähstube, ihre Mutter ließ heute auf sich warten, und ihre Gedanken kreisten noch immer um Palmira. Sie war ihr so wortkarg vorgekommen, warum nur hatte sie ihr nichts von ihrem ersten Geschenk erzählen wollen? Ein paarmal musste sie ihre Arbeit unterbrechen, um Kunden zu bedienen, und schließlich kam auch ihre Mutter herunter, die ihr jeden Nachmittag Gesellschaft leistete, und dann, es war schon dunkel, war sie wieder allein im Laden.

Sie dachte an Senyora Calvet, die ihr vor einiger Zeit ein von Palmira besticktes Teil gezeigt hatte. Wort für Wort rief sie sich das Gespräch in Erinnerung. Das Hemdchen hatte zwischen ihnen gelegen, auf dem Ladentisch, und sie hatte es gleich auf links gedreht, um zu sehen, wie die Fäden vernäht waren. Ein

Blick genügte, um sich davon zu überzeugen, dass es sich hier um eine ganz hervorragende Arbeit handelte, die zudem irgendwie anders war, eine ganz eigene Note hatte. Und weil sie plötzlich so gar nichts mehr sagte, hatte Senyora Calvet gemeint: »Sie hat ziemlich viel zu tun, und ich kann mir kaum vorstellen, dass sie sich längerfristig binden würde.« »Woher kommt sie eigentlich?«, hatte Senyora Roser wissen wollen. »Sie haben ein Milchgeschäft, hier im Carrer d'Urgell … und kommen tun sie wohl aus einem Dorf bei Lleida. Anständige Leute. Ich hab' allerdings das Gefühl, als ob sie gerade mal über die Runden kommen. Wenn sie zu Ihnen kommt, achten Sie mal auf ihre Kleidung, und dann wissen Sie, was ich meine. Sauber, aber doch sehr einfach. Ich kenne die Leute auch nur, weil ich immer Milch bei ihnen kaufe, das ist ja gleich bei uns um die Ecke.«

Als sie Palmira dann kennenlernte, so recht konnte sie es nicht in Worte fassen, aber irgendwie schien diese Frau in sich zu ruhen, strahlte eine ganz eigene Würde aus, und sie hatte sich gleich zu ihr hingezogen gefühlt. Ein ungeschminktes Gesicht mit ausdrucksvollen Augen, ein strahlender Teint, winzige Goldohrringe, kurz geschnittenes, allem Anschein nach von Natur aus leicht gewelltes Haar, ein Hemdblusenkleid, Schuhe mit wenig Absatz, die nicht sehr teuer gewesen sein dürften. Ein angedeutetes Lächeln und nicht viele Worte, zurückhaltend. Eine einfache Frau aus der Arbeiterschicht und doch irgendwie eine Dame. Ja, wahrscheinlich hätte sie sie alles in allem genauso beschrieben, aber es fragte sie ja niemand.

Und während ihre Hände keinen Augenblick lang ruhten, kehrten ihre weitschweifenden Gedanken an diesem Abend noch des Öfteren zu Palmira zurück.

Sie hatten sie auf den Namen Núria getauft. Sie war einen Monat vor jenem Weihnachtsfest 1961 zur Welt gekommen, das so wie alle anderen gewesen war und eben doch einzigartig. Bis zum nächsten waren es noch ein paar Monate hin, aber sie unternahm schon erste Gehversuche, auch wenn sie noch recht wacklig auf ihren kleinen Beinchen stand und jeden Augenblick umzufallen drohte. Und, wie es ja häufig der Fall ist, war ihr Name zurechtgeschnitten und gestutzt worden. Alle sagten Nuri zu ihr.

Als Nuri sich daranmachte, ihre kleine Welt zu erkunden, die aus dem Esszimmer bestand und dem winzigen Raum, in dem ihre Mutter immer nähte, vor allem aber aus dem Laden, mit der Theke, den Regalen, den Stufen und der Eingangstür, als sie nicht mehr mit unsicheren Schritten immerfort hinter der Mutter hertappte, sondern überall, wo sie nur konnte, hochzuklettern begann, da versetzte es ihnen ganz unerwartet einen schweren Schlag.

Maurici und Palmira waren erst später, als sie Anspielungen und Vermutungen zusammenfügten, in der Lage, den einen oder anderen Rückschluss zu ziehen. Aber was wirklich passiert war, das erfuhren sie im Grunde nie.

So wie wenn man mit dem Schürhaken in der Glut herumstochert und knisternde Funken emporsteigen, und die Glut, die sich verzehren würde, ließe man sie nur in Ruhe, mit einem Mal wieder unbändig auflodert, glühend rot und unbeherrscht, so war das Spiel, dem sich Leandre in der Wohnung der Ginestàs hingab. Und ein Funke kann alles in Brand setzen, kann sich in eine lodernde Flamme verwandeln, ist es doch nur eine Frage der Zeit, bis er auf Kleidung oder Haut überspringt und diese Feuer fangen. Von Anfang an hatte er genau gewusst, dass er sich schon viel zu tief über die glimmenden Holzstücke gebeugt hatte, dass er nur noch ein klein wenig in der Glut herumstochern müsste, und schon würde das Feuer aufflackern und ihm die Nase versengen. Er war beileibe nicht dumm, nein. Es war ganz einfach so, dass all sein Sinnen und Trachten nur noch auf diesen einen Augenblick der wiedergefundenen Jugend gerichtet war. Er konnte nicht mehr zurück, ebenso wenig, wie er in der Lage gewesen wäre, sich ein Messer in die Brust zu stoßen oder seinen Kopf an einem Felsen zu zertrümmern.

Nach wie vor stattete er ihnen regelmäßig einen Besuch ab. Es verging kaum ein Tag, an dem er nicht gegen halb drei bei den Ginestàs klingelte und Josep ihm die Tür öffnete, ihn begrüßte, ins Wohnzimmer führte und ihm eine Tasse Kaffee anbot und gelegentlich auch ein Gläschen Weinbrand.

Er setzte sich und war bereit, ihre Höflichkeitsbezeugungen und all das, was sie ihm großzügig zugedacht hatten, entgegenzunehmen. Er wartete, redete sich ein, dass all dies nur recht und billig sei, das steht mir ja wohl auch zu, schien er sich zu sagen und war bei jedem neuen Besuch nur noch mehr davon überzeugt. Eines Tages, während die beiden Männer beim Kartenspiel waren, rief sie wie üblich nach ihrem Mann. Josep machte weder Anstalten aufzustehen, noch sagte er etwas. Und da ertönte, wie sie es schon gewohnt waren, ihre Stimme ein weiteres Mal aus dem Schlafzimmer. Joseep! Eine schmeichlerische und kokette Stimme, die genau das zum Ausdruck bringen wollte, was sie auch zum Ausdruck brachte. Komm doch her, ich warte auf dich. Und ihr Mann stumm wie ein Fisch, so als ginge ihn das Ganze überhaupt nichts an.

Leandre dagegen konnte nicht an sich halten, warf dem anderen einen spöttischen Blick zu und meinte: »Heute schenkst du deiner Frau ja nicht gerade viel Beachtung.« Josep sah einen

Moment lang auf und schaute sein Gegenüber prüfend an, lächelte, ein wenig überrascht, und wandte sich dann wieder seinen Karten zu. Wenn jemand diese Frau kannte, dann doch wohl er. Bei ihr musste man sich taub stellen, taub und stumm und, wenn es nötig war, auch blind, ja sogar blind. Worte nutzten gar nichts. Wenn er mit Neus reden wollte, stolperte er doch früher oder später eh über seine eigenen Beine und verlor das Gleichgewicht, bis er so richtig schön auf der Schnauze lag. Ob er sich nun ungeschickt anstellte oder sie ihm einen Knüppel zwischen die Beine warf, was machte das schon für einen Unterschied? Er war es leid, vor Leandre als Hampelmann dazustehen, wer weiß, ob er nicht alles gleich brühwarm weitererzählte und die Raurills sich schon das Maul über ihn zerrissen. Sollte Palmira je davon erfahren, durchfuhr es ihn, würde er am liebsten gleich hier und jetzt im Erdboden versinken. Wie oft hatte er seine Frau schon gebeten, nicht nach ihm zu rufen, wenn Leandre und er Karten spielten, doch machte er sich nichts vor, an ihr biss er sich die Zähne aus.

Kurze Zeit später, als in der Wohnung nur das Rascheln der Karten zu hören war und die beiden Männer weiter nichts als ihre Partie im Kopf hatten, schellte es an der Tür. Es war der Sohn von Senyor Garcia, der Josep ausrichten ließ, dass er in der Garage gebraucht würde, dem Kollegen von der Spätschicht sei nicht gut. »Ich bin gleich da«, sagte er nur. Leandre machte Anstalten aufzustehen, aber der andere bedeutete ihm, auf dem Sofa sitzen zu bleiben, er solle doch in aller Ruhe seinen Weinbrand austrinken, außerdem könne er ihm einen Gefallen tun, meinte Josep, und Neus Bescheid geben, sie möge ihm doch später etwas zu essen herrichten und es auf der Arbeit vorbeibringen, ihr Mittagsschlaf würde bestimmt nicht mehr lange dauern. Ohne erst eine Antwort abzuwarten, ging er fort.

Es waren qualvolle Momente der Anspannung für Leandre, er hatte das Gefühl, als würde ihn in der plötzlichen Stille der Wohnung sein ganzer Mut verlassen, aber ein leises Quietschen der Sprungfedern gab schließlich den Ausschlag. Das war die Gelegenheit. Wenn er sie verstreichen ließe, wer weiß, ob sich ihm jemals eine andere bieten würde. Er fuhr mit den Händen über sein knochiges Gesicht, als wollte er etwas wegwischen, was ihn störte, aber gar nicht vorhanden war. Er stand auf, atmete tief durch und rief sich die Wirkung in Erinnerung, die das Keuchen des Paares, das er so oft aus nächster Nähe belauscht hatte, jedes Mal in ihm ausgelöst hatte. Dann setzte er sich in Bewegung.

Weil die Tür nur angelehnt war, hörte Neus ihn nicht ins Zimmer kommen, und vielleicht richtete sie sich deshalb auf, vor lauter Überraschung. Leandre stand vor ihrem Bett, starrte auf ihren Körper. »Aber …«, ihre Stimme klang gepresst, und ohne ihn aus den Augen zu lassen, zog sie die Decke zu sich. Als er noch immer nichts sagte, rutschte sie langsam rüber auf die andere Bettseite, obwohl sie sich damit von der Tür entfernte, wie ihr im selben Augenblick durch den Kopf schoss. »Bist du verrückt geworden?«, entfuhr es ihr. Er zückte seine Brieftasche und zog ein paar Scheine heraus, die er auf Joseps Nachttisch legte. Und er sagte: »Er ist nicht da, musste noch mal zur Arbeit, das soll ich dir ausrichten und dass du ihm nachher die Vesper vorbeibringen sollst.« Da fing sie an zu lachen, vielleicht weil er »Vesper« gesagt hatte, ein Wort, das ihr schon seit Jahren nicht mehr über die Lippen gekommen war. Ihr Lachen klang nervös oder einfach nur überrascht, denn obwohl sie ganz genau wusste, welches Feuer sie in ihm entfacht hatte, hätte sie es niemals für möglich gehalten, dass er es wagen würde, sich ihr zu nähern. Vielleicht fing sie aber auch an zu lachen, um die Situation herunterzuspielen und der ganzen

Sache irgendwie ein Ende zu bereiten. Wer weiß das schon. Leandre war jedenfalls wie vor den Kopf geschlagen. Als er gesehen hatte, gerade eben, wie sie instinktiv vor ihm zurückgewichen war, hatte das seine Begierde nur noch gesteigert, hatte er ein Verlangen in sich verspürt, sie einfach zu packen. Aber als sie dann den Mund öffnete und diese Lachsalve auf ihn niederzuprasseln begann, sie ihn eher erheitert als ängstlich anschaute, war das wie eine kalte Dusche, und er kam sich vor wie ein Trottel, so was von einem Trottel. Und da ging er aus dem Zimmer, aber nicht, ohne vorher noch das Geld vom Nachttisch genommen zu haben.

Draußen auf der Straße wehte ihm schon bald ein kalter Wind ins Gesicht.

In den nächsten Tagen war es nicht zum Aushalten mit Leandre. Seinen Sohn beschimpfte er aufs Übelste, für nichts und wieder nichts, mit der Schwiegertochter redete er kein Wort, und wenn Nuri auf seinen Schoß klettern wollte, schob er sie einfach beiseite und nahm sie nicht hoch, wie er es sonst immer tat. Schließlich raubte ihm seine miese Laune sogar den Appetit und den Schlaf. All seine Gedanken kreisten nur noch darum, es diesem Weibsstück heimzuzahlen, so eine dreckige Nutte war ihm noch nie über den Weg gelaufen und würde ihm auch ganz sicher nicht mehr begegnen. Doch die Überlegung, dass dieses Flittchen ja einen Mann hatte, hielt ihn zurück, denn auch, wenn der bislang so tat, als wüsste er von nichts, sollte sie ihm erzählen, was vorgefallen war, er wäre bestimmt fähig, Kleinholz aus ihm zu machen, vorausgesetzt natürlich, er würde ihr Glauben schenken.

Nachdem Leandre zwei Tage hintereinander nicht zum Kartenspielen erschienen war, schaute Josep im Milchgeschäft vorbei, um sich nach ihm zu erkundigen. Und so erfuhr der alte

Raurill, dass Neus ihrem Mann nichts erzählt hatte, und darüber war er heilfroh. In Gegenwart von Josep, im Esszimmer, wo alle zusammengekommen waren, um den Freund zu begrüßen, sprach Leandre zum ersten Mal aus, was er sich in all den Stunden überlegt hatte, in denen er nicht mehr wusste, wohin mit seiner Wut. Sie würden ins Dorf zurückkehren. Das sagte er einfach so, mit vergnügter Stimme, klar und deutlich und nicht zu überhören, während er den *porró* an Josep weiterreichte. An einen Josep, der ihm wie versteinert zuhörte. »Den Laden geben wir ab, und dann geht's zurück ins Dorf.« Palmira und Maurici hatte es die Sprache verschlagen. »Wir sind Barcelona langsam leid«, Leandre lächelte, und dann wandte er sich an seinen Sohn: »Du kannst schon mal ein Schild an die Tür hängen, dass der Laden zu verpachten ist.« Und er redete immer weiter, tat so, als würde er für alle sprechen, wetterte gegen das Leben in der Stadt, schimpfte und fluchte, um sich im nächsten Moment, wieder etwas milder gestimmt, an die schönen Momente zu erinnern. Der Montjuïc habe ihm gut gefallen, und die Rambla erst! Wenn es überall in Barcelona so wäre, dann würden sie für immer hierbleiben, das sei mal klar. Die anderen waren nicht weniger vor den Kopf geschlagen als Josep, doch der, aus einer letztlich immer versagenden Logik heraus, dachte natürlich, die Raurills trügen sich schon seit Längerem mit diesem Gedanken und dass nur er bis zu diesem Augenblick nichts davon gewusst habe. Er schaute Palmira an, traurig, vielleicht hoffte er darauf, in ihren Augen das Aufflackern einer Entschuldigung zu sehen, doch ihr abwesender Blick war ein einziges Aufbegehren und ließ ihn zusammenzucken. Genau in diesem Moment drehte sie sich um und ging rasch in den Laden, vielleicht weil dort Kundschaft wartete, vielleicht aber auch, weil sie nach der Kleinen schauen wollte, die ihr entwischt war.

Vor allem Maurici war fassungslos. Da hatte er seinen Vater immer wieder angefleht, nach Torrent zurückzukehren, doch der hatte ihm die kalte Schulter gezeigt und ihn einfach abblitzen lassen, als sei er ein Aussätziger, verrückt oder ein hoffnungsloser Feigling. Und jetzt, was für eine Freude! Was für eine Überraschung! Plötzlich aber und mit aller Macht stieg wieder dieses Gefühl in ihm hoch, gleich zu ersticken, erinnerte er sich doch voller Entsetzen daran, wie die Wände im Haus auf ihn zugekommen waren, damals, als er für eine Weile allein im Dorf gelebt hatte. Und mit einem Mal musste er auch wieder an seine Schwester denken.

Und dann gab es da jemanden, der war nass geschwitzt, so heftig loderte das Feuer, das sich in seinem Inneren ausgebreitet hatte. Nuri griff schon wieder zu der Flasche, die Palmira ihr gerade erst weggenommen hatte, und ohne jegliche Vorwarnung gab ihr die Mutter einen Klaps. Nicht sehr fest, aber die Kleine war es nicht gewohnt, so behandelt zu werden, und fing sofort an zu weinen, als hätte sie eine kräftige Ohrfeige bekommen. Während sie auf der Suche nach Trost zu den Männern am Esszimmertisch lief, kämpfte ihre Mutter gegen die Tränen an, die ihr heiß in die Augen schossen. Und dann, klar und deutlich, sagte sie es vor sich hin: Sie würde hierbleiben.

»Nähere Auskünfte im Geschäft«

Auf einem weißen Stück Papier an der Eingangstür war auf Spanisch zu lesen: »Zu verpachten. Nähere Auskünfte im Geschäft«.

»Nähere Auskünfte im Geschäft«, das hatte Maurici auf Anraten von Dimas noch hinzugefügt. Leandre war allerdings der

Meinung, wenn die Leute sich für etwas interessieren, fragen sie ohnehin nach. »Da brauch' man nicht so viel schreiben.« Dimas wusste aber genau, was auf so einem Schild zu stehen hatte, denn die Mutter von einem Kollegen, mit dem er zusammen bei Seat arbeitete, hatte erst vor Kurzem ihr kleines Lebensmittelgeschäft abgegeben. Die Frau war einfach zu alt, als dass sie den Laden noch hätte alleine weiterführen können, und ihr Sohn, der Arbeitskollege von Dimas, ging lieber in die Fabrik, obwohl das ja auch nicht gerade ein Zuckerschlecken ist.

Palmira hatte das Schild an der Tür unzählige Male gelesen, sie kannte es auswendig, und doch fiel ihr Blick immer wieder bass erstaunt auf das, was dort geschrieben stand, blieb besonders an den letzten Worten hängen.

Sie wusste, dass sie besser den Mund hielt, behutsam vorgehen musste, der Entschluss des Alten stand fest, und bei ihm biss man auf Granit. Da gab es nirgendwo auch nur einen Spalt, durch den eine andere Meinung hätte einsickern können. Und seine Entscheidung duldete auch keinen Aufschub, alles musste gleich in die Wege geleitet werden.

Leandre tat gerade so, als hätte er eine kleine Pfefferschote unterm Gaumen kleben, die ihm, scharf wie sie war, das Leben zur Hölle machte. Sie wusste, dass er durch nichts von seinem Entschluss abzubringen war, sie wurde immer verzagter, spürte keinen festen Boden mehr unter den Füßen, sie zitterte innerlich, ohne dass ihr auch nur ein einziger Seufzer über die Lippen gekommen wäre, und sie begann zu zweifeln. Nicht eine ihrer Überlegungen würde dazu taugen, ihm etwas entgegenzuhalten, ihn umzustimmen.

Die ganze Nacht hatte sie sich mit diesen Gedanken herumgewälzt, und als schließlich ihr Mann ins Bett kam, nachdem er die Fensterläden wie immer einen Spaltbreit geöffnet hatte, damit das fahle Morgenlicht auf sein Kopfkissen fiel, wartete Palmira, bis er ruhig und gleichmäßig atmete. Sobald sie merkte, dass er eingeschlafen war, stand sie auf und zog sich an, schminkte sich sogar ein wenig, ohne dass sie es sich eigens vorgenommen hätte, sie machte es einfach. Ihr Entschluss stand fest, aber es war, als würde sie bei allem, was sie tat, im Körper einer anderen stecken. Ganz seltsam war ihr zumute, und als sie gerade gehen wollte, lief sie noch einmal in die Küche. Sie öffnete den Wasserhahn und spritzte sich mit den Händen etwas Wasser ins Gesicht. Die linke Manschette ihrer weißen Bluse wurde ganz nass dabei. Dann schaute sie abermals nach Nuri. Auch die Kleine schlief tief und fest.

Nachdem sie den Schlüssel vorsichtig umgedreht hatte, schlich sie sich, auf Zehenspitzen und ohne Lärm zu machen, wie ein Dieb aus dem Haus, nur das laute Pochen ihres Herzens meinte sie zu hören. Auf der Straße war alles ganz ruhig, kaum eine Menschenseele war unterwegs. Sie eilte hoch bis zur Ampel und, als es Grün wurde, überquerte sie die Straße. Sie hatte die Tasche dabei, mit der sie immer zum Einkaufen auf den Markt ging. Schließlich erreichte sie die nächste Straßenecke, und dort blieb sie stehen und wartete. Es war sieben Uhr. Schon bald spürte sie, wie eiskalt ihre Hände waren, steckte sie in ihre Manteltaschen und rieb mit den Handflächen gegen ihre Oberschenkel. Sie schaute sich um, achtete aber nicht weiter auf ihre Umgebung, ein Mann dagegen, der eilig näher kam, sah sie verstohlen an, ohne seine Schritte zu verlangsamen, und für einen Moment kreuzten sich ihre Blicke.

Die Zeit wollte einfach nicht vergehen. Zu ihrem Unbehagen an dieser ganzen Situation gesellte sich nun noch die Müdigkeit, und in ihrem Kopf drehten sich unaufhörlich die Gedanken. Seit dem Tag, an dem Leandre ihnen allen verkündet hatte, sie würden Geschäft und Wohnung aufgeben, war sie

Josep nicht mehr begegnet. Kein einziges Mal hatte er sich seitdem im Laden blicken lassen. Neus kaufte nun jeden Tag die Milch und marschierte dann schnurstracks ins Esszimmer, um ein kleines Schwätzchen zu halten. Vorher wäre ihr das nie in den Sinn gekommen. Sie stellte neugierige Fragen, hielt mit ihrer Meinung nicht hinterm Berg. Für einen Moment hatte es den Anschein, als würde sie die Raurills beneiden, »ach ja, was wäre das schön«, um sie im nächsten Augenblick schon wieder zu bedauern, was machte sie nur für einen Wirbel um die Einbußen, einfach so, ohne Übergang. »Gerade jetzt, wo ihr die Kundschaft doch quasi in der Tasche habt!«

Palmira wusste nicht, ob Josep sich vielleicht vor den Kopf gestoßen fühlte. Schließlich war es ja möglich, dass er glaubte, sie hätten schon seit Längerem Pläne für ihre Rückkehr ins Dorf geschmiedet. Wenn dem so war, dann hatte er natürlich allen Grund, gekränkt zu sein. Sie wollte sich zuallererst bei ihm entschuldigen, die ganze Nacht über hatte sie sich die Worte zurechtgelegt, aber mit einem Mal konnte sie sich an kein einziges mehr erinnern, sie spürte nur noch dieses Brennen in ihren Augen und die Kälte, die von den Fußknöcheln aus nach oben kroch, und von ihrem linken Arm, weil doch die Manschette ihrer Bluse noch immer nass war.

Arbeiter auf dem Weg zur Fabrik eilten an ihr vorbei, mit eingezogenen Schultern, ohne nach rechts und links zu schauen. Ganz still stand sie da, ein einziges Häufchen Elend, sie konnte nicht mehr. Ihre Entschlossenheit, die aus der Überzeugung erwachsen war, allein Josep könne ihnen helfen, geriet mehr und mehr ins Wanken.

Schließlich lehnte sie sich an eine Hauswand. Die Zeit schien wie mit einem Tau angepflockt zu sein, sie rührte sich einfach nicht von der Stelle, bewegte sich kein bisschen vorwärts. Und die Leute zu betrachten, machte das Warten nicht erträglicher, im Gegenteil, die verstohlenen Blicke, die man ihr im Vorübergehen zuwarf, schienen immer wieder zu fragen, was diese junge Frau, die einfach so an eine Hauswand gelehnt dastand, um diese umpassende Uhrzeit eigentlich dort zu suchen hatte.

Bevor sie ihn kommen sah, hatte sie ihn schon an seinen Schritten erkannt, und sie erschrak bei dem Gedanken, die Stimme könne ihr vielleicht versagen. Und wenn er so täte, als würde er sie nicht sehen, und einfach an ihr vorbeiging? Oder wenn er sie nur anschauen und nichts sagen würde? Doch als sich ihre Blicke trafen, war all ihre Angst mit einem Mal wie weggeblasen.

Sie liefen aufs Geratewohl los, ohne dass sie Worte gefunden hätten, um das auszudrücken, was beide im Grunde schon wussten. Palmira empfand nun weder Müdigkeit noch Kälte, auch wenn sie noch immer die feuchte Manschette der Bluse an ihrem linken Arm spürte. Und sie erzählte ihm, wie es um die Vorbereitungen für die Rückkehr stand, als sei auch für sie alles schon beschlossene Sache. Er ging an ihrer Seite, traurig und glücklich zugleich, und hätte nicht sagen können, welches Gefühl in ihm überwog. Ziellos liefen sie durch die Straßen, vermieden aber den Weg nach Hause, und schließlich erfuhr er von ihr, dass sie sich entschlossen hatte, in der Stadt zu bleiben. Und auch wenn ihr Mann nach Torrent zurückkehren sollte, sie ginge nicht mit ihm, komme was wolle. Nur von ihrer Tochter würde sie sich niemals trennen. Ob er vielleicht eine Arbeit für sie wüsste, ganz egal welche, ob nun als Dienstmädchen oder Putzfrau, was auch immer, und natürlich auch für Maurici, vorausgesetzt er bliebe mit ihr in Barcelona? Vielleicht bräuchten sie auch eine Unterkunft für ein oder zwei Nächte.

Da war so viel Entschlossenheit in ihren Worten, dass die

Offenheit der jungen Frau ihn ehrte und ihn doch zugleich verletzte. Weshalb baute sie nicht auch in anderer Hinsicht auf ihn? Warum nicht? Joseps Gefühle überschlugen sich förmlich, und ehe er sich versah, brach eine stürmische Liebeserklärung aus ihm hervor. Und Palmira stand ganz hilflos da, wusste nicht, was sie sagen sollte, war nicht wirklich überrascht, nein, aber ziemlich verunsichert. Zum ersten Mal sprach er zu ihr von Venezuela, von seinen Verwandten in Caracas. Davon, dass sie beide zusammen fortgehen sollten.

Vielleicht hatte ihnen ja die Tasche den Weg gewiesen, denn nachdem sie erst immer geradeaus gegangen waren und sich dann ein paarmal im Kreis gedreht hatten, fanden sie sich plötzlich vor einem der Eingänge der Markthalle von Sant Antoni wieder, wenn auch nicht vor dem, durch den Palmira für gewöhnlich den Markt betrat. Sie wusste gar nicht, in welcher Straße sie sich gerade befanden, doch wurden sie vom geschäftigen Sog der Menschen einfach verschluckt, was für Josep diesen Moment des Wartens erträglicher machte. Die Antwort, die sie ihm letztlich nicht geben würde, machte ihm Angst. Sie ließen sich von all den bunten Farben treiben, vom leuchtend frischen Glanz der Früchte. Den zu kleinen Bergen aufgetürmten Orangen. Dem Gelb der ordentlich aufgereihten Bananenstauden. Dem Grün der Salatblätter, Bohnen, Zucchini und Kohlköpfe. Dem schillernden Schuppenkleid der nach Art und Größe sortierten Fische. Rosa und gelbbraun, kürbisfarben, silbergrau. Dann das Fleisch in all seinen verschiedenen Rottönen und nicht zuletzt das schneeweiße Reich der Eierverkäufer. »Na, was hätte denn das junge Glück hier gerne?« Als wären sie frisch verheiratet oder auf Urlaub, kauften sie, Seite an Seite, für das Mittagessen der Raurills ein, griff Josep zu der Tüte mit Tomaten, die ihm die Verkäuferin hinhielt, während Palmira in ihrer Geldbörse kramte. Als die Tasche immer schwerer wurde, nahm er sie ihr ab. Weder sie noch er, keiner von beiden hatte jemals mit Maurici oder Neus auf dem Markt eingekauft.

Als sie zum Laden zurückkehrte, in der Gewissheit, dass Josep ihnen zur Seite stehen würde, erschrocken, weil sie ihn vielleicht dazu ermuntert hatte, frei heraus zu reden, mit dem Gefühl, über dem Boden zu schweben, sah sie sich mit einem Mal wieder dem Schild gegenüber, auf dem zu lesen stand: »Zu verpachten. Nähere Auskünfte im Geschäft.«

Zerschlagenes Geschirr

Er sagte, er habe es ja schon immer gewusst. Maurici war eine Niete. Und Palmira so störrisch wie ein Maultier. Das sagte er immer wieder laut vor sich hin, wiederholte es, wie es ihm gerade in den Sinn kam, während er in den Schränken das Unterste zuoberst kehrte, alles durcheinanderwarf, was er dort fand, so als würde er sich auf den Flügeln einer Windmühle drehen. Aber da war er schon längst allein, und niemand sonst hörte ihn schimpfen und fluchen außer er sich selbst. Er ging in die Küche. Aus dem Kühlschrank holte er alles heraus, was man nicht kochen oder braten musste. Er durchwühlte den Vorratsschrank und stieß auf eine Büchse mit Sardinen, er schlürfte Eier aus, eins nach dem anderen, insgesamt drei. Er schlang die Sardinen herunter, und das Öl, in dem sie schwammen, tunkte er mit Brot auf, dann vertilgte er noch zwei Bananen und ein Stück Käse, das übrig geblieben war. Auch den restlichen Wein trank er. Und dann verzogen sich seine Lippen zu einem breiten Grinsen. In ein paar Tagen würden sie angekrochen kommen und ihn anflehen, er möge sie doch wieder aufnehmen, sie weiter mit durchfüttern. Dann wurde sein Mund ganz schmal, und das schadenfrohe Lächeln fiel in sich zusammen. »Nein, verdammt noch mal, das wird er ganz bestimmt nicht tun!« Und wieder kochte die Wut in ihm hoch, die sich, solange er mit dem Essen beschäftigt gewesen war, ein wenig abgekühlt hatte. »Verfluchte Schwachköpfe!«

Er warf sich aufs Bett, angezogen wie er war, und sagte sich, es sei ihm doch schon immer klar gewesen. Sabina müsse einmal alles bekommen, ihr allein stehe das Erbe zu, und wenn er sich davon hatte abbringen lassen, dann sei das ja wahrlich nicht seine Schuld gewesen, sondern die von seinem Schwiegersohn, diesem Aasgeier. »Aber was soll's«, murmelte er vor sich hin, während er spürte, wie er langsam schläfrig wurde. Und mit einem Mal liefen seine Gedanken ins Leere. Dieser Schlappschwanz von Frederic würde doch früher oder später eh den Löffel abgeben, und dann kämen seine Tochter und er schon wieder zusammen.

Sie wusste im Grunde gleich, dass sie nichts ausrichten würde, aber aus einem Impuls heraus, der stärker war als diese Gewissheit, hatte sie ihn darum gebeten, er möge sie für die im Laden geleistete Arbeit entlohnen, um einen Anteil am Gewinn hatte sie ihn gebeten, der es ihnen fürs Erste ermöglichen würde, weiterzumachen und auf eigenen Füßen zu stehen. Palmiras Stimme zitterte vor Angst, und dabei war sie davon überzeugt, keinesfalls ein ungebührliches Anliegen vorgetragen zu haben, aber ihr war bange vor dem, was gleich passieren würde, obwohl sie doch wahrlich ein Recht auf ihren Anteil hatten. Sie merkte sehr wohl, dass Leandre redete, ohne ihr eine Antwort zu geben. Sie fühlte sich gedemütigt, nicht nur, weil er ihr auswich, sondern auch, weil er diesen herablassenden Ton angeschlagen hatte, sie mit Hohn und Spott überschüttete. »Ach, Mädchen! Du bist wohl auf den Geschmack gekommen, was, Palmira? Wenn's im Geldbeutel klingelt, da lässt's sich leben in Barcelona!«

In dem kurzen Moment des Schweigens, der diesem Ausbruch gefolgt war, fing Nuri an zu weinen, und die Mutter nahm sie auf den Arm und sagte, wenn er das so sehe, dann möge er ihr die Mitgift zurückgeben, die sie bei ihrer Hochzeit in den Besitz der Raurills eingebracht habe und die ihr und ihrem Mann zustehen würde. Das Erbteil ihrer Eltern. Da überflutete ein Sturm von Beschimpfungen das Esszimmer, das von dem großen Tisch in Beschlag genommen wurde und von der Lampe und den Stühlen mit dem Sitz aus gepresstem Sperrholz. Und von der Anrichte, über die Josep Ginestà die beiden Hochzeitsfotos und das Abendmahl gehängt hatte. Es schien ganz so, als würden sich die Verwünschungen in Leandres Mund überschlagen, eine jede in dem Verlangen, als erste hervorgestoßen zu werden. Nuris Weinen war in lautes Gebrüll übergegangen, und ihr Großvater hatte den Arm erhoben, seine ausgestreckte Hand war bereit, jeden Augenblick zuzuschlagen. Palmira erkannte, dass es an der Zeit war zu gehen.

Er verstand nicht, wie sie sich das hatte trauen können. Wie war sie dazu nur in der Lage gewesen, angesichts der kaum noch im Zaum zu haltenden Wut, die jeden Augenblick mit dem Vater durchzugehen drohte? Er verstand nicht, woher seine Frau all diese Kraft nahm, aber er verstand ebenso wenig, weshalb sie eigentlich in der Stadt bleiben wollte. Er war bereit, den Streit beizulegen, wollte Palmira hier und jetzt umstimmen, mithilfe des Vaters, denn allein war ihm das ja nicht gelungen. Doch als Leandre begann, seine Verwünschungen auszustoßen, stand er wie erstarrt da. Unaufhörlich hagelte es

Beleidigungen gegen Palmira und Neus, aber auch für die Schwester und die Mutter hatte der Vater nur Hohn und Spott übrig. Um es mit Leandres Worten auszudrücken, das ganze Weibervolk bekam sein Fett weg. Maurici verstand nicht, wie der eigene Vater die Mutter eine Drecksau nennen konnte, wo Madrona ihm doch sogar den Staub von den Schuhsohlen geleckt hätte, immer und überall bereit gewesen war, das zu tun, was er von ihr verlangte. Oder Sabina, die doch nun wahrlich denjenigen zum Mann genommen hatte, der ihr vom Vater bestimmt worden war. Er verstand seinen Vater einfach nicht, und als er sah, wie dieser die Hand gegen das weinende Kind erhob, brachte ihn das vollends aus der Fassung. Und er verstand sich selbst nicht, wie er Palmira und der Kleinen hatte wortlos auf die Straße folgen können.

Die *Granja Sali* blieb für ein paar Tage geschlossen. Schließlich erschien ein Maurer mit seinen beiden Gehilfen. Sie hatten Spitzhacken und Schaufeln dabei, einen Mörtelkasten, einen Korb für den Bauschutt und den *cántir*, den bauchigen Trinkkrug aus Ton. Es war noch recht früh am Morgen, als Palmira an die Tür der Wohnung klopfte, die vor noch gar nicht allzu langer Zeit ihr Zuhause gewesen war und wo man nun schon mit Umbauarbeiten begonnen hatte. Der jüngste der beiden Maurergehilfen öffnete ihr, und während Palmira ihm erklärte, weshalb sie gekommen sei, dachte er bei sich: Sieh mal einer an, das ist doch die Frau auf dem Hochzeitsfoto, und er wiederholte es, dieses Mal laut, als er in die Küche ging, um seinem Meister zu berichten, wer da was von ihm wolle. Der ließ verärgert sein Werkzeug fallen und ging zur Tür, entschlossen, die lästige Besucherin so schnell wie möglich loszuwerden. Aber ein Blick in ihr Gesicht ließ ihn seine Meinung ändern, er bat sie in die Wohnung und sagte, sie möge in aller Ruhe ihre

Sachen zusammensuchen. Rasch ging sie durch alle Räume, doch fand sie nirgendwo auch nur ein einziges Kleidungsstück. In dem kleinen Zimmerchen war der alte Sessel zurückgeblieben, den die Raurills schon bei ihrem Einzug vorgefunden hatten, auf der Sitzfläche lag allerdings nicht mehr das helle Leinentuch. Aber auf dem Balkon stand noch immer der Käfig. Sie trat hinaus und hörte nebenan auf dem Dach eine Katze miauen, dieselbe Katze wie immer. Sie war ganz bestürzt, wie sie das Tier in so kurzer Zeit einfach hatte vergessen können. Sie folgte dem Hämmern, das aus der Küche kam, und der junge Bauarbeiter, der ihr die Tür geöffnet hatte, schaute sie fragend an. Mitten im Spülstein lag ein Haufen Scherben, vor allem Glasscherben, die einmal, was nicht schwer zu erraten war, Wasser- oder Weingläser gewesen waren, Teller oder Tassen. »Was ist denn hier passiert?«, wollte er wissen. Und ihre Augen straften ihre Worte Lügen. »Ach, nichts«, und dann fragte sie ihn, ob er vielleicht ein langes Brett habe. Damit baute der Junge eine Art Brücke zwischen dem Balkon und dem Dach des Nachbarhauses und beobachtete, wie Palmira Mixa zu sich lockte und mit welcher Geschicklichkeit die Katze über das Brett lief, so als ob sie tagein, tagaus nichts anderes tun würde. Sie anschließend in den Käfig zu bekommen, war dagegen nicht ganz so leicht. Schließlich ging Palmira noch einmal in die Küche, um sich bei den Arbeitern zu bedanken und sich von ihnen zu verabschieden. Sie waren gerade dabei, das schwere Geschirrregal von der Wand zu nehmen, und sie sah, dass sich oben rechts noch der Nagel befand, an dem sie immer das Trockentuch aufgehängt hatte. Sie verließ die Wohnung und wollte gerade die Tür hinter sich schließen, als der junge Bauarbeiter angelaufen kam. »Wollen Sie denn Ihr Hochzeitsfoto gar nicht mitnehmen?«, und ohne ihre Antwort abzuwarten, lief er zurück, um es zu holen.

In Doras Wohnung hörte die Katze gar nicht mehr auf zu miauen und lief im Käfig hin und her, bis sie ihr schließlich ein Stück Brot brachte und das Tier darauf herumzukauen begann. Dora hatte Palmira schon alles haarklein erzählt, und die saß einfach nur da, ganz still, so wie jemand, der es kein bisschen eilig hat, oder wie jemand, der nicht wirklich weiß, wo er eigentlich hin soll. Aber für Dora war auch jede noch so winzige Kleinigkeit von Bedeutung, und so schmückte sie die bereits geschilderte Szene immer wieder mit neuen Details aus, bis sie zu der Frau vom Milchgeschäft, die ja gar nicht mehr die Frau vom Milchgeschäft war, aber für sie würde sie es halt immer bleiben, mit einem Mal sagte, wo habe ich nur meinen Kopf, und sie aufforderte, mit ihr zu kommen.

Auf dem Ehebett der Ginestàs türmten sich, in vier Stapeln und ordentlich zusammengelegt, einige von Mauricis und ihren Kleidungsstücken. Die Sachen der Kleinen hatte Palmira am fraglichen Abend noch vor dem Streit und aus einer plötzlichen Anwandlung heraus zusammengesucht und sie dann später mitgenommen. Sichtlich zufrieden schilderte ihr Dora, wie Dimas auf dem Heimweg von der Nachtschicht auf die über den Bürgersteig verstreuten Kleidungsstücke gestolpert sei, sie habe sie nur ein wenig säubern müssen. Zwar bekam sie keine Antwort von Palmira, doch sollte Dora die einzige sein, die sie jemals hatte weinen sehen. Sie schluchzte und ließ ihren Tränen freien Lauf, sie weinte sich die Seele aus dem Leib.

Später dann, mit glühenden Wangen, das Wäschebündel in der einen und den Käfig in der anderen Hand, machte sie sich auf den Weg zum Kurzwarengeschäft.

Einen Aufzug gab es nicht, und so stiegen sie langsam die Treppe hoch. Er trug die Kleine auf dem Arm, und in der linken Hand hielt er den Käfig, sie schleppte sich mit einer Einkaufstasche ab und mit einem großen Bündel.

Dann waren sie schließlich auf dem letzten Treppenabsatz angelangt, ganz oben im vierten Stock. Kaum hatten sie die Wohnungstür geöffnet, tauchte sie die Mittagssonne in ein helles Licht. Sie gingen bis ins hintere Zimmer durch, ins Esszimmer, wo sie ihre Sachen abstellten. Die Kleine versuchte, auf einen der vier Stühle zu klettern, die unter einen runden Tisch geschoben waren.

Palmira öffnete die Tür zur Dachterrasse, und als Maurici sah, dass sie hinausging, folgte er ihr. Auf Kopfhöhe war dort von einem Ende zum anderen ein Draht gespannt, und in der rechten Ecke befand sich ein Waschtrog. Es war erst Ende Februar, doch die Sonne hatte schon ziemlich viel Kraft. Sie beugten sich über die Brüstung.

Auf den Balkonen und Dachterrassen der gegenüberliegenden Häuser hing Wäsche, fast überall waren Blumentöpfe zu sehen und auf einigen auch kleine Käfige aus Holz oder Metall, in denen sich Vögel befanden. Sie ging wieder hinein, hob Nuri mit sanftem Tadel vom Tisch herunter, nahm sie bei der Hand, griff zum Käfig, und dann gingen beide auf die Terrasse hinaus. Maurici und die Kleine sahen zu, wie Palmira den Käfig öffnete, und als die Katze herausschlüpfte, klammerte sich das Kind an den Rock seiner Mutter, um schließlich mit dem Finger auf Mixa zu zeigen, die vorsichtig die Terrasse zu erkunden begann. Alle drei gingen zurück ins Esszimmer, und für ein paar Augenblicke waren sie damit beschäftigt, sich im angrenzenden Zimmer umzuschauen, dem größten in der Wohnung.

Dann folgten sie dem schmalen Gang und stießen zuerst auf eine nicht unbedingt geräumige Küche, an die sich noch ein weiterer Raum anschloss. Neben der Eingangstür befand sich außerdem ein kleines Badezimmer.

Senyora Roser hatte sie nicht begleiten können, sie war im Kurzwarengeschäft unabkömmlich, und als Maurici davon erfuhr, hatte er erleichtert aufgeatmet. Wie hätte er dieser Frau denn auch unter die Augen treten sollen, gerade er, der er doch kein bisschen dazu taugte, jemanden um etwas zu bitten? Er war durcheinander. In was für eine Lage hatte ihn Palmira da bloß gebracht! Zutiefst davon überzeugt, dass eh alles den Bach runtergehen würde, waren ihm an diesem Tag selbst die wohlig warmen Sonnenstrahlen lästig, so als könnten sich seine Augen und das helle Licht einfach nicht vertragen.

Während Palmira im Begriff war, die Wohnung zu putzen, ging er mit Nuri wieder auf die Terrasse hinaus, um die Kleine ein wenig abzulenken. Doch er schlug sich noch immer mit quälenden Gedanken herum. So wie er als kleines Kind, als er sich noch gar nicht selbst auf den Beinen halten konnte, einem Reflex gefolgt war und einfach geatmet oder die Muttermilch eingesogen hatte, genauso instinktiv glaubte er nun zu wissen, dass dies hier nicht von Dauer sein konnte. Palmira brauchte die Wohnung erst gar nicht herzurichten, das Ganze war eh nur eine Sache von Tagen. Sein Vater würde sie schon noch rufen lassen und nach Hause holen. Verzeihen würde er ihnen zwar nie und nimmer, aber die Zeit würde ihr Übriges tun und ihn sicherlich etwas milder stimmen. Von dieser Hoffnung einmal abgesehen, war alles andere ungewiss. Denn bei ihren Schulden, wie lange konnten sie sich da noch über Wasser halten? Er schaffte es einfach nicht, sich eine Arbeit zu suchen, das hatte er schließlich noch nie gemacht, und überhaupt, wie sollte er sich jemals für all die Gefälligkeiten erkenntlich zeigen? Er schaute zu Palmira.

Sie hob im Esszimmer gerade die Stühle hoch, um sie mit den Beinen nach oben auf den Tisch zu stellen, dann kniete sie sich hin, nahm das nasse Scheuertuch in die Hände, wrang es aus und streckte den rechten Arm vor, das Gesicht den Fliesen zugewandt, rutschte sie dann langsam nach hinten über den Boden.

So wie ihre Hände ständig in Bewegung waren, kamen auch ihre Gedanken nicht zur Ruhe. Sie war voller Zuversicht, weil sie unbeschadet dem Abgrund entkommen war, der alles zu verschlingen drohte, erst die Dinge und dann auch die Menschen. Es stimmte schon, dass sie mit nichts dagestanden hatten und ohne ein Dach über dem Kopf, aber es stimmte auch, dass Leandre ganz allein hatte ins Dorf zurückkehren müssen. Inmitten dieser tiefgreifenden Veränderungen wuchs unaufhörlich und mit aller Macht ihre Dankbarkeit Senyora Roser gegenüber. Sie würde ihr sowohl am Vormittag als auch am Nachmittag im Kurzwarengeschäft zur Hand gehen, sie würde sich Arbeit mit nach Hause nehmen, sie würde sparen. Der Schwung ihrer Bewegungen passte sich den Plänen an, die sie schmiedete. Sie tauchte den Scheuerlappen ins Wasser und wrang ihn aus. Bevor sie sich wieder über den Boden beugte, warf sie noch einen Blick nach draußen. Sie sah ihren Mann, wie er hinter Nuri herlief, einen Raurill, der auf einen Schlag seinen gesamten Besitz verloren hatte. Ganz unbeteiligt hatte sie daran gedacht, wurde ihr mit einem Mal klar, so als ginge sie das alles gar nichts an. Aber im selben Augenblick gewann ein Gedanke in ihr Oberhand, der ihr vielleicht schon seit der Nacht durch den Kopf ging, als sie bei Josep Unterschlupf gefunden hatten. Ob nun gezwungenermaßen oder nicht, Maurici hatte sich dafür entschieden, gemeinsam mit ihr in Barcelona zu bleiben. Aber sie begann zu ahnen, dass sie ihn von nun an immer schwach und hilflos erleben würde.

Sie hatte das deutliche Gefühl, sich auf rutschiges Gelände begeben zu haben. Bevor Senyora Roser am Nachmittag das Geschäft öffnete, machte sie sich auf den Weg zur Wohnung im Carrer Fontrodona. So fest und entschlossen, wie sie ausschritt, wäre die Straße voller Schlamm gewesen, sie wäre sicherlich bis zu den Knöcheln eingesunken.

Vor der Markthalle von Sant Antoni, dort, wo der Carrer d'Urgell in die Ronda de Sant Pau übergeht, blieb sie stehen, um ein paar Kundinnen zu begrüßen. Als sie dann weiterging, allein, kehrten ihre Gedanken zu dieser armen Familie zurück, über deren missliche Lage sie dank Senyora Calvet, die es wiederum von Dora erfahren hatte, bestens informiert war. Sie schlenkerte ein wenig mit der Tasche, die sie in der rechten Hand trug, und malte sich aus, wie sehr Palmira sich freuen würde. Sie hatte eine Garnitur Bettwäsche für sie dabei, die schon seit geraumer Zeit unbenutzt bei ihr im Schrank lag. Aber bei dem Gedanken, dass sie im Grunde ja gar nicht so genau wusste, wen sie sich da ins Haus geholt hatte, wurde ihre Freude etwas getrübt. Die letzten Mieter hatten ihr die Wohnung in einem desaströsen Zustand hinterlassen, und sie hatte ein kleines Vermögen für die Renovierung ausgeben müssen. Obwohl, ein Verlustgeschäft würde sie zumindest im Moment nicht machen, aber etwas zu verheimlichen, das gefiel ihr so gar nicht. Noch hatte Palmira zwar keine Ahnung von Mietpreisen und von vielen anderen Dingen auch nicht, aber das würde sich schon bald ändern.

Groß und blond, der wogende Körper von einem eng anliegenden Hüftgürtel geformt, schritt sie selbstbewusst auf die Paral·lel zu. Keiner der Passanten mit auch nur einem Funken Grips hätte sie für ledig gehalten. Sie schien eine vornehme Dame zu sein, Hausfrau, ohne selbst im Haushalt Hand mit anlegen zu müssen, Ehefrau eines reichen Mannes und Mutter einer Handvoll Kinder zwischen zehn und achtzehn. Allein der stolze Blick hinter den goldgefassten Brillengläsern, den man aber nur erkennen konnte, wenn man etwas genauer hinsah, strafte dieses Klischee Lügen. Gleichmäßig und ziemlich schnell schritt sie über den Bürgersteig, doch versäumte sie es nie, im Vorübergehen einen kurzen Blick in die Schaufenster zu werfen, die auf ihrem Weg lagen. Nein, nein. Sie hatte wahrlich nichts zu befürchten. Auch wenn alles kein gutes Ende nehmen sollte, drei Monatsmieten im Voraus, das war ein gutes Geschäft. Außerdem kam es ihr durchaus gelegen, Palmira die Wohnung für wenig Geld zu überlassen, schließlich hatte sie ein großes Interesse an ihren Handarbeiten, und die Dankbarkeit würde ein Übrigens tun, Palmira an sie und das Geschäft zu binden. Nur ärgerte es sie eben, alles für sich behalten zu müssen. Dieser Ginestà war ja verheiratet, und seine Frau schien ziemlich anspruchsvoll zu sein, im Übrigen eine äußerst ansehnliche Erscheinung und sicherlich kein Kind von Traurigkeit. Weshalb also lagen ihm diese beiden armen Geschöpfe nur so sehr am Herzen?

Es war schon dunkel und Palmira völlig gerädert, in ihrem Kopf drehte sich alles, aber sie fühlte sich erleichtert und froh, so als hätte man ihr erlaubt, ein völlig neues Leben zu beginnen. Wie geblendet von dieser hellen und anheimelnden Wohnung hatte sie sich geschworen, die Güte von Senyora Roser mit unbedingter Treue zu vergelten, auch wenn sie keine Worte gefunden hatte, um ihr all ihre Dankbarkeit zum Ausdruck zu bringen. Nuri schlief schon, und sie sehnte sich danach, die neuen Laken mit Maurici einzuweihen. An diesem Abend endlich wieder gemeinsam zu Bett zu gehen, aufs Neue das Band zu knüpfen, das sie früher einmal verbunden und das sich irgendwann gelöst hatte. Sie war in dem festen Glauben gewesen, sie würden wieder zueinanderfinden, ein Gespräch mit ihm hatte ihr allerdings klargemacht, dass sie wohl bei all dem Hin und Her der letzten Zeit Wunsch und Wirklichkeit miteinander verwechselt hatte.

Eine mit einem blau karierten Stück Stoff drapierte Glühbirne erhellte den runden Tisch. Er hatte es allerdings lieber, wenn das Licht unverhüllt auf die Dinge fiel, obwohl er sich dann, um seine Augen zu schützen, noch tiefer über das Stück Holz beugen müsste, über seine Finger, das Messer. Beim Schnitzen gehörten sie zusammen, waren eins. Er wusste, dass er sparsam mit dem Licht umgehen sollte. Es war ihm gleich wieder in den Sinn gekommen, als Palmira ihn gefragt hatte, ob er nicht ins Bett käme. »Tagsüber gibt es doch mehr Licht als genug«, hatte sie noch hinzugefügt, als sie bemerkte, dass er keine Anstalten machte aufzustehen und stattdessen weiter an dem Stück Eschenholz schnitzte. Da sagte Maurici zu ihr, ohne dass er Holz und Messer aus der Hand gelegt und sie angeschaut hätte, er sagte zu ihr, dies würde niemals sein Zuhause sein, denn auch wenn er hier ein Dach über dem Kopf habe, fühle er sich doch so, als sei er Wind und Wetter schutzlos ausgeliefert. Und überhaupt, sie würde schon sehen, nicht mehr lange und der Vater würde sie ins Dorf zurückholen.

DIE GLUT

Gleich am nächsten Tag

Sie hatten sich gerade erst in der Wohnung eingerichtet, die Zimmer kamen ihnen noch fremd vor, und sie irrten sich häufig in der Tür, an diesem ersten Nachmittag, als am Himmel Wolken aufzogen. Das muss auch der Grund gewesen sein, weshalb Nuri länger als sonst ihren Mittagsschlaf hielt. Bevor sie sich an ihre Handarbeit setzte, trat Palmira hinaus auf die Terrasse. Sie schaute hoch zum Himmel, der ihr von hier aus viel näher vorkam und sie an eine dicke, graue Bettdecke erinnerte, an eine Steppdecke, so hatte ihre Mutter immer dazu gesagt. Nicht mehr lange, und ein Gewitter würde losbrechen.

Und dann war es an der Zeit, schlafen zu gehen. In der Wohnung stand ein großes Radio, aber keiner von beiden hatte sich bislang getraut, es anzuschalten. Auch an diesem Abend würde Maurici nicht gemeinsam mit ihr zu Bett gehen, Palmira erkannte es in dem Augenblick, als ihr bewusst wurde, dass sie nicht in der Lage war, es ihm klar und offen zu sagen, ihm einfach zu sagen: Lass uns zusammen schlafen gehen und alles vergessen.

Sie wünschte sich so sehr, es gebe einen Weg, noch einmal ganz von vorne anzufangen, einen Strich zu ziehen unter die Jahre, die sie nun schon mit Maurici verheiratet war, mit Maurici und damit zwangsläufig auch mit allen anderen Raurills. Vater, Schwester und Schwager. Einen Strich zu ziehen und alles, was sie durchgemacht hatten, einfach hinter sich zu lassen. So dachte sie. Dann würde sie auch Josep vergessen können und das, was er zu ihr gesagt hatte, sie würde die Tage voller Kummer aus ihrem Gedächtnis streichen und die Momente voller Liebe. Wie ein Traum kamen ihr diese letzten Tage vor und mehr noch diese wenigen Momente. Mit all ihren Sinnen hatte sie sie erlebt, doch jetzt, wo sie sich unter einem neuen Dach befand, muteten sie ihr seltsam unwirklich an.

Als sie wieder einen Blick nach draußen warf, Nuri lag nun gut zugedeckt in ihrem ersten eigenen Bett, bemerkte Palmira, die sich nach all der Plackerei wie zerschlagen fühlte, dass die Dunkelheit die Wolken nicht verdeckt hatte. Der Himmel glich jetzt keiner schweren, grauen Steppdecke mehr, so wie am Nachmittag, sondern war voller dunkler Flecken und weißer Wolken, die miteinander verwoben waren. Am Tisch, ganz in ihrer Nähe, richtete Maurici unter der Glühbirne seine ganze Aufmerksamkeit auf das Stück Holz, das Messer, auf seine Hände. Sie hörte, wie die ersten Regentropfen auf die Terrasse fielen. Kleine Tropfen, vor denen man nicht gleich hätte davonrennen müssen. Doch obwohl der Februar in der Stadt längst nicht so kalt war wie der oben im Dorf, verzichtete sie darauf, sich draußen an die Brüstung zu stellen und nass zu werden.

Wie konnte sie mit ihm reden, ohne ihm zu sagen …? Und sie selbst unterbrach den ruhigen Fluss der Gedanken, die ihr beim Anblick des Himmels gekommen waren, ging zum Tisch und setzte sich ihrem Mann gegenüber, unter die Glühbirne. Sie griff in einen Stapel von viereckigen Stoffresten aus Batist. Sie war erschöpft, aber solange sie sich wachhalten konnte, würde sie an seiner Seite ausharren.

Nachdem sie eine Weile schweigend vor sich hin gestickt hatte, fing Maurici an zu sprechen, ohne sie dabei anzuschauen, es war, als rede er mit sich selbst, als sage er etwas Auswendiggelerntes vor sich her. Der Vater würde sie bald zu sich ins Dorf rufen, sie würde schon sehen. In dieser Wohnung hier fühle er sich nicht sicher, noch nie in seinem Leben sei er auf andere angewiesen gewesen. Er habe schließlich ein eigenes Haus.

Gleich am nächsten Tag war es, einen Tag, nachdem sie in die neue Wohnung eingezogen waren, dass Palmira anfing, mit der Katze zu reden. Nicht nur die paar Worte, mit denen sie für gewöhnlich dem Tier sein Fressen hinstellte: »Schau nur, Miezekatze, jetzt bekommst du Sardinengräten!« oder »Du Ärmste, heute gibt's nur ein Stückchen Brot«, nein, sie erzählte ihr von ihrem Kummer, den sie sonst für sich behielt, weil Nuri ja noch viel zu klein und Maurici dermaßen ausgelaugt war, dass er ihr nie wirklich zuhörte. Sie erzählte ihr, wie sie es schaffen würden, denn sie war sich sicher, dass sie es schaffen würden. Sie würde so viel arbeiten, wie sie nur konnte. Sie sprach zu ihr, ohne das, womit sie gerade beschäftigt war, zu unterbrechen. Mixas dunkle Augen folgten ihr unverwandt. Im Hellen waren die aufmerksamen Pupillen der Katze zwei schwarze Schlitze inmitten eines schwefelfarbigen Kreises, im Schatten dagegen glich jedes Auge, vor demselben Hintergrund, einer kleinen schwarzen Melone. Der Katze war die Frau vertraut, die ihr schon seit so langer Zeit Gutes tat, auch wenn die Hände, von denen sie versorgt wurde, bis vor Kurzem noch nie ihren haarigen Rücken gekrault hatten. Vom Kopf bis zum Schwanz. Überhaupt hielt sich Palmira nur selten damit auf, sie zu streicheln, dafür hatte sie einfach zu viel zu tun. Wenn Nuri und Maurici schliefen, leistete sie ihr Gesellschaft. Setzte sie sich hin, um zu sticken, rollte sich die Katze zu ihren Füßen zusammen, und oft war es so, dass Palmira redete und Mixa schlief.

An diesem ersten Nachmittag kam Neus zu Besuch. Ein kleines Vögelchen hätte ihr geflüstert, die neue Wohnung sei so sonnig wie ein Nest, eine Wohnung mit Dachterrasse, und gleich ging sie durch ins Esszimmer und begann dort wie ein aufgescheuchtes Huhn herumzulaufen. Sie beglückwünschte Maurici, der, als er es schellen hörte, in aller Eile das Holz vom Tisch genommen hatte und auch das Messer, und er sah die Frau seines Freundes an, ohne dass ihm ein Wort über die Lippen gekommen wäre, ohne ein Lächeln. Aber das hatte sie auch nicht anders erwartet. Sie nahm Nuri auf den Arm, bedeckte ihr Gesicht und ihren Hals mit schmatzenden Küssen und kitzelte sie am Bauch. Sie hatten Besuch, ja, und Maurici sah zu, dass er fortkam.

Neus veranstaltete ein ganz schönes Spektakel, während sie jeden Winkel der Wohnung unter die Lupe nahm, weder Badezimmer noch Küche ließ sie aus, nicht eins der Zimmer. Und du meine Güte, die Dachterrasse! Ach, was gäbe sie dafür, wenn sie so eine Dachterrasse hätte! Palmira war ihr gefolgt, so als wäre nicht sie, sondern die andere hier zu Hause, es gelang ihr einfach nicht voranzugehen, um Neus durch die Wohnung zu führen. Als sie die Besichtigung beendet hatten, setzten sie sich ins Esszimmer. Neus nahm gleich die Taschentücher in die Hand, die Palmira heute bereits bestickt hatte und die säuberlich zusammengefaltet in einer Schachtel lagen. Sie warf ihr einen skeptischen Blick zu und fragte sie, ob sie denn allen Ernstes glauben würde, die Familie mit so etwas über Wasser halten zu können? Obwohl sie sie zur Genüge kannte, zuckte Palmira zusammen. Sie wusste nicht, was sie ihr darauf entgegnen sollte, aber die andere schien auch gar keine Antwort zu erwarten, plapperte sie doch schon wieder munter drauflos, Palmira aber bekam gar nicht mehr mit, was sie sagte, denn sie hörte nur noch auf ihre Angst. Sie weiß es, ja, sie weiß es, dachte sie.

Erst als sie aufstand, weil sie zu Senyora Roser ins Geschäft musste, unterbrach Neus ihren Redefluss. Sie knuddelte noch einmal die fein herausgeputzte und frisch gekämmte Nuri, und dann verließen die drei gemeinsam die Wohnung.

Während er lief, hing er seinen Gedanken nach. Er entfernte sich von den Stimmen in der Wohnung, um gleich darauf in das Stimmengewirr der Paral·lel einzutauchen, in all die vielen Geräusche, und schließlich in die der Ronda de Sant Pau. Seine Füße schlugen den Weg zum Milchgeschäft ein, das war auch nicht sein Zuhause, aber dort hatte er sich wenigstens sicher gefühlt, so wie wenn sie oben in seinem Dorf in der Nacht zum

Fischen aufgebrochen waren und in einer Schäferhütte Obdach gesucht hatten, damit sie bei Tagesanbruch am Fluss sein konnten. Es war nur ein vorübergehender Unterschlupf gewesen, und er war davon überzeugt, wären sie nur erst einmal wieder zu Hause, würde er keinen Gedanken mehr daran verschwenden. Er lief, ohne auf die Geräusche um ihn herum zu achten, die Zähne zusammengepresst wie die Krampen eines Reißverschlusses.

Als er beim Milchgeschäft ankam, fand er den Laden verschlossen vor, er betrat den Hausflur und stand schließlich vor der ebenfalls verschlossenen Wohnungstür. Er sah das ausgewechselte Schloss und stieg die Treppe hoch zur Wohnung von Dimas. Gusti ließ ihn herein, und Dora bestand darauf, dass er unbedingt ein Gläschen trinken müsste, während er auf ihren Mann warte. Sie erzählte ihm, dass Dimas seit Kurzem nicht mehr auf Nachtschicht ging. Maurici setzte sich an den Tisch, das volle Weinglas neben sich, doch er rührte es nicht an und sagte kein einziges Wort. Dora schwatzte in einem fort, aber ihre Worte rauschten an ihm vorbei. Die Stimmen, sei es die von Dora oder die der Kinder, waren weiter nichts als eine Geräuschkulisse für seine Gedanken, die einander immerfort hinterherjagten, als wären sie in einem Hamsterrad gefangen, aus dem es kein Entkommen gab. Bis mit einem Mal die Wohnungstür aufging, und der Chor von Stimmen sich zur Begrüßung auf Dimas stürzte, während Maurici allein im Esszimmer zurückblieb. Und dann bestätigte ihm das Familienoberhaupt der Lozanos, was er schon befürchtet hatte.

Nein, es gab keinerlei Nachricht von seinem Vater. Dimas begleitete ihn zur Tür und meinte, dass sie in der Fabrik vielleicht Arbeit für ihn hätten, er würde sich auf jeden Fall erkundigen, er kenne dort ein paar Leute. Maurici murmelte etwas vor sich hin, was der andere nicht verstand.

Am nächsten Tag sollte er wieder dorthin gehen, doch anstatt die Treppe zur Wohnung der Lozanos hochzusteigen und sich auf ein Glas Wein einladen und abermals das Stimmengewirr über sich ergehen zu lassen, setzte er sich unten im Hausflur auf den Treppenabsatz, wo ihn die Nachbarn gleich erkannten. »Senyor Maurici, was machen Sie denn hier? Wollen Sie nicht für einen Augenblick reinkommen?« Aber es war wirklich nur für einen kurzen Augenblick. Ein paar Tage später grüßten sie ihn dann nur noch und eilten an ihm vorbei die Treppe hoch. Und er wartete geduldig, bis Dimas von der Arbeit heimkam.

An diesem Februarnachmittag, es wurde schon langsam dunkel, schaute er bei Josep vorbei. Vielleicht hatte der Vater ja dort eine Nachricht für ihn hinterlassen, was eigentlich auch viel einleuchtender gewesen wäre, obwohl in der letzten Zeit …, was da wohl vorgefallen sein mochte? Als Josep die Wohnungstür öffnete und ihn vor sich stehen sah, sagte er, das träfe sich ja gut, denn er hätte sich gerade auf den Weg zu ihm machen wollen. Die neuen Pächter des Ladens, sie wussten ja, dass er die Raurills kannte, hätten einen Umschlag bei ihm abgegeben, den sie in einer Schublade gefunden hatten. In der freudigen Hoffnung, es handele sich um einen Brief des Vaters, riss Maurici den Umschlag gleich auf, doch zog er stattdessen ein paar Geldscheine hervor, ziemlich viele sogar, und er schaute zu Josep, der sich gerade in diesem Augenblick umgedreht hatte und meinte, er würde etwas zu trinken holen. Maurici stopfte sich den Briefumschlag mit den Geldscheinen einfach in die Hosentasche. Ohne dass er zuvor groß darüber nachgedacht hätte, und das, obwohl er sich doch ständig über alles Mögliche Gedanken machte, sagte ihm sein Gefühl, und mochte dies auch noch so verkümmert sein, dass Josep sich verändert hatte. Er würde nicht mehr herkommen.

Und genauso gab er es ihm auch zu verstehen. Wenn er etwas von seinem Vater hören sollte, möge er die Nachricht doch Dimas geben, bei dem er jeden Tag vorbeischauen würde. Gleich am nächsten Tag.

Gleich am nächsten Tag würde er sie kommen hören oder sehen, wie sie aus einem Auto stiegen, das mitten auf dem Marktplatz hielt. Gepäck hätten sie so gut wie keins dabei. Sie würden nur ein paar Fetzen auf dem Leib tragen und Kohldampf schieben, bestimmt müsste er sie erst einmal neu einkleiden und ihnen etwas zu essen geben. Sich wegen Barcelona bedauern zu lassen, das hätte er ihnen schnell ausgetrieben. Dämlich wie sie waren, hatten sie natürlich keinen blassen Schimmer, dass die Leute zwar durchaus Mitleid mit einem haben, aber nur solange, wie sie einen nicht durchfüttern müssen. Er lachte mit geschlossenem Mund, verzog nur die schmalen Lippen, und in seinen kleinen blauen Augen über den vorspringenden und ziemlich spitzen Wangenknochen blitzte es auf.

Mit stolzgeschwellter Brust stolzierte Leandre durch das Dorf. Nie ging er ohne ein Bündel Geldscheine aus dem Haus, das er selbst dann hervorholte, wenn er nur eine Kleinigkeit zu zahlen hatte. Er log das Blaue vom Himmel herunter, wenn es darum ging zu erklären, weshalb er so ganz allein nach Hause zurückgekehrt sei. Und er fand immer Leute, die ihm zuhören mochten. Nach kurzer Zeit aber fing er an, sich zu langweilen. Bereits am Tag nach seiner Rückkehr hatte er genug vom Dorf und sah zu, dass er möglichst schnell wieder fortkam. Egal mit welchem Auto, wenn er ganz früh aufstand sogar mit dem Milchwagen, alles war ihm recht, wenn er damit nur bis nach Montsent gelangte. Dort traf er in den Cafés immer auf irgendjemanden, der gerade nichts zu tun hatte. Kartenspielen konnte man schließlich jederzeit, man musste nur die richtigen Orte kennen.

Schon bald gewöhnte er sich an, bis in den späten Morgen hinein zu schlafen, und fuhr dann, ohne gefrühstückt zu haben, runter nach Montsent. So gegen eins schlug er sich dort im Gasthaus den Bauch voll, sicherlich würden alle den Hut vor ihm ziehen, hätten sie denn einen aufgehabt. Er schwang große Reden, trieb mit jedem seine Späße, und um ihn herum blieb kein Auge trocken. Nach dem Essen, bei einem Kaffee und einem Gläschen Weinbrand, spielte er dann mit drei anderen eine Partie *Botifarra*. Und wenn seine Tischgenossen sich schließlich, einer nach dem anderen, auf den Heimweg machten, hielt er noch eine Weile auf der Straße Maulaffen feil, vorausgesetzt das Wetter spielte mit, was im Februar nicht immer der Fall war, und wenn sich ihm eine Mitfahrgelegenheit bot, kehrte er schließlich nach Torrent zurück. Er kam dann immer noch rechtzeitig, um sich in der Dorfkneipe aufzuplustern und gegen Barcelona zu wettern. Frederic hatte leider nicht den Löffel abgegeben, er war sogar noch sehr lebendig und so gescheit, sich seit der Rückkehr seines Schwiegervaters nicht mehr bei Xau blicken zu lassen.

Jeden Abend, bevor er sich schlafen legte, sagte sich Leandre: »Gleich morgen werde ich zu Sabina gehen.«

La Bordeta

Er lernte sie kennen, noch bevor die meisten, so wie Vögel, die in Schwärmen davonfliegen, ihre Dörfer verließen, um sich in der Stadt niederzulassen, inmitten dieses Aufruhrs, eines der wenigen Vorkommnisse, das jemals die Gemüter der Leute in der Gegend erhitzt hatte. Da Leandres einzige Beschäftigung darin bestand, sich seinen Hintern im Café platt zu sitzen oder auf dem Marktplatz herumzulungern, war er sofort mittendrin im Geschehen.

Der Vorfall an sich ist schnell erzählt. Aufgrund einer Reihe von Zufällen und nachdem man eine Zeit lang auf der Lauer gelegen hatte, stand fest, dass sich ein paar Franzosen darauf verlegt hatten, alle Forellen aus dem Fluss herauszuholen, und noch dazu auf eine ganz hinterlistige Art und Weise. Dann lagerten sie die Fische in einem kleinen Lieferwagen, der wohl voller Eiskisten gewesen sein dürfte, und nach ein paar Tagen, wenn sie mir nichts dir nichts wieder über die Grenze verschwanden, machten sie das große Geschäft. Was die Leute aber vollends zur Weißglut brachte, war die Tatsache, dass sie sich mit genügend Proviant und Getränken eingedeckt hatten, in Zelten schliefen und so nicht einen einzigen Franc umtauschen mussten, weil sie ja auch nicht eine einzige Pesete ausgaben.

Doch bis man die ganze Sache wirklich durchschaut hatte, war es schon zu spät, und als die Männer aus den umliegenden Dörfern sich zusammenrotteten, um den Franzosen einen Denkzettel zu verpassen, waren die schon längst auf und davon.

Das Ganze war ein solches Fiasko, dass leichtfertig und widersinnigerweise gleich von Vergeltung die Rede war. Im Nachhinein hätte niemand sagen können, wer als Erster den Namen von Madame Farnaca in den Mund genommen hatte. Vielleicht war es ja eine der Ehefrauen gewesen, aus Groll über ihren Mann, wegen all der Stunden, die er sich im *La Bordeta* vergnügt und wegen all des Geldes, das er dort gelassen hatte. Wie auch immer, so wie die Meute dem Wild hinterherjagt, war die Menge einem der Männer gefolgt, der am entschlossensten auftrat und am lautesten redete. Sie beratschlagten sich. So wahr ihnen Gott helfe, sie würden das *La Bordeta* in

Schutt und Asche legen, das Haus von Madame Farnaca, die doch schließlich eine Französin war, auch wenn sie schon zehn Jahre oder länger hier in der Gegend den Ehefrauen ihre Männer abspenstig machte.

Leandre ließ sich von der Menge treiben, so wie jemand, der nur zum Schauen auf den Rummel gekommen ist, einfach weil er seine Freude hatte an dem Gedränge, an diesem Wirrwarr von Stimmen und widerstreitenden Meinungen, voller Sensationslust ließ er sich vorwärtsschieben, ein unbeteiligter Zuschauer, der sich wohlfühlte und aufgehoben in der drängelnden Menschenmenge.

Sei es, weil einer von Madames Freiern mit einem Mal Bauchgrimmen bekam und vor sich hin brummelte, weshalb er da eigentlich etwas in Brand stecken sollte, was in gewisser Hinsicht doch auch ihm gehörte, oder ganz einfach, weil die Straße von der Stelle an, die sie gerade erreicht hatten, immer steiler wurde, wer will das schon sagen, auf jeden Fall blieb die Meute ein gutes Stück vom Haus entfernt stehen. Und das erlaubte es Salomé, die aus der Gegend stammte, sich gerade noch darüber klar zu werden, in welch misslicher Lage Madame sich da befand. Und natürlich sie selbst, denn schließlich verdiente sie sich ihren Lebensunterhalt in diesem Haus.

Ihre Herrin schlief noch.

Mit einem Ruck zog sie die Schlafzimmertür zu, drehte den Schlüssel im Schloss herum, zog ihn heraus und ließ ihn gleich in der Tasche ihres Kleides verschwinden, die pechschwarz war, so wie das übrige Kleid auch. Sie griff zum Korb, in dem die kleine Hacke zum Jäten lag, und so, als ob nichts wäre, verließ sie das Haus, das sie ebenfalls zusperrte. In der Tasche ihres Kleides klimperten die beiden Schlüssel.

Jeden Tag ging sie zum Gemüsegarten und holte sich das, was dieser so abwarf und womit die beiden Frauen ihre Mahlzeiten bestritten. Bevor sie aber die tägliche Ernte einholte, bearbeitete sie eine ganze Weile mit wilder Entschlossenheit den Boden. Wer sie so sah, zog sich meist erschrocken zurück, jeder suchte tunlichst zu vermeiden, auch nur in ihre Nähe zu kommen. Als ob sie mit der Hacke, mit der sie so ungestüm herumfuhrwerkte, jemanden um Kopf und Kragen bringen könnte.

So wie immer verließ sie also auch an diesem Morgen das Haus. Kurz bevor sie jedoch auf die Horde Menschen traf, blieb sie mit regungslosem Gesichtsausdruck stehen, und das ganze Bataillon, das mittlerweile noch ein Stück vorgerückt war, tat es ihr gleich. Der Anführer brachte die murrende Masse mit einem lauten Zischen zur Ruhe. Pssssst.

Als sie sie hatte heranrücken sehen, das Gesicht hinter den weißen Rüschengardinen des Fensters vom Ausschank verborgen, hatte sie keine Angst verspürt, nur eine gewisse Unruhe. Und sie hatte ganz instinktiv gehandelt. Das wenige, das sie besaß, würde sie, komme was wolle, verteidigen. Aber als sie der Meute dann Auge in Auge gegenüberstand und die, angesichts ihres missgestalteten Körpers, den alle bislang immer nur verstohlen zu betrachten gewagt hatten, nunmehr völlig verstummte, fühlte sie sich mit einem Mal furchtlos und stark. Sie spürte, wie eine alte Wut in ihr hochstieg, die sich, ohne dass sie sich dessen bewusst gewesen wäre, wohl schon ihr ganzes Leben lang in ihr angestaut hatte, und es überkam sie ein großes Verlangen, mit der erhobenen Hacke in der Hand auf das ganze Pack loszugehen. Sie war überzeugt, ein jeder von ihnen würde sogleich die Flucht ergreifen, als wäre der Bär hinter ihm her. Und bestimmt lag sie damit genau richtig. Aber dieser Gedanke war ihr nur wie ein Blitz durch den Kopf geschossen, sie rührte sich nicht, war auf der Hut, und statt irgendetwas zu tun, sagte sie: »Wohin wollt ihr denn?« Der Mann in der ersten

Reihe entgegnete ihr: »Die Franzosen schaffen unsere Forellen fort …« Noch immer schaute sie die Männer unverwandt an, sagte kein Wort, und sie sah sich als kleines Mädchen, wie sie vor einer Horde Kinder stand, die ihr eine Verwünschung ins Gesicht schleuderten und sie mit Steinen bewarfen: »Hinkelbein, Hinkelbein, auf ewig sollst verflucht du sein!« Ganz starr war ihr Gesicht geworden und ihr Blick ebenfalls.

Sie hätte nicht sagen können, wer sich als Erster umgedreht hatte und gegangen war. Sie hörte Stimmen, ohne die dazugehörigen Gesichter zu erkennen: »Die beiden Frauen haben doch gar nichts damit zu tun!« »Das fehlte gerade noch, wegen so zwei alten Schlampen!« Schon bald sah sie nur noch Rücken vor sich, und auch sie drehte sich um und ging seelenruhig zurück zum Haus. Erst da spürte sie, dass ihre Beine, ihre vermaledeiten Beine, verschieden lang wie sie waren und überhaupt, dass sie ihr beide einfach wegknickten.

Leandre war es schleierhaft, wieso er es versäumt hatte, erst einmal seine nähere Umgebung richtig kennenzulernen, bevor er runter in die Stadt gegangen war. Mittendrin zwischen all dem Volk, das den Rückzug antrat, erkundigte er sich gleich eingehend bei ein paar Männern, die gerade eben noch die großen Macker markiert hatten. »Da haben wir uns ja bis auf die Knochen blamiert«, meinte Xanó aus Torrent, der den Milchwagen fuhr.

Das Haus, aus dem man Salomé hatte herauskommen sehen, war früher einmal eine Berghütte gewesen, nicht etwa eine kleine, sondern eher eine ungewöhnlich große, mit genügend Platz zwischen den vier Wänden, um das schwere Werkzeug dort unterzustellen und, wenn sich am Himmel mal wieder ein Gewitter zusammenbraute, rasch das Heu oder den feuchten Futterklee hoch auf den primitiven Bretterboden zu schaffen.

Mehr als einmal dürfte hier jemand in aller Ruhe seinen Mittagsschlaf gehalten haben, zwischen Hacke und geschärfter Sense, und bestimmt hatte die Hütte auch schon mal einem Esel Unterschlupf geboten. Jetzt sah man ein einfaches, zweistöckiges Haus vor sich, dessen Obergeschoss ziemlich niedrig war, eigentlich weiter nichts als ein ausgebauter Dachstuhl. In den drei Fenstern standen Blumentöpfe mit Bartnelken, und erst vor Kurzem war das ganze Haus dottergelb gestrichen worden. Die Leute nannten es *La Bordeta* oder *Ca la Farnaca*, das Haus der Farnaca.

Noch am selben Abend, am Abend des Tages, als das mit den Forellen passiert war, machte sich Leandre auf den Weg zum *La Bordeta*, gemeinsam mit Bataner, einem alten Bekannten, der kein Stück Land sein eigen nannte und der, wie es hieß, vom Schmuggel und vom Glücksspiel lebte. Seitdem der alte Raurill so viel Zeit hatte, mit der er nichts anzufangen wusste, und die Taschen voller Geld, kamen sie gut miteinander aus.

Er hatte sich etwas anderes angezogen, auch wenn seine Kleider seit Barcelona nicht mehr mit Wasser in Berührung gekommen waren. Wie bei einem schnüffelnden Frettchen wanderten seine kleinen hellen Augen hin und her, und seine hervorstechenden Wangenknochen gaben ihm das Aussehen eines Raubvogels, was Salomé vom ersten Moment an beunruhigte. Leandre hatte sich bei ihr erkundigt, wann er denn an der Reihe sei bei Madame, so wie er es sich bei den anderen abgeguckt hatte. Verärgert über die nicht unerhebliche Summe, die sie von ihm verlangte und die er noch dazu im Voraus zu zahlen hatte, nahm er es sich heraus, laut die Luft durch die Zähne zu ziehen und eine Grimasse zu schneiden, während Salomé, ohne mit der Wimper zu zucken, das Geld an sich nahm. So prallten die beiden zum ersten Mal aufeinander. Für den Augenblick aber verschwendete Leandre nicht einen Gedanken mehr an sie. Jetzt galt es erst einmal, die Zeit zu genießen, die er sich soeben gekauft hatte. Lässig hatte er der schwarz gekleideten Frau die Scheine auf den Tresen geblättert.

Sie fanden Gefallen aneinander. Die Dicke, Madame, war entgegenkommend und passte sich den Vorlieben ihrer Kunden an. Sie war Bauern gewöhnt und Hirten, mit sonnenverbrannter Haut, von den Händen bis hoch zu den Ellenbogen, und Gesicht und Hals vom Wetter gegerbt. Der übrige Körper, weiß wie Milch. Noch immer war es ihr ein Dorn im Auge, dass sie nicht gerade sauber zu ihr kamen. Sie tadelte sie mit sanfter Stimme, und das war es, woran die Männer, einmal abgesehen von der Hauptspeise, am meisten Gefallen fanden. Auf ihre Erziehung war nur wenig Ausdauer verwandt worden und kaum gute Worte, und die meisten von ihnen waren es schon von klein auf gewohnt, ganz anders zurechtgewiesen zu werden. Die honigsüßen Worte weckten ihren Hunger nach Zärtlichkeit, so wie Madames ausladender Busen ihr Verlangen auflodern ließ. Auch wenn sie sich vor den anderen über sie lustig machten, sie hatten ihr den Spitznamen *Farnaca* verpasst, nannten sie untereinander nur die Vettel, die Ratschläge, die sie ihnen erteilte, fielen auf fruchtbaren Boden, und diejenigen, die wiederkamen, gaben sich beim nächsten Mal alle erdenkliche Mühe, sauber und ordentlich zu erscheinen.

Sie fanden also Gefallen aneinander. Sie wartete noch immer auf den einen, der sie hier herausholen würde, begann sie doch schon langsam zu verblühen, und dieser Witwer hatte so durchdringend blaue Augen, und außerdem mochte sie es, dass er sich nicht einfach ruckzuck und sabbernd wie eine Schnecke auf sie fallen ließ, als wäre er ein auf den Boden plumpsender Strohballen. Stattdessen musste sie sich angezogen aufs

Bett legen, mit aufgeknöpfter Bluse, und ihre schweren Brüste quollen aus dem Mieder hervor, und dann bat er sie, ihren Rock hochzuheben und sich dort unten zu berühren. Das tat sie mit tiefen Seufzern, und schon bald nahm er sie mit der geschmeidigen Kraft einer Raubkatze, und sie überraschte sich dabei, wie sie diesen knochigen und drahtigen Mann leidenschaftlich umarmte.

Unten im Ausschank bestellte Leandre sich dann ein Glas Wein. Er war umgänglich, gut gelaunt. Schon lange hatte er sich nicht mehr so wohlgefühlt, wenn da nur nicht, jetzt erinnerte er sich wieder an sie, diese Schlampe mit dem essigsauren Gesicht wäre, die ihn derart argwöhnisch bedient hatte, erst mit dem Wein herausgerückt war, als er die Geldstücke vor sie hin gezählt hatte. Er wollte ihr schon gehörig die Meinung sagen, doch irgendetwas hielt ihn zurück. Dann machte Bataner ihm ein Zeichen, zwinkerte ihm vom Tisch aus zu, er ging zu ihm, und als einer der Spieler aufstand, weil er bei Madame an der Reihe war, nahm Leandre seinen Platz ein.

Eine Weile lang spielte er und gewann. Er rauchte eine von den ausländischen Zigaretten, die Bataner ihm anbot, und fand Geschmack daran. Der andere meinte zu ihm, er würde ihm schon noch zeigen, auf welcher Wiese solch prachtvolles Gras gedeiht. Auf seine Worte ließ er ein schallendes und verschwörerisches Gelächter folgen, sodass es einem der Kiebitze, der nervös auf seinen Einsatz bei Madame wartete, kalt den Rücken runterlief. Er wusste nicht mehr, wohin er schauen sollte.

Laika

Josep war früher aufgewacht als sonst, in der Wohnung war es ganz still. Er blieb noch ein wenig im Bett liegen. Wenn er wach wurde, fühlte er sich oft wie benommen, und er brauchte eine Weile, um die Gedanken einzusammeln, die ihm der Schlaf auseinandergetrieben hatte, als wären sie vom Wasser mitgerissenes Treibgut, das dann irgendwo ans Ufer gespült wird. Die Nachricht, sie lag schon etwas zurück, die Russen hätten eine trächtige Hündin namens Laika mit einer Rakete ins All geschossen, war eine der wenigen Meldungen, an die er sich entsinnen konnte. Die meisten vergaß er gleich wieder, weil sie schon im nächsten Moment von der endlosen Flut an Melodien und Nachrichten mitgerissen wurden, die die gesichtslosen Stimmen in seinem Transistorradio jede Nacht über ihn hereinbrechen ließen – manchmal stellte er sich vor, was der Radiosprecher wohl für Augen hatte, wie sein Mund aussehen mochte, die Nase, die Stirn, die Haare –, aber diese eine ferne Nachricht war irgendwie bei ihm hängen geblieben, sei es nun in seinen Gedanken oder in seinen Träumen.

Er brachte einfach alles mit Palmira in Verbindung, und so war es nicht weiter verwunderlich, dass er, kaum hatte er die Augen aufgeschlagen, gleich wieder an sie dachte. Verwunderlich war allerdings, dass er sich sagte: Sie hätte es niemals zugelassen, eine trächtige Hündin in die Sputnik zu setzen, um sie dann ins All zu schießen. Er merkte, wie sehr ihn diese Nachricht beschäftigt, wie sehr sie ihm zugesetzt hatte. Er stand auf.

Während des Mittagessens meinte er zu Neus, da sie ja mit Dimas und Maurici bei Seat vorbeischauen wollten, obwohl, so ganz sicher war das noch nicht, könnten sie hinterher doch eigentlich nach Castelldefels fahren, an den Strand, um einmal etwas anderes zu sehen. »Für alle ist im Wagen nicht genug

Platz«, war das Einzige, was er von ihr zur Antwort bekam. Er wusste, wie sehr sie solche Spazierfahrten mochte, und hatte geglaubt, ihr mit seinem Vorschlag eine Freude zu machen. Aber offenbar schien auch seine Frau es zu bedauern, dass Leandre nicht mehr da war, vielleicht, so nahm er jedenfalls an, ohne sich dessen überhaupt bewusst zu sein. In den letzten Tagen war es Josep zur Gewohnheit geworden, sich nach dem Essen ein wenig hinzulegen. Morgens schlief er nicht besonders gut, und nachts, in der Garage, tat er schon seit Langem kein Auge mehr zu. Da drehten sich seine Gedanken nur im Kreis. Und er hörte Radio.

Schließlich war er eingeschlafen, und als er aufwachte, war es später als sonst. Neus hatte sich an diesem Nachmittag wieder nicht zu ihm ins Bett gelegt, ging es ihm durch den Kopf, während er sich wusch. Er konnte gerade noch auf einen Sprung bei den Lozanos vorbeischauen, denn so gegen sieben wollte er am Kurzwarengeschäft sein. Am Tag zuvor hatte er einen Brief von seinen Verwandten aus Caracas erhalten, die ihm mitteilten, dass er die Stelle bekommen habe. Es blieb ihm also nicht mehr viel Zeit, und er fand, jetzt sei der richtige Moment.

Palmira stand mit der Kleinen vor der Ladentür, unterhielt sich mit ihrer Chefin. Josep wartete, bis sie sich voneinander verabschiedet hatten und Palmira sich anschickte, mit Nuri auf dem Arm, die Gran Via hochzugehen. Einen Augenblick lang beobachtete er sie, und dann lief er ihnen nach, um sie einzuholen. Es war, als hätte er ein Foto von den beiden gemacht, um es sich jederzeit anschauen zu können, wenn ihm danach war. Als Palmira stehen blieb, um das Kind auf den anderen Arm zu nehmen, tauchte er neben ihr auf und nahm ihr die Kleine ab. Gemeinsam gingen sie weiter, alle drei, miteinander vertraut, so wie irgendeine Familie an irgendeinem beliebigen

Tag, eine Familie auf dem Weg nach Hause, wo sie gleich gemeinsam zu Abend essen würden. Er wirkte so stark mit diesem winzigen Geschöpf auf dem Arm, und sie, die Mutter, war bildschön.

Neus war ihnen in sicherem Abstand gefolgt, selbst wenn sie sich umdrehen würden, sie könnten sie nicht sehen. Sie kochte vor Zorn und dachte nur die ganze Zeit, was Männer doch für Idioten sind! Ihr Mann und Palmira, das hatte sie schon immer geahnt, so ein stilles Wasser, aber die waren ja bekanntlich tief. Sie verspürte ein unbändiges Verlangen, hinter ihnen herzulaufen und ihnen das Gesicht zu zerkratzen, allen beiden. Aber sie war schließlich eine Dame, und ihr Körper im Mantel streckte sich. Und wer weiß, ob der Alte nicht vielleicht doch geredet hatte, das war ein verdammt hinterhältiger Kerl, und immerhin konnte es ja sein, dass er ihr alles in die Schuhe geschoben hatte, um so den eigenen Kopf aus der Schlinge zu ziehen. Sie kehrte um und schlug den Weg nach Hause ein, sie durfte kein Risiko eingehen. Sie spürte, wie die Feuchtigkeit vom Meer heraufzog und sich über die Stadt legte. Noch einmal drehte sie den Kopf, um den drei Gestalten nachzuschauen, die gemeinsam weitergingen. Mit Nuri im Arm schien ihr Mann viel aufrechter zu gehen.

Es war das zweite Mal, dass Palmira ihn von Caracas reden hörte. Es gehe darum, sich dort um ein Gästehaus zu kümmern, das schon bestens eingeführt sei, Tante und Onkel meinten, solange sie die Arbeit nicht scheuen würden, hätten sie ihr gutes Auskommen. Sie müsste sich lediglich einen Pass auf sich und die Kleine ausstellen lassen, mehr nicht. Die Papiere, die man dafür ausfüllen musste, hatte er dabei, und er gab ihr eine Mappe, die sie in ihrer Verwirrung entgegennahm und in ihre Tasche steckte, zu den Stoffresten aus Batist und dem Leibchen, das sie für den nächsten Tag noch besticken sollte. Nur den Pass und kein Wort zu niemandem. Palmira war völlig durcheinander, brachte kein Wort heraus, achtete mehr auf die Gesichter der Menschen, die an ihnen vorbeihasteten, als auf das, was er ihr sagte. Es hätte ihr gefallen, wenn dieser Freund, dieser Mann an ihrer Seite, ihr Mann gewesen wäre, aber dem war nicht so. Sie sagte ihm, sie würde nicht mit ihm fortgehen. Sie könne ihm nicht erklären warum, gab sie ihm zur Antwort, als er sie mit unglücklicher Stimme nach dem Grund fragte.

Er begleitete sie bis zur Paral·lel. Er hatte nicht lockergelassen, ihr immer und immer wieder gesagt, wie sehr er sie liebt, und er hatte sie weinen gesehen. Sie litt, und das war seine Schuld. Sie hatte ihm erklärt, sie würde Senyora Rosers Angebot annehmen, als Verkäuferin im Kurzwarengeschäft zu arbeiten, im Gegenzug könnten sie dafür mietfrei wohnen. Und das, was sie tagsüber sticken würde, bekomme sie extra bezahlt. Palmira erinnerte sich mit einem Mal an den Umschlag mit dem Geld, und sie fragte ihn: »In welcher Schublade soll er denn gelegen haben?« Sie war doch noch einmal in der alten Wohnung gewesen, hatte alles durchgesehen, aber nirgendwo einen solchen Umschlag gesehen. Er gab ihr zur Antwort, es müsste wohl eine der Schubladen in der Küche gewesen sein.

Ein Mann, der einen Hund an der Leine führte, näherte sich ihnen, und sie hörten, wie er sagte: »Laika, zieh nicht so.« Dann nahm Palmira die Kleine Josep aus dem Arm. Sie war eingeschlafen.

Seit Tagen schon, jedenfalls schien es eine ganze Zeit her zu sein, redete Maurici kaum ein Wort. Und seit einer ganzen Zeit, vielleicht waren es aber auch erst ein paar Tage, hing Palmira ihren Gedanken nach. Mit einem Mal aber sagte er zu ihr, jetzt sei endgültig Schluss mit dieser Komödie. Die Wohnung von Senyora Roser, der Laden, diese ganze Stickerei, als Verkäuferin arbeiten. Ob sie denn wirklich glauben würde, so kämen sie über die Runden? Da seien ja auch noch die Kaninchen, wagte sie einzuwenden. Und er schaute sie groß an, während sie ihm auseinandersetzte, sie könne sich vorstellen, Kaninchen zu züchten, in dem Käfig, in dem sie die Katze hergebracht hätten, er wüsste schon, der Käfig, den er damals mit Josep gebaut hätte. Dora würde die Tiere verkaufen, sie kannte nämlich jede Menge Leute, die froh wären, ein Kaninchen zu bekommen, von dem sie wüssten, wo es herstammte, noch dazu, wenn sie weniger Geld dafür zahlen müssten als beim Metzger. Als sie ihm dann noch erzählen wollte, wo sie das Futter für die Kaninchen kaufen und von wem sie das erste Pärchen bekommen würde, ließ er sie nicht ausreden, fuhr ihr einfach über den Mund, und sie wusste gar nicht, wie ihr geschah.

Jetzt redete Maurici, und es fiel ihm ziemlich schwer, viel schwerer noch als am Anfang des Gespräches. Er fühlte sich so allein in Gegenwart seiner Frau, wenn er sah, mit wie viel Eifer und Begeisterung sie alles anging. Er fühlte sich allein, genauso wie am Sonntag auf dem Fußballplatz, wenn die Menschenmenge um ihn herum losgrölte und Josep aufsprang und lauthals schrie: »Barça vor, noch ein Tor!« Ob nun im Stadion oder in der Stadt, er war wie eine Ameise, eine Ameise, die die Orientierung verloren hatte. Er gestand ihr, selbst wenn Dimas ihm bei Seat eine Arbeit besorgen könne, er würde nicht hingehen. Sie sah ihn mit ängstlichen Augen fragend an. Erst heute Morgen, im Traum, diese hohen Wände würden ihn einfach erdrücken. »Aber aller Anfang …«, begann Palmira. Sie scheine ihn nicht zu verstehen, unterbrach sie Maurici. Sie müssten zurück ins Dorf. Sie hätten schließlich ein Haus dort. Bis sie runter in die Stadt gezogen seien, hätten sie dort oben ihr Leben gehabt, und so sollte es auch wieder sein. Noch bevor sie ihm die Frage stellen konnte, war er ihr mit der Antwort zuvorgekommen. Sein Vater würde ihnen verzeihen. Vielleicht würde er sich am ersten Tag noch über sie lustig machen, aber dann, davon sei er jedenfalls überzeugt, wäre alles so wie früher, und sie könnten wieder ruhig und friedlich in ihren eigenen vier Wänden leben.

In Gedanken ging sie durch das alte große Haus. Diese endlose Plackerei mit den Möbeln, die ständig gepflegt werden wollten, und dann das Putzen, das Essenkochen, die Wäsche. Im Sommer all die schwere Arbeit draußen. Und das ewig gespannte Verhältnis zu Sabina und Frederic, zu den Nachbarn, zu den Verwandten des Schwiegervaters und zu denen von Madronas Seite auch. Ihr Mann hatte aufgehört zu reden, und bestimmt wartete er auf eine Antwort von ihr. Er schaute sie an. Da gab ihr das, was sie ihm verheimlichte, mit einem Mal Kraft. Er müsse doch verstehen, dass alles nicht so einfach sei, wie er sich das vorstellte. Sie fühle sich wohl in Barcelona. Sie hätten hier Freunde, würden Arbeit finden, wenn nicht die eine, dann eben eine andere. Ihre Tochter hätte hier viel mehr Möglichkeiten, sie würde zur Schule gehen … Er fing an, ungeduldig zu werden. Als ob es im Dorf keine Schule gäbe! Diese Frau da hielt nicht mehr ihre schützende Hand über ihn, mit seiner Mutter hatte sie längst nichts mehr gemein. Sie war eine Fremde.

Schon seit Langem ließ Maurici sich nur noch von seiner Angst leiten, hatte keine Ahnung von dem, was um ihn herum vorging. Er selbst hätte zwar niemals einen solchen Vergleich angestellt, denn von Laikas Weltraumabenteuer hatte er noch nie gehört, aber genauso fühlte er sich, so verloren wie ein Hund im Weltall.

Ein verschneiter März wie so viele

Anfang März hatte es wieder angefangen zu schneien. Um Roseta herum herrschte Stille. Das einzige Geräusch, das durch die Wände gedämpft zu ihr drang, war das Muhen der Kuh im Stall und das Gackern der Hühner, und da war das halsstarrige Wiederkäuen der Gedanken in ihrem Kopf, von morgens früh bis abends spät, und ihre Stimme, die, immer wenn die Tiere ihr Futter bekamen, wie von selbst ein paar Worte von sich gab.

Schaute sie aus dem Fenster, war alles weiß, nur nicht die dicken Mauern der Nachbarhäuser unter ihren etwas vorgezogenen Schieferdächern. Alles schien in Bewegungslosigkeit zu verharren, war wie verzaubert. Aber sie wusste, sie brauchte nur hinauszugehen und an eine der Türen zu klopfen und vom Eingang her ein »Gott zum Gruße« ins Haus rufen, und schon würde ihr jemand von oben Antwort geben.

Es hatte geschneit in der Nacht, an diesem letzten Dienstag im Winter. Auf den Trampelpfaden durch den Schnee, auf denen man am Tag zuvor schon den Lehmboden hatte durchschimmern sehen, hatte sich wieder eine makellos weiße Decke gelegt. Wie sich doch alles wiederholt im Leben, dachte sie gerührt. Gleichwohl sollte ihr schon bald etwas völlig Unerwartetes widerfahren. Wie immer hatte sie sich auch an diesem Tag zuerst um die Tiere gekümmert. Danach zog sie sich an und machte ihr Bett. Und schließlich aß sie einen Happen, sonderlich hungrig war sie eigentlich nie.

Es war also an einem Mittwoch, sie hatte noch nichts gefrühstückt und war gerade dabei, ihr Bett zu machen, als sie plötzlich die Stimme von Sabina erkannte, die unten an der Tür nach ihr rief, und gleich ließ sie alles stehen und liegen, um sie willkommen zu heißen. Seite an Seite stiegen die beiden Frauen dann die Treppe hoch in die Küche. Sofort bat die alte Nachbarin, Sabina möge ihr doch beim Frühstück Gesellschaft leisten, eine Scheibe Schinken mit ihr essen und ein Stück Brot. Aber was für ein Pech, Sabina hatte schon gefrühstückt, wer weiß, wie lange sie schon auf den Beinen war. Da machte sich Roseta laut Vorhaltungen, dass sie immer so lange schlief, ganz so, als wäre die andere die Hausfrau oder gar ihr Beichtvater, dem sie Rechenschaft abzulegen hatte. Und schließlich entschuldigte sie sich noch damit: »Mir läuft ja nichts davon, ich hab' doch den ganzen Tag Zeit, um alles zu erledigen! Und im Winter erst recht, wo ich nicht im Garten schaffen muss, und die paar Tiere, die ich zu versorgen habe …«

Sabina verschmähte den Stuhl, den Roseta ihr voller Fürsorge hingestellt hatte. Sie blieb stehen, mit gesenktem Kopf, die blauen Augen starr auf den Boden gerichtet, wo die andere damit begonnen hatte, sich ein paar Holzspäne zurechtzulegen, um ein Feuer anzuzünden, und sie würde auch gleich etwas Eschenholz holen, damit es so richtig schön brenne. »Mein Neffe aus La Pobla, der sorgt dafür, dass ich immer genügend Vorrat habe«, erklärte sie, während sie die Holzstücke aufschichtete und ihr Mund sich zu einem Lächeln verzog, mit dem sie freudestrahlend zur Ältesten der Raurills aufschaute. Dann erlosch ihr Lächeln wieder, und sie sagte noch, wie sehr es sie doch gräme, dass Sabina sich nicht hinsetzen mochte.

Es sei nicht nötig, dass sie ihretwegen ein Feuer anzünde, lautete die Entgegnung auf Rosetas freundliche Geste. Sabina merkte selbst, wie hart ihre Stimme klang, und nahm sich vor, die Ungeduld zu zügeln, die diese Frau mit ihrem beflissenen Getue in ihr auslöste. Doch wuchs ihr Unbehagen noch, sobald sie sie reden hörte, denn die alte Nachbarin erinnerte sie ganz ungemein an ihre Mutter. Wenn das so weiterginge, würde sie sich noch den ganzen Morgen anhören müssen, sie möge sich doch am Feuer aufwärmen, etwas essen, etwas trinken … und immer noch nicht das zur Sprache gebracht haben, weshalb sie eigentlich hergekommen war. Aber sie musste sich wohl einfach mit etwas mehr Geduld wappnen.

Also gab sie dem Drängen Rosetas nach und setzte sich. Die anfangs noch recht kleine Flamme hatte aufgehört zu qualmen, und jetzt begann das Feuer zu lodern, sodass es in der eiskalten Küche langsam ein wenig wärmer wurde. Die Nachbarin schnitt mit einem Messer etwas Brot ab und legte wortlos zwei Scheiben Schinken dazu. Statt eines *porrós* stellte sie zwei Gläser Wein auf den Tisch. »So rutscht es doch besser runter, meinst du nicht?«, sagte sie und griff zu einer Scheibe Brot, auf die sie etwas Schinken legte. In diesem Moment empfand Sabina einen großen Widerwillen der anderen gegenüber, schien doch Roseta dem, was sie sagte, keinerlei Beachtung zu schenken und immer genau das Gegenteil zu tun. Aber sie konnte jetzt nicht einfach aufstehen und gehen, und um sich nicht schon wieder anhören zu müssen, sie möge doch etwas von dem Wein kosten, griff sie zum Glas und führte es an ihre Lippen.

»Erinnerst du dich noch, wie du immer mit deinem Bruder bei mir vorbeigeschaut hast, um ein gutes neues Jahr zu wünschen, und er seine *Ninou*-Gabe bekommen hat? Du warst da ja schon eine junge Frau …«, bemerkte Roseta. Sabina gab ihr keine Antwort. Die Nachbarin von früher schien es darauf angelegt zu haben, sie zur Verzweiflung zu bringen, sie legte den Finger genau in die Wunde, dort, wo es am meisten schmerzte. Sie nahm noch einen Schluck Wein, sollte das etwa so weitergehen, das würde sie nicht ertragen. Und da fing sie an zu reden.

»Siehst du meinen Vater?« Rosetas lückenhaftes Gebiss unterbrach seine seltsam wellenartigen Kaubewegungen. Verstört gab sie Sabina zur Antwort, sie würde Leandre kaum zu

Gesicht bekommen, eigentlich nie, um sich dann gleich zu berichtigen: Sie seien sich vielleicht ein paarmal über den Weg gelaufen, seitdem er wieder im Dorf sei, aber sie könne ihr nicht sagen, was er so mache, sie habe keine Ahnung. Ja, wirklich, keine Ahnung, wiederholte sie noch immer ganz verwirrt und führte die Scheibe Brot noch einmal zum Mund. Sabina stellte erstaunt fest, wie die Frau, die sie gerade eben noch zur Weißglut gebracht hatte, diese im Grunde doch freundliche und nachsichtige alte Frau, die über alle Zeit der Welt zu verfügen schien, jetzt noch nicht einmal mehr dazu taugte, ein Stück Brot zu essen. Und so nahm sie sich vor, ihr unwürdiges Geschwätz einfach über sich ergehen zu lassen, ohne dabei die Beherrschung zu verlieren. Wenn es ihr zu bunt würde, konnte sie sie ja jederzeit unterbrechen, sie wusste ja nun, wie sie das anzustellen hatte.

Und in der Tat, so als ob sie sich geradewegs auf die Falle zubewegen würde, von der die andere gehofft hatte, sie tappe hinein, um ihr dann ganz nach Belieben wieder heraushelfen zu können, verlor sich Roseta in ihren Erinnerungen. War sie bei dem Gedanken an Leandre zuerst noch verzagt gewesen, gewann sie nach und nach ihre Zuversicht zurück und begann von Sabina als Kind zu erzählen, als diese noch das hübsche kleine Mädchen mit den aufgeweckten blauen Augen gewesen sei.

Sie sprach jetzt ohne Getue, machte es ihr doch noch immer zu schaffen, dass sie sich so sehr aus der Fassung hatte bringen lassen. Die Stimme der alten Nachbarin klang wehmütig, war ein wenig verhalten geworden im Laufe der Jahre. Sie erzählte Sabina, sie sei der Augapfel ihrer Eltern gewesen, kein anderes Mädchen im Dorf sei so behütet aufgewachsen wie die Tochter der Raurills. Da fiel ihr die andere gleich wieder schroff ins Wort: »Bis ihnen dann der Erbe geboren wurde.« Doch Roseta entgegnete ihr, das dürfe sie nicht sagen, ihre Eltern hätten sie kein bisschen weniger lieb gehabt, und Madrona sei immer voll des Lobes gewesen, was sie doch für ein Glück habe mit der Tochter.

Da geriet Sabina in Wut, sie hatte jetzt wirklich genug von diesem ganzen Gewäsch. Ihre Stimme wurde laut, als sie der alten Nachbarin beipflichtete und ihr zugleich die Worte im Mund umdrehte.

Allerdings, und was für ein Glück Madrona gehabt habe mit ihr. Schließlich habe sie allein Maurici großgezogen, die Mutter sei ja schon genug mit dem Vater beschäftigt gewesen und habe sich krummlegen müssen, um nur ja all die schwere Arbeit erledigt zu bekommen. Und trotz allem sei der Sohn ihr Liebling gewesen. Sie habe ihr im Haushalt geholfen. Darüber brauche man wahrlich kein Wort zu verlieren, denn einem braven Mädchen stehe es nun einmal an, der Mutter zur Hand zu gehen. Und statt sich mit ihren Freundinnen zu treffen, habe sie eben Maurici gehütet. Sie sei ein anstelliges und folgsames junges Mädchen gewesen, so wie es sich gehört, ja, sieh mal einer an.

Roseta bemerkte, wie die andere sich mehr und mehr ereiferte, und schwieg. Sie dachte nach. Bestimmt hatte Leandre Schuld an alledem, denn Madrona, das war eine Heilige gewesen. Und sie? Da hatte sie ihr mit den Erzählungen aus ihrer Kindheit eine Freude machen wollen und ihr stattdessen nur Verdruss bereitet.

Inzwischen spuckte Sabina weiter Gift und Galle, das Verhalten der alten Nachbarin, die nun völlig am Boden zerstört war, hatte sie nur noch mehr in Rage gebracht. Ihre Mutter war ganz genauso gewesen. Ein einziger Blick des Vaters hatte genügt, um sie restlos einzuschüchtern. In ihrer Feigheit war sie bis zum Äußersten gegangen, hatte sich bedingungslos gefügt, um sich ihm nur ja nicht widersetzen zu müssen. Und wieder fing sie davon an, wie oft sie doch Maurici, als wäre er ein Grafensohn, den Scheitel gezogen hatte, und sie erzählte Roseta, was diese längst wusste, wie sie nämlich Stunden damit verbracht hatte, den Jungen zum Essen zu bewegen. Aufs Tanzengehen habe sie verzichtet, auf ihre Freundinnen. Schon lange vor der Zeit sei sie gezwungen gewesen, erwachsen zu werden. Und nicht eines dieser Opfer hätten die Eltern zu würdigen gewusst. Ein Mann zu sein, das wäre viel mehr wert als alles, womit sie jemals würde aufwarten können.

Roseta rutschte unruhig auf ihrem Stuhl hin und her, so als wollte sie etwas sagen, doch hielt sie im nächsten Moment schon wieder inne.

Nun saßen die beiden Frauen schweigend vor dem fröhlich flackernden Feuer, das mit seinen rötlich gelben Flammen unaufhörlich an den Holzscheiten fraß.

Mit einem Schluck leerte Sabina ihr Glas, und noch bevor Roseta zur Weinflasche greifen konnte, gab sie ihr mit einer Handbewegung zu verstehen, dass sie genug hatte. Jetzt fing die jüngere der beiden wieder an zu reden, ihr Zorn war verraucht, und sie sagte der anderen, sie müsse ihr helfen. Sie wollte von ihr wissen, ob der Vater Leute mit ins Haus brachte, ob er daheim schlief, eben all das, was sie, die ja gleich nebenan wohnte, sehen und hören konnte. Und dann ging Sabina.

An diesem verschneiten Februartag vermochte Roseta, wie so oft in den kalten Wintermonaten, ihre Arbeit nur schleppend zu verrichten. Von früh bis spät legte sie immer wieder Holzscheite nach, es war bitterkalt. Seit dem Morgen hatten sich ihre Gedanken unaufhörlich um den Besuch gedreht. Hin- und hergerissen zwischen Niedergeschlagenheit und Freude und obwohl es längst noch nicht so weit war, begann sie darüber nachzusinnen, mit was für einem Geschenk sie Sabina an ihrem Namenstag wohl eine Freude bereiten konnte.

Sonntags

Am schönsten war es immer kurz davor.

Sie stand früh auf, ging zum Käfig und suchte sich das größte Kaninchen heraus. Zu manchen Zeiten, wenn die Tiere noch zu klein waren, durften sie nicht geschlachtet werden, aber waren sie erst einmal so weit, verkaufte sie die meisten, und ab und zu schlachtete sie eins für den Eigenbedarf. Das tat ihr jedes Mal in der Seele weh, aber es bedeutete nun einmal eine Ersparnis. Nur musste sie aufpassen, dass Nuri nichts davon mitbekam, denn als sie einmal an einem Sonntag in der Küche ein totes, halb gehäutetes Tier hatte hängen sehen, war sie kaum mehr zu beruhigen gewesen. Von daher machte Palmira die Gerätschaften, die sie benutzt hatte, immer gleich sauber und räumte sie wieder fort. Sie beeilte sich. Keine einzige Spur wollte sie hinterlassen und mit allem fertig sein, bevor die Kleine aufwachte.

Dann gab sie Nuri ihr Frühstück, wusch sie und zog ihr das neue Kleid an, das sie eben erst für sie gemacht hatte. Ein gestricktes Kleidchen, ein gehäkeltes, eins aus Batist, aus Organza, aus Baumwolle. In welcher Jahreszeit sie sich gerade befanden? Eine Jahreszeit löste die nächste ab, so wie ein Tag auf den anderen folgte. Jeden Sonntag, so zwischen zehn und halb elf, ging sie mit Nuri spazieren.

Das eine oder andere Mal war es schon so gewesen. Sie hatte gerade das Küchentuch aufgehängt, die Arbeit war getan, und die Kleine rief nach ihr. Sie war aufgewacht. Was für ein Glück: Das Essen war vorbereitet und die Kleine kurz davor aufzustehen. Andere Male dagegen, und zwar an den meisten Sonntagen, tauchte Nuri plötzlich barfuß in der Küche auf, während Palmira vielleicht gerade noch dabei war, etwas wegzuräumen, ganz nervös wurde sie dann, und die Bewegungen ihrer Hände waren fahrig. Die Katze folgte ihr wie ein Schatten.

Von Anfang an hatte sie sich, ohne groß darüber nachzudenken, auf den Weg zur Plaça de Catalunya gemacht, zur Rambla, und mit viel gutem Zureden war die Tochter ihr gefolgt. Als Nuri dann älter wurde, war das nicht mehr nötig, da zog es sie von ganz allein dorthin. Sie hatte ihren Spaß daran, den Tauben hinterherzujagen, und wollte gar nicht mehr weg, auch wenn die Brotkrumen in der Papiertüte schon längst verfüttert waren, die Palmira täglich von der Ration für die Spatzen abzweigte, ihren kleinen gefiederten Gästen auf der Dachterrasse. Nicht eine halbe Pesete hätte sie für Vogelfutter ausgegeben.

Während sie der Tochter mit Blicken folgte oder sie ihr hinterherlief, zwischen all den Menschen hindurch, die auf dem Platz zusammengekommen waren, spürte sie, dass sie einen Kummer mit sich herumschleppte, so als würde sie an einer Krankheit leiden, die sie innerlich zerfraß. Umgeben von Paaren, die ebenfalls ihre Kinder hüteten, sah sie, wie sich Vater und Mutter gemeinsam an die Fersen des kleinen Wesens hefteten, oftmals hatten sie sogar mehr als eins. Auch ältere Paare sah sie, Großeltern, die auf die Enkelkinder achtgaben und sich wohlzufühlen schienen. So schaute sie sich um, machte ein paar Schritte vorwärts, blieb wieder stehen. Ab und zu fiel ihr Blick auf elegant gekleidete Frauen, an deren Jackenrevers eine kleine Goldnadel steckte, Frauen mit schön frisiertem Haar, die auf schwindelerregenden Absätzen standen. Und die Männer im Anzug. Aber noch häufiger traf sie auf ganz einfache Paare, die Frauen mehr oder weniger so gekleidet wie sie. In der Übergangszeit mit einer schlichten Strickjacke über dem Rock, anstatt eines Kleids mit passender Jacke, und im Winter trugen sie einen Mantel, der gut ausgebürstet wurde, bevor man das Haus verließ, man hatte schließlich nur diesen einen. Sonntagmorgens, zwischen all den Paaren, allein mit ihrer Tochter, fühlte sie sich sehr einsam.

Währenddessen hatte Nuri ihren Spaß und jagte den Tauben hinterher, oder aber sie streckte ihre kleinen Arme aus, damit ihr die Vögel die Brotkrumen aus der Hand fraßen, sie kniete sich hin, setzte sich auf den Boden, stand wieder auf, rannte los. Ab und zu fiel sie hin und fing an zu weinen, und dann waren es Palmiras Arme, die sie umfingen und wieder hochhoben. Sie trocknete ihre Tränen und ließ sie in ein kleines, hübsches Taschentuch schnäuzen. Es war Sonntagmorgen, und das bedeutete, dass sie mit ihrer Tochter spazieren ging und zwischen all den Menschen schmerzlich spürte, wie einsam sie doch war. Der einzige Luxus: ein besticktes Taschentuch.

Auf dem Nachhauseweg beruhigte sich das Feuer in ihr, es war eins dieser Feuer, die sich schon an ein paar trockenen Blättern und einem einzigen Funken entfachen und die bereits ein Windhauch zum Auflodern bringt, weil doch unter der Asche immer noch etwas Glut schwelt. Woran entzündete es sich bloß, dieses Feuer? Während sie in der Küche herumhantierte, grübelte Palmira bestimmt darüber nach und war sich dessen noch nicht einmal bewusst. Und sie verabscheute diese sengende Hitze in ihr, sie verabscheute sie und wollte sie doch zugleich spüren. Waren sie erst einmal wieder zu Hause, kümmerte sie sich um das Mittagessen, gleich würde auch Maurici aufstehen, der Sonntagnachmittag beginnen, und für eine Weile schien das Feuer in sich zusammenzufallen.

Vielleicht würden ja am Abend Neus und Josep bei ihnen vorbeischauen. Sie wünschte es sich so sehr, dass ihr schon allein der Gedanke an diese Möglichkeit wehtat, aber sie konnte einfach an nichts anderes denken. Vielleicht würde es ja um sechs an der Tür schellen, und es wären die beiden, die auf einen Besuch vorbeikämen, um kurz nach ihrem Patenkind zu schauen, um ein wenig frische Luft auf der Dachterrasse zu schnappen. Und weil es ihnen nie an Gesprächsthemen mangelte, blieben sie meist, bis es dunkel wurde. Sie wünschte es sich so sehr und war darüber so erschrocken, dass sich in die Freude über ihr Kommen, kaum hatte sie die Türklingel gehört, sogleich der Wunsch mischte, ach wären sie doch nur schon wieder gegangen.

Am schönsten war es immer kurz davor, wenn sie ihren Gedanken nachhängen und alles andere einfach außen vor lassen konnte. Er würde jede Gelegenheit nutzen, um ihr zu sagen, sie solle doch mit ihm fortgehen, alles sei bereit ... Während sich alle unterhielten, würde sie das Gesicht ihres Mannes betrachten, mürrisch und immerzu gekränkt, vom Lauf der Dinge, vom Leben, ohne auch nur einen einzigen Versuch zu unternehmen, Arbeit zu finden, schien er zu glauben, sie fiele wie der Regen vom Himmel. Waren die anderen für einen Moment abgelenkt, würde Josep ihre Nähe suchen, um sie daran zu erinnern, wie sehr er sie liebt. So als ob sie nicht die ganze Zeit die Stimme von Neus im Ohr hätte, die unaufhörlich stichelte, in einem fort plapperte, sich manchmal fast überschlug, laut auflachte. Und dann, wenn er sie vor allen anderen flehend anschaute, während die Kleine wie ein Ball von einer Hand zur nächsten wanderte, von einem Arm zum anderen. Nuri, die Wangen mit lauter Küssen bedeckt.

Kurz davor war es immer am schönsten.

Frühling, April. An diesem Sonntagabend spazierten Josep und Neus, nachdem sie die Paral·lel überquert hatten, unter den Platanen der Ronda de Sant Pau. Es war recht kühl, ein windiger Tag. Solange die Sonne geschienen hatte, hatten sie draußen gesessen, auf der Dachterrasse der Raurills, aber es war doch recht kalt gewesen. Nur Neus hatte nicht gefroren, sondern ausgelassen mit Nuri herumgetobt, ganz verrückt hatte sie das Kind gemacht mit ihrem ständigen Lachen und es andauernd in die Luft geworfen, bis es mit einmal angefangen hatte zu weinen. Als sie merkten, dass sich die Kleine gar nicht mehr beruhigen ließ, hatten sich die Ginestàs, vielleicht ein wenig früher als sonst, auf den Heimweg gemacht. »Sie ist müde«, hatte ihr Vater beschieden.

Die Eheleute gingen nebeneinanderher. Sie kerzengerade. Hohe Absätze, feine Nylonstrümpfe, enger schwarzer Rock und rote Bluse, ein kurzes Bolerojäckchen, auch schwarz. Er, ein wenig vornübergebeugt, mit diesen unbeholfenen, fast ein wenig schwankenden Bewegungen, die so typisch für ihn waren, wenn er nicht gerade etwas zu tragen hatte. Gedankenverloren betrachtete er die Menschen, die an ihnen vorübergingen und die sie hinter sich zurückließen, doch er nahm sie nicht wirklich wahr. Graue Hose, ein blau-weiß gestreiftes Hemd.

Ständig kamen ihnen Leute entgegen, einer war laut am Reden, der nächste am Lachen, und ein anderer schrie einen Moment lang auf. Andere wiederum, so wie die beiden selbst, schlenderten ohne Eile auf dem Bürgersteig die Straße hinauf. Verliebte Paare, Eheleute mit kleinen Kindern, gut gekleidete ältere Damen und Frauen, die eher einfach angezogen waren. Und auf dem Boulevard rollten die Autos. Umgeben vom Lärm der Menschen und Motoren gingen Josep und Neus schweigend nach Hause.

Da war nichts mehr zu machen, sagte er sich immer und immer wieder. Palmira würde niemals ihren Mann verlassen, sie würde nicht mit nach Caracas gehen. Es war aussichtslos, er wusste nicht mehr, was er machen sollte, er hatte seinen Verwandten in Venezuela geschrieben, man möge ihm die Stelle unbedingt freihalten, er würde bald kommen. Jetzt müsste er ihnen wieder schreiben und absagen, ja, absagen. Er konnte doch nicht fortgehen und die Frau, die er liebt, einfach zurücklassen.

Plötzlich hängte Neus sich bei ihm ein, und er zuckte zusammen und wiederholte in Gedanken noch einmal: Da ist nichts mehr zu machen.

Mit honigsüßer Stimme fragte sie ihn, wie lange das denn noch so weitergehen solle, und er war dermaßen erschrocken, dass er so tat, als hätte er sie nicht verstanden bei all dem Lärm um sie herum. Neus holte tief Luft, bevor sie mit lauter Stimme weiterredete: »Ja glaubst du denn, keiner bekommt mit, was du ihr für schöne Augen machst? … du kriegst ja den Mund nicht mehr zu, wenn du sie anschaust!«

Zu Hause angekommen, sagte er ihr, sie brauche ihm nichts zum Abendbrot zu machen, er habe keinen Hunger, und stellte den Fernseher an. Aber sie schaltete ihn gleich wieder aus und meinte: »Wir müssen reden.« Er hatte sich gerade aufs Sofa gesetzt und sah ihr zu, wie sie sich die Schuhe von den Füßen streifte und sie in seine Richtung kickte. Dann setzte sie sich neben ihn und legte ihre Beine auf seinen Schoß. Sie spürte, wie er innerlich zurückwich. »Stört es dich etwa?«, fragte sie, und ihr schrilles Auflachen zeugte von ihrer Verbitterung, die wie eine Drohung im Raum stand. »Wenn du ihre Beine auf dem Schoß hättest, würdest du sicher liebend gerne sitzen bleiben«, und wieder lachte sie auf, doch dieses Mal war es ein versöhnlicheres Lachen. Er rührte sich nicht, jede Faser seines Körpers war angespannt.

Jetzt war also das eingetreten, was er all die letzten Monate über befürchtet hatte. Neus wusste Bescheid, und von diesem Augenblick an, das war ihm klar, würde er ihr auf Gedeih und Verderb ausgeliefert sein. Behutsam schob er die Beine seiner Frau vom Schoß.

Nuri würde sich bestimmt an den Platz erinnern und an die Tauben, an dieses Gefühl völliger Unbeschwertheit. Daran, wie sie herumgerannt und den Vögeln hinterhergejagt war, an die

Brotkrumen, vielleicht auch an die Arme ihrer Mutter. Und das war allemal besser, sagte sich Palmira, als sich daran erinnern zu müssen, so wie sie es viele Jahre lang getan hatte, dass einem die Eltern weggestorben waren, einer nach dem anderen, innerhalb von ein paar Monaten, besser, als sich daran erinnern zu müssen, wie allein sie sich gefühlt hatte. Nur die Großmutter war ihr geblieben, und die hatte sie gewarnt, als sie sich in Maurici verliebt hatte: »Deine Eltern sind tot, und darum ist es nun an mir. Von ihm habe ich nichts Nachteiliges sagen hören und weiß auch nichts zu sagen, doch sein Vater, der hat einen üblen Ruf.« Aber Palmira wollte unbedingt eine eigene Familie. Wenn Nuri später einmal an früher zurückdenken würde, dann sicherlich in der Überzeugung, sie habe eine glückliche Kindheit gehabt und eine liebevolle Mutter, auch wenn sie sie manchmal zurechtgewiesen hatte mit Worten wie: »Das muss man so machen« oder »Jetzt nicht, Nuri, jetzt wird zu Mittag gegessen.« Bestimmt würde sie sich an die Menschen erinnern, an die anderen Kinder, aber Palmira war sich nicht sicher, ob sie sich auch an diesen einen Sonntagmorgen erinnern würde, als sie in einem Hauseingang Schutz vor dem Regen gesucht hatten. Es war ein großes Portal, vielleicht gehörte es zu einem Gebäude im Carrer Bergara, und die Mutter hatte ihr die Geschichte von der jungen Frau erzählt, aus der eine richtige Prinzessin geworden war. Die Geschichte von einer wunderschönen Schauspielerin, in die sich ein Prinz aus einem kleinen, einem winzig kleinen Land verliebt hatte. Und die beiden hatten geheiratet, obwohl das Mädchen doch aus einer ganz gewöhnlichen Familie kam. Aber vielleicht würde Nuri all diese Nebensächlichkeiten ja vergessen haben und sich nur an die Mutter erinnern, wie sie so dastand, während es leise vor sich hin regnete und die Leute an dem Hauseingang vorbeihasteten, in dem sie beide sich untergestellt hatten. Die Mutter hatte ihr einfach nur voller Rührung eine Geschichte erzählt, und ihre Hände waren nicht mit irgendetwas beschäftigt gewesen, sondern hatten ganz ruhig auf ihren Schultern gelegen. Vielleicht hatte sie sie ja sogar umarmt?

Bestimmt würde sich Nuri nicht mehr daran erinnern, wann sie zum letzten Mal gemeinsam zur Plaça de Catalunya gegangen waren, mit der Tüte voller Brotkrumen, die Palmira, sobald sie leer war, sorgfältig zusammenfaltete, wieder in ihre Tasche steckte und mit nach Hause nahm.

Hass

Den Namen Salomé hatte ihre Taufpatin für sie ausgesucht, eine Cousine der Mutter, die mit Vorliebe in ihrer *Història Sagrada* las. Und weil die anderen keinen Hang zur biblischen Geschichte hatten, machte auch niemand eine anzügliche Bemerkung über diese Ironie des Schicksals.

Sie mochte ihren Namen, aber im Dorf sagte jeder Salometa zu ihr. Diese Verkleinerungsform brachte sie mit ihrem Hinken in Verbindung. Seit sie angefangen hatte, auf ihren verschobenen Beinen zu laufen, und sie erinnerte sich nur allzu gut daran, war unter den Leuten, die auf dem Marktplatz zusammenstanden, immer irgendeiner gewesen, der sie gerufen hatte: »Salometa!« Und dann war sie hingewackelt, und alle hatten gelacht. Es gab auch andere Erinnerungen, aber es waren vor allem die schmerzlichen, die sich lückenlos in ihr Gedächtnis eingebrannt hatten. Von ihrer Mutter war sie aufs Zärtlichste geliebt worden, und doch hatte es nicht ausgereicht, um sie mit der Welt zu versöhnen. Auch die Allerkleinsten hingen an ihr, diejenigen, die noch nicht wissen, was Bosheit bedeutet. Sie wiederum vergötterte alle Kinder unter sechs Jahren und Bartnelken.

Sie hatte das Gleiche gelernt wie ihre Schwestern, doch erkannte sie schon bald, dass sich, anders als bei ihnen, kein Mann finden würde, der bereit wäre, sie zu heiraten. Sie würde also im Elternhaus bleiben müssen, beim ältesten Bruder, dem Hoferben, als verkrüppelte alte Jungfer, die ihre Arbeit verrichtet und doch genau fühlt, dass sie den anderen lästig ist, die sich dankbar zu zeigen hat für jeden Teller Suppe, den man ihr gönnt. Und so würde ein Jahr auf das andere folgen.

Sie hatte schon immer davon geträumt, dem Dorf zu entfliehen und so weit wegzugehen, wie sie nur konnte.

Benet von den Bataners war ihr Jahrgang, kam aus demselben Dorf wie sie. So wie die anderen Jungen hatte auch er Salometa aufgelauert und mit Steinen nach ihr geworfen. Und sie hatte ihn dafür gehasst, so wie sie auch alle anderen gehasst hatte. Schon lange stand es für Salomé außer Frage, dass er ein gerissener Fuchs war und durchtrieben wie eine Elster, eine Art menschgewordene Mischung aus beiden, vielleicht ein Elsfu oder ein Fuchster, wenn es denn so etwas gäbe, ein Wesen, das die Gesellschaft anderer nur aus einem einzigen Grund suchte, um Kapital daraus zu schlagen. Es war wie mit den alten Sagen der Pyrenäen, auf eine gewisse Weise fühlte sie sich auch von ihm angezogen.

Bataner sah in ihr eine verbitterte Frau, doch eine, die arbeitswillig war und von rascher Auffassungsgabe. Nachdem er Madame davon überzeugt hatte, sich hier in der Gegend niederzulassen, war ihm sofort Salometa in den Sinn gekommen. Als er zu ihr ging, um ihr seinen Vorschlag zu unterbreiten, wobei er seine eigentlichen Beweggründe verschwieg, meinte er: »Du könntest auf eigenen Beinen stehen, Salomé, und müsstest niemandem mehr Danke schön sagen.« Er hoffte, dass er damit den Finger genau in die Wunde gelegt hatte, und so war es auch. Sie hörte ihm zu, ohne ihn zu unterbrechen, das Einzige, was ihr nicht gefiel, war die Tatsache, dass das *La Bordeta* nur gerade mal fünfundzwanzig Kilometer von ihrem Dorf entfernt lag. Sie ging sofort mit ihm, setzte aber den ganzen Weg über ein bärbeißiges Gesicht auf, so als sei sie bereit, ihm jederzeit an die Gurgel zu springen, sollte er sich etwa gewisse Freiheiten herausnehmen. Doch gab er ihr keinen Anlass dazu, und sie kam zu dem Schluss, dass Benet zwar ein Hundsfott sei, aber keineswegs auf den Kopf gefallen. Er nannte sie stets Salomé.

Während sie die Gläser abspülte, mit den Händen unter dem eisigen Wasserstrahl, hatte sie es bereits geahnt. Dieser alte Bock würde wiederkommen. Das war einer von denen, die man nicht mehr loswurde, der war wie die Krätze, und wie der sich aufplusterte. Nicht viele Männer rollten ihre Geldscheine zusammen und stopften sie einfach mitsamt dem Kleingeld in die Hosentasche. Und nur ganz wenige zogen, wenn's ans Bezahlen ging, das ganze Bündel heraus. Bataner dürfte sich insgeheim die Hände reiben, selbst wenn er ein Gesicht aufsetzte, als könne er kein Wässerchen trüben, lag er bestimmt schon auf der Lauer, war sich seiner Beute längst sicher.

Seit dem Tag mit den Forellen kam er jeden Abend und legte ihr sein Geld auf die Theke. Jeden Abend. Während sie ohne Anmut ihren Körper hin und her schleppte, ging ihr abermals durch den Kopf, dass dieser Kerl sie zum guten Schluss noch auf die Straße setzen würde. Bei diesem Gedanken kochte Wut in ihr hoch, und gleich fühlte sie sich wieder stark und überzeugt vom Gegenteil. Was wäre Madame denn ohne sie? Und sie gab sich selbst die Antwort: In ihrem eigenen Dreck würde sie ersticken, sich ausnehmen lassen wie eine Weihnachtsgans und schließlich am Bettelstab enden. So etwas wie Laute des

Wohlbehagens gurgelten aus ihrer Kehle, die fast schon ein wenig eingerostet war, weil sie immer nur das Allernötigste sprach. Bis sie dann doch laut und deutlich ihre eigene Stimme vernahm: »Womöglich sucht sich dieser geile Bock ein junges Mädchen, das nicht nur als Dienstmagd taugt, sondern noch für ganz andere Dinge … Eine kleine Geschäftserweiterung sozusagen, ja, schau mal einer an.« »Aber wie? Wo das Haus doch eh schon viel zu klein ist«, beruhigte sie sich gleich wieder und machte sich mit Korb und Hacke auf den Weg zum Gemüsegarten.

Noch immer schlug sie sich mit diesen quälenden Gedanken herum, bis sie mit einem Mal beschied: »Zum Teufel mit ihm!« Dann presste sie die Zähne aufeinander und rammte die kleine Hacke in die Erde. Wenn sie sie nur tief genug hineinstieß, schien es ihr, als könne sie sich all der Wut entledigen, die dieser Mann in ihr entfacht hatte.

Obwohl sie immer, wenn sie vom Boden aufsah, in der Ferne ein paar Gestalten ausmachte, die dort herumstanden oder sich schnell entfernten, kehrte sie zurück zum *La Bordeta*, ohne auch nur mit einer Menschenseele ein Wort gewechselt zu haben. Rund um das Gemüsebeet hatte sie ihre unverwechselbaren Fußabdrücke hinterlassen. Wieder zu Hause weckte sie Madame, und während die ein Bad nahm, bereitete Salomé das Mittagessen, das die beiden Frauen anschließend schweigend zu sich nahmen. Mit besänftigtem Magen legte sich Madame dann noch einmal ins Bett, und die andere, nachdem sie den Abwasch erledigt hatte, ließ sich in einen alten Schaukelstuhl fallen und begann sich in den Schlaf zu wiegen. Mit ihrem Körper, losgelöst vom Boden, holte sie ein paarmal kurz Schwung, es war gar nicht nötig, dass ihre Füße dazu die glatten, flachen Bodenfliesen berührten. Als sie dann unebenes Gelände durchstreifte, über holprigen Waldboden und kleine, abschüssige Felder lief, glücklich, weil sie mühelos vorwärtskam, da schlief sie längst, und der Schaukelstuhl stand schon seit einer ganzen Weile still. Wenn die Sonne am heißesten vom Himmel brannte, umgab für gewöhnlich tiefe Stille die einstige Berghütte, die weit entfernt lag von der Straße und den umliegenden Dörfern.

Als sie aufwachte, stemmte sich Salomé, schwerfällig wie immer, aus dem Schaukelstuhl, den Schlaf aber ließ sie leichtfüßig hinter sich zurück. Sie ging, um Madame zu wecken, und während die sich ankleidete, machte sie ihr das Bett und räumte das Zimmer auf. Danach wurde Madame vor dem Spiegel gekämmt, und die beiden Frauen unterhielten sich. Ihr Verhältnis folgte klar abgesteckten Regeln, die Salomé in den ersten Jahren ihres Zusammenlebens durchgesetzt hatte. Jegliche Veränderung machte ihr schlechte Laune, und Madame hatte sich nach und nach daran gewöhnt.

Schon seit Tagen sprach die Französin nur von ihm, auch jetzt, während die andere ihr das gefärbte Haar entwirrte, hellblond wie bei einem Filmstar. Wie töricht sie doch war, im Grunde hoffte sie darauf, er würde sie heiraten. Bestimmt hatte er ihr irgendwelche Versprechungen gemacht, er war wohl doch nicht ganz so ein Schwachkopf wie all die anderen, die schon einen Narren an Madame gefressen hatten. Während sie ihr das blonde Haar zu einem Knoten hochsteckte, ließ Salomé ganz nebenbei die Bemerkung fallen, Leandre habe Kinder, und da sei es nicht so einfach, sich noch einmal zu verheiraten. Madame bat sie darum, ihr alles zu erzählen, was sie über ihn wusste, »silvuplé«, und bittend schürzte sie ihre Lippen.

Da war mehr als nur reines Kalkül, Salomé hatte es vom ersten Tag an gespürt. Als stille Beobachterin war sie es gewohnt, in den Blicken der anderen zu lesen, und lange bevor sich Rivalität, Hass oder Mitleid in Taten zu erkennen gaben, hatten ihre dunklen Augen bereits alles kommen sehen. Doch verbarg die

Maske aus Verbitterung und Wachsamkeit, hinter der sie ihr Gesicht versteckte, den meisten auch die Schönheit ihrer Augen.

Schließlich bekniete Madame sie noch wie jeden Nachmittag um dieselbe Uhrzeit, sie solle sich doch endlich einmal etwas anderes anziehen. Nicht immer dieses ewige Schwarz, doch Salomé tat das, was sie immer tat. So als ob ein lautes Krachen, eine Lawine zum Beispiel, sie hätte taub werden lassen, gab sie einfach keine Antwort.

Wie die Krätze oder wie eine Zecke hatte sich Leandre im Haus von Madame festgesetzt. Der kleine Schankraum, der den Männern sozusagen als Wartezimmer diente, in dem Salomé sie bewirtete und nicht aus den Augen ließ, verwandelte sich für einige Zeit in eine Spielhölle, in der es um immer höhere Einsätze ging.

Und dann kam der Morgen, an dem Leandre, nachdem die übrige Kundschaft abgefertigt worden war, zum Schlafen im *La Bordeta* blieb. Als die Lahme die Tür von innen verriegelte, begann es draußen gerade hell zu werden. Wie sanftmütige Riesen erwachten die Berge und schüttelten sich die Dunkelheit ab. Von dort oben betrachtet, schien die Welt ein Paradies zu sein. Für Salomé aber tat sich ein Abgrund auf, als aus Madames Schlafzimmer beider Stimmen zu ihr drangen. Nun gab es kein Zurück mehr, Leandre hatte ihr soeben den Krieg erklärt.

22. November 1963

Er hatte das kleine Vesperpaket genommen, das ihm seine Frau immer herrichtete und das er meistens, ohne es überhaupt ausgepackt zu haben, am nächsten Morgen wieder mit zurückbrachte. Wenn Palmira es dann entdeckte, war das für sie die erste Strafe des Tages, eine Strafe, die sie wohl verdient haben musste, dachte sie, weil sie doch so vieles verschwieg und auch niemals aussprechen würde.

Er lag längst im Bett, als sie es auspackte und in das Brot mit dem Omelette biss, das sie ihm am Abend vorher sorgfältig zubereitet hatte. Köstlich duftend und locker, heiß, jetzt dagegen nur noch trocken und zäh und übersät mit lauter kleinen Krümeln. Im Grunde dachte sie aber gar nicht daran, als sie den ersten Bissen an diesem Tag zu sich nahm, vielmehr ging ihr durch den Kopf, wie tröstlich es doch war, Reste verwerten zu können, um seinen Hunger zu stillen.

Er hatte also wie jeden Abend, nachdem er den Nachmittag vor dem Radio verbracht und sich alle erdenkliche Mühe gegeben hatte, den Lärm zu überhören, den die Kleine und Manolel auf der Dachterrasse veranstalteten, das Vesperbrot genommen und sich auf den Weg zur Arbeit gemacht. Palmira legte es ihm neben die Tür, und er steckte es immer ein, damit sie ihn nur ja nicht erst daran erinnern musste. Und dabei ließ ihn das in Zeitungspapier eingeschlagene Päckchen gleich wieder an Senyora Roser denken. Sogar ihre alten Zeitungen gab sie an Palmira weiter, und die wickelte sein Brot eben nicht nur in feines Pergamentpapier, sondern immer auch noch in eine Seite aus *La Vanguardia*. Er steckte also das Päckchen ein, und in der Garage legte er es dann neben seine Jacke, wo er es im nächsten Augenblick schon vergessen hatte. In der Regel erinnerte er sich erst morgens um acht wieder daran, wenn er alles zusammengepackt hatte und in seine Jacke schlüpfte, um sich auf den Heimweg zu machen.

Die Werkzeugtasche unterm Arm ging er den Carrer Fontrodona hinunter, überquerte die Paral·lel und lief weiter über die Ronda de Sant Pau. Dann über die von Sant Antoni, immer schön gemächlich, bis zur Plaça de la Universitat. Am ersten Tag war ihm das weit vorgekommen, zumal er ja noch oben in den Carrer d'Aribau einbiegen und den Carrer Aragó überqueren musste, mittlerweile aber kannte er den Weg im Schlaf, verlief sich nicht mehr und stand, ehe er sich versah, vor dem Eingang der Garage.

Marcelino, der nur Spanisch sprach, begrüßte ihn an diesem Abend mit den Worten: »Die hab'n ihn umgebracht, stell dir das mal vor, die hab'n ihn doch tatsächlich umgebracht«, so als würde Maurici eine Liste aller potenziellen Mordopfer führen. Doch noch nicht einmal, als er den Namen wiederholte, kam Maurici dahinter, dass sein Kollege den amerikanischen Präsidenten meinte.

Kaum hatte er seine Jacke aufgehängt und das belegte Brot zur Seite gelegt, stellte er das Transistorgerät an. Josep hatte ihm sein gutes Radio geschenkt, als er nach Caracas gegangen war. Die ganze Nacht über wurde von nichts anderem berichtet. Erst sechsundvierzig Jahre sei er alt gewesen und das Ganze sei in Dallas passiert. Seine Frau habe neben ihm gesessen, so jung und so schön. Zwei kleine Kinder, ein Junge und ein Mädchen, der Kennedy-Clan. Die Worte fingen an, sich zu wiederholen, sich zu entfernen, und Maurici fielen die Augen zu, vielleicht würde er heute Nacht doch nicht mehr die *soquets* fertig bekommen, die er in Arbeit hatte.

Er hörte eine Hupe und schaute auf die Uhr. Es war fast vier. Er stand auf und ging zum Tor, um durch den Spion einen Blick auf das Nummernschild des Wagens zu werfen. Ja, der hatte seinen Platz hier in der Garage. Er öffnete, und der Renault gab ein wenig Gas und fuhr herein. Nachdem er eingeparkt hatte, wuchtete ein großer, stattlicher Fahrer seinen Körper aus dem Wagen. Maurici kannte ihn gut, er war ihm schon an seinem ersten Arbeitstag aufgefallen, weil er wie die Leute in Lleida sprach. Er war jung, freundlich, grüßte immer. Sie wünschten sich eine gute Nacht, und er, von innen, ließ das Tor wieder herunter. Jetzt war er wieder munter und griff zu seiner Schnitzarbeit, mit flinkem Messer und geschickten Händen, Händen, die schon vor langer Zeit ihre Farbe verloren hatten.

Und wieder strömten die Nachrichten auf ihn ein, die Nachrichten über den »magnicidio«, ein spanisches Wort, das er niemals zuvor gehört hatte. Er fing an zu grübeln. Ein einziger Mensch war ums Leben gekommen, was da für ein Aufheben drum gemacht wurde, selbst wenn der Mann jung, reich und intelligent gewesen war. Andere waren alt und rücksichtslos und lebten einfach ihr Leben weiter. Sie besaßen nicht so viel, wahrlich nicht, aber dieser Mann, der jetzt tot war, würde wohl kaum zweimal hintereinander zu Mittag gegessen haben, auch wenn er es sich durchaus hätte leisten können. Mauricis Gedanken verloren sich in Überlegungen, die sich ineinander verhedderten, Fragen, die er sich stellte, ohne dass er eine Antwort darauf gesucht hätte. Ganz allein war er in dem kleinen Raum neben dem Eingang, eingeschlossen in der Garage, über der sich jede Menge Stockwerke türmten, und doch konnte er frei atmen, denn er durfte wach bleiben. Hier war er in der Lage, sich allem zu stellen, ohne zu verzweifeln, hier gab es keine Steinplatte, die schwer auf seiner Brust lastete. Seine Schritte wurden nicht von der Dunkelheit bedrängt, seine Gedanken konnten sich frei entfalten, ungehindert von Zeit und Raum.

Ab sechs gab es mehr zu tun, wenngleich nicht übermäßig viel. Aber er räumte schon einmal sein Werkzeug fort und auch das Holz, alles außer dem Radio, und um halb sieben zog er dann das Garagentor hoch, so wie es ihm der Besitzer an seinem ersten Arbeitstag in Gegenwart von Josep aufgetragen hatte. Und Josep hatte gemeint: »Machen Sie sich keine Sorgen,

Senyor Garcia, das werde ich ihm noch genau erklären.« Lang und breit hatte er ihm dann alles Wichtige und auch das weniger Wichtige gezeigt. Hier lasse ich immer das Transistorradio stehen, hier lege ich mich hin, wenn ich müde bin, und auch wie er sich mit den Fahrern zu benehmen hatte, wie er die Wagen putzen sollte und wie man es am geschicktesten anstellte, um ein Trinkgeld zu bekommen. Er hörte ihn reden, doch anstatt sich alles einzuprägen, fragte er sich, wie es angehen konnte, dass dieser Mann immer an seiner Seite war, mit vollen Händen, mit stets genau den richtigen Worten, mit einer Fülle an Gaben, die sein armseliges Leben bereicherten, sein kopfloses Irren durch die Welt erträglicher machten. Der Ausweg, den er niemals fand, auf den er während all dieser Monate der Feigheit und Scham gewartet hatte, als nur durch Palmiras Hände Arbeit Geld ins Haus kam, weil sie nähte und der Armut ein Schnippchen schlug, diesen Ausweg, den er selbst nicht in der Lage war herbeizuführen, hatte Josep ihm auf einem Silbertablett serviert. Genau zum richtigen Zeitpunkt. Er würde nach Caracas auswandern. Verwandte von ihm lebten dort und hatten ihm Arbeit besorgt, er wollte etwas von der Welt sehen, und Neus folgte ihm mit dem größten Vergnügen.

Währenddessen zeigte ihm Josep jeden Winkel in der Garage und erklärte ihm, worauf es bei dieser Arbeit ankam, die er eine Reihe von Jahren mit eben jenem Schwung ausgeübt hatte, der ihm so eigen war. Josep ging nach Caracas, und das, was er nicht mehr brauchte, gab er ab, eine Arbeit, die Maurici verrichten konnte und für die sein Drang, nachts aufzubleiben, sogar unabdingbare Voraussetzung war. Wenn der Gedanke an sich nicht so völlig abwegig wäre, könnte man den Eindruck bekommen, dass Josep aus Barcelona fortging, um ihm etwas zu vermachen, etwas, das für ihn, das für sie unerlässlich war. Er konnte den Erklärungen dieses Mannes einfach nicht mit der gebotenen Aufmerksamkeit folgen, eines Mannes, der auf der Welt zu sein schien, um ihm immer und überall unter die Arme zu greifen, der seinen Weg gekreuzt hatte, scheinbar nur, um ihn unter seine Fittiche zu nehmen. Er ließ sich von seinen Worten einfach berieseln und stand wie geblendet vor dem, was er ihm Gutes tat.

Als er Mauricis mangelndes Interesse bemerkte, schwieg Josep, und die beiden schauten sich an, als wären sie sich zuvor noch nie begegnet. Wäre der Beschenkte nicht so mit sich selbst beschäftigt gewesen, hätte er es erkennen müssen, denn es war, als ob dieser Mann, der ihn so reich bedachte, im Grunde lieber derjenige gewesen wäre, der die Hand ausstreckte, lieber jener Unglückselige, der da vor ihm stand, der Mann mit dem ausweichenden Blick, der so aussah wie ein in die Jahre gekommener Junge, ein Mann, der nicht schlief, weil er Angst davor hatte aufzuwachen, wenn um ihn herum alles dunkel war, wenn die Stille sich der Welt zu bemächtigen schien.

Marcelino hatte zu ihm gesagt: »Die hab'n ihn doch tatsächlich umgebracht«, so als habe er dieses Verbrechen kommen sehen, als habe er schon im Voraus gewusst, was dort in Dallas geschehen würde, und die Hintergründe des Attentats bereits durchschaut.

Er selbst war nur ein einfacher Garagenwächter, mit einer Frau und einem kleinen Mädchen, ein Mann, der zwar seinen Besitz verloren hatte, der aber noch am Leben war. Die Erkenntnis, dass auf ihn nie jemand mit einem Gewehr zielen würde, so als wäre er ein zur Jagd freigegebenes Wildschwein, traf ihn wie ein Blitz aus heiterem Himmel. Er empfand Gleichgültigkeit und Anteilnahme, so als würden ihn zwei ganz verschiedene Brunnen mit ihrem Wasser speisen, das alles war einfach zu viel für ihn.

Blond

In der Schankstube vom *La Bordeta* hing nur ein einziges Bild. Eine mit Ölfarben bemalte Leinwand in einem einfachen Holzrahmen. Ein lächelndes junges Mädchen war dort zu sehen, mit sinnlichen Lippen und traurigen Augen; ihr blondes Haar umspielte locker die überaus rundlichen Wangen und das zarte Kinn. Ein blauer Rollkragen ließ auf sportliche Kleidung schließen.

Madame Farnaca, Françoise, hatte es an die Wand hinter der Theke hängen lassen, Salomés Reich. Und während sie ihr Glas leerten, fiel der Blick der Männer immer wieder auf das Bild, ohne dass sie es groß wahrgenommen hätten. Wenngleich sicherlich niemand von ihnen etwas von Malerei verstand, so wären sich doch die meisten einig gewesen, dass das Mädchen sie an irgendjemanden erinnerte, und auch, dass das Bild hier irgendwie fehl am Platz war.

Nach ein paar Jahren, in denen die Hütte dazu gedient hatte, wozu sie nun einmal diente, und sie lediglich gründlich sauber gemacht und mit einer Schicht Kalk desinfiziert worden war, beschloss Bataner, das Haus von oben bis unten herzurichten, die Wände innen zu vergipsen und jeden Raum in einer anderen Farbe zu streichen. Das Zimmer von Madame ganz in Rosa. Die Küche unten in Hellgrün und die Kammer, in der Salomé schlief, gelb. Der kleine Abort, in dem sich nur ein Klosett und ein Spiegel befanden, wurde mit den Resten gestrichen, die aus jedem Farbtopf übrig geblieben waren. Er hatte eine rote Decke, gelbe Wände und eine grüne Tür. In der Schankstube ließ Bataner mit Steinen aus der Gegend eine Theke bauen, und obendrauf kam eine Platte aus Kiefernholz. Die Wände wurden rot gestrichen, eine Farbe, von der jedermann beeindruckt war, der zum ersten Mal seinen Fuß ins *La Bordeta* setzte. Es wirkte extravagant, äußerst gewagt. Auf Françoises Wunsch hin hatte Bataner das blasse Ölgemälde an die größte Wand gehängt, gegen die es gewaltig abstach.

Die Preise wurden angehoben.

Seitdem die Freudenhäuser 1956 gesetzlich verboten worden waren, hatte es erstaunlicherweise nicht eine Razzia im *La Bordeta* gegeben. Françoise war davon überzeugt, das liege einzig und allein an dem Bild, denn schon von klein auf war sie abergläubisch gewesen.

Sie hatte schwarzes, lockiges Haar, »das Haar von Jean«, wie ihre Mutter zu sagen pflegte. Aber sie hatte ihren Vater ja nie zu Gesicht bekommen, und die Mutter besaß noch nicht einmal ein Foto von ihm.

Eines Tages, im Vorstadtkino, meinte der Mann, in dessen Begleitung sie sich befand, sie würde der Hauptdarstellerin des Films ähneln. Und sie fand das auch, nachdem sie die blonde Schauspielerin eine ganze Weile auf der Leinwand betrachtet hatte. Seitdem sie fünfzehn war, hatte Françoise einen üppigen Busen, der auf die Männer sehr anziehend wirkte, und im Vergleich dazu eine schmale Taille. Sie wusste zu gefallen, aber sich selbst gefiel sie letztlich nicht.

Nachdem sie den Film mit Marilyn gesehen hatte, entschied sie sich, ihr Haar blondieren zu lassen. Die Friseuse meinte zu ihr, um es glatt zu bekommen, müsse sie ihr allerdings zuerst die Locken herausziehen. Françoise war dieses Vorhaben mit so viel Begeisterung angegangen, mit so viel freudiger Erwartung, dass sie ihren schmerzenden Kopf während der ganzen Prozedur nicht zu spüren schien. Als sie sich schließlich vor dem Spiegel wiederfand, kam sie sich völlig fremd vor. All diese hoffnungsvollen Stunden mündeten in einen einzigen Moment der Enttäuschung. Die ganze Zeit über hatte sie das Bild von Marilyn vor Augen gehabt, und genau das erwartete sie auch im Spiegel zu sehen, als die Friseuse ihr verkündete, sie sei jetzt fertig.

Sie aber sah ihren dunklen Teint und ihre Brauen, die so pechschwarz waren wie ihre Augen. Jedes Detail in ihrem Gesicht, das sie erschrocken aus dem Spiegel heraus anstarrte, stand in einem grauenvollen Kontrast zu dem glatten, blonden Haar. Und da fing sie an zu schreien, sprang schluchzend auf, und wenn man sie nicht zurückgehalten hätte, wären alle Mixturen vom Frisiertisch geflogen, alle Kämme und Haarnadeln und Lockenwickler unweigerlich auf dem Boden gelandet. Beim Bezahlen hatte sie noch immer vor Wut geheult und sich zum ersten Mal in ihrem Leben als vaterlose Waise gefühlt.

Und doch hatte sie von diesem Tag an noch mehr Erfolg. Die Männer waren ganz verrückt nach der dunkelhäutigen Blonden, und Françoise konnte horrende Preise verlangen. Doch dann verliebte sie sich in einen jungen Maler, dem sie von Zeit zu Zeit Modell saß, und allen Unkenrufen ihrer Mutter zum Trotz heiratete sie ihn. Françoise taugte allerdings nicht zur Hausfrau, und er war ziemlich eifersüchtig. Oft hatten sie nicht genug zu essen. Eines Tages nahm sie das Bild, auf dem sie aussah, als sei sie wirklich blond, suchte die paar Habseligkeiten zusammen, die ihr geblieben waren, und brannte mit einem Kerl durch, der, wie sich später herausstellte, Katalane war.

Viele Jahre später würde Bataner sie ein weiteres Mal antreiben, alles, was halbwegs von Wert war, so schnell wie möglich zusammenzupacken. Ein Vögelchen hatte ihm nämlich gezwitschert, dass im *La Bordeta* eine Durchsuchung stattfinden sollte. Sie bekamen sich gehörig in die Wolle, weil Françoise auf keinen Fall ohne das Bild weggehen wollte. Hinter der Theke, an der roten Wand, über die sich von all dem Staub und

Rauch tagein, tagaus ein Grauschleier gelegt hatte, war ein rechteckiger Fleck zurückgeblieben, fröhlich leuchtend wie frisches Blut.

Salomé vertraute derweilen auf Bataners Gerissenheit und wartete ansonsten auf den sicherlich nicht mehr allzu fernen Tag, an dem er diesen Raurill wie eine Zitrone ausgepresst haben würde.

Als Leandre damit begann, die Nächte im *La Bordeta* zu verbringen, wurde sie allerdings langsam ungeduldig. Sie dachte sogar daran, mit Bataner zu reden, sie musste wissen, ob er die ganze Sache noch im Griff hatte. Wahrscheinlich wäre sie von Benet ganz schön verspottet worden, wenn er von ihr zu hören bekommen hätte, Leandre sei weit mehr als ein Kunde für Madame. Bestimmt sogar. Doch seitdem sie sich ihrer Missbildung zum ersten Mal bewusst geworden war, hatte sie noch nie irgendjemanden um irgendetwas gebeten. Und so lag sie weiterhin auf der Lauer, wartete einfach ab und sagte kein Wort.

Währenddessen ließen Raurill und Bataner nichts anbrennen. Sie spielten ein abgekartetes Spiel und zogen ihre Gegner über den Tisch. Überall dort, wo mit Geld Karten gespielt wurde, räumten sie innerhalb kürzester Zeit alles ab. Leandre prahlte damit, machte viel Wind um ihre Erfolge, was dem kaltschnäuzigen Benet, der noch nicht einmal das Allernotwendigste sprach, gehörig gegen den Strich ging. Innerlich zeigte er dem anderen die Zähne, doch machte er gute Miene zum bösen Spiel, denn schließlich wollte er ihn bis aufs Hemd ausziehen.

Leandre war glücklich. Noch nie hatte er einen solchen Kumpanen gehabt. Er zog von einem Wirtshaus zum nächsten, spielte und gewann. Er rauchte geschmuggelte *caliquenyos*, die Benet ihm zum Freundschaftspreis überließ, vor allem aber lag die Zeit in Barcelona hinter ihm, endlich war Schluss mit den sich so zäh dahinziehenden Tagen. Im *La Bordeta* vergingen die Abende und Nächte wie im Flug, und auch die Stunden bei Tageslicht, wenn er schlief oder seinen Freund mal hierhin, mal dorthin begleitete. Er hatte seine Jugend wiedergefunden. Insgeheim brüstete er sich damit, wie meisterhaft er es doch verstand, mit schwierigen Situationen fertigzuwerden, und wie gut er doch daran getan hatte, allein zurückzukommen und diesen Hosenscheißer von seinem Sohn in der Stadt zu lassen. »Die sollen mir hier bloß nicht wieder aufkreuzen«, dachte er ab und zu laut vor sich hin, auch wenn er wusste, dass ihnen im Grunde gar nichts anderes übrig blieb. Aber egal, ob sie nun zurückkämen oder nicht, er würde sein Leben auf jeden Fall so weiterführen wie bisher, für nichts und niemanden würde er es je wieder ändern.

Während Madame sich darauf verstand, seine Bedürfnisse zu stillen, die Bedürfnisse eines Mannes in den besten Jahren, war Bataner, wenngleich um einiges jünger als er, sein Lehrmeister beim Kartenspiel, ein Lehrmeister, dessen Scharfsinn Leandre Raurill für beispiellos hielt. Zum ersten Mal in seinem Leben war er davon überzeugt, dass ihm ein anderer Mann überlegen war. Bis in die Hölle wäre er ihm gefolgt.

Eines Tages gewannen sie mit ihren Betrügereien mehr als sonst. Salomé erfuhr davon hinter ihrer Theke, spätabends, während sie Wein und das ein oder andere Glas Weinbrand ausschenkte. Die vergangenen Nächte war Leandre so gegen Morgen, bei Tagesanbruch, als die übrigen Kunden sich längst verabschiedet hatten, meist betrunken gewesen. Madame und Bataner mussten ihn dann nach oben ins Bett tragen, und sie taten es stillschweigend, denn die beiden wussten ganz genau, dass Salomé ihnen nicht dabei helfen würde. Doch auch untereinander waren sie sich nicht einig. Françoise beklagte sich, dass Leandre so viel trank, Benet dagegen behielt seine Schadenfreude darüber für sich, nichts davon spiegelte sich auf seinem Gesicht wider.

Schon den ganzen Nachmittag, den ganzen Abend hatte er gehörig einen über den Durst getrunken und bereits gegen elf ziemlich einen sitzen. Salomé war ständig damit beschäftigt, sein Glas zu füllen, reagierte auf jede noch so kleine Aufforderung seinerseits, ihm Wein nachzuschenken. Sie zeigte sich nicht mehr so argwöhnisch wie am Anfang, wo er ihr immer gleich das Geld hatte hinzählen müssen, sie wusste, ein Wort von Benet genügte, damit Raurill am nächsten Tag damit herausrückte, sie durfte nur nicht den Überblick verlieren. Es standen noch zwei weitere Männer an der Theke, als Leandre prustend anfing zu erzählen. Er verhaspelte sich etwas vor lauter Lachen, aber man konnte sehr wohl verstehen, dass Benet ihm unter dem Tisch eine Karte zugesteckt hatte und auch, wie das Dorf hieß, in dem die Partie stattgefunden hatte. Salomé tat so, als hätte jemand nach ihm verlangt, um ihn von den beiden anderen wegzulocken, später allerdings holte sie ihn zurück, weil er ihr, nur ihr allein, die Geschichte zu Ende erzählen sollte. Wenn er so sternhagelvoll war, vergaß sie, wie sehr sie ihn eigentlich verabscheute.

Während sie sich ans Aufräumen machte, Bataner wollte gerade zur Tür hinaus, und der andere schnarchte schon eine ganze Weile im Bett von Madame, meinte Salomé zu ihm, wenn er trinke, könne Leandre seine Zunge nicht im Zaum halten, und sie und zwei Männer, die am Tresen gestanden hätten, wüssten deshalb, wo sie am Nachmittag zum Kartenspielen gewesen seien. Statt einer Antwort verengten sich Benets Augen, und er starrte sie an, aber nicht die schwarz gekleidete Frau, die das Wort an ihn gerichtet hatte, sondern die Blondine auf dem Ölgemälde.

Der Brief

In der Stadt glich ein Juni dem anderen, das hatte sie im Laufe der Jahre erkennen müssen, auch wenn kein Juni jemals wieder so sein würde wie der, als sie noch ganz neu war in Barcelona, als sie zum ersten Mal diese feuchte und alles durchdringende Hitze gespürt hatte.

Die kleine Wohnung im Carrer Fontrodona, die wie für sie gemacht schien, füllte sich, je weiter der Tag voranschritt, mehr und mehr mit Licht, die Hitze sickerte in jedes Loch, in jede Spalte, auch wenn ihr die heruntergelassenen Jalousien und die zugeklappten Fensterläden etwas Einhalt geboten.

Doch wenn Palmira aufstand, hatte sich die Luft noch nicht erwärmt. Schon bald fing sie an herumzuwirtschaften, machte den Kaninchenkäfig sauber, füllte Futter und frisches Wasser in die Fressnäpfe, fegte die Dachterrasse. Dann spritzte sie den Boden ab, und der ganze Staub und all der vertrocknete Schneckenklee verklumpten sich im Abflussgitter. Die Katze saß auf dem Waschtrog und ließ sie nicht einen Moment lang aus den Augen, aus ihren schwefelgelben Augen mit den dunklen Schlitzen. Als Palmira von der noch feuchten Terrasse zurück in die Wohnung ging, barfuß und mit den *espardenyes* in der Hand, machte das Tier einen Satz und lief in die Küche, wo es darauf wartete, etwas zu fressen zu bekommen. Während Palmira sich anzog, kam für gewöhnlich ihr Mann von der Arbeit nach Hause, mit Ringen unter den Augen, die Kleidung zerknittert, sie bot ihm eine Kleinigkeit zu essen oder zu trinken an, doch Maurici lehnte stets ab, er wollte nur noch in sein Bett. Bevor sie hinaus auf die Dachterrasse gegangen war, hatte sie es ihm schon gerichtet, und wenn ihr Mann später aufstand, würde sie noch einmal im Schlafzimmer Ordnung schaffen.

Ehe sie sich hinsetzte, um zu frühstücken, schaute sie erst nach, ob Maurici nicht sein Brot wieder mit zurückgebracht hatte, was ja meistens der Fall war. Dann aß sie es, aber jedes Mal gab es ihr einen kleinen Stich, weil er wieder nicht auf sie gehört hatte, weil er kaum etwas aß, womöglich noch krank wurde. Die Katze beobachtete sie noch immer, sie lag jetzt auf dem Stuhl neben ihr, und wenn es Palmira nicht ungehörig erschienen wäre, hätte sie ihr ein Stück von dem Omelette abgegeben und nicht nur die fettigen und zugleich ein wenig trockenen Brotkrümel, die ihr beim Essen in den Schoß fielen.

Sie räumte die Wohnung auf, machte sauber, ohne groß darüber nachzudenken. Sie ging einkaufen. Danach schaute sie, ob die Kleine noch schlief, bereitete ihr in der Küche das Frühstück vor, und immer bemüht, nur ja keinen Lärm zu machen, sah sie nach ihrem Mann, der ruhig im Bett lag. Schließlich verließ sie die Wohnung. Mehr oder weniger waren es immer die gleichen Verrichtungen, die sie da tagein, tagaus wiederholte.

Zügig ging sie die Straße entlang, nahm die Menschen um sich herum wahr, die Geräusche, die Hitze. Im Sommer folgte sie dem Schatten, den die Balkone an den Hauswänden auf die Bürgersteige warfen, und manchmal fiel ihr auf, dass es immer Menschen gab, die müßig unter dem Sonnenschirm eines Cafés saßen. Die Stühle waren aus Metall, und die Sonnenschirme hatten ein Muster aus lauter bunten Orangenschnitzen.

Senyora Roser sah sie hereinkommen. Ernst, zurückhaltend und doch voller Entschlossenheit, ganz so wie jemand, der weiß, was er will. Ihre Jugend passte nicht so recht zu ihrer gewissenhaften Art, sie war einfach unermüdlich in ihrem Arbeitseifer, als könne sie es sich nicht erlauben, das Leben auch einmal leicht zu nehmen, von seiner unbeschwerten Seite, nicht ein einziges Mal. Und dennoch, was verschwieg sie ihr bloß? An diesem Tag war sie sich ganz sicher: Die junge Frau zog sie nicht ins Vertrauen, so wie sie es gerne gesehen hätte, irgendetwas verheimlichte sie ihr.

Palmira saß bereits über ihrer Arbeit, die Augenbrauen ein wenig zusammengezogen. Das wellige Haar fiel ihr ins Gesicht, sie war nicht mehr zum Nachschneiden gegangen, was ihr ein leicht nachlässiges Aussehen gab, sie aber auch irgendwie jünger wirken ließ. Wenn es nur nicht … Senyora Rosers Gedanken überschlugen sich. Sie musste es geschickt anstellen, umsichtig vorgehen, denn bei der ersten falschen Bemerkung würde sich die andere sicherlich gleich in ihr Schneckenhaus zurückziehen.

So als wäre es ihr gerade erst eingefallen, ging sie auf sie zu, aber nicht, um sich mit ihrem Nähzeug neben sie zu setzen, sie blieb stehen und hielt ihr den Umschlag hin. »Da ist ein Brief für Sie gekommen, Palmira.«

Vom ersten Tag an hatten sie sich gesiezt und das auch beibehalten. Palmira schaute sie erstaunt an, ging davon aus, dass Senyora Roser sich geirrt haben musste. Aber dann las sie ihren Namen auf dem Umschlag und darunter die Adresse des Kurzwarengeschäfts. Sie legte das Stück Stoff beiseite, in das sie die Nähnadel gesteckt hatte, riss den dünnen Umschlag mit den schrägen rot-blauen Streifen ringsherum auf und zog ein beschriebenes Blatt Papier heraus. Ganz in ihrer Nähe räumte Senyora Roser ein paar Schubladen auf, ließ die andere, während diese den Brief las, aber nicht aus den Augen. Als sie sah, wie Palmira den Kopf schüttelte, ging sie zu ihr und setzte sich vor sie, sah in ein verstörtes Gesicht. »Ist etwas passiert?« Nein, gab Palmira ihr zur Antwort, wirklich nicht, und fügte hinzu: »Es ist ein Brief von den Ginestàs, von diesem befreundeten Ehepaar, das nach Caracas ausgewandert ist.« Beide schwiegen.

Die eine merkte nur, dass Palmira ihr kein Vertrauen entgegengebrachte, obwohl sie sich ihrer doch so sehr angenommen hatte, und die andere litt wegen der Kränkung, die sie Senyora Roser zufügen würde, wenn sie ihr kein Wort von dem erzählte, was in dem Brief stand. Und so erzählte sie ihr alles, nur nicht, was ihr dieser Mann bedeutete, der Mann dieses befreundeten Ehepaars, von dem gerade die Rede war.

Innerhalb weniger Minuten füllte sich der Laden, und von der Straße drangen der warme Dunst erhitzter Körper und die fröhlichen Stimmen des Sommers herein, solche, die nach Reißverschlüssen und Knöpfen für ein luftiges Kleid verlangten oder nach rosafarbenen und himmelblauen Schleifenbändern für ein Nachthemd. Den ganzen Morgen über kam immer irgendjemand in den Laden. Wenn es niemand von der Stammkundschaft war, dann ein vorübergehender Passant, der ein Paar neue Socken brauchte oder vielleicht ein Rasierwasser. Auch die Mutter von Senyora Roser schaute vorbei. Alle klagten über die Hitze.

Um halb eins erhob sich Palmira von dem Stuhl, auf dem sie nicht lange mit ihrer Handarbeit gesessen hatte, war sie doch fast den ganzen Morgen über mit Bedienen beschäftigt gewesen, und sie räumte das Taschentuch fort, das sie nicht hatte zu Ende sticken können. Den Brief steckte sie in ihre Geldbörse, mit weiter nichts war sie am Morgen aus dem Haus gegangen, und dann verabschiedete sie sich von Senyora Roser und deren Mutter, um sich auf den Heimweg zu machen.

Nachdem sie den Carrer de Sepúlveda hinter sich gelassen hatte, blieb Palmira vor dem Schaufenster einer Schneiderei stehen. Im Schutz des Ladeneingangs las sie noch einmal den Brief, von Anfang bis Ende, und als sie bei diesen beiden Worten angelangt war, machte ihr Herz gleich wieder einen Sprung. Sie schaute aufs Datum, ging weiter.

Wie betäubt von all den Gedanken, die ihr im Kopf herumschwirrten, war sie, ohne auch nur im Geringsten auf den Weg geachtet zu haben, zu Hause angelangt. Sie ging schon die Treppe hoch, als sie sich mit einem Mal besorgt fragte, was die Kleine wohl machte. Sie fand sie auf der Terrasse, mit glühenden Wangen, der Katze auf dem Schoß und dem zu voller Lautstärke aufgedrehten Transistorradio von Maurici neben sich. Als Palmira am Knopf drehte, um es auszustellen, hörte sie den Namen Armstrong. Sie schloss Nuri in ihre Arme. Eine Welle von Trost überflutete sie, und zugleich spürte sie das Gewicht der Verantwortung. Der Brief war bereits ein Teil ihrer Vergangenheit.

Caracas, den 7. Juni 1964

Meine liebe Palmira,

nur ein paar Worte, um Dir noch einmal Lebwohl zu sagen, nicht so wie an dem Tag, an dem wir zu Euch gekommen sind und ich mich nicht allein von Dir habe verabschieden können. Über ein Jahr ist das jetzt schon her, ich weiß gar nicht, wo die Zeit geblieben ist.

Es war ein Glück, dass gerade in dem Moment, als ich so mutlos und voller Zweifel war, Du weißt schon, was ich meine, die Verwandten mir von diesem Gästehaus in Caracas geschrieben haben. Es ist ein ziemlich großes Anwesen, und die Menschen hier sind bis jetzt sehr nett, aber alles ist so ganz anders als in Katalonien. Ich weiß nicht, ob ich mit meiner Entscheidung auf Dauer richtigliege, und auch nicht, ob ich mich in diesem Land einleben werde. Du sollst nur wissen, dass alles, was ich Dir jemals gesagt habe, auch genauso gemeint war. Das Leben ist ganz schön traurig, ich wollte es nur nicht wahrhaben, bis eben das passiert ist, was passiert ist, Du weißt es ja nur allzu gut, Du, meine Liebste.

Ich wünsche mir nur das eine, dass Du mich in guter Erinnerung behältst, Du wirst immer das Beste sein, was mir jemals widerfahren ist.

In aufrichtiger Zuneigung, ich werde Dich niemals vergessen.

Josep Ginestà

Bitte gib Nuri einen Kuss von mir.

SOMMER 1969

Fieber

Roseta war nicht zwischen drei und vier in der Früh wach geworden, wie es schon seit Jahren der Fall war. Sie hatte in einem durchgeschlafen bis um halb sechs. In ihrem Schlafzimmer war es noch dunkel, draußen wird es wohl bewölkt sein, dachte sie.

Für einen langen, sehr langen Augenblick blieb sie auf der Bettkante sitzen, zitternd, spürt wie ihr in der eingefallenen Brust das Herz schlug, in der eingefallenen Brust einer alten, verdorrten Frau. Schließlich schaffte sie es bis zur Toilette, taumelnd, hielt sich fest, wo es nur ging. Am Nachttisch, an der Wand, an der Tür. Auch auf dem Weg zurück konnte sie sich kaum auf den Beinen halten, ließ sich dann einfach ins Bett fallen, ja, sie hatte noch nicht einmal mehr genug Kraft, das Laken hochzuziehen, um sich damit zuzudecken.

Als sie wieder aufwachte, war es noch immer dunkel im Zimmer, denn jeden Abend, bevor sie zu Bett ging, schloss sie die Fensterläden, das war ihr zur Gewohnheit geworden. So sehr, dass sie es sogar am Abend zuvor nicht vergessen hatte, obwohl sie doch so müde gewesen war. Und doch erkannte sie, dass es bereits heller Tag sein musste, denn sie hörte das Muhen ihrer Kuh, die auch schon recht betagt war, wenngleich nicht ganz so alt wie sie selbst, und das aufgeregte Gackern der Hühner, die nach ihrem Futter verlangten. Ihr war klar, dass es später war als sonst, aber als sie schließlich aufstand und auf die alte Uhr sah, die in ihrem lackierten Holzgehäuse auf dem Kaminsims stand, traute sie ihren Augen nicht. Der kleine Stundenzeiger war schon längst über die Mittagslinie gewandert. So gut sie eben konnte, ging sie nach unten in den Hof, um die Tiere zu füttern. Sie hatte Fieber, das spürte sie ganz genau, aber bestimmt war es am frühen Morgen noch höher gewesen. Wieder zurück in der Küche, füllte sie Wasser in einen Topf und stellte ihn auf die kleine Flamme vom Gasherd. Ihr Neffe aus La Pobla hatte ihn ihr unbedingt anschließen wollen, aber bislang hatte sie ihn kaum genutzt. Das Gas machte ihr Angst, und schließlich hatte sie ja auch genug Zeit, um sich ein Feuer anzuzünden, alle Zeit der Welt.

Ja, sie hatte wahrlich genug Zeit, und dann gefiel es ihr auch einfach, wenn in der Küche ein schönes Feuer brannte. Aber an diesem Tag hatte sie es eilig, sie musste so schnell wie möglich wieder ins Bett und tüchtig schwitzen. Der Kopf tat ihr weh, sie wusste nicht, ob sie sich erkältet oder den Magen verdorben hatte. Roseta kannte nur diese beiden Krankheiten. Alles andere, das war etwas, woran man starb oder weshalb man nach unten ins Tal musste, dorthin, wo es Krankenhäuser gab, und das war für sie schon fast so wie sterben.

Das Wasser wallte auf, und sie hielt bereits ein wenig von dem Steintee in der Hand, den sie hineinwarf und kurz aufkochen ließ. Dann legte sie einen roten Emailledeckel auf den Aluminiumtopf, drehte den weißen Plastikknopf am Herd in seine Ausgangsposition zurück und legte oben an der Gasflasche, es machte immer Klick, sofort wieder den schwarzen Hebel um. Damit nur ja kein Gas ausströmen konnte.

Die dampfende Tasse stellte sie auf dem Nachttisch ab und legte sich wieder ins Bett. Nachdem der Tee sich etwas abgekühlt hatte, trank sie ihn in kleinen Schlucken. Aber mehr als die Hälfte blieb in der Tasse zurück.

So als würde sie aus einem fremden Körper hochschrecken, war sie von einem Schrei panischer Angst und Wut geweckt worden. Sie hatte wieder diesen Mann gesehen, wie er in der Schlafzimmertür stand und auf das Ehebett zukam, sie die ganze Zeit aus seinen kleinen Augen anstarrte, ein wissendes

Lächeln umspielte seine Lippen, so als würde zwischen ihnen Einverständnis herrschen, so als ob die Tatsache, dass sie Nachbarn waren, täglich Umgang miteinander hatten, sie als Kinder zusammen auf dem Dorfplatz gespielt, vielleicht später einmal auf irgendeinem Fest auch miteinander getanzt hatten, Grund genug wäre, um … »Was willst du?« Sie hatte diese Worte ausgestoßen, als sie sah, dass er nichts sagte, einfach nur näher kam, immer nur näher kam, und sie schwitzte, sie schwitzte so sehr, und dann, als er ihr das Bettlaken wegzog, fing sie an zu schreien. Ein heiserer Schrei, tief aus ihrem Inneren, und der hatte sie aufgeweckt.

Auch jetzt lag sie im Dunkeln. Es war wohl Abend, vielleicht sogar schon Nacht. Sie hatte immer noch Fieber, fühlte sich verschwitzt und stand auf, um die Fensterläden zu öffnen. Es war stockfinster, wohl an die neun Uhr, Geräusche waren zu hören, niemand hatte sie vermisst. Fast den ganzen Tag über hatte sie geschlafen, und sie dachte sich, dass sie die Nacht über bestimmt wachliegen würde. Sie sehnte sich nach Tageslicht, das sie heute kaum zu Gesicht bekommen hatte. Sie fühlte sich schwach, ging zurück ins Bett, und wieder sprang sie dieser Traum an, spürte sie, wie sich ihr Entsetzen abermals in einem Schrei entlud. Doch sie schlief nicht, hatte die Augen weit aufgerissen und sah die schwachen Lichter der Straßenlaternen in ihr Zimmer fallen. Sie knipste das Nachttischlämpchen an. Aber der Traum verfolgte sie, da war noch immer dieses Gefühl panischer Angst, wie der Mann immer näher kam und sie gar nicht verstand, was er von ihr wollte, und als er noch näher kam, verstand sie mit einem Mal, und dann war da auch schon der Schrei.

So viele Jahre waren seitdem vergangen, und doch hatte die Erinnerung an das, was damals geschehen war, ihr ruhiges Leben wieder ins Wanken gebracht, hatte sie in ihrem Innersten aufgewühlt, so wie seine Rückkehr, so wie die Tatsache, dass Leandre Raurill ganz allein zurückgekehrt war. Dieser Mann war durch und durch verdorben, das wusste sie nur allzu gut, und niemals, nicht ein einziges Mal, hatte sie mit jemandem über die Sache damals gesprochen, außer dieses eine Mal mit ihrer Mutter. Das, was sie so viele Jahre tief in ihrem Inneren vergraben hatte, war jäh wieder hochgekommen. Und ohne dass sie es gewollt hätte, waren auch die Erinnerungen zurückgekehrt.

Dieser Mann hatte ihr Gewalt angetan, damals, vor vielen Jahren. An einem Nachmittag, als sie allein war im Haus, er wird sich vorher vergewissert haben, dass ihn niemand überraschen konnte. Madrona und die Tochter waren nicht in Torrent, sondern weit weg, im Dorf einer Base. Sie hatte sich elend gefühlt, so wie jetzt, und auch Fieber gehabt. Und wer weiß, vielleicht war es ja das Fieber, das all die widerlichen Erinnerungen von damals wieder hervorgeholt hatte.

Leandre war einfach in ihr Schlafzimmer gekommen und auf das Bett zugegangen, so als hätte alles seine Richtigkeit, so als wäre er taub und stumm, ohne ihr Antwort auf ihre Frage zu geben. Sie hatte geschrien und geschrien und sich mit aller Kraft gegen ihn zur Wehr gesetzt, doch er hatte sie einfach ins Joch gespannt und dabei kein einziges Wort gesagt. Er schien zu glauben, er dürfe sich alles erlauben, nur weil er ein Mann war und aus einer angesehenen Familie stammte. Vielleicht glaubte er auch, sie würde ihn schon nicht zur Rechenschaft ziehen, um es zu keinem Skandal kommen zu lassen, um ihre Freundschaft mit der armen Madrona nicht zu gefährden und um auch weiterhin gute Nachbarschaft zu pflegen, die von den Alten auf die Jungen übergegangen war. Aber sie war entschlossen, ihn nicht ungeschoren davonkommen zu lassen, sie wusste nur noch nicht wie.

All diese Gedanken schossen ihr durch den Kopf und vermischten sich mit diesem entsetzlichen Grauen. Und dann stand ihre Mutter in der Tür und sah, wie sie, mit erhitztem Gesicht und glühenden Augen, gerade dabei war, sich von Kopf bis Fuß zu waschen. Sie konnte nicht aufhören zu reden, die Mutter hatte sie zurück ins Bett geschickt und darauf bestanden, dass sie eine Tasse Kräutertee trank, und sie fühlte, wie die Zeit verstrich und ihr die Mutter noch immer die Antwort schuldig blieb.

Als sie dann schließlich doch zu ihr sprach, erfuhr Roseta die größte Enttäuschung ihres Lebens. Ganz leise sprach die Mutter. Sie müsse der rauen Wirklichkeit ins Auge sehen, sagte sie, niemand würde ihr Glauben schenken. Er würde alles abstreiten und, wer weiß, letzten Endes vielleicht sogar noch ihr alles anhängen, ganz abwegig wäre das nicht. Und wenn er dann gar auf Rache aus sei … Zärtlich nahm sie Rosetas Hand in die ihre und fuhr fort: Sie dürfe es niemandem erzählen, sonst zerstöre sie ihre Ehe. Wollte sie ihrem Mann wirklich einen solchen Kummer bereiten?

Roseta brachte kein Wort heraus. Und die Mutter, weil die junge Frau schwieg, sprach nun lebhafter weiter. Sie wolle sich doch auch bestimmt nicht mit Madrona überwerfen? Sie wisse doch, sie sei guter Hoffnung und mit Sabina fortgegangen, weil der Arzt ihr dringend zu einer Luftveränderung geraten habe, wenn sie das Kind bis zum Ende austragen wollte. Die Mutter lenkte das Gespräch auf die Reise der beiden Frauen der Raurills, sie hatten schon oft genug darüber geredet, mehr als genug. Das ganze Dorf sprach ja von nichts anderem. Dass Madrona doch eigentlich schon viel zu alt sei für eine Schwangerschaft, schließlich habe sie bereits eine siebzehnjährige Tochter, und die war so gut wie im heiratsfähigen Alter, und auch, dass ihr der Doktor gar keine Luftveränderung verschrieben habe, sie sich vielmehr schämen würde, ihren dicken Bauch im Dorf spazieren zu führen und so weiter und so fort, wie die Leute halt so reden. Rosetas Mutter meinte dann noch, hätte Madrona selbst es nicht allen erzählt, niemand hätte ihr die Schwangerschaft angemerkt. Zumindest am Anfang nicht, später dann sicherlich schon, natürlich, hatte sie noch hinzugefügt.

Im Zimmer war es für einen Augenblick ganz still, und dann hörte Roseta die Mutter mit mildem Vorwurf fragen, ob sie unter solchen Umständen wirklich den Fehltritt dieses verkommenen Subjekts herausposaunen wolle, und dass Raurill ein Dreckskerl sei, das wüssten sie doch schließlich schon ihr ganzes Leben. Und ohne erst eine Antwort abzuwarten, stand die Mutter vom Bett auf, dort, wo sie gesessen hatte, neben ihr, und sie hörte nicht auf zu reden. »Was für ein Glück nur, dass du verheiratet bist!«, seufzte sie, schon im Gehen begriffen, doch drehte sie sich gleich wieder zu ihr, um ihr eindringlich nahezulegen, von jetzt an, sollte sie jemals wieder allein im Haus sein, unbedingt von innen den Riegel vorzulegen. Dann machte sie eine kleine Pause. Dem Vater würden sie nichts davon sagen, vor allem aber, kein Wort zu ihrem Mann.

Noch nach Jahren meinte Roseta ihre Mutter vor sich zu sehen, wie sie den Zeigefinger ihrer rechten Hand auf die Lippen legte.

Ihr Leid schwächte sie mehr als das Fieber, und sie wurde einfach nicht gesund, sodass ihre Leute schon um ihr Leben bangten, doch allmählich kam sie wieder zu Kräften. Eine Zeit lang hatte sie Angst, sie könne schwanger sein, und als sich herausstellte, dass dem nicht so war, ging ihr ein seltsamer Gedanke nicht mehr aus dem Kopf, den sie aber ganz allein für sich behielt. Dieser kleine Junge, den Madrona da aus dem Dorf ihrer Base mitgebracht hatte, er hätte ihr Sohn sein können.

Von diesem Moment an liebte sie ihn genauso oder vielleicht sogar noch mehr als Sabina, die sich, so liebevoll sie früher gewesen war, verändert hatte und sich allen gegenüber, angefangen bei ihrer Mutter, nur noch mürrisch und schroff gab. Schon fast eine junge Frau und doch schien sie eifersüchtig zu sein auf dieses winzig kleine Wesen.

Ferien

Nachdem er das Klingeln schon eine ganze Weile wie in weiter Ferne gehört hat, kommt es nun immer näher. Ein tiefer Schlaf hat ihn vor Träumen bewahrt, an die man sich nach dem Aufwachen erinnert. Unbehelligt vom Tageslicht, von der Hitze draußen, liegt das Zimmer im Halbdunkel. Er liegt auf der rechten Seite, auf seiner Seite, will weiterschlafen, er bewegt sich nicht, eine Hand, so wie immer zwischen Bettrahmen und Matratze, berührt den Sprungfederrahmen.

Als das Telefon zu läuten begonnen hat, hat Maurici sich einfach umgedreht, ohne dass sein Körper den freien Platz auf der anderen Bettseite mit in Beschlag genommen hätte, ja noch nicht einmal die kühle Berührung der unbenutzten Laken hat er gesucht. Auch seine Frau hat er schon lange nicht mehr berührt. Die wenigen Male, die sie beide gemeinsam im Bett gelegen haben, ist er immer von ihr abgerückt, doch meint er sich zu erinnern, einmal habe sie seine Nähe gesucht, doch auch das war schon lange her. Wer weiß, vielleicht hatte Palmira ja endlich begriffen, was für ein armer Teufel er doch war.

Das Telefon läutet noch immer.

Er ist nicht dankbar für das, was er bekommen hat. Nach wie vor lebt er von Almosen, und dabei hätte er leicht sein eigenes

Auskommen, wo er doch ein Anrecht hat auf Grund und Boden. Er verabscheut all diese Wohltätigkeit, um die er nicht gebeten hat. Er verabscheut es, dass sie ihm dabei helfen wollen, ein normales Leben zu führen, dass sie ihn drängen, sich so zu geben, wie er nicht ist. Er hätte seinem Vater hinterherlaufen sollen, schließlich ist er der Erbe, stattdessen macht er hier einen auf guten Ehemann und nimmt milde Gaben entgegen. Josep hat ihn eingewickelt, ihm seine Arbeit überlassen, ihn von einem Lohn abhängig gemacht. Er hat erst die Voraussetzung dafür geschaffen, in Barcelona bleiben zu können, das Band zur Heimat zu durchtrennen. Aber immerhin, Josep war ihm wohl gesonnen …, er kannte ihn schon so lange …, diese Frau da allerdings, die von dem Kurzwarengeschäft, wer überlässt einem denn schon einfach so eine Wohnung, fix und fertig, mit allem Drum und Dran? Und Palmira, die offenbar von allen guten Geistern verlassen ist, hält einfach die Hand auf, und das nicht nur einmal, sie schenkt ihm überhaupt keine Beachtung. Er zählt gar nicht mehr, hat nichts mehr zu sagen, weil er nichts mehr besitzt.

Das Läuten hält an, es kommt ihm vor wie das Surren einer Mücke, die zum Angriff übergeht, nachdem sie unzählige Runden gedreht hat, an Schlaf ist nicht mehr zu denken.

Als er im Esszimmer angelangt ist, nimmt er den Hörer ab, und die Stimme lässt ihn zusammenfahren. Er weiß nicht, was er sagen soll, er erinnert sich nicht mehr, weshalb er gestern nicht vorbeigekommen ist. Schließlich sagt er Dora, er würde sich gleich anziehen, und dann könnten sie spätestens in einer halben Stunde essen.

Bevor er die Wohnung verlässt, wirft er noch einen Blick auf den unaufgeräumten Tisch. Neben einem Salzgefäß liegen drei Stücke Eschenholz, die einzige Gesellschaft, die ihm noch bleibt. Wenn es hochkommt, reicht es gerade für vier Nächte. Auf dem

Weg zu den ehemaligen Nachbarn kreisen seine Gedanken um das Holz, das sich nach seinem Willen formen lässt. Mit dem Holz stellt er sich geschickt an, da fühlt er sich nicht wie der letzte Trottel. Seine Wiegen und Salzgefäße, die empfindet er als seine Kinder, mehr als die eigene Tochter. Wenn Nuri spielt, wenn sie isst, dann schläft er. Manchmal hört er sie wie im Traum weinen. Wenn sie schläft, schleift er sein Messer, und in dem kleinen Nebenraum, in der Garage, wo es so still ist, oder zu Hause im Esszimmer, schält er dann mit geschickten Bewegungen die helle Rinde, schnitzt ohne jede Hast, bis das fertige Stück vor ihm steht. Und jedes Mal von Neuem kommt es ihm wie ein Wunder vor. Nuri dagegen lässt ihn schnell ungeduldig werden.

Eine Woche Ferien standen ihm zu, noch so ein Geschenk, um das er nicht gebeten hatte. Und er hatte sich nicht davon abbringen lassen, zu Hause zu bleiben, er würde auf keinen Fall in das Sommerhaus von Senyora Roser fahren, die Palmira einfach den Schlüssel in die Hand gedrückt hatte. Der Arzt war der Meinung, Salzwasser tue der Kleinen gut, und Sonne, jede Menge Sonne. Maurici hatte es rundweg abgelehnt, die beiden zu begleiten. Also waren seine Frau und Nuri allein in den Zug nach Sitges gestiegen, aber zuvor hatte Palmira ihm noch das Versprechen abgerungen, dass er jeden Tag bei Dora essen würde.

Die meiste Zeit verbringt er in der schwülwarmen Wohnung, bewegt sich kaum von der Stelle. Tagsüber schläft er, und nachts schnitzt er sein Holz.

Und dann fasst er einen Entschluss. Nachdem er, bis auf eins, alle Holzstücke verarbeitet hat, legt er sich nicht ins Bett. Noch vor acht, er hat sich weder umgezogen noch etwas gegessen, kreuzt er in der Garage auf. Marcelino ist gerade beim

Frühstücken, und ohne ihm erst einen guten Morgen zu wünschen, lässt Maurici gleich die Katze aus dem Sack. Anstelle einer Antwort fängt der andere mit vollem Mund lauthals an zu lachen. Maurici schweigt, ist verwirrt, er weiß nicht, wie er ihm den einzig klaren Gedanken, den er hat fassen können, verständlich machen soll. Er schweigt und versucht, die Bilder zu verscheuchen, die sich unaufhörlich in seinem Kopf abspulen, dieser Mischmasch im Mund seines Kollegen, dieses schallende Gelächter. Den Blick hält er starr auf die Zufahrtsrampe gerichtet, wo die herumschwirrenden Staubkörner im Licht der Sommersonne funkeln, das wie ein Dreieck ins Innere der Garage fällt. Als er plötzlich das Geräusch einer aufgehenden Tür hört, dreht Maurici sich um und sieht seinen Chef aus dem Aufzug kommen. Er geht auf ihn zu, will mit ihm reden.

Er wiederholt ihm noch einmal das, was er zuvor schon Marcelino auseinandergesetzt hat, bemüht sich aber, dass dieser nichts davon mitbekommt. Auch der Chef lacht, ohne allerdings seinen Mund aufzumachen, er prustet durch die Nase. Und dann sieht er ihn an, anders als sonst, und sagt: »Ich weiß nicht, ob Sie das verstehen, aber vom Gesetz her ist das nun einmal so. Ihnen steht eine Woche Urlaub zu, und es ist nicht vorgesehen, dass sie stattdessen Marcelinos Schichten übernehmen, der geht ja dann später auch in Ferien.« Er wartet auf ein Zeichen, dass Maurici ihn verstanden hat, auf ein Wort von ihm, aber der wendet seinen Blick ab, bleibt weiter wie angewurzelt stehen, als habe er ihm gar nicht richtig zugehört. »Ist was mit Ihnen?«, fragt Senyor Garcia, leicht beunruhigt.

»Ich könnte doch anstelle von Marcelino arbeiten, umsonst.« Der Arbeitskollege ist näher gekommen, als er seinen Namen hört.

»Was gibt's denn?«

»Verstehen Sie doch, wenn Marcelino nicht zur Arbeit erscheint, wäre das, als würde er blaumachen. Auch wenn Sie seine Schichten übernehmen.«

»Was soll denn das, in was für eine Sache willst du mich da eigentlich reinziehen, Mauricio?«

»Warum fahren Sie denn nicht in Ihr Dorf?«, hört er seinen Chef sagen, während er seinen spärlichen Vorrat an Worten durchwühlt und dann doch nur einen unbeholfenen Gruß zustande bringt.

Die beiden schauen ihm nach, bis er vom Licht am Ende der Rampe verschluckt wird. Im selben Augenblick fährt ein Auto in die Garage.

»Er ist wirklich ein anständiger Kerl, aber manchmal könnte man meinen, er hat nicht mehr alle Tassen im Schrank«, bemerkt Marcelino, während er schon den Arm hebt, um den Fahrer zu grüßen, der gerade an ihnen vorbeifährt.

Draußen schlägt Maurici die Hitze entgegen, die er vorher gar nicht wahrgenommen hat, doch jetzt spürt er förmlich, wie sie mehr und mehr von seinem Körper Besitz ergreift. Er geht durch die noch recht stille Stadt. Er sieht keine Kinder in gestreiften Kitteln und mit Schultornistern auf dem Rücken und auch keine Jugendlichen mit Büchern unterm Arm. Er vermisst sie nicht, aber es fällt ihm auf, dass er nur Erwachsenen begegnet, die eilig vorübergehen, wahrscheinlich Büroangestellte und Verkäufer.

Er geht nach Hause, zieht sich um, greift zu einer Tasche und etwas Geld, und gleich verlässt er wieder die Wohnung.

Als er auf der Gran Via angelangt ist, schlägt er die Richtung zur Plaça de la Universitat ein. Ohne groß auf seine Umgebung zu achten, lässt er sich einfach von seinen Füßen vorwärtstragen, an Menschen und Gegenständen vorbei durch die Straße lotsen, und wäre an der Ecke zum Carrer d'Aribau beinahe in eine Menschenansammlung hineingestolpert. Er will einen Bogen um sie machen, doch da sieht er mit einem Mal, wie ein Mann an einem Kabel zieht und einen Arm über die Köpfe der Leute hinwegstreckt. Genau in seine Richtung streckt er ihn.

Nachdem er ihn auf Spanisch gefragt hat: »Señor, und was halten Sie von der Tatsache, dass die Amerikaner auf dem Mond gelandet sind?«, hält er ihm ein Mikrofon unter die Nase. Dann schweigt der Sprecher, und Maurici erinnert sich, dass er davon in seinem Transistorradio gehört hat, ohne aber weiter darauf geachtet zu haben. »Also, ich weiß nicht«, gibt er ihm zur Antwort und will weitergehen. Der Mann deutet ein berufsmäßiges Lächeln an und hält ihm noch immer das Mikrofon hin, er versucht es noch einmal. »Wir führen gerade eine Umfrage durch, und dabei interessiert uns vor allem eins: Würden Sie sich freiwillig für die nächste Expedition zum Mond melden?« »Nein.« Mit enttäuschtem Gesicht wendet sich der Sprecher von Maurici ab und kehrt eilig zu der Gruppe von Schaulustigen zurück, die sich wie ein Bienenschwarm um den Übertragungswagen des Radiosenders drängt. Maurici setzt seinen Weg fort, ein wenig verwirrt von dem Zwischenfall, so als wäre er ganz unvermutet von einer Kehrmaschine mit Wasser bespritzt worden.

Er denkt an die Wiesen. Dort, wo sie ihre fruchtbarsten Wiesen haben, stehen doch jede Menge Eschen, da könnte er sich mit Holz zum Schnitzen versorgen, und weiter oben, wo die Birken wachsen, auch mit ein paar jungen Trieben, wenn es denn welche gab und sie sich schneiden ließen. Sein Herz fängt vor Freude an zu hüpfen bei dem Gedanken an das helle Holz und an die hauchzarte Haut unter der Rinde. Und von der Waldrebe wird er sich auch etwas mitnehmen, als Henkel für die Salzgefäße … Er macht Pläne, hat er sich doch schon längst entschieden, hoch nach Torrent zu fahren, und dann fällt ihm ein, dass er eine Axt braucht. Zu Hause, ja, da gab es eine, sogar eine funkelnagelneue. Aber hier in der Stadt, nichts, rein gar nichts hatte er hier.

Neben dem Bürgersteig parkt ein Omnibus. Er betritt den Hof des Busunternehmens Alsina Graells, und als er sich durch die mit Koffern und Körben beladene, wartende Menschenmenge zwängt, spürt er, wie ihm der Schweiß herunterrinnt. Es ist nicht die Hitze, es sind die Menschen. Er sieht die Schlangen vor den Schaltern, stellt sich an das Ende der zweiten, weil sie ihm kürzer erscheint, und während er darauf wartet, dass er an die Reihe kommt, überlegt er, wie er sich eine Axt beschaffen kann.

Arepas

Sie mag gern aufs Meer schauen, kann gar nicht genug davon bekommen, etwas anderes ist es, sich ins Wasser gleiten zu lassen, das macht ihr Angst, Nuri dagegen stürzt sich in die Wellen, so schnell sie nur kann. Am ersten Tag, kaum am Strand angekommen, rannte sie einfach los, angezogen wie sie war, rein ins Wasser, und Palmira ließ ihre Tasche fallen, die Schuhe behielt sie an, und lief ihr hinterher. Jetzt sitzen sie friedlich beieinander. Pudelnass gräbt Nuri mit ihrer kleinen Schaufel im Sand, sie ist ganz vertieft, und ihr blondes Haar wird immer heller, je mehr es in der Sonne trocknet. Wie sehr sie doch Maurici ähnelt, denkt Palmira, und dann holt sie einen Umschlag aus ihrer Tasche und zieht den Brief heraus, liest ihn wieder.

Caracas, den 18. Mai 1969

Liebe Palmira,

ich hoffe, dieser Brief erreicht Dich und Euch alle bei guter Gesundheit, die Kleine wird ganz schön gewachsen sein. Neus und ich, Gott sei Dank, sind gesund.

Seit unserer Ankunft in Venezuela ist so viel Zeit vergangen, dass Du bestimmt schon gedacht hast, ich hätte Barcelona vergessen, aber das wird niemals der Fall sein.

Das Gästehaus, das wir führen, hier sagen sie *Quinta* dazu, befindet sich in einem Außenbezirk von Caracas. Es liegt mitten in einem Garten, in dem es viele Springbrunnen gibt. Meinen Verwandten war es sehr wichtig, dass wir diese Anstellung bekommen, denn es ist ein sehr angenehmer Ort, und die Bewohner verdienen gut oder sind sogar vermögend. Im Augenblick wohnen drei Angestellte der Bank von Venezuela hier, zwei Universitätsprofessoren und ansonsten Studenten, Söhne aus reichen Familien, die ihren Besitz auf dem Land haben und ihre Sprösslinge zum Studium in die Hauptstadt schicken. Es herrscht eine gelöste Atmosphäre, und die Gäste sind sehr umgänglich. Stell Dir vor, ein Katalane hat das Haus bauen lassen. In unserem Innenhof stehen schmiedeeiserne Laternen, die mich an die Balkongitter erinnern, die man manchmal an den alten Häusern in Barcelona sehen kann, und dann gibt es auch noch ein paar Bänke, die mit Kacheln aus València gefliest sind, mit vier roten Streifen auf gelbem Hintergrund, wie die Flagge von Katalonien. Es ist ein sehr schönes, fast schon ein prunkvolles Gebäude. Im dritten Stockwerk, also ganz oben, befindet sich eine Kapelle, und drei der Zimmer haben sogar einen eigenen Tresor. Das Haus macht ziemlich viel Arbeit, aber zu zweit kommen wir ganz gut zurecht. Neus kümmert sich um die Wäsche und das Essen, und ich bin für die Einkäufe zuständig und dafür, dass alles sauber ist. Aber am liebsten mag ich die Arbeit im Garten, auch wenn ich nichts von Pflanzen verstehe, dort verbringe ich die schönsten Momente.

Glaub bloß nicht, dass es überall in Caracas so ist. Die *Quinta* befindet sich nämlich inmitten einer Art von Siedlung. In der Stadt selbst sieht man viele einfach gekleidete Menschen, aber es herrscht keine Armut. Ein Kilo Maismehl kostet zwei Bolivar, ebenso viel wie ein Kilo Zucker oder ein Liter Milch. Sie backen hier eine Art Fladenbrot, das sie mit Kabeljau, Thunfisch oder auch mit Huhn oder anderem Fleisch füllen. Diese Maisfladen nennen sie *arepas,* und sie kosten, je nach Füllung, zwischen zwei oder drei Bolivar. Ein Bolivar ist ungefähr vierzehn Peseten wert. Das, was mich am Anfang am meisten beeindruckt hat, waren all die vielen Autobahnen und der ganze Verkehr, und dann noch das Klima. Seit unserer Ankunft ist es Frühling, und so ist es das ganze Jahr.

Aber eigentlich wollte ich Dir vor allem schreiben, um mich bei Dir zu bedanken. Bevor ich hierhergekommen bin, war ich zu allem bereit und wollte weder an Maurici noch an Neus denken und noch nicht einmal an die Kleine. Ich fühle noch genauso wie damals, das musst Du mir glauben, aber ich denke, dass ich vom Leben einfach nicht mehr verlangen darf.

Ich weiß nicht, doch bei all den vielen Veränderungen, manche meinen ja, das sei durchaus möglich, wer weiß, vielleicht können Neus und ich hier ja doch noch ein Kind bekommen, das würde jedenfalls ein großer Trost für mich sein.

Draußen im Garten steht eine Palme, und bitte lach nicht, aber die ersten Tage habe ich immer etwas zu ihr gesagt, wenn ich an ihr vorbeigegangen bin. Ich habe sie Palmira genannt, und irgendwie war mir, als würde ich mit Dir sprechen, aber dann überkam mich immer so eine Traurigkeit, und das hat man mir richtig angemerkt, sogar krank bin ich geworden. Wenn ich die Palme jetzt sehe, denke ich noch immer an Dich, aber ich versuche, mich nicht mehr nach Dir zu sehnen, das ist nicht gut, denn wenn man leben will, muss man nach vorne schauen.

Ich würde mich freuen, Antwort von Dir zu bekommen, damit ich weiß, wie es Euch allen geht.

Ich denke, es ist besser, den Brief wieder ins Kurzwarengeschäft zu schicken.

Es grüßt Dich sehr herzlich,

Josep Ginestà

Sie hebt den Blick von dem Blatt Papier, und es kommt ihr vor, als würden die Schreie der Fangen spielenden Kinder nun viel lauter zu ihr dringen. Nuri hockt da in ihrem Badeanzug, Gesicht und Haare über und über mit nassem Sand bedeckt.

Ohne Unterlass setzen die Wellen ihre Reise fort, die sie nirgendwohin führt, doch plötzlich meint Palmira zu hören, wie ihr Rauschen die Silben eines Wortes zu formen beginnt. *A-re-pas, a-re-pas.* Und das nicht nur zweimal, nein, wieder und immer wieder, mit einer tiefen und sich wie dahinschleppenden Stimme. Da bemerkt sie, dass Nuri Sand im Mund hat, und es ist, als ob sie aufwachen würde.

Nach dem Essen, während die Kleine schläft, betrachtet sie eine Palme, die in dem Garten steht, der an Senyora Rosers Sommerhaus grenzt, und sie denkt, dass es stimmt, ihr Name ähnelt wirklich dem des Baumes. Und gleich fragt sie sich wieder, weshalb Maurici sich nur geweigert hat, sie hierher zu begleiten. Sie grübelt darüber nach, doch es ist so still in der Mittagshitze, dass sie schließlich im Liegestuhl einschläft.

Am Abend, während sie durch die belebten Straßen auf die weiße Kirche zuschlendern, stolpert Palmira in Gedanken wieder über dieses Wort. Es ist ein seltsames Wort, eins, das ihr noch nie untergekommen ist und das sie am liebsten gleich wieder aus ihrem Gedächtnis streichen würde. Irgendwie stört es sie, doch während sie weitergeht, Nuris rechte Hand in ihrer linken, hallt dieses Wort in ihrem Kopf wider wie der Ruf einer Glocke, dem sie wohl schon unzählige Male gelauscht hat. *A-re-pas, a-re-pas, a-re-pas.*

Die eigene Familie

Beide sitzen sie vor dem erloschenen Feuer. Sie strickt, ihre Hände sind mit den Nadeln beschäftigt und der dicken dunkelblauen Wolle. Auch er sagt nichts, seine Arme hat er auf den Oberschenkeln abgestützt, die Hände lässt er zwischen den Knien herunterhängen, und mit erhobenem Kopf starrt er auf den rußgeschwärzten Kamin. Plötzlich dreht er sich zur Seite, er hat einen Seufzer gehört und sieht, wie ein paar Tränen über Sabinas Wangen rollen. Er steht auf und legt ihr seine großen Hände auf die Schultern. Und obwohl er es längst zu wissen glaubt, fragt er sie: «Was ist denn los mit dir?» Sie hat das Strickzeug zur Seite gelegt und auch das Wollknäuel und trocknet sich mit einem weißen Taschentuch ihr Gesicht. »Nichts, gar nichts«, antwortet sie mit müder Stimme. Da beginnt Frederic hastig auf und ab zu gehen, durchquert den vom schönen Sommerwetter noch aufgeheizten Raum, geht von einem Ende zum anderen und wieder zurück. Er macht große Schritte, bis sie aufsteht und meint, sie würde jetzt für beide einen Kräutertee aufbrühen. Statt einer Antwort erklärt er seiner Frau, mit alldem müsse jetzt endlich Schluss sein. »Das geht nicht mehr so weiter.« Wenn sich nicht bald etwas ändert, würde sie noch krank werden, und er, wer weiß, vielleicht bliebe ja sein Herz ganz einfach stehen, das könne er sich jedenfalls vorstellen. Sabina geht zu ihm, sie ist gerührt, nimmt seine Hände, schaut ihn an und schmiegt ihren Kopf an seine Brust. Da legt Frederic seine Arme um sie. So bleiben sie einen Augenblick lang stehen, bis sie wieder anfängt zu sprechen. Sie würde so viel darum geben, nicht ständig daran denken zu müssen, wie schäbig der Vater sich doch verhalten habe. Sie wüsste doch nur allzu gut, dass die Kränkung ihn nicht zur Ruhe kommen lassen werde, und das mache es für sie nur noch schlimmer. »Am liebsten würde ich das Haus in Schutt und Asche sehen«, sagt sie dann noch.

Ihre Liebe war ein großer Glücksfall gewesen.

Die Hochzeit hatten die Eltern ausgehandelt. Natürlich kannten sich die beiden, schließlich waren sie im selben Dorf zur Welt gekommen und aufgewachsen. Sie war um einiges jünger, Frederic an die zehn Jahre älter als sie. Die erste Zusammenkunft fand im Haus seiner Eltern statt, nachdem sie sich all die Jahre über aber immer schon im Beisein von anderen gesehen hatten, eigentlich ihr ganzes Leben. Auf dem Dorfplatz, auf der Straße oder einem der Wege, von einem Fenster aus, beim Mähen auf den Wiesen und beim Dreschen auf den Tennen, beim Tanz und in der Kirche … Doch erst seitdem sie wussten, dass ihre Eltern übereingekommen waren, sie sollten heiraten, zeigten sie ein gewisses Interesse aneinander. Auch in dieser Angelegenheit hatte der alte Raurill die Zügel nicht aus der Hand geben wollen. Frederic fühlte sich gleich von dem fraulichen Wesen des jungen Mädchens angezogen, und dann waren da noch Sabinas blauen Augen. Sie reichte ihm noch nicht mal bis zur Schulter.

Bis dahin hatte man ihr stets gesagt, was sie zu tun und zu

lassen hatte, und sie kannte es nicht anders, als dass auch die Mutter immer zu allem Ja und Amen sagte, sogar zur allergrößten Schmach.

Von der Ehe erwartete sie nicht viel, wonach sie sich aber mehr als alles andere auf der Welt sehnte, war es, nicht länger im Haus ihres Vaters leben zu müssen. Frederic war ein großer und starker Mann, sanft und einfühlsam mit den Seinen, wie sich herausstellte, doch wenn ihm irgendetwas nicht in den Kopf wollte, wie er sagte, ihm widersinnig erschien, dann geriet er außer sich, brauste auf und ließ sich nur schwer wieder beruhigen. Er bekam einen feuerroten Kopf, und seine Wut musste sich irgendwie entladen, in der Wucht einer Gebärde, im Donnern der Stimme, in der ganzen ungezügelten Brutalität seiner Fassungslosigkeit. Wann immer er über eine Ungerechtigkeit in Zorn geriet, wusste er nicht mehr, was er tat. Doch sollte nach ihrer Hochzeit viel Zeit vergehen, bis Sabina ihn zum ersten Mal so erlebte.

Jetzt ist sie es, die versucht, ihn zu besänftigen. Schon seit einer Weile weint sie nicht mehr, die Tassen sind mit Lindenblütentee gefüllt, und die beiden haben sich wieder hingesetzt, dieses Mal ein Stück weg von der Feuerstelle, an den Küchentisch. Sabina: Er solle gar nicht auf sie achten, er wisse doch, was mit ihr los sei, es gehe ihr einfach nicht aus dem Kopf, der Gedanke daran sei wie ein Gericht mit zu viel Knoblauch, das einem immer wieder aufstößt. Aber sie wolle nicht, dass er irgendetwas unternimmt. Eines Tages würde ihr Vater schon noch für seine Niederträchtigkeit zahlen müssen, und ihr Bruder ebenfalls. Ihnen sei nichts heilig, den gesamten Besitz hätten sie durchgebracht und ihr ihren Teil vorenthalten. Wieder schürt sie das Feuer und beschwört noch einmal die Kränkung herauf, über die jedermann im Dorf Bescheid weiß. Und ihr Mann, der sich anhört, was er längst in- und auswendig kennt, der zuhört und dabei in den fahlgelben Lindenblütenaufguss starrt, ihm ist anzusehen, wie sehr er sich vor dem süßlichen Geruch ekelt, er schweigt. Niemals würde er einen Kräutertee trinken, wenn er nicht genau wüsste, dass er ihr damit eine Freude macht.

Vor allem seine Kraft und seine Zuverlässigkeit waren es, die sie für ihn einnahmen. Das große Haus hielt sie tadellos in Ordnung, damit er sich darin wohlfühlte. Wenn er heimkam, zog sie ihm für gewöhnlich die Schuhe aus, und ihr Mann dankte es ihr mit zärtlicher Zuneigung. Auf diesem Weg fanden sie zur Leidenschaft, zur körperlichen Liebe. Er entflammte sogleich und sie, als sie sah, wie erregt er war, wie sehr er sich zu ihr hingezogen fühlte. Weder Verwandte noch das Gesinde störten sie, sie hatten das Haus ganz für sich allein.

Nachdem Frederics Vater gestorben war, ungefähr zur gleichen Zeit wie Madrona, war die Mutter zu einer Tochter in die Stadt gezogen. Sie hatten sich keine Sorgen gemacht, weil nicht sofort das erste Kind kam, und über die Bemerkungen von Leandre, mit dem sie damals noch Umgang pflegten, hatten sie gelacht. An manchen Feiertagen kam Sabinas Vater zu ihnen zum Essen. Und auch der Bruder, Maurici, der damals noch Junggeselle war und den sie zärtlich umsorgte.

Der einzige Mensch, gegenüber dem Sabina offen über ihre eigene Familie sprach, war ihr Ehemann. Frederic hatte sie mit seiner Fürsorge erobert, mit der leidenschaftlichen Liebe, die er ihr entgegenbrachte. Nach und nach lud sie all ihren Kummer bei ihm ab, ihr tiefstes Leid aber behielt sie für sich.

Durch sie hatte Frederic erfahren, was Leandre für ein Mensch war, wie er sich zu Hause aufgeführt, wie er etwa Madrona behandelt hatte. Sabina erzählte ihm davon mit Schmerz und Empörung in der Stimme, und das Unverständnis, die unterdrückte Wut, mit der sie der an ihr verübten Ungerechtigkeit begegnete, verwandelte sich bei ihrem Mann rundheraus in Hass, da gab es nicht den Versuch einer Rechtfertigung, nicht eine Spur von Mitleid. Da war einfach nur blanker Hass. Es kam sogar so weit, dass er bloß den Namen seines Schwiegervaters hören musste und schon konnte er seine Geringschätzung und Verachtung nicht mehr zurückhalten, eine Art Kettenreaktion setzte ein: Sein Kopf wurde glühend heiß, sein Atem ging immer schneller, bis sich dieser unerträgliche Druck schließlich entlud. Das hatte sie nicht vorausgesehen, nicht damit gerechnet. Auf die ihr eigene Art erzählte sie ihrem Mann von all ihrem Kummer, hielt nur das eine vor ihm verborgen, weil es ihr unaussprechlich erschien.

Er folgt ihr ins Schlafzimmer. Der Magen dreht sich ihm um. Er ist so zornig, dass er nur widerstrebend einwilligt, sich auszuziehen. Sabina will seine Qual lindern, sie ahnt, wie unermesslich sie sein muss und das allein durch ihre Schuld. Sie spürt, wie Frederic fast gewaltsam in sie eindringt, und weiß doch, dass dies sonst nicht seine Art ist. Nach diesem kurzen, auf beinah brutale Art intensiven Moment der Lust, nickt er erschöpft ein, doch schon bald wacht er wieder auf, mit dem widerlich süßen Geschmack der Lindenblüten im Mund, mit einem höllischen Durst, und er steht auf. Sie scheint tief und fest zu schlafen, ein Arm schaut unter dem Bettlaken hervor, und er deckt sie zu. In der Küche, er ist jetzt ganz wach, fühlt er sich mit einem Mal völlig ruhig. Die Entscheidung hat er längst getroffen, noch bevor ihm das Blut wieder zu Kopf gestiegen ist, eine durchdachte, im Grunde längst überfällige Entscheidung, aber erst in dieser Nacht ist es ihm endgültig klar geworden. Er ist völlig ruhig.

Seit Langem schon verspürte sie diesen Drang, die eigene Familie zu verraten, die ihr so übel mitgespielt hatte, doch erst als sie ihr Kind verlor, ließ sie dieses Gefühl zu.

Vergeblich hatte sie darauf gewartet, Vater und Bruder würden ihr zu verstehen geben, wie sehr sie ihren Schmerz teilten, natürlich nicht so sehr wie Frederic, der zutiefst erschüttert war angesichts des Verlustes und all dessen, was sie durchgemacht hatte. Doch zeigten sie kein großes Mitgefühl. Wo sich doch eh nichts mehr ändern ließe! … »Wenn eine Kuh verworfen hätte, wäre das ein größerer Kummer für sie gewesen«, hatte Sabina zu ihrem Mann gemeint. Worauf ihr Frederic, um sie zu trösten, erwidert hatte: »Was verstehen wir Männer denn schon von solchen Sachen!« Im Laufe der Zeit war die Verletzung nach und nach ein wenig verheilt. Doch dann hatte Maurici geheiratet, und in Gegenwart der Tochter tat der Vater nichts anderes, als Palmira über den grünen Klee zu loben. Wie gut sie doch wirtschaften könne, was für eine vortreffliche Köchin sie sei, was für eine beachtliche Mitgift sie in die Familie eingebracht habe. So als ob er sie ständig mit ihr vergleichen würde. Sabinas Klagen war nun voller Bitterkeit. Ihr Mann hörte ihr zu, und seine Wut, die konnte er kaum zurückhalten. Dann verloren sie das zweite Kind.

Der einzige Mensch, der zu ihnen gekommen war, um ihnen beizustehen, der sich um sie gesorgt hatte, war die Schwägerin gewesen, Palmira. Weit mehr als Maurici und kein Vergleich zur Gleichgültigkeit des Vaters. Und doch war Sabina nicht in der Lage, der jungen Frau, die nun im Haus der Raurills nach eigenem Gutdünken schalten und walten konnte, Zuneigung entgegenzubringen. Wenn sie sich arg zusammenriss, vermochte sie es gerade noch, eine weniger schroffe Miene als sonst aufzusetzen, denn kaum, dass sie Palmiras ansichtig wurde, verzog sich ihr Gesicht. Seit den Ereignissen im

Wirtshaus war der Kontakt völlig abgebrochen. Ihr Mann hatte die Beherrschung verloren und sich zum Gespött der Leute gemacht.

Nachdem er einen Schluck Wasser getrunken hat, zieht Frederic sich an und verlässt das Haus, er bemüht sich, keinen Lärm zu machen. Draußen ist es stockfinster, und er schlägt den Weg zum Dorfplatz ein, der ihn wie von selbst vor das Haus seines Schwiegervaters führt.

Und dann hatte Leandre damit begonnen, seinen Besitz zu verkaufen. Sie dachte, dies sei der Moment, spät, aber doch nicht zu spät, ihr wenigstens das zukommen zu lassen, was ihr von Rechts wegen zustand. Vielleicht war es ja wirklich ein guter Moment, auch wenn sie lange darauf hatte warten müssen. Doch war dem Vater nichts anderes in den Sinn gekommen, als sich im Wirtshaus oder auf dem Dorfplatz damit zu brüsten, was er so alles verschenkte oder für wenig Geld hergab. Frederic erzählte Sabina nichts von alledem, was ihm zu Ohren kam, aber da war immer irgendjemand, der ihr Leandres Worte nach Hause trug, ihr brühwarm wiederholte, was er gesagt hatte, dabei entweder etwas wegließ oder etwas hinzufügte, je nachdem, oder aber sich bemühte, ihr das Gehörte ganz genau wiederzugeben. Wie gesagt, je nachdem. Und so saugte sie aus fremder Brust die saure Milch, die bittere Galle des eigenen Blutes.

Auch sie war voller Hass, so wie ihr Mann, aber damals schwieg sie, denn sie fürchtete das Schlimmste, fürchtete ein großes Unheil. Als die anderen dann in die Stadt zogen, atmete Sabina auf. Und sie beschloss, die Schmach tief in ihrem Inneren zu vergraben.

Als er an die Tür pocht und niemand antwortet, ist er unschlüssig, vielleicht sollte er nachschauen, ob nicht doch jemand im Haus ist. Doch dann setzt er sich einfach unten auf die Treppe, er wird auf seinen Schwiegervater warten. Und es ist ihm egal, ob er mitten in der Nacht oder am helllichten Tag heimkommen wird.

Mit ansehen zu müssen, wie alles verkam. Die wenigen Äcker und Wiesen, die noch im Besitz der Raurills waren, das Haus. Nun ernteten die Pächter die Früchte ihres Schweißes und all ihrer Mühsal. Frederic und sie, sie waren nicht auf das Erbteil angewiesen, aber es stand ihr nun einmal zu. Und zu allem Überfluss war der Vater dann auch noch ganz allein aus Barcelona zurückgekehrt, und statt dass er endlich zur Vernunft gekommen wäre, schien er völlig den Verstand verloren zu haben.

Die Stille der Nacht macht ihn schläfrig. Er sitzt nun schon eine ganze Weile vor dem Haus des Schwiegervaters, und er fragt sich, was es eigentlich bringen soll, auf ihn zu warten. Sie reden eh nicht miteinander, und wenn sie sich gegenüberstehen … Er tastet nach dem Messer in seiner Hosentasche und steht auf. Er macht ein paar Schritte aufs Geratewohl. Er denkt nach. Bis zu Leandres Rückkehr hatten Sabina und er eine gute Zeit gehabt. Wäre da nicht das Haus, der Schwiegervater wäre bestimmt nicht wieder im Dorf aufgetaucht, und sie hätten weiter in Ruhe und Frieden leben können. Leandre wird sich nicht mehr um die Äcker und Wiesen kümmern, das weiß er längst, und der Schwager wird nicht mehr zurückkommen, wenn er es bis jetzt noch nicht getan hat. Ohne noch einen weiteren Gedanken daran zu verschwenden, macht er sich entschlossenen Schrittes wieder auf den Weg, so als habe er ein klares Ziel vor Augen.

Als Teodoro ihm einen Wink gab, hatte Bataner die Gefahr schon längst gewittert, waren doch die Stimmen, die seinen Namen mit dem *La Bordeta* in Verbindung brachten, in der letzten Zeit immer lauter geworden.

Dieser Schwachkopf von Raurill raubte ihm den letzten Nerv. Er hatte ihn ja so was von satt. Jetzt musste er ihm nur noch das Haus abluchsen, ansonsten gehörten ihm ja nicht einmal mehr die Lumpen, mit denen er sein Gemächt bedeckte.

Sie waren am Ende der Partie angelangt. Leandre hatte alles verloren. Aber Françoise mit ihrem Spatzenhirn, verdammt noch mal, die hatte ihn ja unbedingt bei sich aufnehmen wollen, und dann auch noch für lau. Wie einen alten schäbigen Köter, der zu nichts mehr taugt, aber den man nicht auf die Straße setzen mag. Er hatte ihn ja so was von satt. Wenn ihn das mit den Verlusten doch wenigstens ein bisschen bange gemacht hätte und er die Klappe halten würde ... Aber nein, diese lästige Schmeißfliege konnte sich ja einfach nicht von den Tischen fernhalten, wo gespielt wurde, musste den anderen unbedingt in die Karten kiebitzen, und wenn ihm danach war, ein paar Geschichten vom Stapel lassen. War die Zunge erst mal vom Wein gelöst, riss er den Mund weit auf, prahlte damit, was Bataner und er so alles getrieben hätten, enthüllte die Geheimnisse, die sein Kumpan eisern unter Verschluss gehalten hatte. Das war der Preis, den dieser dafür zahlen musste, dass der ganze Besitz, dass all das viele schöne Geld aus Leandres Hosentasche in seine eigene gewandert war. Alles hat eben seinen Preis, sagte er sich und konnte vor Wut kaum an sich halten. Mit wie viel Hinterlist er sich dieser Worte schon bedient hatte, die Augenlider halb geschlossen, den Blick leicht schief, hatte er sie all den armen Teufeln zugedacht, die die Spielregeln nie begreifen würden. Und ausgerechnet seine eigenen Worte sollten ihn nun einholen? Er lief Gefahr aufzufliegen, nur weil dieser schwachsinnige Trottel an der Weinflasche hing wie ein Kleinkind an der Mutterbrust und ihm nichts Besseres einfiel, als die paar Gaunereien herauszuposaunen, die sie gemeinsam begangen hatten.

Wenn er keine Freunde gehabt hätte, wäre er schon längst im Knast gelandet. Am besten würde er mit der Französin für ein paar Tage nach Andorra rübermachen, aber sobald es nur irgend möglich war, würde er dieser Kanaille einen Besuch abstatten. Und das wäre beileibe kein Höflichkeitsbesuch.

Der Korb ist ganz schön schwer. Bei dieser Hitze reifen die Tomaten besonders schnell, und innerhalb von zwei Tagen sind sie dann hinüber, darum hat sie recht viele gepflückt. Ihr ist nicht sonderlich warm in dem schwarzen Kleid, von dem man annehmen könnte, darunter sei es wie in einem Brutofen. Sie schwitzt nicht, aber sie weiß, dass es sehr heiß sein muss, denn ihr krankes Bein macht ihr noch mehr zu schaffen als sonst, sie verflucht es, ohne dass ihr ein Wort über die Lippen gekommen wäre.

Sie geht ins Haus und verschwindet hinter der Theke, um schnell in der Küche den Korb abzustellen. Ein seltsames Gefühl beschleicht sie, so als ob sie jemand beobachten würde. Aber sie ist es ja gewohnt, nichts wirklich ernst zu nehmen, schon gar nicht ihre Ahnungen. Und doch wird sie dieses Gefühl einfach nicht los. Nachdem sie alles verstaut hat, was sie aus dem Garten mitgebracht hat, geht sie zurück in den Schankraum, und hinter dem Tresen starrt ihr ein heller Fleck entgegen: ein Viereck in einem leuchtenden Rot, viel heller als das der Wand ringsherum. Ein brennender Schmerz breitet sich aus in ihrer Brust, und in einem Durcheinander von ungleichen Bewegungen steigt sie hoch ins Schlafzimmer von Madame. Es kann doch nicht sein, dass sie ihre Abwesenheit ausgenutzt hat, um sich aus dem Staub zu machen? Nein! Sie steigt die Treppe hoch und ruft nach ihr, es ist schließlich an der Zeit, sie zu wecken. Es ist nicht das erste Mal, dass sich ihre Ahnungen bewahrheiten, und wenn sie weniger aufgeregt wäre, würde sie sich jetzt jede Menge Vorwürfe machen. Man lernt doch nie aus.

Das Unterste ist zuoberst gekehrt, was von rasender Eile und blankliegenden Nerven zeugt, der größte Teil der Kleider fehlt. Madame ist fort. Und sie steht hier, weiß von nichts. Wut steigt in ihr hoch, und sie ist kurz davor, alles zu zerreißen, was noch herumliegt, doch plötzlich hat sie es eilig, wieder nach unten zu kommen. In der Schublade am Tresen findet sie nur noch ein paar Peseten, Kleingeld, weiter nichts. Diese Aasgeier haben doch tatsächlich alles mitgenommen. Und dann drängt es sie in ihre Kammer, sie schließt die Tür und schaut im Saum des Vorhangs nach, tastet nach dem Bündel mit ihren Ersparnissen. Da ist es. Sie holt es hervor und öffnet den Lederbeutel. Sie ist klug genug gewesen, Vorkehrungen zu treffen, das hat sie gerettet. Wenn nicht, dann säße sie jetzt ganz schön in der Patsche. Sie zählt die Geldscheine, vom ersten bis zum letzten. Sie wundert sich, dass in der Kammer nichts durchwühlt worden ist, sie schaut aber noch einmal genau nach, es scheint wirklich so, als habe hier niemand etwas angerührt. Das hat sie sicher Madame zu verdanken, denn Leandre kennt keine Skrupel, der hätte alles an sich gerafft, was ihm untergekommen wäre. Beinahe hätte sie diesem Gefühl von dankbarer Zärtlichkeit nachgegeben, das sie einen Moment lang für Françoise empfindet, doch so schnell, wie es gekommen ist, vergeht es auch wieder.

Nie hätte sie es für möglich gehalten, dass Madame sie dermaßen hintergehen könnte. Und dabei war ihr klar gewesen, dass das Ganze so enden musste, sie hatte recht damit gehabt, dass die beiden einmal wie zwei verliebte Sechzehnjährige miteinander durchbrennen würden. Was für Kindsköpfe! Für einen Moment hält sie sich an diesem Gedanken fest, bleibt einfach stehen, rührt sich nicht.

Draußen brennt die Sonne gnadenlos vom Himmel und blendet die Welt mit ihrem gleißenden Licht. Die Welt, das ist für Salomé der Weg, der sie zum Garten führt und runter zur Straße, die Welt, das sind die Menschen, die sie kennt, der Fluss, ihr Dorf, die Welt, das ist alles, was sie verabscheut, und alles, was sie liebt. Sie lässt sich in den Schaukelstuhl fallen. Wenn Bataner käme, würden sie gemeinsam überlegen, wie sie der beiden habhaft werden können, sagt sie sich und weiß doch im selben Augenblick, dass sie sich etwas vormacht. Wie einfach es doch wäre mit ihm! Im Grunde könnte es so weiterlaufen wie bisher, Benet würde sich um alles kümmern. Eine Welle der Verbitterung erfasst sie. Noch nie hat sie sich von jemandem helfen lassen, und darum verzieht bei ihrem Anblick auch schon seit Jahren niemand mehr den Mund zu einem spöttischen Grinsen, und schon seit Jahren hat sie keine mitleidige Grimasse mehr ertragen müssen. Da ist nichts zu machen, sie muss sich allein durchs Leben schlagen.

Anfangs ist ihr die Zeit recht schnell vergangen. Sie hat das Schlafzimmer von Madame aufgeräumt und gedacht, dass sie eigentlich doch ziemlich viel zurückgelassen hat, um für immer wegzubleiben. Salometa wäre durchaus gewillt zu glauben, es handele sich nur um ein paar Tage, wenn sie denn nicht das Bild mitgenommen hätte. Sie kennt sie. Wenn die andere doch bloß nicht so dumm wäre, könnte sie durchaus so etwas wie Zuneigung für sie empfinden. Sie glaubt wohl allen

Ernstes, sie könne Leandre so viel entlocken, dass es für ein ganzes Leben reicht!

Vielleicht macht sich die Hinkende ja noch immer etwas vor, aber sie hält ihn für keine große Leuchte, sie weiß, dass er zu viel trinkt, und befürchtet, dass ihm nicht mehr viel geblieben ist, um es unter die Leute zu bringen. Die Ungewissheit treibt sie um. Jetzt sind schon ein paar Stunden vergangen, und noch immer hat sich Bataner nicht blicken lassen, und auch sonst niemand. Und dann beginnt die Zeit auf ihr zu lasten, sie wiegt schwer, türmt sich auf sie wie ein Berg.

Teodoro Fernández Arriero versah seit nunmehr zwölf Jahren seinen Dienst in dieser Gegend. Spindeldürr, klein, pechschwarze Haare, dunkle Gesichtsfarbe, tiefe Stimme, Kettenraucher. Er war mit einer Katalanin verheiratet, der ältesten Tochter einer recht gut situierten Familie, eine nicht zu verachtende Partie.

Reichlich Essen, wenig Arbeit, an den Ort, wo er zur Welt gekommen war, erinnerte sich Teodoro eigentlich nur, wenn er in einem Gespräch zwischen seiner Frau und dem Schwiegervater mal ein Wort nicht verstand. Er konnte sich wahrlich nicht beklagen! Ab und zu allerdings traute er dem Frieden nicht so ganz.

Seitdem der Ausnahmezustand verhängt worden war, wusste Teodoro nicht mehr, wo ihm der Kopf stand. Er hatte den Befehl erhalten, die Gegend um Tor im Auge zu behalten, damit sich keiner der Regimegegner, die dort wie Pilze aus dem Boden geschossen waren, über die Grenze davonmachen konnte. Denn die Saat war zwar tief in der Erde vergraben und mit rasendem Zorn festgetreten worden, doch war sie mit so viel Blut getränkt – und der Diktator mittlerweile so alt –, dass sie wieder zu keimen begonnen hatte. Es galt, die Feinde des »spanischen Vaterlandes« unschädlich zu machen.

Teodoro Fernández Arriero, Doro für seine Freunde, schritt steif und bedächtig aus, und an seinem Körper schlotterte die Uniform, sie war ihm irgendwie zu groß und wollte nicht so recht passen. Der glänzende Dreispitz dagegen ließ seinen Kopf in die Höhe wachsen, die ganze Gestalt schien sich zu strecken. Und das machte was her.

Satt und zufrieden verließ er das Haus. So wie jeden Morgen hatte er sich gerade ein kleines Gabelfrühstück einverleibt, mal ein Omelette, mal ein schönes Stück von der gepökelten Bratwurst, und das Ganze mit einem Strahl Rotwein aus dem *porró* gluckernd heruntergespült. Und hinterher, zur besseren Verdauung, gab's noch eine Tasse echten Bohnenkaffee, von dem geschmuggelten. Er ging rüber auf die Wache, auch so wie jeden Morgen, kletterte mit seinem jungen Kollegen in den Jeep, und die beiden fuhren hoch nach Tor, um dort auf Streife zu gehen.

Ein paar Stunden lang atmeten sie reinste Bergluft ein und langweilten sich ansonsten ganz fürchterlich, wusste doch jeder von ihnen schon längst und ziemlich genau, oder zumindest so genau, wie der unterschiedliche Dienstgrad es erlaubte, über den anderen Bescheid, und dann stiegen sie wieder in den Jeep und fuhren zum Mittagessen nach Hause. Den ganzen Vormittag über hatten sie nicht eine Menschenseele zu Gesicht bekommen.

An besagtem Tag aber forderte Doro, »zu Befehl, mi sargento«, Felipe mit einem Mal auf, er solle von der Straße abbiegen. Der junge Polizist schaute ihn an, riss aber ohne ein Wort das Lenkrad herum und gab Gas. Eine Staubwolke verdunkelte die Windschutzscheibe, und Felipe sagte sich, dass sein Vorgesetzter es ja ziemlich nötig haben musste, wer hätte schon gedacht, dass er so ein geiler Bock war. Felipe hielt sich zwar noch nicht lange in der Gegend auf, doch den Weg zum *La Bordeta*, den kannte er. Gleich zu Anfang, als er hierher versetzt worden war, hatte ihn ein Kamerad, ebenfalls Junggeselle, einmal dorthin mitgenommen. Aber Felipe hatte seine Grundsätze, er war treu. In Càceres wartete schließlich seine Verlobte auf ihn, und er schrieb ihr jede Woche, er war eben durch und durch ein Gefühlsmensch, und ganz abgesehen davon hielt er weder etwas von Huren noch von Französinnen.

Bevor sie ausstiegen, erklärte ihm Doro, »zu Befehl, mi sargento«, es liege eine Anzeige vor, hier würde ein Bordell betrieben, und er habe Order erhalten, der Sache unverzüglich auf den Grund zu gehen und, sollte sich der Verdacht bestätigen, die entsprechenden Verhaftungen vorzunehmen.

Der Junge verließ den Wagen, und innerlich schüttelte er den Kopf über die sinnlose Zeitverschwendung. Um diese Stunde ließ sich bestimmt niemand im *La Bordeta* blicken, dafür hatten die Leute hier in der Gegend einfach viel zu viel Arbeit. Wenn heute zumindest Markttag gewesen wäre … Die beiden gingen auf das Haus zu, der klein geratene Doro voran und Wachtmeister Felipe, der ihn um gut anderthalb Kopflängen überragte, folgte ihm, »zu Befehl, mi sargento«, dicht auf den Fersen.

Die Tür war nicht verschlossen. Die Schankstube lag verlassen da. Doro, mit seiner dröhnenden Stimme, mit all seiner Autorität, fing laut an zu rufen, aber nach ein paar Augenblicken war es noch genauso still wie zuvor. Sie inspizierten die Stube, Teodoro steckte seinen Kopf kurz durch die Toilettentür, in den Raum mit den unterschiedlich gestrichenen Wänden, und dem Junggesellen Felipe fiel auf, dass das Bild hinter dem Tresen fehlte. Dieses Bild war das einzige im *La Bordeta*, das seine Aufmerksamkeit erregt hatte. »Hier hat man ein Bild abgehängt, mi sargento.« Der andere schaute auf den rechteckigen, tiefroten Fleck, man hätte ihn auf den Kopf stellen können, er erinnerte sich beim besten Willen nicht daran, was dort einmal für ein Bild gehangen haben sollte, wenn dort überhaupt eins gehangen hatte.

Statt einer Antwort deutete er mit einem Blick auf die Treppe, die sie, dieses Mal in umgekehrter Reihenfolge, hochstiegen. Zuerst der Korporal und dann der Sergeant. Das Zimmer lag im Halbdunkel der angelehnten Fensterläden, es war gelüftet, das Bett gemacht, alles aufgeräumt. Nur der Hauch eines billigen Parfüms erinnerte Doro an die durchaus angenehmen Momente, die er hier verbracht hatte. Diese Französin verstand ihr Handwerk, sie hatte es ganz schön drauf. Und ihm machte sie es natürlich umsonst. Er öffnete den Schrank, und als seine kleinen Hände über die Kleider dieses üppigen Weibsbilds fuhren, wurde ihm mit einem Mal ganz heiß. Er trat ans Fenster. Die Leiter, die Bataner ihm immer hielt, bis er wieder festen Boden unter den Füßen spürte, stand nicht da.

Mit einem weiteren Blick gab er Felipe zu verstehen, er solle den Rückzug antreten. Da war niemand. »Falscher Alarm«, meinte er, als er hinter dem Jungen herging, der in kleinen Sprüngen die Treppe hinunterlief. Jetzt mussten sie nur noch in der Küche nachschauen, die hinter dem Tresen lag und in die keiner der beiden bislang einen Fuß gesetzt hatte.

Aber neben der Küche entdeckten sie noch einen Raum. Sie öffneten die Tür und standen gleich mitten in der Kammer, in der man sich kaum umdrehen konnte. Bis zum Bett, das an der Wand stand, waren es höchstens drei Schritte, dann noch ein weiterer bis zu der kleinen Luke, die sich direkt über dem Fußende befand. Wollte man hinausschauen, stand das Bett ein wenig im Weg, man musste sich festhalten und den Kopf recken. Den Platz zwischen Tür und Bett nahm ein Schaukelstuhl in Beschlag. Viel mehr gab es nicht. Ein Nachttischchen mit zwei Schubladen und ein grüner Vorhang, der eine Wandöffnung verdeckte. Dahinter stießen sie auf eine Holzstange, an der zwei Kleider und ein Mantel hingen. Alles in Schwarz. Felipe erinnerte sich an die hinkende Frau, die völlig unbeteiligt in der Schankstube bedient hatte, und »mi sargento« kannte sie ebenfalls. Einen Augenblick lang sahen sie sich an, und dann deutete Doro mit dem Kopf zur Tür. Bevor er seinem jungen Kollegen folgte, drehte er sich noch einmal um. Er hatte das Gefühl, beobachtet zu werden, aber das war doch gar nicht möglich. Dieses Zimmer war schließlich winzig klein. Er ging zurück zur Fensterluke und spähte hinaus. Das Schweigen der Wiesen war erfüllt von Licht und Sonne. Bevor er die Kammer verließ, konnte er nicht umhin, mit dem Finger gegen die Rückenlehne des Schaukelstuhls zu stoßen, der einsam hin und her zu schwingen begann.

Mit anderen Augen

Noch im Zug hört sie das Rauschen des Meeres, so als ob es in ihren Ohren hängen geblieben wäre. Nuri ist eingeschlafen, mit dem Kopf in ihrem Schoß, durch das Fenster fällt das grelle Licht der Sonne, sie sind schweißgebadet.

Als sie die Wohnungstür aufschließt, bemerkt Palmira gleich den muffigen Geruch, Türen und Fenster sind geschlossen, die Rollläden verhindern, dass auch nur ein einziger Lichtstrahl eindringt. Nachdem sie die Lampe in der Diele angemacht hat, gehen sie hinein und, als die Katze auf sie zuspringt, weichen sie gleich wieder einen Schritt zurück. Nur eine Woche sind sie fort gewesen und haben gar nicht mehr an Mixa gedacht, doch, so fragt sich Palmira, wo steckt bloß Maurici?

Sie hat gerade die Rollläden hochgezogen, die Fenster geöffnet und die Tür zur Dachterrasse, als Dora anruft.

Der Vater ist in Torrent, meint Palmira zu Nuri, nachdem sie, den Telefonhörer am Ohr, ein paar Minuten geredet hat. Und die Kleine, mit Mixa im Arm, hat sie einen Moment lang angeschaut und kein Wort gesagt. Während Nuri mit der Katze spielt, öffnet sie die Reisetasche, und kaum hat sie das erste Kleidungsstück herausgenommen, vermisst sie schon das Meer. Laut sagt sie, nach einer schönen Dusche würden sie sich wie neugeboren fühlen. Während das Wasser über ihren sonnengebräunten Körper rinnt, fragt sie sich wieder, weshalb ihr Mann wohl ins Dorf gefahren ist, und plötzlich verfliegt dieses Gefühl von Befreiung, das sie bei dem Gedanken empfunden hat, ihn nicht in Barcelona zu wissen.

Als Palmira mit der frisch gewaschenen und umgezogenen Nuri das Kurzwarengeschäft betritt, ein Lächeln voller Dankbarkeit auf den Lippen, trifft sie auf die eiserne Miene von Senyora Roser, und gleich weiß sie Bescheid. Ein weiterer Brief. Im selben Augenblick fasst sie einen Entschluss, dieses Mal würde sie ihn ihr zu lesen geben, sie würde ihr alles erklären, was nötig war, um endlich dieses Geheimnis aus der Welt zu schaffen, das zwischen ihnen stand.

Es stimmt. Als sie am Ladentisch vorbei auf Senyora Roser zugeht, streckt ihr diese, noch bevor sie ihren Gruß erwidert, einen Briefumschlag entgegen und schaut ihr geradewegs in die Augen. Dann, mit Nuri an der Hand, entfernt sie sich ein paar Schritte, kerzengerade, während Palmira den Umschlag aufreißt und gleich im Stehen zu lesen beginnt.

Der Brief war aus Caracas, vom zwanzigsten Juni. Josep schrieb ihr, dass er nicht mehr der Mensch sei, den sie einmal gekannt habe. Neus war mit einem Bankangestellten auf und davon, einem Buchhalter. Er hatte in dem Gästehaus gewohnt, in dem die beiden arbeiteten, mit Joseps Worten: »eigentlich ein sehr sympathischer Mann, um einiges älter als ich und scheinbar recht wohlhabend.« Und dabei war er keineswegs verzweifelt, weil Neus ihn verlassen hatte. Aus der Bahn geworfen, und das ging so weit, dass er sogar das Gefühl hatte, nicht mehr er selbst zu sein, hatte ihn vielmehr die Erkenntnis, sich die ganze Zeit etwas vorgemacht zu haben. Er war mit einer Frau nach Caracas gegangen, die er nicht liebte, und das nur, weil Palmira nicht hatte mitkommen wollen. Er warf sich vor, nicht mehr getan zu haben, um sie umzustimmen, er bedauerte es sogar, nicht mit Maurici gesprochen zu haben. Er war völlig durcheinander, und er wollte keine Zeit verlieren. Er fragte Palmira, ob sie sich nicht vielleicht auch etwas vorgemacht habe, wollte gemeinsam mit ihr und Nuri ein neues Leben beginnen. Er war davon überzeugt, Neus habe ihn die ganze Zeit zum Narren gehalten und nur auf eine passende Gelegenheit gewartet, um sich von ihm zu trennen, ihn mit einer Arbeit sitzen zu lassen, die eine Person allein gar nicht bewältigen konnte. Und außerdem, aber das hatte er ihr vorher nicht erzählen wollen, war Neus schon in Barcelona dahintergekommen, dass er Palmira liebt, und allem Anschein nach hatte sie nur auf den geeigneten Moment gewartet, es ihm heimzahlen zu können.

Zum Schluss bat Josep Palmira, ihm doch zu sagen, ob auch sie ihn liebt, und sollte dies der Fall sein, wo sie gerne leben würde. Eigentlich fühle er sich wohl in diesem Land, doch seit der ganzen Sache bekomme er von allen Seiten zu hören, und zwar von Leuten, die er recht gut kannte, die Geschichte zwischen seiner Frau und dem Buchhalter sei schon ziemlich lange am Laufen gewesen. Nur er habe eben bis zum Schluss nichts davon geahnt, erst davon erfahren, als die beiden längst über alle Berge waren. Am meisten aber mache es ihm zu schaffen, dass die Leute ihn immer so mitleidig anschauen und ihm aufmunternd auf die Schulter klopfen: »Das ist wirklich eine üble Sache, José!« Dann würde er sie am liebsten alle zum Teufel jagen.

Palmira war mit dem Brief in der Hand stehen geblieben. Ausgerechnet der Brief, den sie Senyora Roser hatte zeigen wollen, war der kompromittierendste von allen, und auch, wenn ihre Chefin so tat, als würde sie angeregt mit Nuri plaudern, wusste sie doch ganz genau, dass sie sie aufmerksam beobachtete und darauf wartete, was sie nun tun würde. Ohne den Bogen Papier wieder zusammenzufalten, ging sie zu ihr und bat sie, den Brief zu lesen. Diese Geste, die Palmira, von Dankbarkeit bewegt und starr vor Angst, weil sie nicht wusste, was nun sein würde, alles andere als leichtgefallen war, besiegelte endgültig die Freundschaft, die die andere Frau für sie empfand. In Senyora Roser hatte Palmira, auch wenn sie das niemals zu träumen gewagt hätte, eine mütterliche Freundin und Vertraute gefunden, die ihr von Stund an zur Seite stand.

Nur zu Maurici und seiner Reise konnte Senyora Roser nichts sagen. Deshalb verließen Mutter und Tochter nach einer Weile das Geschäft und machten sich auf den Weg zu Dora, um in Erfahrung zu bringen, ob ihr nicht vielleicht noch etwas eingefallen war. Und während sie durch die Stadt gingen, musste Palmira immerfort an den Brief denken. Auch sie sah Josep nun mit anderen Augen.

Er hatte sich daran gewöhnt, niemanden zu kennen. Wenn es einmal vorkam, dass er jemanden direkt anschaute, blickte er stets in ein fremdes Gesicht, und die Leute, denen er auf den Straßen der Stadt begegnete, kümmerten ihn auch nicht. Als er sah, wie ein Mann aus seinem Dorf in denselben Autobus stieg, wurde er mit einem Mal so nervös, dass er sich überlegte, an der nächsten Haltestelle gleich wieder auszusteigen.

Er hatte einen Fensterplatz bekommen, gleich in der dritten Reihe, und aus den Augenwinkeln heraus konnte er erkennen, dass der Mann hinten neben der Tür einen Platz gefunden hatte, weit weg von ihm. Und so blieb er sitzen.

Die Fahrkarte war um einiges teurer geworden, seit er das letzte Mal diese Reise gemacht hatte, das war so lange her, wie seine Tochter nun schon auf der Welt war, er hatte es gleich nachgerechnet. Sie hatten oben im Dorf angerufen, als er gerade mit seiner Schwester sprach, er erinnerte sich noch ganz genau. Im ersten Augenblick hatte er gar nicht verstanden, wovon sein Vater da eigentlich redete, seine Erinnerung an Palmiras Schwangerschaft war wie ausgelöscht gewesen, er hatte auf seine Art das Gedächtnis verloren. Vielleicht war ihm ja deshalb nicht sofort klar gewesen, was ihm der Vater da sagte. »Deine Frau hat ein Mädchen bekommen.« Was er aber sehr wohl sofort begriffen hatte, war die Ernüchterung und Kälte in Leandres Stimme, so als habe dieses kleine Mädchen überhaupt nichts mit ihm zu tun, so als bedeute sie ihm rein gar nichts. Aus ihr würde einmal eine Frau und von daher niemals ein richtiger Erbe. Aber für was brauchte er eigentlich noch mehr Erben, wenn ihm doch der eine schon zu viel war. Mauricis Gedanken stolperten in unvollständigen Wortfetzen hinaus. Kaum hörbar murmelte er sie vor sich hin, und die Frau neben ihm, mit der er weiter nichts als einen knappen Gruß ausgetauscht hatte, schüttelte mit dem Kopf, ohne dass sie sich getraut hätte, ihn anzuschauen.

Der Mann sah gar nicht gut aus, das hatte sie gleich bemerkt. Die Haut viel zu fahl, und die Haare hingen ihm ins Gesicht, sahen aus, als ob sie ausgebleicht wären. Bestimmt war er krank. Sie rutschte auf ihrem Sitz ein wenig mehr zum Gang hin. Das nächste Mal würde sie den Zug nehmen. Wie um ihr Selbstgespräch zu beenden, drehte sie den Kopf zur Seite, und ihr Blick fiel auf die beiden anderen Reisenden in ihrer Reihe, die unbeteiligt nach vorne schauten.

Kurze Zeit später hatten Maurici und seine Sitznachbarin, hatten alle beide die Augen geschlossen. Vielleicht schliefen sie ja.

So wie er vor einem Feuer weggerannt wäre, hatte er vor der Menschenmenge, die sich in Montsent um den Omnibus scharte, die Flucht ergriffen. Die Angst, erkannt zu werden, die Angst vor den Fragen und Blicken, den Kommentaren, ließ ihn zu einem Wettlauf ohne Gegner antreten, mit großen Schritten lief er los, stürmte die Straße hinauf, wich den Autos und Menschen aus, vor allem den Menschen. Er fand, dass es viel zu viele Menschen gab auf der Welt. Die hagere Frau so dicht neben ihm hatte ihn noch nervöser gemacht, und er war erst wieder ruhiger geworden, als sie zu schlafen schien. Doch auch wenn sie ihn nicht mehr angesehen hatte, Maurici war sich sicher, dass ihr nichts entgangen war, nicht eine seiner Bewegungen, nicht ein einziges Gähnen … Und er war davon überzeugt, dass sie Anstoß an ihm genommen hatte. Dass er in ihren Augen nicht so war, wie man zu sein hatte.

Plötzlich tauchte ein Mann neben ihm auf.

»Hab' ich mir's doch gedacht, dass du einer von den Raurills bist.«

Es war der Mann, den er zuvor schon im Überlandbus gesehen hatte und der ganz versessen auf einen kleinen Plausch zu sein schien. Maurici konnte seinen Unmut nicht verbergen. Er gab vor, ein Paket vergessen zu haben, und ging wieder zurück in Richtung Bus, ließ den anderen einfach stehen, ohne dass dieser noch ein Wort hätte sagen können. Nicht einmal das erste einer ganzen Reihe von Worten, die er sich zurechtgelegt hatte, um in Erfahrung zu bringen, was bei den Raurills aus Torrent, verdammt noch mal, was bei denen eigentlich los war. Aber jetzt blieb ihm doch glatt die Spucke weg.

Er hatte seine große, geräumige Tasche mitgenommen. Sie war grün, hatte einen Reißverschluss und baumelte nun unförmig an ihm herunter, weil er so wenig eingepackt hatte.

Zuerst würde er hinauf auf die größte von ihren Wiesen gehen, dort wo die Birken und Eschen wuchsen, Pappelholz konnte er schließlich überall schlagen, denn Schwarzpappeln gab es in Hülle und Fülle. Er würde sich die Stämme schon einmal aussuchen und dann die Dunkelheit abwarten. Etwas zu essen hatte er sich mitgenommen. Er wollte nicht gesehen werden und mit niemandem sprechen müssen. Er würde zum Haus gehen, die Axt holen und wieder zur Wiese zurückkehren. Er würde so viel Holz schlagen, wie in die Tasche passte. Die Taschenlampe würde er nur anmachen, wenn es unbedingt nötig wäre. Jeden Schritt hatte er sich genau überlegt, einen nach dem anderen, und in Gedanken war er den ganzen Weg abgelaufen, ohne auch nur ein einziges Mal die Richtung verfehlt zu haben.

Er ging immer weiter, doch sobald er ein Geräusch hörte, suchte er Zuflucht im Straßengraben. Ab und zu fuhr ein Auto vorbei. Er hoffte, es würde ihn niemand erkennen, damit nur bloß keiner auf die Idee käme, aus Höflichkeit anzuhalten und ihn zu fragen, ob er nicht einsteigen wolle. Doch auch ohne von irgendjemandem erkannt zu werden, fürchtete er, einer könne stehen bleiben, um ihm gegen Bezahlung eine Mitfahrgelegenheit anzubieten. Er ging ganz nah am Straßenrand, hielt den Kopf gesenkt und achtete kaum auf seine Umgebung. Es war heiß, und er entledigte sich seines Sakkos, sich für die Reise fein anzuziehen, war keine gute Idee gewesen. Er stopfte es in die Tasche aus Segeltuch, was ihr gleich ein wenig mehr Form verlieh. Endlich war er an der Abzweigung angelangt, die zu seinem Dorf führte. Den Asphalt ließ er hinter sich und ging nun auf staubigem Boden weiter. Jetzt galt es, noch mehr auf der Hut zu sein, durchfuhr es ihn, doch es kam ihm niemand entgegen und keiner überholte ihn, bis zum ersten Dorf hatte er allerdings noch ein gutes Stück Weg vor sich, seins kam danach.

Als Ermita hinter ihm lag, fiel ihm das Laufen immer schwerer, auch wenn die Sonne nicht mehr gar so arg ins Gesicht stach. Plötzlich erinnerte er sich voller Freude an eine kleine Quelle, die sich ein wenig abseits vom Weg befand. Als er sie erreichte, kühlte er sein Gesicht und die Arme und trank einen Schluck. Dann ließ er sich in der Nähe des ruhig dahinplätschernden Wassers nieder, und dort, im Verborgenen, aß er einen Happen.

Es dauerte nicht lange, und schon brach die Dunkelheit über ihn herein. Und das, bevor er die Wiese erreicht hatte, die zudem noch ein ganzes Stück von Torrent entfernt lag. Als er sie ausfindig machen wollte, stellte er fest, dass die niedrigen, ohne Mörtel aufgeschichteten Steinmäuerchen alle gleich aussahen. Sie grenzten die Wiesen und Felder voneinander ab, die alle brachzuliegen schienen, aber da stand er schon mitten auf der Wiese der Raurills, und er ging durch das Gras, das ihm an einigen Stellen bis zur Hüfte reichte, kräftiges Gras, widerstandsfähig, denn es hatte Wind und Wetter getrotzt und sich nicht gebeugt.

Vögel zwitscherten, und es lief ihm kalt den schweißnassen Rücken hinunter. So lange hatte er den Wiedehopf nicht mehr gehört und auch keine Elster! Verwirrt blieb er stehen und versuchte sich zurechtzufinden. Er lauschte in die Nacht. Sie ließ die Dunkelheit, die sich gerade erst über alles gelegt hatte, noch undurchdringlicher erscheinen und kam ihm so ganz anders vor als die Nacht in dem kleinen Kabuff in der Garage. Dort war sie ein helles Licht über dem Holz, dem Messer und seinen Händen, dieser Ort aber mit all seinen Schatten begann ihm Furcht einzuflößen.

Er sollte besser nach Hause gehen und die Axt holen. Vom Dorf aus, da war er sich sicher, würde er den Weg leicht zurückfinden, und außerdem hatte er ja die Taschenlampe. Er holte sie heraus. Die Vorstellung, auf seinen Vater zu treffen, bereitete ihm großes Unbehagen. Im Schein der Lampe sah er das hohe Gras, das sich um seine Beine schlang. Langsam ließ er das Licht hin und her wandern, bis es auf einen Baum fiel. Mit unsicheren Schritten folgte er dem Strahl. Eine Esche. Er ging ganz nah an sie heran, und voller Verlangen fuhr er über ihre Rinde, so als liebkose er den Körper einer Frau. Von dort aus gewahrte er einen Lichtkegel, der sich langsam über den Boden ausbreitete, auf ihn zukam und unter ihm hindurch wieder entschwand. Für einen kurzen Augenblick hatte er den Weg gesehen, und ohne Schwierigkeiten gelangte er dorthin. Mit der linken Hand zog er die grüne Tasche hinter sich her, in der rechten hielt er – nichts! Er blieb stehen und brauchte einen Moment, um sich bewusst zu werden, dass er die Taschenlampe verloren hatte.

Er ging auf sein Dorf zu und spürte, wie müde er war. Hinter ihm tauchten die hellen Scheinwerfer eines Autos auf. Er bemerkte sie schon von Weitem, fühlte, wie sie über seinen

Rücken fuhren und dann über den Nacken, bis die beiden hellen Lichtkegel schließlich ohne anzuhalten an ihm vorbeizogen.

Bestimmt, so dachte er, hatten es die Leute im Wagen mit der Angst zu tun bekommen, als sie ihn so daherlaufen sahen. Dieb, Wilderer, Landstreicher, Gauner. Es war ihm egal, was sie über ihn dachten, solange sie nur nicht wussten, dass sie gerade dem Erben der Raurills begegnet waren. Er spürte, wie ihm die Galle hochkam, aber nur für einen kurzen Moment. Es war ein anderer Gedanke, der ihm viel mehr zusetzte und ihn am ganzen Körper zittern ließ: Was sollte er nur tun, wenn er im Haus auf seinen Vater treffen würde?

Während er lief, sah er all die vertrauten Orte bereits vor sich. In Gedanken betrat er den Hof, wo sie das Kleinvieh gehalten hatten, und im Stall die Kühe, die Maultiere und Pferde. Er erinnerte sich an jede Einzelheit, die Axt würde er leicht finden, sie lag neben dem Feuerholz. Er musste nur leise sein. Er würde sie einfach nehmen, in die Tasche stecken und sich gleich wieder davonmachen. Und wenn sein Vater ihn hören würde, mit einem Messer runterkäme, in dem Glauben, es seien Diebe im Haus? Er würde versuchen zu fliehen, denn um nichts in der Welt wollte er erkannt werden. Und wenn er ihm doch gegenübertreten müsste? Er merkte, wie er wieder zu schwitzen begann, im Nacken und unter den Achseln war er schon ganz nass. Er lief weiter. Er musste auf alles gefasst sein.

Die Dunkelheit, sie war jetzt von Dauer, ließ alles eins werden, schien wie die Zeit eine gleichförmige Masse zu sein. Sie hatte sich über die Erde gelegt, den Himmel über ihm verhüllt und sich in seinem Kopf breitgemacht, wo er doch keinen trüben Gedanken mehr an sich heranlassen wollte. Und dabei leuchteten dort oben die Sterne, und es gab die Vögel der Nacht und all die Insekten. Da war so viel Leben um den wortkargen, schweißgebadeten Mann mit der großen Tasche, die an seiner rechten Hand baumelte, wenn jetzt wie durch Zauberhand die Sonne aufginge, ein einziges Gewimmel und Gewühle würde ans Licht kommen, eine wahre Sinfonie des Sommers zu hören sein. Aber er hatte schon so lange nicht mehr auf seine Umgebung gelauscht, und schon so lange hatte es kein solches Leben mehr um ihn herum gegeben, es war, als sei er taub. Und er lief weiter, sein ganzer Körper war angespannt, und er merkte gar nicht, dass er die Hände zu Fäusten geballt und die Zähne fest zusammengepresst hatte.

Als er sein Dorf erreichte, hatte er keine Ahnung, wie lange er unterwegs gewesen war. Aber es schien ihm, als sei viel Zeit vergangen, und da kam es auf einen Umweg nicht mehr an, zumal dieser Umweg notwendig war, um nicht gesehen zu werden, um niemanden aufzuwecken. Er entfernte sich von der Straße, ging weiter hinauf, so als ob er das Dorf auf der anderen Seite wieder verlassen wollte. Er musste das Wirtshaus meiden. An den Händen spürte er die Stiche der Brennnesseln, die entlang der Hauswände wuchsen, es mussten ziemlich hohe Büsche sein. Er versuchte sich daran zu erinnern, wie viele Häuser es hier gab, und gleich fiel ihm der Name einer der Familien ein, und dann entsann er sich auch aller anderen. Insgesamt fünf, wenn er sich nicht irrte. Kein Laut war zu hören, ob sie wohl alle schliefen? Er erreichte die Tränke bei den Gemüsegärten und tauchte eine Hand ins Wasser. Ein Zittern durchfuhr seinen Körper, als er sich mit der feuchten Hand über den Nacken strich. Die Taschenlampe vermisste er kein bisschen, wer weiß, wozu es gut war. Auf den entlegensten Wegen würde er einmal ums ganze Dorf gehen, um bis vor seine Hoftür zu gelangen. Da schlug ein Hund an, und gleich darauf fing der nächste an zu bellen. Er ging schneller, und plötzlich war da ganz in seiner Nähe wieder ein Geräusch, das ihn zusammenzucken ließ, vielleicht eine Katze, die sich verkroch, oder eine Ratte. Und abermals brach ihm der Schweiß aus, und die Grillen zirpten ohne Unterlass, doch erst, als er völlig durchgeschwitzt war, nahm er ihr Singen überhaupt wahr.

Sein Vater schlief im Haus, darauf hätte er Stein und Bein geschworen, er musste mehr als vorsichtig sein und nur ja keinen Lärm machen. Die Hunde hatten aufgehört zu bellen. Und dann stand er schließlich vor der Hoftür. Er suchte nach dem Riegel und wollte die Tür öffnen. Mit aller Kraft drückte er dagegen, aber sie bewegte sich nicht. Jetzt hätte er die Taschenlampe doch brauchen können. Er versuchte es noch einmal, und schließlich gab sie nach. Knarrend sprang sie auf, und all das Gerümpel, das dahinter aufgetürmt war, wurde zur Seite geschoben. Erschrocken, weil er so viel Krach gemacht hatte, betrat er den Hof.

Im selben Augenblick überfiel ihn ein übler Gestank, aus jeder Ecke schlug er ihm entgegen und wurde immer unerträglicher, je weiter er sich auf der Suche nach dem Holzstoß vorwärtsbewegte. Gleich neben dem aufgestapelten Brennholz musste die Axt liegen. Mit den Händen tastete er sich an der Wand entlang, und etwas bohrte sich in sein Fleisch, ein Splitter? Er merkte, dass er blutete, als er über seine schmerzende Handfläche leckte und einen süßlichen Geschmack auf seiner Zunge spürte. Die Axt fand er nicht, er fand überhaupt nichts, er musste unbedingt Licht machen.

Im Haus schien niemand zu sein, es war so still, überall nur dieser Gestank. Die Taschenlampe hätte er jetzt wirklich gut brauchen können. Er fand ja noch nicht einmal den Lichtschalter, hektisch und voller Furcht, er könne sich wieder verletzen, fuhr er mit den Händen über die Wand. Einen Augenblick lang blieb er regungslos stehen, dachte nach. Und dann fiel es ihm ein. Er musste zurück zum Eingang und sich dann links halten. Ganz in der Nähe der Tür fand er den Schalter und machte Licht. Ein fahler Schleier, der seine Augen blendete, legte sich auf die staubbedeckten Werkzeuge, auf die dürren, trockenen Reisigzweige, die dort lagen, wo sich einmal dicke Scheite Brennholz gestapelt hatten. Und der Gestank verfolgte ihn noch immer. Auf der einen Seite reihte sich ein Futtertrog an den nächsten, aber es stand kein Vieh davor. Es fiel ihm sofort auf, als er nach der verdammten Axt suchte, obwohl es ihm doch schon von vornherein klar gewesen war. Vielleicht, so sorgte er sich, würde sich jemand über das Licht wundern. Endlich entdeckte er das Ende des Schafts, das unter einer dicken Dreckschicht hervorlugte, und als er daran zog, kam auch der restliche Stiel zum Vorschein und ebenso die schwarz angelaufene Schneide. Die Axt. Er steckte sie einfach in die Tasche, staubig und dreckig, wie sie war, und ritzte dabei an einer Stelle das Segeltuch auf. Er hatte es eilig, das Licht auszumachen und von hier fortzukommen. Wieder im Dunkeln öffnete er die Tür und empfand die Nachtluft wie eine zärtliche Berührung.

Càmfora *

Nach Mariä Himmelfahrt war auf das Wetter kein Verlass mehr. Für gewöhnlich hatte man die zweite Mahd schon eingefahren und musste sich jetzt nur noch um das Vieh kümmern,

* Càmfora (katalanisch): immergrüner Baum aus der Familie der Lorbeergewächse, im Deutschen als »Kampferbaum« oder auch »Camphora« bekannt. Kampfer wird u.a. als Mottenbekämpfungsmittel (Mottenkugeln) eingesetzt. Sein Geruch gilt als unangenehm streng und kann Übelkeit hervorrufen.

keine besonders schwere Arbeit. Sabina war zu Hause geblieben, um die leichten Sommersachen wegzuräumen und die Winterkleidung zum Lüften nach draußen zu hängen. Ende Mai räumte sie fast alle Decken fort, sauber und ordentlich, und ebenso die Pullover und dicken Strümpfe, und Ende August, wenn es langsam wieder kühler wurde, erfüllte es sie mit Genugtuung, alle Teile unversehrt vorzufinden. Allerdings hatte sie eine Abneigung gegen Kampfer, der sie an ihr häufiges Erbrechen während ihrer ersten Schwangerschaft erinnerte, und deshalb verwendete sie ihn nie.

An diesem Tag, so wie immer, wenn sie in den Schränken und Kommoden wühlte, dachte sie an ihre Mutter. Die Erinnerung an sie weckte in ihr gemischte Gefühle. Sie hätte sie gerne bei sich gehabt, um sie zu umsorgen, was niemand je für die arme Madrona getan hatte. Aber sie hätte sie auch mit Vorwürfen überschüttet. Seit Langem schon wusste sie um diese beiden gegensätzlichen Empfindungen in ihr. Und sie erinnerte sich, siebzehn Jahre war sie alt gewesen und gerade dabei, in ihrem Elternhaus die Decken aus der Kommode zu holen. Und noch bevor sie die weißen Kampferkugeln über den Fußboden hatte rollen sehen, war ihr allein schon von dem Geruch so übel geworden, dass sie sich fühlte, als wäre sie auf einem führerlosen Schiff dem stürmischen Meer ausgeliefert.

Bis zu jenem Nachmittag waren es immer die Arme ihrer Mutter gewesen, die sie aufgefangen und wieder auf festen Boden geleitet hatten. Auch die liebevolle Stimme, die an jenem Tag zu ihr sagte, ein Kräutertee würde dem Magen sicher guttun, war die von Madrona. Noch immer meinte sie sie zu hören. »Ich gieß' dir einen Tee aus Walnussblättern auf, das beruhigt den Magen. Oder möchtest du lieber einen Steintee?«

Aber als sie den Grund für ihre Übelkeit erfuhr, wurde die Stimme der Mutter ganz hart. Von diesem Moment an war in den Worten, die Madrona an sie richtete, auch nicht mehr ein Hauch von Zärtlichkeit zu spüren, sie drehten sich nur immer wieder darum, was es anzustellen galt, damit nichts von alledem nach draußen drang. Die Schande musste innerhalb der eigenen vier Wände bleiben.

Während sie unermüdlich ihre Arbeit erledigte und bitteren Erinnerungen nachhing, hörte Sabina mit einem Mal, wie jemand an die Tür klopfte, und gleich ließ sie alles stehen und liegen. Die Leute aus dem Dorf machten sich unten an der Haustür oder schon auf der Straße mit einem Gruß bemerkbar. Wer konnte das also sein? Sie ging nicht, sie lief die beiden Treppen hinunter und war sich dessen gar nicht bewusst.

Salomé kannte diesen Gesichtsausdruck. Vielleicht war sie ihm schon begegnet, noch bevor oder seitdem sie überhaupt wusste, wie sie hieß. Sie hätte es nicht sagen können, vielleicht hatte sie ihn sich schon eingeprägt, als sie noch gar nicht sprechen und die anderen sie doch längst nicht mehr aus der Fassung bringen konnten, im Grunde gleich beim allerersten Mal, als jemand seinen Blick auf ihren missgestalteten Körper geheftet hatte. Sie wusste auch, was danach kam. Ein sichtliches Unbehagen, das sich in scheinbarer Unbefangenheit äußerte, in einer dumpfen Beklommenheit, in den fahrigen Bewegungen der Hände, des Körpers, im unruhigen Flackern der Augen ihres Gegenübers. Überraschung und Unbehagen. Ja, bei ihren Mitmenschen sorgte ihr Anblick für ein paar Sekunden der Überraschung und gleich darauf für anhaltendes Unbehagen.

Die Überraschung hatte Sabina bereits überwunden, und als sie »komm herein« sagte, fing sie gerade an, sich unbehaglich zu fühlen. Mehr oder weniger wusste sie über Salomé Bescheid, erinnerte sich daran, sie vor vielen Jahren einmal auf einem Patronatsfest gesehen zu haben und bisweilen auch in Montsent auf dem Markt.

Sie hatte sie in die Küche geführt und dabei gemerkt, wie schwer es der anderen hinter ihr fiel, ihren Körper unter Kontrolle zu halten. Für einen kurzen Augenblick richtete Salomé sich auf, im nächsten Moment aber schien ihr Körper gleichsam abzustürzen, um erst auf dem anderen Bein wieder festen Halt zu finden. Und so in einem fort, bis sie stehen blieb. Sabina wäre es lieber gewesen, nicht mit dieser Frau sprechen zu müssen, und doch brannte sie darauf, während sie sich zugleich davor fürchtete, was sie ihr erzählen würde.

»Es geht um deinen Vater, ich denke, das wird dich interessieren.« Sie hatte nichts weiter erwidert als »komm herein« und war vorausgegangen, mit dieser beunruhigenden Vorstellung die Treppe hochgestiegen, jemanden hinter sich zu haben, dessen Körper bei jedem Schritt aus dem Lot geriet, aber doch niemals hinfiel. Bis sie schließlich in der Küche angekommen waren, sie auf einen Stuhl gedeutet und Salomé im Sitzen ihr Gleichgewicht wiedergefunden hatte. Aber Sabina, auch wenn ihre Gedanken einzig und allein um die Frage kreisten, was wird mir diese Frau wohl zu sagen haben, war sich im Klaren darüber, wenn die andere erst einmal wieder aufstand, würde ihr Körper sofort wieder aus den Fugen geraten. Salomés Behinderung war offenkundig und beunruhigte sie, noch mehr aber brannte sie darauf, endlich zu erfahren, weshalb die andere hergekommen war. Unerbittlich war der Blick aus ihren schwarzen Augen, und mit einem Mal glaubte Sabina, das Spiel durchschaut zu haben: Natürlich. Der Schweinehund von meinem Vater hat diese Unglückselige geschwängert, und jetzt kommt sie her, damit ich ihr die Kastanien aus dem Feuer hole. Sie schickte sich an, Salomé zuzuhören, auch wenn sie sich nur mit Mühe zurückhalten konnte und gar nicht bemerkte, wie sie ihren Mund verzogen, die Lippen zusammengepresst hatte, nur um der anderen nicht schon jetzt ihre ganze Verachtung ins

Gesicht zu schleudern. Als diese zu reden begann, senkte Sabina den Kopf und schaute auf ihren Schoß, während sie die Hände in den Taschen ihrer Kittelschürze verbarg.

Es war bemerkenswert, wie sehr sich die beiden Frauen unterschieden. Sabinas Augen, klein und hell, das Gesicht mit den hervorstechenden Wangenknochen nur wenig gebräunt, ihr glattes Haar in der Mitte gescheitelt. Und dann ihr Körper, geschmeidig und drahtig, dabei eher knochig als schlank. Ihr gegenüber, sie musste ein wenig hochschauen, große dunkle Augen, seit jeher von der Schwere der Enttäuschung umschattet. Dichtes, schwarzes Haar, das gut zu dem dunklen Teint passte und locker zu einem üppigen Knoten zusammengesteckt war, ein wohlproportioniertes Gesicht mit einer ebenmäßigen Nase. Und doch fiel es vielen Menschen schwer, diese füllige Frau in Ruhe zu betrachten, nicht nur wegen ihres eindringlich eisigen Blicks, sondern vor allem wegen des Ungleichgewichts ihrer beiden Körperhälften, die doch bei den meisten Sterblichen in völligem Einklang zueinander stehen.

In der hageren Frau, die ihr gegenübersaß und sich, so wie alle anderen auch, davon war sie überzeugt, insgeheim über sie lustig machte, erkannte Salomé das genaue Ebenbild von Leandre. Und dennoch entdeckte sie in den mürrischen blauen Augen der Hausherrin den gleichen Schatten, den auch ihre dunklen Augen ihr jeden Morgen beim Blick in den Spiegel zurückwarfen. Aber sie war ja wohl kaum hergekommen, um sich mit der Tochter von diesem Kerl aufzuhalten, schimpfte sie mit sich selbst, sondern um das zu sagen und zu fragen, was der Sache dienlich war: »Dein Vater hat einen Narren gefressen an einer von diesen, du weißt schon, so eine Französin, über die man sich hier in der Gegend das

Maul zerreißt, und ich glaube, die beiden haben gemeinsam das Weite gesucht. Einen Großteil von seinem Besitz wird er wohl beim Saufen und Kartenspielen durchgebracht haben, aber wenn die zwei sich jetzt auf Nimmerwiedersehen davonmachen, könnt ihr Kinder euer Erbe ganz in den Kamin schreiben.«

Zwar hatte jemand Salomé erzählt, Bataner habe sich nach Andorra abgesetzt, und das in Begleitung, aber so leicht ließ sie sich keinen Bären aufbinden. Françoise war verrückt nach Leandre, und sie hatte das Bild mitgenommen. »Und ich würde gerne wissen, ob sie sich hier haben blicken lassen.«

Sabina traute ihren Ohren nicht. Und so entschlossen sie gewesen war, den Krüppel erst gar nicht ausreden zu lassen, überzeugt davon, sie müsse ihr zur Antwort geben: »Wenn du einen Braten in der Röhre hast, dann möge Gott dir beistehen«, und sie dann vor die Tür setzen, sosehr hatte sie es jetzt eilig damit, ihr zu versichern, dass sie keinen Umgang mit ihrem Vater pflegen würde, ihn seit seiner Rückkehr aus Barcelona noch nicht einmal zu Gesicht bekommen habe. Sie redete einfach immer weiter, die Worte der anderen hatten sie aus der Fassung gebracht, sie musste nachdenken. Bis sie an den ungelenken Bewegungen der schwarz gekleideten Gestalt vor sich mit einem Mal erkannte, dass diejenige, von der sie nicht wusste, dass sie Salometa genannt und von allen verspottet wurde, aufgestanden war und gehen wollte.

Sie hatte sie zur Tür begleitet, und ihr war aufgefallen, dass sie sich zu den Blumentöpfen mit den Bartnelken umgeschaut hatte, die gleich am Eingang standen und eine wahre Pracht waren. Und erst sehr viel später fragte sie sich, warum. Warum diese hinkende Frau, die sie doch gar nicht kannte, ihr das eigentlich erzählt hatte?

Auf dem Rückweg fühlte er sich wie beflügelt, die Tasche war so voll, dass er sie noch nicht einmal hatte schließen können. Die Axt passte nicht mehr hinein. Er musste sie in der Hand tragen. Einen Augenblick lang hatte er überlegt, sie wegzuwerfen, aber sie war schließlich ein Werkzeug, das zum Haus gehörte. Und wer weiß, wer konnte das schon sagen … vielleicht würde er sie ja bald wieder brauchen. Bei diesem Gedanken spürte Maurici so etwas wie einen bittersüßen Geschmack in der Brust, als ob er, anstatt zu atmen, etwas hinuntergeschluckt hätte. Er ging durch die Dunkelheit und fühlte sich frei. Die Nacht war die Heimat all derer, die keinen Schlaf finden, und trotz seiner Traurigkeit, nirgendwo mehr dazuzugehören, in diesem Augenblick fühlte er sich eins mit sich und der Welt.

Als er an einem Haus vorbeiging, ließ ihn ein Geräusch zusammenzucken, es war, als ob ein Fensterladen gegen eine Scheibe schlug. Er war auf der Hut. Jetzt galt es nur noch die Axt zurückzubringen, und nichts würde mehr darauf hindeuten, dass er hier gewesen war. Und danach blieb ihm nichts weiter übrig als abzuwarten. Wer weiß, vielleicht würde der Vater ja seine Meinung ändern, vielleicht würde er aber auch sterben. Nach dem Gesetz des Lebens waren die Eltern schließlich vor den Kindern an der Reihe.

Dann war er wieder zu Hause angelangt. Jetzt fiel es ihm leichter, sich in der Dunkelheit zurechtzufinden, und er war so froh über das Holz, dass er keinerlei Unruhe mehr verspürte. Außerdem war ganz sicher niemand da oder aber der Vater schlief wie ein Klotz. Und sollte er nicht schlafen und sie einander begegnen, er würde es bestimmt nicht wagen, den Sohn zu verhöhnen. Maurici tauchte wieder in den Gestank ein, der ihm jetzt, wo er aus der betörend duftenden Sommernacht kam, noch unerträglicher erschien. Die prall gefüllte Tasche ließ er neben der Tür stehen und ging mit der Axt in der Hand zu der Stelle zurück, wo er sie glaubte, gefunden zu haben. In diesem Augenblick hörte er draußen ein Geräusch, vielleicht eine Katze, doch da war es schon wieder, und ohne es sich zweimal zu überlegen, lief Maurici die Treppe hinauf nach oben. Was machte es schon, wenn sein Vater ihn hier fand. Er tat schließlich nichts Unrechtes, und letztlich war es der Vater, der ihm etwas schuldete. Wie auch immer, er schlich auf Zehenspitzen durchs Haus, ganz instinktiv. Er kam zur Küche, auf der Flucht vor dem üblen Geruch verließ er sie aber gleich wieder und stieg weiter ins obere Stockwerk. Stumm ging er von einem Zimmer zum nächsten, alle Türen standen offen, und drinnen sah es völlig verwahrlost aus. Der Vater war nicht hier. Ganz sicher nicht. Und wenn ihm etwas passiert wäre, und unten in der Stadt hätten sie nichts davon mitbekommen?

Er ging bis hoch auf den Speicher, für alle Fälle, doch überall traf er nur auf Staub. Da fiel ihm ein, dass er in Barcelona oft an ein Schultertuch seiner Mutter hatte denken müssen. Ein ganz gewöhnliches Tuch, eins von den schwarzen, wenn er es mitnahm, würde es niemand vermissen. Ihn dagegen würde dieses Stück Stoff, das Madrona, wenn es kalt war, tagein, tagaus getragen hatte, an die zärtliche Fürsorge erinnern, mit der sie stets für ihn da gewesen war, und daran, wie sie sich immer in ihr Schicksal gefügt hatte, etwas, das ihm einfach nicht gelingen wollte.

Seit den Erstickungsanfällen in den ersten schlaflosen Nächten dort unten in der Stadt war es ihm nicht mehr aus dem Kopf gegangen, wenn er nur dieses Tuch bei sich gehabt hätte, er wäre bestimmt zur Ruhe gekommen. An die Geräusche, die ihn ins Haus getrieben hatten, dachte er nicht mehr. Kurz bevor er das Licht anmachte, schloss er allerdings noch schnell die inneren Fensterläden, die Fenster selbst waren ja schon zu, und wieder stellte er sich die Frage, ob sein Vater nicht vielleicht doch hier hauste.

Er durchsuchte das Zimmer, das einmal das Schlafzimmer seiner Eltern gewesen war, ohne dass er das Schultertuch gefunden hätte. Aber es war nun auch schon so lange her, dass seine Mutter gestorben war. Vielleicht hatte seine Schwester ja das Tuch mitgenommen. Und dann fiel ihm ein, dass Palmira nach Madronas Tod die noch gut erhaltenen Kleidungsstücke in die Kommode im Flur gelegt hatte, er suchte den Schlüssel und öffnete sie.

Ganz unten in der letzten Schublade fand er es, eingeschlagen in Seidenpapier, und daneben Kampferkugeln, um die Motten fernzuhalten. Er drückte es fest an sich und nahm dabei den kühlen, durchdringenden Geruch nach Kampfer wahr. Er verspürte Dankbarkeit seiner Frau gegenüber, die dieses Tuch aufbewahrt hatte, obwohl es doch beileibe schon ziemlich abgenutzt war. Palmira war immer gut zu ihm gewesen, und er dachte daran, wie schlecht er es ihr doch vergolten hatte. Es war das erste Mal, dass ihm ein solcher Gedanke kam.

Er ging in das Zimmer, in dem er als Kind geschlafen hatte, und ließ sich auf die Matratze fallen. Das schwarze Wolltuch eng an sich gepresst, brach er aus Abscheu vor sich selbst in Tränen aus. Er war ein Feigling, er hatte noch nie dazu getaugt, Nein zu sagen. Und zum Vater schon gar nicht. Er hätte nicht nach Barcelona gehen sollen, sosehr er auch der Erbe war und der Vater das Sagen hatte. Das war sein größter Fehler gewesen. Später dann, und das wäre längst nicht so schlimm gewesen, hätte er einfach klein beigeben und mit Frau und Kind dem Vater wieder aufs Dorf folgen sollen, auch wenn der ihnen mehr als übel mitgespielt hatte. Da hätte er Nein zu seiner Frau sagen müssen … Wie Schuppen fiel es ihm jetzt von den Augen, aber es hatte ihm einfach an Mut gefehlt. Er war ein großer Feigling, und das war sein eigentliches Problem, schon immer.

Kalt war es ihm geworden, und so legte er sich das Tuch um die Schultern und kauerte sich mit angezogenen Beinen auf seinem alten Bett zusammen. Er war sehr müde, er hatte schon so lange nicht mehr geschlafen, aber hier in seinem Zimmer, zu Hause, eingehüllt in die Erinnerung an seine Mutter, fühlte er sich geborgen. Ja, sie hatte ihn geliebt, er wusste, er war ihr Augenstern gewesen und als kleiner Junge auch der seiner Schwester, allerdings nur, wenn sie mit ihm allein gewesen war. Auf dem Dachboden hatte sie ihn als Mädchen verkleidet, ihn geküsst und geherzt, mit ihm gespielt. Mit Sabina hatte er auch nichts in Ordnung bringen können. Wo er aber nun wusste, dass er ein Feigling war, vielleicht gelang es ihm ja jetzt, sich zu ändern. Er würde seine Frau wieder lieben. Er stand in ihrer Schuld, denn sie hatte das Tuch seiner Mutter aufbewahrt, er stand tief in ihrer Schuld. Palmira war immer mutig gewesen und eine gute Mutter. Ja, Palmira war mutig. Es wäre besser gewesen, eine Frau zu sein als ein Feigling von Mann.

Er zog das wollene Tuch noch fester an sich, wischte sich damit über die tränenfeuchten Wangen, ohne sich an dem Kampfergeruch zu stören. Vielleicht wäre er von nun an ja auch in der Lage, seine Tochter zu lieben, wieder mit andern Menschen zu sprechen. Er fühlte sich ganz ruhig. Ja, dazu wäre er jetzt in der Lage. Draußen war es tiefe Nacht, und mit einem Mal schlief er ein.

Xanó, der Milchwagenfahrer

Xanó sagt, so am frühen Morgen sei es ganz schön frisch. Er sagt auch zu seiner Frau, dass schon seit Langem nicht mehr so viele Leute aus den Dörfern ringsherum bei ihm angefragt hätten, ob er sie nicht mit runter nehmen könne und später dann wieder mit rauf. Wenn er das ganze Jahr über ein solches Zubrot hätte, und das jeden Tag, dann würde bei ihnen hier ein anderer Wind wehen. Antònia schaut ihn an und macht dabei eine für sie typische Bewegung, sie streckt das Kinn vor, als wolle sie hoch in den Himmel schauen, doch bleiben ihre Augen starr auf ihren Mann gerichtet. Sie sagt: »Ja und?« Dass sich dieser Kerl aber auch immer so haben muss, jetzt soll sie ihm wohl erst wieder schöntun, damit er mit der Sprache rausrückt und ihr das erzählt, was sie wissen will, was alle hier in der Gegend wissen wollen und was ihr den anderen Frauen im Dorf gegenüber einen Vorteil verschaffen würde, dann könnte sie sich nämlich bitten lassen oder sich dumm stellen, ganz so, wie es ihr Mann gerade tut.

Sie weiß schon, wie sie ihn rumkriegen kann, und sie weiß auch, wenn er erst einmal bockig ist, bekommt man kein Wort mehr aus ihm raus. Sie stellt Xanó eine Tasse mit Malzkaffee hin und fragt ihn, ob er vielleicht seine Hausschuhe anziehen möchte, so als habe sie ihn vorher nicht etwas ganz anderes gefragt. Sie weiß doch, im Grunde genießt er es, wenn er etwas zu erzählen hat, er muss nur erst in guter Stimmung sein, dann löst sich seine Zunge von ganz allein, und er wird ihr alles haarklein berichten.

Früh am Morgen hat Xanó Sabina und ihren Mann im Führerhaus seines Lieferwagens mit runter ins Tal genommen. Alle beide regelrecht herausgeputzt. Er hat sich zwar gedacht, dass sie zum Gericht müssen, um eine Aussage zu machen, aber wirklich wissen tut er das nicht, denn weder sie noch er haben die Zähne auseinanderbekommen, noch nicht einmal, um eine Bemerkung fallen zu lassen wie: »Es ist aber ganz schön frisch um diese Uhrzeit.« Nein, wirklich wissen tut er gar nichts, und einen Moment lang schweigt er, während die

Frau stocksteif dasitzt und ein böses Gesicht macht. Warum dieser Kerl aber auch immer so abschweifen muss! Doch da erzählt er schon weiter, und Antònia hört ihm atemlos zu, so als hätte sie schon seit Tagen niemanden mehr reden hören. Kurz vor Montsent habe Sabina sich herabgelassen, ihn zu fragen, um wie viel Uhr er wieder ins Dorf zurückfahren würde, und er habe ihr Antwort gegeben und sie daraufhin zu ihrem Mann gemeint, sie könne sich nicht vorstellen, dass sie um die Mittagszeit bereits mit allem fertig seien.

Wie Holzklötze hätten sie die ganze Zeit neben ihm gesessen. Frederic habe sich nur ein paarmal zu ihr gedreht und sie gefragt, ob es ihr gut gehe, ob ihr vielleicht kalt oder übel sei? Sabina habe jede Frage mit Nein beantwortet, aber ihn, Xanó, hätten sie nichts mehr gefragt und auch sonst kein einziges Wort mit ihm gewechselt. »Kein einziges Wort«, wiederholt er, so als sei er darüber verärgert, und dann schweigt er wieder. Antònia wird ganz ungeduldig und reibt ihre sonnenverbrannten Arme. Sie hat die Ärmel bis über die Ellenbogen hochgekrempelt. Dann, Xanó hat mittlerweile seinen Malzkaffee ausgetrunken, redet er weiter. Und er sagt, jedes Mal, wenn er stehen geblieben sei, um die vollen Milchkannen aufzuladen, habe er mitbekommen, wie die beiden die Köpfe zusammengesteckt und miteinander getuschelt hätten. In Pallarès sei er dann von zwei Fremden angesprochen worden, die auch runter nach Montsent gewollt hätten. »Ich hab' sie nach hinten setzen müssen, auf die Ladefläche, zu all den Milchkannen.« Auch wenn sie ihn zur Genüge kennt, schüttelt Xanós Frau doch den Kopf darüber, dass ihr Mann solch überflüssige Kommentare von sich gibt. Als ob sie nicht genau wüsste, dass in der Fahrerkabine mit Mühe und Not gerade mal drei Personen Platz haben!

Schließlich waren sie in Montsent angekommen, und das

Ehepaar war ausgestiegen. Frederic hatte ihm die Fahrt bezahlt, sie sich nach wie vor in Schweigen gehüllt, dann waren die beiden fortgegangen, weiß Gott viel zu gut angezogen für einen ganz normalen Arbeitstag. Die zwei Männer, die hinten auf der Ladefläche mitgefahren waren, hatten ihnen wortlos nachgeschaut. Als sie dann von ihm wissen wollten, wie viel er fürs Mitnehmen bekomme, hatte der eine noch gemeint, ob das gerade eben nicht Schwiegersohn und Tochter vom alten Raurill gewesen seien, der sich doch mitsamt seinem Haus in Asche aufgelöst habe. Xanó aber, dem ein solches Gerede gehörig gegen den Strich ging, hatte ihnen mit einer Frage geantwortet. Er hatte sie gefragt, woher sie denn eigentlich wissen wollten, woraus die Asche bestand?

Was war es ihm doch für eine Freude, zum Besten geben zu können, wie er diese beiden einfach mit offenem Mund hatte stehen lassen, und ausgerechnet da wurde seine Frau fuchsteufelswild, führte sich auf, als hätte sie ihre fünf Sinne nicht mehr beisammen, obwohl, wenn er es recht bedachte, sie durchaus des Öfteren von solchen Anfällen heimgesucht wurde.

»Wenn du denen zu verstehen gegeben hast, dass du irgendetwas weißt, dann kannst du dich schon mal drauf gefasst machen, dass dir eine Vorladung ins Haus flattern wird!« Und so, als spräche sie mit sich selbst: »Was Männer doch für Schwachköpfe sind! Ich sag's ja immer, aber da ist alle Liebesmüh vergebens! Selbst wenn sie ein Leben lang eingetrichtert bekämen: Pass auf, was du sagst, sei vorsichtig, halt dich zurück …« Er würde ja schon sehen, ja genau, wenn er vor Gericht zu erscheinen hätte, dann würden sie ihm am Ende bestimmt noch etwas anhängen.

Um ihr nicht weiter zuhören zu müssen, war er ohne ein Wort aufgestanden. Er wusste, wenn sie sich dermaßen ereiferte, war nichts mehr zu machen. Er hätte sie würgen können.

Aber das hatte sie nun davon, denn jetzt würde sie nicht erfahren, dass er, nachdem er sein Geld von den beiden Fremden bekommen hatte, zur Genossenschaft gefahren war, um die Milchkannen abzuladen, und dass dort, neben den leeren Kannen, schon wieder zwei Fahrgäste auf ihn gewartet hatten, und der eine mit Sicherheit nicht hier aus der Gegend kam. Während er sich, wie immer mit ziemlich viel Radau, an den Milchkannen zu schaffen gemacht hatte, er mochte es, wenn sie schön säuberlich in Reih und Glied standen, war Cinto von der Kooperative zu ihm gekommen. »Wenn du mich fragst, Xanó, dann ist das einer von der Polente, der ist garantiert hier, um den Fall zu untersuchen.« Und weil Xanó ihn ganz entgeistert angeschaut und darüber das Herumklappern mit den Milchkannen vergessen hatte, war es mit einem Mal ganz still geworden, und Cinto hatte seine Stimme gesenkt und noch hinzugefügt. »Ich schwör's dir, da kannst du einen drauf lassen.«

Tja, und seine Frau, mit ihren Wutausbrüchen und dem ewigen Herumgeschreie, die würde jetzt schon sehen, was sie davon hatte. Dumm war nur, dass er ihr das Ganze eigentlich allzu gern erzählt hätte.

Was Xanó allerdings noch nicht wissen konnte, war die Tatsache, dass diese Art Vorliebe für Torrent gerade erst ihren Anfang genommen hatte. Eine Zeit lang würde er nämlich, tagein, tagaus, jede Menge Fahrgäste zu befördern haben, eng zusammengepfercht vorne im Führerhaus und ebenso hinten auf der Ladefläche, doch die steigenden Einnahmen sollten ihm auch wachsendes Kopfzerbrechen bereiten.

Er musste Ordnung schaffen unter den Fahrgästen, denn schließlich galt es hier in der Gegend, gewisse Hierarchien zu berücksichtigen. Da gab es Männer, die kamen aus reichem Haus, andere wiederum stammten aus einer zwar recht gut situierten, aber nicht unbedingt wohlhabenden Familie, und an manchen Tagen fuhr auch schon mal jemand mit, der zu einer der weniger begüterten Familien gehörte. Ab und an stieg auch eine Frau mit einem Kind dazu oder eine Frau ganz allein. Und dann die Leute von auswärts. Manche von ihnen kannte er schon etwas länger, so wie die Männer, die beim Bau der neuen Straße beschäftigt waren, andere dagegen hatte er bislang noch nie zu Gesicht bekommen. Und dann waren da natürlich noch all diejenigen, die er gleich zu Beginn seiner Route mitnahm, für gewöhnlich Nachbarn aus Torrent. Doch nicht immer kam derjenige, der zuerst einstieg, auch aus einer der Familien, die das Sagen hatten, oder war der Bürgermeister, der fast immer mit dem Bauern aus der reichsten Familie im Dorf zusammentraf, oder der Herr Pfarrer. Armer Xanó, was hatte er anfangs Blut und Wasser geschwitzt, wenn er jemandem, der schon vorne saß, verständlich machen musste, sein Platz sei jetzt hinten auf der Ladefläche, weil derjenige, der ihm gerade ein Zeichen gegeben hatte, er solle anhalten, einer von den Großkopferten war. Vor allem die von auswärts machten ihm das Leben schwer, denn sie hatten von alledem keinen blassen Schimmer, weder kannten sie die Namen der Familien hier, noch wussten sie, was es damit auf sich hatte. Und überhaupt, er hatte es im Gefühl, irgendwann würde bestimmt einer seine Lizenz zur Personenbeförderung sehen wollen. Und dabei hatte er doch nur die, die man brauchte, um Milchkannen einzusammeln und zu transportieren.

Doch mit der Zeit hatte er den Kniff heraus. Er traf seine Vorkehrungen. Leuten seines Schlags sagte er einfach, wenn sie mitwollten, rauf nach hinten auf die Ladefläche, und so hatte er für den Fall, dass unterwegs ein Fahrgast aufkreuzen sollte, den er nicht vor den Kopf stoßen durfte, keinen Ärger zu befürchten.

Bei einem solchen Andrang war er in Sachen Brand natürlich auf dem neuesten Stand. Zum einen waren da die Leute aus dem Dorf, die runter nach Montsent mussten, um vor Gericht ihre Aussage zu machen, und zum anderen die Auswärtigen, die aus reiner Sensationsgier hoch nach Torrent wollten. Die Nachrichten aber, die er nicht aus erster Hand erhielt, weil sein Lieferwagen ja ein doch eher bescheidenes Fortbewegungsmittel war, kamen auf anderem Wege zu ihm. Über Cinto von der Genossenschaft etwa, der völlig aus dem Häuschen war, weil in *La Vanguardia* ein Foto von ihrem Dorf abgebildet war. Er hatte ihm die Zeitungsmeldung gezeigt und laut vorgelesen, was dort auf Spanisch geschrieben stand: »Federico Sans, wohnhaft in Torrent (Lérida), steht unter Verdacht, das Haus seines Schwiegervaters angezündet zu haben. Letzterer ward seither nicht mehr gesehen, weshalb allgemein davon ausgegangen wird, dass er dem Brand zum Opfer gefallen ist. Das Tatmotiv liegt, laut Aussage der Nachbarn, vermutlich in einer Erbschaftsangelegenheit. In Torrent und Umgebung sind Differenzen zwischen Leandre Raurill, so der Name des Vermissten, und seinem Schwiegersohn seit Längerem bekannt, da diese ihre Streitigkeiten wiederholt in aller Öffentlichkeit ausgetragen haben. Während der letzten Auseinandersetzung soll der Schwiegersohn und mutmaßliche Brandstifter im Wirtshaus des Dorfes ein Messer gezückt haben, und nur dank des beherzten Eingreifens der übrigen Anwesenden konnte seinerzeit Schlimmeres verhindert werden.«

Das Foto zeigte allerdings nicht Torrent, sondern die Kreisstadt, Montsent. Ein paar Häuser am Südhang, gleich neben dem Fluss, und Cinto war ganz stolz, weil man ein Stück vom Dach des Hauses seiner Schwiegereltern erkennen konnte.

Und auch seine Frau, die so gut wie nie aus Torrent herauskam, versorgte Xanó unaufhörlich mit Neuigkeiten und schien besser informiert zu sein als die Guardia Civil. Die zwei Polizisten, die mit dem Fall betraut worden waren, wühlten jedenfalls weiter in der Asche, ohne dass sie bislang etwas zur Aufklärung hätten beitragen können. Nur langsam und manchmal sogar unter Einsatz ihres Lebens kamen sie mit ihren Ermittlungen voran, drohte doch ein Teil der eingestürzten und angekohlten Balken unter der Last von Putz und Steinen vollends zusammenzubrechen. Antònia dagegen schien weder die Kälte am frühen Morgen noch die Hitze am Mittag davon abzuhalten, das Haus zu verlassen. Sie schaute mal beim einen, mal beim anderen vorbei, brachte alles Mögliche in Erfahrung, nicht ein Schritt, der in dieser Angelegenheit unternommen wurde, entging ihr, nicht ein einziges Wort, das irgendjemand fallen ließ.

Als Xanó gegen Mittag heimkam, verkündete sie ihm, dass während er damit beschäftigt gewesen sei, die Milchkannen einzusammeln, es klang so, als hielte sie das für weiter nichts als reine Zeitverschwendung, ein Auto gekommen sei und die alte Roseta abgeholt habe, Roseta von den Laus, die ganz allein in ihrem Haus lebte. Richtig fein angezogen sei sie gewesen, so hätte sie noch niemand gesehen. Und dann war Antònia noch zu Ohren gekommen, dass der junge Mann mit dem Auto ihr Neffe aus La Pobla gewesen sei. Wahrscheinlich ein Sohn von Rosetas jüngerer Schwester, die ältere hatte ja nach Frankreich geheiratet und sich seitdem nicht mehr im Dorf blicken lassen, nicht einmal zur Beerdigung der Eltern. Außerdem sehe der Bursche seiner Mutter ganz schön ähnlich, schließlich habe sie, Antònia, die Schwester gut gekannt.

An diesem Punkt der Unterhaltung schien es vor allem darum zu gehen, wessen Sohn der junge Mann war, der die Nachbarin der Raurills mit dem Auto abgeholt hatte.

Die Nachrichten überschlugen sich stündlich. Die letzte ließ alle vorherigen hinter sich und verdammte sie zur Bedeutungslosigkeit. Von all den Neuigkeiten, die einem innerhalb weniger Stunden zu Gehör kamen, gab es eine, die Xanó sehr verdrießlich stimmte, ihm dermaßen die Laune verdarb wie keine andere Nachricht zuvor. Er erfuhr sie von Cinto, der, weil er in Montsent lebte, in Sachen Klatsch und Tratsch im Vorteil war.

Er hatte es kaum abwarten können und war in aller Herrgottsfrühe zu ihm gekommen, Xanó hatte gerade erst damit begonnen, die Milchkannen abzuladen, um ihm brühwarm zu erzählen, dass diese Alte aus ihrem Dorf, die einzige von den Laus, die in Torrent geblieben sei, sich doch tatsächlich freiwillig zum Gericht begeben habe, um eine Aussage zu machen, und dann habe das dumme Weibsstück auch noch ein Geständnis abgelegt. Xanó wusste nicht so recht, ob Cinto sie für ein dummes Weibsstück hielt, weil Roseta sich schuldig bekannt hatte oder weil sie aus freien Stücken vor Gericht erschienen war. Oder wegen beidem. »In Montsent wird über nichts anderes mehr geredet«, hatte Cinto dann noch hinzugefügt. Aber nicht jeder, warf er sich in die Brust, wisse so genau Bescheid wie er, was Roseta dem Herrn Richter gesagt habe. »Katalanisch hat sie gesprochen, nur Katalanisch, denn die dumme Gans kann ja kein Wort Spanisch.« Wie auch immer, jedenfalls hatte sie ausgesagt, Leandre habe es verdient zu sterben, denn er sei ein ganz gemeiner Kerl, der den anderen übel mitgespielt habe, sehr übel. Niemand wisse das besser als sie, denn schließlich seien sie ihr ganzes Leben lang Nachbarn gewesen. Und als der Herr Richter dann nach »Fakten« verlangt habe, sei diesem dummen Frauenzimmer doch nichts anderes in den Sinn gekommen, als sich selbst zu belasten, als ihm zu erzählen, wie es überhaupt so weit hatte kommen können und wie Leandre sich an ihr vergangen hatte. Und dann fing sie an zu weinen. Aber der Richter beharrte darauf zu erfahren, was sie denn nun eigentlich verbrochen habe. Die Vergangenheit des alten Raurill interessiere ihn nicht, der stehe hier nicht unter Anklage. Doch was sagt man dazu, Roseta kam ihm wieder mit derselben Leier. Nie habe sie ihren Abscheu vor Leandre verloren, er sei sogar noch größer geworden, als sie mitbekommen habe, wie schlecht er die Seinen behandele. Vor allem die Frau, der er ständig Hörner aufgesetzt habe, solche, wie sie ein kastrierter Ziegenbock trägt. Genau so habe sie es gesagt, diese törichte Person, und noch nicht einmal rot geworden sei sie dabei, verkündete Cinto. Und am Ende habe er sich auch an Sohn und Schwiegertochter versündigt, sei Roseta fortgefahren. Er habe nämlich einfach bestimmt, sie müssten mit ihm nach Barcelona gehen und dem Dorf den Rücken kehren, den gesamten Grund und Boden aufgeben. Und dabei wollten sie das gar nicht, sie wisse das ganz genau, denn Palmira und sie seien gute Freundinnen gewesen, wie eine Tochter habe sie die junge Frau geliebt. Und wieder fing sie an zu weinen. An diesem Punkt war dem Richter dann allem Anschein nach der Geduldsfaden gerissen, und er hatte Roseta von Paco, dem Gerichtsdiener, nach draußen in den Wartesaal führen lassen.

Da stellte Cinto, dermaßen aufgeblasen, dass es auf keine Kuhhaut mehr ging, Xanó die Frage: »Was glaubst du eigentlich, warum ich das alles so genau weiß?« Da hätte er natürlich längst selbst draufkommen können. Paco, der Gerichtsdiener, der war doch mit Cinto verwandt. Xanó wunderte sich bloß, dass der andere sich gar nicht schämte, so große Töne zu spucken. Er wusste nämlich ganz genau, dass die beiden nur recht entfernt miteinander verwandt waren, weiter nichts als um ein paar Ecken. Und zufällig wusste er auch ganz genau, dass Cinto bis dato dem Gerichtsdiener tunlichst aus dem Weg gegangen war, weil er ihn nämlich kein bisschen ausstehen konnte.

Nachdem sie wieder in den Gerichtssaal geführt worden sei, habe der Richter Roseta angedroht, wenn sie nicht endlich mit der Sprache herausrücke, was sie denn eigentlich verbrochen habe, »ja genau, Sie da«, habe er noch einmal auf Spanisch wiederholt und mit dem Finger auf sie gezeigt, dann würde er ihr eine Strafe auferlegen und zwar wegen »Missachtung des Gerichts«, was wohl so viel heißen soll, als dass sie der Gerichtsbarkeit Steine in den Weg legt. Xanó war wie gelähmt, und dabei musste er doch noch die restlichen Milchkannen abladen, aber er blieb einfach stehen, sagte kein Wort und rührte keinen Finger.

Und dann habe dieses dumme Weibsbild von Roseta doch tatsächlich erklärt, sie hätte ihn umgebracht. »Wie bitte?«, habe sie der Richter noch immer auf Spanisch gefragt. Aber bevor Roseta ihm eine Antwort geben konnte, hatte er Paco, den Gerichtsdiener, wohl aus dem Saal geschickt.

Die folgende Nachricht erreichte Xanó auf dem Krankenbett. Er hatte einfach nicht mehr gewusst, wohin mit seiner Heidenangst, und darum hatte er schließlich doch geredet, seiner Frau von dem erzählt, was ihn so sehr quälte. Am Morgen des Brandes war nämlich ein Mann hinten von seinem Lieferwagen heruntergesprungen, und er hegte keinen Zweifel daran, wer das gewesen war. Die ganze Zeit schon hatte Antònia ihm ein Loch in den Bauch gefragt. Was ist denn los mit dir, warum isst du nichts, was hast du denn? Und als Xanó ihr schließlich gestand, wen er da gesehen hatte, verlegen und erleichtert zugleich, dass er sein quälendes Geheimnis nicht länger für sich behalten musste, öffnete sich Antònias Mund wie ein Schleusentor. Ein

Jammern und Wehklagen strömte heraus, böse Vorahnungen und beschwörende Mahnungen brachen hervor, ungehindert floss alles zusammen. Und diese ganze Sintflut ergoss sich über Xanó, dessen Gedärme sich genau in diesem Augenblick zu entleeren begannen, sich wieder und immer wieder entluden, und jedes Mal mit diesen Krämpfen im Leib, die ihn schier um den Verstand brachten. In dem Moment aber, als der Schmerz endlich nachzulassen schien, spürte er, wie er am ganzen Körper fror, nur nicht am Kopf, der war glühend heiß.

Nach und nach hatte Xanós Bauch sich ein wenig beruhigt, und zurück war nur diese Schwäche in den Beinen geblieben. Er hütete noch immer das Bett, als Antònia ihm die Nachricht überbrachte: »Frederic ist wieder frei.« Während sie die Neuigkeit in allen Einzelheiten ausschmückte, so als wäre sie der Biskuitboden, den es für den Osterkuchen zu verzieren galt, und sie ihm erzählte, von wem und wann und wie sie es erfahren hatte, lag Xanó still da und dachte nach. Er überlegte hin und her, doch noch immer fragte er sich, ob das, was er am Morgen des Brandes gesehen hatte, nicht vielleicht ein Traum gewesen sein könnte. Wenn es nun aber, was er befürchtete, doch wahr wäre, was könnte er denn schon tun, außer Gefecht gesetzt von seinem Bauch, von seinen wackligen Beinen und, nun ja, von seiner Frau?

Plötzlich drang ihre Stimme wieder in sein Bewusstsein, keinen Augenblick lang hatte sie aufgehört, ihn zu traktieren. Antònias Stimme, die ihm erzählte, wie voll es in den Straßen von Montsent sei, man könnte fast meinen, der Markt fände jetzt jeden Tag vor dem Gefängnis statt. Und dann fragte sie sich noch, wie es wohl Roseta von den Laus dort ergehen mochte, so ganz allein in ihrem schönen Sonntagsstaat. Und außerdem, weiß Gott, sie würde viel darum geben, wenn sie nur irgendwie in Erfahrung bringen könnte, was sich diese beiden, Frederic und Roseta, wohl erzählt hatten, als sie dort unten zusammengetroffen waren.

Und ohne dass er genau hätte sagen können, wie es eigentlich dazu gekommen war, fasste Xanó einen Entschluss. Wenn er erst einmal wieder runter nach Montsent käme, wüsste er, wohin er gehen würde, aber darüber galt es Stillschweigen zu bewahren. Bei diesem Gedanken presste er die Lippen zusammen, und seine Frau schaute ihn ganz verwundert an. Eine solche Geste hatte sie noch nie an ihrem Mann gesehen.

Als er sich dem Gebäude der Guardia Civil näherte, spürte er, wie es in seinem Bauch zu rumoren begann. So richtig auf dem Damm war er noch immer nicht, das wurde ihm schlagartig klar. Er blieb stehen, angst und bange war ihm, nach ein paar Augenblicken jedoch schien sich der Aufruhr in seinen Gedärmen wieder gelegt zu haben. Aber als er weiterging, vielleicht ein halbes Dutzend Schritte gemacht hatte, da merkte er, dass das Gewitter in seinem Bauch nicht nur aus Winden bestand. Und wieder blieb er stehen, er musste seinem Körper unbedingt Erleichterung verschaffen. Mit den Augen schätzte er ab, wie weit es bis zur nächsten Mauer war. Das würde er nicht mehr schaffen, da blieb ihm wohl nichts anderes übrig, als gleich hier und jetzt etwas Ballast abzuwerfen. Unter großer Anstrengung bekam er gerade mal ein kümmerliches »Guten Tag« zustande, das einer Frau galt, die ihn soeben gegrüßt hatte. Als sie sah, dass Xanó wie eine Schießbudenfigur mitten auf der Straße stand und sich nicht von der Stelle rührte, drehte sie sich noch einmal zu ihm um. Er presste seine Hinterbacken zusammen, so gut er nur konnte, bis es ihm schien, als würde der Sturm sich ein wenig legen. Dann suchte er einen stillen Winkel. Als er sich die Hose wieder zuknöpfte, gestand er sich ein, dass er sich vielleicht doch zu früh an die Arbeit gemacht hatte. Und dann ging er weiter, setzte immer schön langsam einen Fuß vor den anderen.

Als er schließlich die Kaserne der Guardia Civil erreichte, kam er aus dem Staunen nicht mehr heraus, denn die Frau, die dort gerade durch die Tür trat, war niemand anderes als Roseta. Er hatte sich dazu entschlossen, für sie auszusagen, und da stand sie nun vor ihm in ihrem ungewohnten Sonntagsstaat und machte einen dermaßen niedergeschlagenen Eindruck, dass Xanós Freude, sie zu sehen, gleich in Besorgnis umschlug. Und so blieb er ein weiteres Mal stehen.

Zuerst schien es so, als würde Roseta ihn gar nicht erkennen, doch dann stützte sie sich auf seinen Arm und fing an zu reden, etwas verworren und ohne Punkt und Komma sprudelte es einfach aus ihr heraus.

Sie hätten sie aus dem Gefängnis rausgeworfen, weil Leandre gar nicht tot sei. Vor lauter Schreck drückte Xanó ihren Arm, mit dem sie sich bei ihm eingehakt hatte. Sie schaute ihn an: »Was wolltest du eigentlich hier, mein Junge, im Gefängnis?« Xanó stotterte herum, doch sie achtete gar nicht auf seine Ausflüchte, redete gleich weiter, in sich gekehrt und mit Tränen in den Augen.

Man habe Palmira telefonisch erreicht und von ihr erfahren, dass Maurici eigentlich im Dorf sein müsste, er sei hoch nach Torrent gefahren und in Barcelona bislang nicht wieder aufgetaucht. An dieser Stelle fing Roseta an zu schluchzen, und Xanó wusste gar nicht, wie ihm geschah. Einerseits war er erleichtert. Jetzt müsste er nicht mehr aussagen, dass er glaubte, den alten Raurill gesehen zu haben, wie er am Morgen des Brandes von seinem Milchwagen heruntergesprungen war. Ehrlich gesagt war er sich da sogar ziemlich sicher. Aber er verstand nicht, warum sie so …, wo sie doch niemanden getötet hatte. Und da ging ihm ein Licht auf, was war er aber auch manchmal schwer von Begriff! Roseta schämte sich, weil sie den Richter angelogen hatte, aber das hatte sie doch bloß getan, weil sie so ein guter Mensch war, bestimmt hatte sie nur Frederic aus der Klemme helfen wollen. Und so, wie sie ihm durch den Kopf gingen, teilte er Roseta seine Gedanken mit. Doch anstatt ihm dankbar zu sein und sich wieder zu beruhigen, blieb sie stehen und fing noch herzzerreißender an zu schluchzen. Xanó bekam es mit der Angst zu tun. Gerade in diesem Augenblick scharte sich eine Traube Menschen um ihn, und ein paar Frauen zogen Roseta mit sich fort. Während die eine ihr einen Stuhl holte und die andere etwas Melissengeist, wollte eine dritte sie gleich mit zu sich nach Hause nehmen. Und prompt sah sich Xanó von der alten Frau getrennt und umringt von jeder Menge Fragen.

Schon bald aber stellte sich heraus, dass Roseta sich nicht beruhigen ließ, sondern nur noch mehr aus der Fassung geriet, je mehr man sie drängte, sich doch auf den Stuhl zu setzen, ihr das Glas mit dem Blütenschnaps an den Mund führte, sie mit allen möglichen Ratschlägen überschüttete ... Sie sagte zu allem und jedem Nein, immer nur Nein. Ihr ganzes Wesen schien sich verändert zu haben, sodass ein Mann, ungeachtet ihrer Gegenwart, sogar laut äußerte, sie sei sicher verrückt geworden. Und da reichte es Xanó, er schob das Glas zur Seite, befreite sie aus den Händen, die sie auf den Stuhl drückten, hakte sie unter und machte sich mit ihr, so gut es nur ging, auf den Weg zu seinem Lieferwagen.

Er fuhr zurück ins Dorf und hatte nur eins im Sinn, die Frau so schnell wie möglich nach Hause zu bringen. Schließlich merkte er, dass sie sich etwas gefasst hatte, sie weinte nicht mehr.

Als es Xanó siedend heiß einfiel, dass er ja gar nicht die

Milchkannen abgeladen hatte, er also nachher den ganzen Weg noch einmal machen musste und viel zu spät dran war, fing Roseta plötzlich an zu reden. Es sei nicht für ihre Ohren bestimmt gewesen, sie habe es nur ganz zufällig gehört, durch eine angelehnte Tür. Leandre sei gar nicht tot, aber es gebe sehr wohl einen Mann, einen anderen Mann, der beim Brand im Haus der Raurills umgekommen sei. Und dann fing sie wieder an zu weinen.

Asche

Die Kirche lag fast im Dunkeln, vor dem Altar stand ein Leuchter mit einem halben Dutzend Kerzen, die noch nicht angezündet waren. Antònia nahm sie in Augenschein, während sie so dasaß, in der dritten Reihe auf der linken Seite, gleich neben dem Gang. Sie würde es sicherlich nicht zu bereuen haben, vor allen anderen hergekommen zu sein, obwohl doch der Gottesdienst erst in weit mehr als einer Stunde beginnen sollte. In weiser Voraussicht hatte sie sich so den besten Platz gesichert, gleich hinter den Bänken, die für die Familie reserviert waren.

Es war noch eine gute halbe Stunde bis zu Beginn der Messfeier, als sie die Eheleute die Kirche betreten sah. Erst im letzten Augenblick und ganz oben, am Ende des Ganges, nicht eine Kleinigkeit entging ihr, trennten sich die beiden, und jeder suchte sich einen Platz auf der ihm vorbehaltenen Seite.

Frederic wandte sich nach rechts, setzte sich in die erste Bank, und Sabina kniete sich auf der linken Seite hin, genau vor Xanós Frau, allerdings getrennt durch die noch leere zweite Reihe. Antònia starrte auf den Rücken und den Hinterkopf der anderen. Mehr konnte sie von ihr nicht erkennen. Wie selbstgefällig sie da kniete, weiß Gott, als sei sie auch noch stolz darauf, ihr Haus dem Verstorbenen verweigert zu haben, wo das der Raurills doch niedergebrannt war, das in gewisser Weise ja auch Sabina gehört hatte. Es ziemte sich ganz einfach nicht, dass der Ärmste aus dem Haus einer Fremden herausgetragen werden musste. Auch wenn sie schon ihr ganzes Leben lang die Nachbarin der Raurills war, so floss in Rosetas Adern doch nicht dasselbe Blut. Und angenommen, es gab wirklich einen Grund, weshalb Sabina den Leichnam nicht bei sich zu Hause hatte aufbahren wollen, so war es doch eine Schande, ihn nicht mit den anderen Familienangehörigen zur Kirche zu geleiten. Es war nicht zu übersehen, selbst der Tod vermochte alte Wunden nicht zu heilen.

Abrupt stand Sabina auf, und Antònia glaubte, ihr Herz bliebe stehen. Einen Augenblick lang fürchtete sie, die andere hätte ihre Gedanken gehört und würde sie nun zur Rechenschaft ziehen. Aber Sabina war nur aufgestanden, um sich am anderen Ende der Bank wieder hinzuknien. Bestimmt wollte sie die Plätze neben dem Gang frei lassen. Das wäre ja auch noch schöner!, dachte Antònia. Und sie wiederholte es gleich noch einmal: Das wäre ja auch noch schöner!

Nur kurze Zeit später aber ließ ihr Interesse an der Frederica nach, wie Sabina für gewöhnlich im Dorf genannt wurde, und sie richtete ihre ganze Aufmerksamkeit auf all die Menschen, die nach und nach die Kirche füllten. Wie recht sie doch gehabt hatte, so früh herzukommen, sie konnte gar nicht anders, als sich immer wieder vor sich selbst damit zu brüsten. Denn sie sagte sich: Was machte es denn schon, dass es den Winter über kaum mehr als dreißig Leute in Torrent gab? Für sie stand es fest. Nichts, nichts, das machte rein gar nichts. Dafür war es ja jetzt im August umso voller. All diejenigen, die zum Arbeiten in die Stadt gegangen waren und hier noch ihr Haus hatten, und da mussten sie schließlich mal nach dem Rechten schauen und die Fenster öffnen, wenn sie verhindern wollten, dass es dem Schimmelpilz zum Opfer fiel. Auch Leute aus den umliegenden Ortschaften erkannte sie, vor allem aus Montsent, und die gehörten keineswegs zur Familie, die Verwandtschaft der Raurills war nämlich so mickrig wie der Schwanz eines Kaninchens. Palmira, weder Eltern noch Geschwister. Der alte Raurill hatte nur noch eine ältere Schwester, die sich gerade mit der einzigen Tochter, die ihr geblieben war, in die zweite Reihe gesetzt hatte, unmittelbar vor Antònia. Und das war's auch schon. Von Frederics Mutter und seiner Schwester war weit und breit nichts zu sehen.

Sie schaute sich verstohlen um, und weiß Gott, da waren jede Menge Leute, die sie überhaupt nicht kannte und auch noch nie zu Gesicht bekommen hatte, und dabei war sie doch von hier. Vielleicht Sommerfrischler? Ein Mann, auf der rechten Seite, ungefähr in der Mitte, machte sich an einem Fotoapparat zu schaffen. Da hört sich doch wohl alles auf, gibt es denn heutzutage gar keinen Respekt mehr?, schimpfte Antònia, aber wieder nur für sich, obwohl sie mehr denn je darauf brannte, laut ihre Stimme zu erheben. Was hätte sie wohl erst gesagt, wenn sie den Mann auf der linken Seite entdeckt hätte? Ein Polizist in Zivil, der sich, um Aufsehen zu vermeiden, ganz ans Ende der letzten Reihe gesetzt hatte, dabei allerdings nicht bemerkt zu haben schien, dass sich in den Bänken vor ihm, im Übrigen auch in seiner, nur lauter Frauen drängten.

Plötzlich erstrahlte die ganze Kirche in hellem Licht. Sabina sah, wie ein halbwüchsiger Messdiener die Kerzen anzündete, sie kannte ihn, er war aus Torrent. Für ihr tot geborenes Kind hatte es nur eine Kerze gegeben, eine einzige Kerze, und noch nicht einmal eine Messfeier in der Kirche.

Damals hatte es noch einen Pfarrer im Dorf gegeben, sie kannte ihn, solange sie denken konnte. Alle drei waren sie im Schlafzimmer gewesen, sie hatte im Bett gelegen, und der Pfarrer hatte ihnen erklärt, bevor er die Respons für das Kind beten könne, brauche es einen Namen. Mit anderen Worten, es müsse zuerst in die Gemeinschaft der Gläubigen aufgenommen werden, bevor man es in geweihter Erde bestatten dürfe. Sie hatte ihren Arm ausgestreckt, um ihren Mann zurückzuhalten, der Anstalten machte, etwas zu sagen. Sie aber wollte nicht, dass er den Namen preisgab, den einen, auf den ihre Wahl gefallen war, nachdem sie all diejenigen, die nicht infrage kamen, aussortiert hatte, so als würde sie die Spreu vom Weizen trennen. Zuerst gemeinsam mit ihrem Mann. Sie waren eine Menge an Namen durchgegangen, Namen, die ihnen vertraut waren. Joan, Pere, Josep, Ramon, Pasqual …, Maria, Roser, Josefina, Ventura … und was hatten sie dabei gelacht! Bei jedem Namen sahen sie jemanden vor sich, den sie kannten, und so, wie die Namen ihnen in den Sinn kamen, verwarfen sie sie auch gleich wieder. Mehr und mehr wurde ihr bewusst, dass die meisten völlig abgenutzt waren, alle hatten sie schon Gesichter und Augen. Also erkundigte sie sich bei den Nachbarinnen, wollte alle möglichen Namen wissen, die ihnen so einfielen, und am liebsten diejenigen, die sie bislang nur ein einziges Mal gehört hatten. Sie wollte einen Namen, den sie nicht kannte, für dieses Kind, das sie ebenfalls noch nicht kannte, war es doch bislang nur ein kleines Knäuel in ihrem Bauch, ein so zartes Gewicht, das sie kaum spürte und stets mit sich herumtrug. Schließlich hatte sie zwei Namen gefunden, der eine für einen Jungen, der andere für ein Mädchen, aber Frederic erzählte sie erst davon, als sie diese Namen wohl schon unzählige Male vor sich hergesagt hatte, mal leise, mal laut, und sogar still vor sich hin, auf diese Art, für die man keine Stimme braucht, sondern nur daran denken muss.

Und deshalb, weil sie befürchtete, ihr Mann würde dem Pfarrer einfach so den Namen ihres Kindes preisgeben, hatte sie ihn am Ärmel gezupft und gesagt: »Lass ihn uns Maurici nennen.« So würde das tote Kind einen abgenutzten Namen bekommen, und den anderen könnte sie aufsparen für den Sohn, den sie vielleicht später einmal würde großziehen dürfen. Sabina hatte schon einmal den Namen Maurici ausgesucht, viele Jahre zuvor, als sie noch ein ganz junges Mädchen gewesen war. Trotz ihrer Verzweiflung hatte sie es damals nicht zugelassen, dass ihre Mutter dem Kind den Namen Leandre gab, und auch keinen anderen Namen aus der Familie. Sie allein hatte ihn ausgewählt, den Namen für ihren einzigen Sohn, der hatte weiterleben dürfen, für diesen Sohn, der ihr nicht zustand.

Bevor es begraben wurde, hatte es für das Kind, das doch ihr und Frederic gehören sollte, nur eine einzige Kerze gegeben. Noch nicht einmal eine Messfeier in der Kirche.

Antònia drehte sich zur Tür, die sperrangelweit offen stand, und sie sah einen Priester hereinkommen, den sie nicht kannte, im weißen Messgewand und mit violetter Stola. Ihm folgten vier junge Männer, die den Sarg trugen, sowie ein kleiner Trauerzug, in dem sich auch ihr Mann befand. Endlich füllten sich die ersten Bankreihen auf jeder Seite. Die Kleine von Palmira saß zwischen ihrer Mutter und Sabina, ganz artig saß sie da, aber man hatte ihr keine Trauerkleidung angezogen. In der zweiten Bank, dort wo sich schon die Schwester und Nichte von Leandre befanden, hatte eine stattliche Erscheinung Platz genommen, das musste die Frau sein, die Palmira und Maurici in Barcelona aus der Patsche geholfen hatte. Wie aus dem Ei gepellt saß sie da, Antònia hatte gehört, ihr gehöre ein großes Geschäft.

Da bemerkte sie mit einem Mal, dass die alte Laua wie angewurzelt mitten im Gang stehen geblieben war. Verwirrt starrte Roseta auf die vollen Bankreihen und wagte es nicht, sich zur Familie zu setzen, wo es noch Platz gab. Und da hatte Antònia, der man vieles nachsagen konnte, aber nicht, dass sie kein gutes Herz hatte, sie schon zu sich gezogen und neben sich auf die Kirchenbank gedrückt, ein wirklich guter Platz, gleich an zweiter Stelle in der dritten Reihe, und Roseta, nun sieh mal einer an, ohne dass sie eine ganze Stunde und mehr hier hatte warten müssen, so wie es ihr ja ergangen war, sie thronte nun da wie eine Königin.

Antònia wusste sehr wohl, dass letzten Endes die Gerechten für die Sünder büßen, doch als sie begriff, dass ihre Großherzigkeit ihr weiter nichts eingebracht hatte, als dass sie sich in Grund und Boden schämen musste, geriet sie völlig aus der Fassung. Denn als der Pfarrer zu sprechen begann, hatte diese törichte Roseta doch allen Ernstes angefangen zu schluchzen und würde auch während der ganzen Messe nicht mehr damit aufhören. Und das genau neben ihr. Was für eine Unverschämtheit, und dabei war sie doch erst vor ein paar Tagen durch ihre Aussage ins Gerede gekommen, sie habe den alten Raurill getötet. Zwar war vom Richter das Ermittlungsgeheimnis verhängt worden, doch diese dumme Person hatte ja ihren Mund nicht halten können, so als fände sie noch Gefallen daran auszuposaunen, dass Leandre ihr als junger Frau Gewalt angetan hatte. Aber noch wütender machte es sie, dass Roseta am Weinen war, wo ihr das doch gar nicht zustand, wo in den ersten Reihen wie zu erwarten, zumindest soweit sie das überschauen konnte, niemand auch nur eine einzige Träne vergossen hatte.

Ihr seid hier heute zusammengekommen, um die sterblichen Überreste von Maurici, mit dem ihr vereint wart im Blut …

Vereint im Blut, so wahr er hier stand, auf den da vorne hatte das bestimmt nicht zugetroffen. Wäre auch nur ein einziger Tropfen vom Blut der Raurills in seinen Adern geflossen, dann hätte er sich nicht einfach mitten in der Nacht ins Haus geschlichen. Das war was für Hosenscheißer. Er machte kein Hehl daraus, dass er Maurici für einen Versager hielt, aber dass er sein Sohn gewesen war, das wollte er nicht gelten lassen. Kein Sohn tat seinem Vater das an, was er ihm angetan hatte. Das war mal so sicher wie das Amen in der Kirche. Er drehte den Kopf nach links und bemerkte, wie Salomé ihn anschaute. Was zum Teufel hatte die denn hier zu suchen? Schnell sah er wieder nach vorn. Aber im nächsten Augenblick überlegte er es sich anders und schaute noch einmal zu der Lahmen, er würde sie fragen, wo die anderen hin seien, im *La Bordeta* hatte er nämlich niemanden mehr angetroffen. Aber jetzt hielt sie ihren Blick gesenkt. Wenn die Beerdigung erst einmal vorüber wäre, hatte sie vor, Leandre genau die gleiche Frage zu stellen.

… überantworten wir ihn der Gemeinschaft der Heiligen, damit Gott, der Herr, ihn aufnehme in sein Reich, und wir beten darum, dass es seiner Familie nicht an Frieden und christlicher Hoffnung fehlen möge …

Frieden und Hoffnung. Seine Ruhe haben, ja genau. Er war sich sicher, dass die Schwiegertochter nichts von ihm verlangen würde. Und das Kind, was ging ihn schon das Mädchen an? Auch sie schien keine wirkliche Raurill zu sein.

Seine Familie, das waren Françoise und Bataner, sein auserwählter Sohn. Aber wo steckten die beiden nur?

Ihr könnt euch setzen.

Endlich konnte er seine Knochen ein wenig auf der Bank ausstrecken. Seit er beim Sprung vom Milchwagen hingeschlagen war, fühlte er sich ziemlich wackelig auf den Beinen, und beim Stehen tat ihm die linke Hüfte weh. Wenn nur diese ganze Messfeier schon vorüber wäre oder er wenigstens nicht mehr aufstehen müsste.

… Wie Gold im Schmelzofen hat er sie erprobt und sie angenommen als ein vollgültiges Opfer. Beim Endgericht werden sie aufleuchten wie Funken, die durch ein Stoppelfeld sprühen …

Funken, Flammen, ja, aber vor allem Qualm …, was sich da für ein Qualm ausgebreitet hatte im ganzen Haus, das konnte sich ja gar keiner vorstellen, in jede Ecke war er gezogen, dieser verflixte Rauch. Und als er versucht hatte, ins obere Stockwerk zu gelangen, war ihm der Rauch auf einmal durch die Nase bis in den Hals und die Lungen gedrungen. Und da hatte er nur noch zugesehen, dass er wegkam. Was für ein Glück, dass er Xanó genau in dem Moment erwischt hatte, als der seinen Lieferwagen anließ! Er hatte gleich das Weite gesucht, wollte untertauchen, weil ihm klar war, dass ihm da irgendjemand Böses wollte, aber ihm wäre doch niemals in den Sinn gekommen, dass sein eigener Sohn …

Möge Gott in seiner Barmherzigkeit ihm seine Sünden vergeben.

Könnte er ihn noch am Schlafittchen packen, würde er seine Fahrt ins Jenseits nicht so in Watte gepackt antreten, mit so viel Gebeten und schönen Worten. Dieser Pfarrer da, man merkte gleich, dass er nicht von hier war, der hatte doch gar keine Ahnung, ein anderer, einer aus der Gegend, hätte Maurici mit Sicherheit nicht auf dem Friedhof gewollt. Er hatte denen von der Guardia Civil klipp und klar gesagt, wer das Haus angezündet hatte, aber diese Scheißkerle dachten ja gar nicht daran, ihm zuzuhören, die interessierten sich nur dafür, wo er in der Nacht gewesen war, was er gemacht, wo er geschlafen hatte. Geschlafen! Von denen ließ er sich doch nicht für dumm verkaufen! Dieses Feuer war für ihn bestimmt gewesen. Und da glaubten die allen Ernstes, er würde bei ihnen auftauchen und Meldung machen, ihnen auf den Leim gehen wie dieser Schwachkopf von Schwiegersohn, ein solcher Armleuchter war das, so ein Schisser, der hatte es noch nicht mal zu verhindert gewusst, dass Sabina, dass eine Frau wie ein gewöhnlicher Hühnerdieb vor Gericht aussagt! Und jetzt saß er nur ein paar Schritte von ihm entfernt, eingebildet wie sonst was, in der Bankreihe für die Familie. Sabinas Heirat mit diesem Holzkopf war der größte Irrtum seines Leben gewesen. Aber er ließ sich nicht für dumm verkaufen! Er hatte gemerkt, dass er gegen den Rauch nicht ankam. Irgend so ein Scheißkerl hatte Feuer in seinem Haus gelegt. Also musste er sich ein gutes Versteck suchen und hatte sich auf den Weg zu seiner Schwester gemacht, auch wenn sie sich nicht gerade besonders nahestanden. Drei Tage war er bei ihr untergetaucht. Ja, ist es denn vielleicht verboten zu verreisen? Wenn ihn jemand umbringen wollte, dann schließlich, weil er stinksauer auf ihn war. Den Polizisten hatte er gleich gesagt, dass sein Schwiegersohn ihn nicht ausstehen konnte. Oder aber sein Sohn hatte nun endgültig den Verstand verloren. Das fing ja schon damit an, dass er auf seine Frau gehört hatte. Der war doch tatsächlich in Barcelona geblieben … das hatte er nun davon! Ja, vielleicht hatte Maurici ja wirklich den Verstand verloren und sich bei lebendigem Leib mitsamt dem Haus angezündet. Nun denn, dann soll er doch zur Hölle fahren!

- *Herr, erhöre uns.*
- *Für alle verstorbenen Gläubigen: Nimm sie auf in Dein Reich.*
- *Herr, erhöre uns.*

Von der Kirche aus war der Trauerzug dem auf Schultern getragenen Sarg langsam in Richtung Friedhof gefolgt. Sabina schaute nach vorne zu den Männern. Ihr Vater und ihr Mann gingen Seite an Seite. Der Vater zeigte keine Spur von Trauer, Frederic wirkte sehr ernst. Sie wandte ihren Blick von ihm ab, konzentrierte sich auf den ungewohnten Akzent des Pfarrers, und dann waren da auch seine Worte.

Flut ruft der Flut zu
beim Tosen deiner Wasser,
all deine Wellen und Wogen
gehen über mich hin.

Es wühlte sie auf, sich vorzustellen, von den Wassermassen überwältigt zu werden, denn alles in allem war ihr Leben doch genau so, wie sie es gerade gehört hatte. Da war eine Flut über sie hereingebrochen, in der sie zu ertrinken gedroht hatte, und gerade, als sie begann, langsam wieder zu sich zu kommen, war sie ein weiteres Mal von der Wucht des Wassers mitgerissen worden. Diese Worte richteten sich an sie, schienen mit Bedacht ausgewählt worden zu sein. Aber der Pfarrer war ja gar nicht von hier, er kannte sie nicht, hatte von nichts eine Ahnung. Wusste höchstens, dass sie die Schwester des Verstorbenen war. Vielleicht wusste er auch, dass sie hier im Dorf wohnte … Aber nein, nein. Im Blick des Pfarrers lag kein Vorwurf so wie in den Augen der Leute, die sie kannten. Die ganze Messe über war ihr das ein Trost gewesen. Jetzt wandte der Pfarrer ihr den Rücken zu, aber sie konnte noch immer seine wohlklingende Stimme hören.

Ich sage zu Gott, meinem Fels:
Warum hast Du mich vergessen?
Warum muss ich trauernd umhergehen,
von meinem Feind bedrängt?

Als sie heiratete, kam es ihr vor, als hätten die Raurills sich ihrer einfach entledigt, so wie eines alten Scheuerlappens. Und seither war ihr, als habe sie einen Verlust erlitten und würde deshalb Trauer tragen. Sie hatte geglaubt, sich eines Tages wieder mit ihnen auszusöhnen, so wie man irgendwann auch einmal die Trauerkleidung wieder ablegt, sie hatte geglaubt, mit der Zeit käme alles wieder ins Lot, man würde ihr nicht länger das vorenthalten, was ihr zustand, man würde ihr Trost spenden für ihre toten Kinder, für die erlittene Schmach. Sie würde endlich zur Ruhe kommen. Aber jetzt wusste sie, dass sie nie und nimmer für ihren Schmerz entschädigt würde. Sie hatte so lange darauf gewartet, doch all ihr Leid war sinnlos gewesen. Der Feind bedrängte sie noch immer.

Wie ein Stechen in meinen Gliedern
ist für mich der Hohn der Bedränger,
denn sie rufen mir ständig zu:
wo ist nun Dein Gott?

Ja, wo war er, ihr Gott? Ein jeder hatte sie verhöhnt. Zuerst der Vater, mehr als irgendjemand sonst war sie sein Opfer gewesen. Und dann die Mutter. Für ein paar Monate hatten sie damals das Dorf verlassen. Und als sie dann mit Maurici zurückkamen, zwei Wochen war er alt, wollten Sabinas Freundinnen sie abholen, um ein wenig spazieren zu gehen, auch um ein wenig mit ihr zu schwatzen. Doch mit sanfter Stimme erinnerte Madrona sie vor den jungen Mädchen daran, dass sie sich um das Kind zu kümmern habe. Und so hütete Sabina den Sohn und auch ihre Enttäuschung, bis die Freundinnen schließlich ausblieben. In der Blüte ihrer Jugend war sie vor der Zeit erwachsen geworden. Es machte ihr nichts aus, als sie einem zehn Jahre älteren Mann versprochen wurde.

Meine Seele, warum bist du betrübt
und bist so unruhig in mir?

Schließlich war ihr klar geworden, dass dies nie ein Ende haben würde. Bis zu seinem letzten Atemzug würde der Vater sie weiter mit Hohn und Spott überschütten. Er wäre sogar in der Lage, eine von auswärts ins Haus zu nehmen, noch dazu eine mit mehr als zweifelhaftem Ruf. Und nachdem die hinkende Frau bei ihr gewesen war, hatte sie einen Entschluss gefasst.

Die Tür zum Hof ließ sich mühelos öffnen. War er vielleicht doch da? Vorsichtig ging sie weiter. Bei dem üblen Geruch, der sie umfing, fiel es ihr schwer, die Treppe hochzusteigen, die ins erste Stockwerk führte. Oben angekommen schien ihr der Gestank noch unerträglicher zu sein. Hektisch holte sie die kleine Schachtel aus ihrer Schürzentasche hervor, sie wollte es endlich hinter sich bringen. Sie zündete ein Streichholz an, und es ging gleich wieder aus. Sie hatte das Gefühl, keine Luft zu bekommen. Nur mit Mühe gelang es ihr, im Dunkeln das Fenster zu öffnen und dabei keinen Lärm zu machen. Sie spürte, wie sie in Schweiß ausbrach. Von draußen drang die Berührung der frischen Luft zu ihr und ein klein wenig Licht. Doch sie fand keinen einzigen Holzspan und nicht einen Schnipsel Papier, sosehr sie auch, stets weitergetrieben vom Gestank, in all dem Schmutz und Dreck herumsuchen mochte.

Ihr Vater war ganz sicher nicht hier. Und wieder ging sie weiter und bemerkte mit einem Mal, dass sie sich zu einem letzten Gang entschlossen hatte.

Ihr Herz zog sich zusammen, als sie durch das Haus lief, in dem sie sich früher einmal geborgen gefühlt hatte, das immer so sauber und ordentlich gewesen war. Und jetzt, weiter nichts als ein Misthaufen. Kein Brennholz im Hof, kein Stroh in der Scheune, nichts Essbares in der Vorratskammer, weder Tiere im Stall noch Menschen in einem der Zimmer. Ein Haus, in dem die Schwalben ihr Nest bauten, unter dem Vordach, auf den Balkonen. So behaglich es von außen auch noch aussehen mochte, drinnen schaukelten die Spinnen in ihren hauchfeinen, klebrigen Netzen.

Das Licht der Straßenlaterne draußen leuchtete ihr den Weg in die Küche. Von dort aus ging sie hoch in den zweiten Stock, und es war auf dem Flur, zu dem die Schlafzimmer hin lagen, vor der Treppe, die hoch zum Dachboden führte, dass sie mit einem Mal den Geruch von Kampfer wahrnahm. Die Schubladen der Kommode waren herausgezogen, und sie versuchte, sie wieder zu schließen, aber weil sie es so eilig damit hatte, verkantete sich das Holz, und schon stieg vom Magen her die Übelkeit in ihr hoch, wie eine Welle, die sich mit aller Macht ihren Weg bahnte. Und schnell rannte sie die Treppen nach unten, nach draußen in den Hof. Als sie sich langsam wieder beruhigte, dachte sie: Nichts hat sich geändert. Und wenn sie sich jetzt nicht beeilte, würde Frederic aus dem Wirtshaus zurückkommen und nach ihr suchen.

Sie musste endlich das tun, was sie schon unzählige Male einfach so dahergesagt hatte. Wieder zündete sie ein Streichholz an und verabschiedete sich vom leeren Hof, sie verbrannte sich die Fingerkuppen und steckte ein weiteres Streichholz an. Sie fand eine Tasche mit Holz und ging damit zurück in die Küche. Sie hörte, wie die trockenen Holzstücke aus der Tasche fielen, und obwohl sie es kaum erkennen konnte, wusste sie doch, dass sie verstreut auf dem dreckigen Boden herumlagen. Und wieder rann ihr der Schweiß aus allen Poren, ging ihr Atem schneller in diesem unerträglichen Gestank. Es war kein leichtes Unterfangen, das Feuer zu entfachen.

Da es dem allmächtigen Gott gefallen hat,
unseren Bruder zu sich zu rufen,
übergeben wir seinen Leib der Erde.
Von der Erde ist er genommen,
und zur Erde kehrt er zurück.

Ja, Erde war er.

Zum Friedhof von Torrent führt eine Straße, die hinter der Kirche abgeht und etwas unterhalb des Dorfes verläuft. Um auf den kleinen Gottesacker zu gelangen, muss man drei hohe, schmale Stufen hinaufsteigen. Die hölzerne Eingangspforte ist alt, und mit den Jahren sind die Risse zwischen den einzelnen Brettern immer breiter geworden.

Antònia war der Meinung, wenn sich hinter den Familienangehörigen die Senyora aus Barcelona einreihte, von der sie hatte sagen hören, sie sei diejenige, die Palmira und Maurici geholfen habe, als der Vater mit allem auf und davon war und die beiden mit nichts dastanden, also, wenn diese Frau jetzt mit auf den Friedhof ging, auch wenn sie das nur tat, um die Kleine fortzuholen, und das war ja auch richtig so, denn: Was hatte so ein kleines Kind dabei zuzusehen, wie der Vater in die Erde runtergelassen wurde? Und wenn auch Roseta den Friedhof betrat, meine Güte, was die am Flennen war, nicht zum Aushalten diese Frau …, dann stand das doch wohl auch ihr zu, der Xanona, die sie schließlich ganz genauso hier aus dem Dorf stammte.

Und wenn sie sich nicht getraut hätte, was ihr da alles entgangen wäre! Denn gleich neben dem offenen Grab, als sie alle um den Sarg herum standen und am Beten waren, also da wäre die Sabina, bei niemandem wollte sie sich ja einhaken, hat man so was schon gesehen, was für eine hochmütige Person!, also, da wäre sie doch beinahe lang hingeschlagen, wenn Roseta und ihre Wenigkeit, alles was recht ist, sie nicht gestützt hätten. Roseta von der Seite und sie von hinten. Einen Augenblick lang hatten sie sie so festgehalten und, wenn es nach ihnen gegangen wäre, hätten sie sie vom Friedhof fortgebracht. Aber von wegen! Sabina hatte sich gleich wieder gefangen und ihnen wie ein störrisches Maultier einen Stoß mit dem Ellbogen versetzt und sie abgeschüttelt. Zum Gehen war sie einfach nicht zu bewegen. Noch nicht einmal ein Dankeschön bekamen sie von ihr zu hören! Aber sie sagte es ja immer, es muss schließlich solche und solche geben auf der Welt.

Die Sonne brannte auf den Dorfplatz. Nach dem Trauergottesdienst standen die Leute in kleinen Gruppen beieinander. Es wurde über die Beerdigung gesprochen, den Brand, die Raurills, über Palmira, ihre Tochter, über Leandre, Sabina und Frederic, die Senyora aus Barcelona, die dort ein Kurzwarengeschäft haben sollte, über den Schwindelanfall der Schwester, und wieder über die Raurills, über die arme Kleine, den Brand, das Wetter, die Beerdigung.

Plötzlich fegte ein warmer Windstoß durch eine der Gassen, die zum Dorfplatz führten. Er wirbelte den Staub vom Boden auf und die leichten Sommerröcke in die Höhe, fing sich in einer geschützten Ecke, drehte ab und schien gleich darauf abzuflauen. Noch immer führte er kleine Ascheflocken mit sich.

Ein Brief nach Caracas

In der Wohnung war es still. Sie öffnete Nuris Schulranzen und zog ein Schreibheft hervor. Geschickt riss sie ein Blatt Papier heraus. Etwas Passenderes hatte sie nicht zur Hand. Vielleicht hätte sie ja doch ein paar Bögen Briefpapier kaufen sollen, dachte sie, während sie zum Esszimmertisch ging. Sie setzte sich dorthin, wo sie immer saß, auf den Stuhl, auf den geradewegs das Licht von der Dachterrasse fiel, und griff zur Schere in ihrem Nähkästchen. Nachdem sie den Rand des Papiers fein säuberlich abgeschnitten hatte, holte sie sich einen Kugelschreiber. Von draußen drangen Stimmen zu ihr, gedämpfte Geräusche, weiter nichts als ein schwacher Lockruf. Und dennoch folgte sie ihm, legte den Kugelschreiber neben das weiße Blatt Papier mit den feinen blauen Linien und ging hinaus.

Sie lehnte sich auf das Geländer der Dachterrasse und schaute nach gegenüber. Auf einem der Balkone spielte ein noch sehr kleines Kind mit einem Ball, auf den anderen war niemand zu sehen, nur zum Trocknen hinausgehängte Wäsche, die sich im lauen Septemberwind kaum merklich bewegte. Ein milder Lufthauch strich sanft über ihre Haut, und sie empfand es wie zärtliche Berührung. In all den Jahren hatte sie nur selten, so wie jetzt, einfach auf der Terrasse gestanden, die Arme auf das Geländer gestützt, ohne irgendetwas zu tun. Sie dachte darüber nach, welches Wort sie vor seinen Namen setzen sollte. Wie viel Zeit schon vergangen war, ohne dass sie eine einzige Zeile zu Papier gebracht hätte?

Wenn sie nicht bald anfing, würde auch diese Gelegenheit verstreichen, und es müsste sich erst wieder eine andere ergeben. Es wäre ihr sehr viel leichter gefallen, ein halbes Dutzend Taschentücher zu besticken, ja sogar eine ganze Tischdecke, als diesen einen Brief zu schreiben. Als sie sich umdrehte, sah sie vor sich die Katze sitzen, nur ein paar Schritte entfernt, sie wartete auf sie, so wie immer. Das Tier folgte ihr in die Wohnung, sprang auf den Stuhl neben ihrem und rollte sich zusammen, während Palmira den Kugelschreiber in die Hand nahm und auf das leere Blatt Papier starrte. Entschlossen begann Mixa sich abzuschlecken, doch zwischendurch schaute sie zu ihr, mit diesem Blick wie ein offenes Fragezeichen, immer vor schwefelgelbem Hintergrund.

Palmira schrieb: Barcelona, daneben das Datum, und sie hielt inne. So als ob sie gerade eine große Anstrengung hinter sich gebracht hätte. Die Katze war eingeschlafen, ihre Augen nur noch zwei Schlitze inmitten von Fell.

Um sich Mut zu machen, sagte sie sich, dass sie ihm zuerst das Allerwichtigste schreiben müsste, aber noch fehlte ja die Anrede. Sie schrieb: »An Josep Ginestà«, um das Adjektiv neben dem Namen zu umgehen. Noch nie hatte sie sich eingestanden, was er ihr eigentlich wirklich bedeutete. Als die Ginestàs nach Caracas aufgebrochen waren, in dieser schwierigen Zeit, als Palmira alles unternommen hatte, um über die Runden zu kommen, um nur ja in Barcelona bleiben zu können, ohne groß Schulden machen zu müssen, damals hatte sie ständig an Josep gedacht. Sie stellte ihn sich vor, groß, stark und fröhlich, dort, in diesem anderen Land, wie er zu ihr sah, sie aus der Ferne mit seiner Liebe beschützte. Sie flüchtete sich in Erinnerungen an glückliche Momente, wie ihr mit einem Mal klar geworden war, dass er sie liebt, oder wie sie inmitten all der anderen Joseps Blick auf sich gespürt hatte. Auch in die schmerzliche Verliebtheit seines ersten Briefes hatte sie sich geflüchtet. Lange Zeit weinte sie sich abends in den Schlaf.

Sie schrieb, sie würde ihm schreiben, um ihn wissen zu lassen, dass Maurici … Und schon sah sie sich dem Problem gegenüber, welches Wort in diesem Fall wohl angebracht war. Maurici lebte nicht mehr, aber er war nicht im Bett gestorben, das Feuer hatte ihn getötet. Der Arzt hatte ihr erklärt, auch wenn es ihr kaum ein Trost sein würde, so sollte sie doch wissen, dass ihr Mann nicht gelitten habe. Mit fast absoluter Sicherheit sei er schon vorher im Schlaf erstickt. Es entsprach also nicht der Wahrheit, jedenfalls nicht der ganzen Wahrheit, einfach zu sagen, er sei gestorben. Aber irgendein Wort musste sie doch hinschreiben. Es war auch immer noch nicht klar, ob jemand das Feuer gelegt hatte oder das Haus einfach so in Brand geraten war, wegen irgendwelcher Zufälligkeiten des Lebens oder wegen einer Unachtsamkeit Mauricis. Die genaue Brandursache ließ sich nur schwer ermitteln, denn der Hof, die Scheune und die Küche, alles war restlos niedergebrannt, nur noch Schutt und Asche, einzig und allein die Schlafzimmer waren nicht völlig zerstört worden. Der Mann von der Guardia Civil, der zu ihr gekommen war, hatte gemeint, das Feuer könne auch durch einen Kurzschluss ausgelöst worden sein. Und er hatte ihr erklärt, was das war, ein Kurzschluss.

Trotzdem musste Palmira nun ein paar Worte schreiben, damit er Bescheid wusste, auch wenn sie ihm nicht würde sagen können, wie und weshalb es dazu gekommen war. Also schrieb sie ihm, Maurici sei gestorben, in Torrent, in seinem

Elternhaus, weil dort ein Brand ausgebrochen war, die Untersuchungen würden noch andauern, und das alles sei jetzt schon mehr als einen Monat her. Drei Zeilen waren nun auf dem Blatt Papier beschrieben, in ihrer großzügigen, energischen Handschrift.

Sie stand auf und ging in die Küche. Sie öffnete eine Schublade und holte ganz unten aus einem Pappkarton drei Umschläge hervor. Die Katze war ihr gefolgt, aufgescheucht hinter ihr hergerannt, es könnte ja ein Leckerbissen für sie abfallen. Wieder zurück im Esszimmer, hockte sie sich auf den Boden und ließ die Frau nicht aus den Augen, doch die schickte sich an zu lesen, und schließlich sprang die Katze wieder auf den Stuhl und rollte sich zusammen.

Drei Briefe hatte ihr Josep Ginestà aus Caracas geschrieben. Palmira hatte sie unzählige Male gelesen, vor allem den ersten, den er geschrieben hatte, als er ziemlich verzweifelt gewesen war. Sie hatte sich so einsam gefühlt in ihrer geliebten Wohnung, dass sich niemand vorstellen konnte, was ihr seine Worte bedeutet hatten. Wenn sie doch bloß nicht jedes Mal, wenn sie einen der Briefe las, so unendlich traurig wäre. Was für ein Glück, dass sie Nuri hatte und die Arbeit, die Katze und die Dachterrasse mit den Kaninchen. Was für ein Glück auch, dass es Senyora Roser und Dora gab.

Nachdem sie noch einmal den ersten Brief überflogen hatte, den sie schon auswendig kannte, öffnete sie den zweiten Umschlag. Dieser Brief war nicht mit guten Erinnerungen für sie verbunden. Josep hatte sich dazu entschlossen, auf sie zu verzichten, so wie sie auf ihn, als sie es sich damals versagt hatte, ihm nach Caracas zu folgen. Nun, jetzt entsagte also auch er und war noch dazu voll des Lobes für ihre Besonnenheit, die ihm den rechten Weg gewiesen habe. Zum Schluss, da sagte er ihr noch etwas sehr Schönes, aber gleich daneben stand zu lesen, wie gern er doch mit Neus ein Kind hätte.

Als Palmira danach alles versuchte, um nur ja nicht immer an ihn denken zu müssen, allein ihr starker Wille half ihr dabei, erreichte sie der dritte Brief. Und sie erkannte den Mann nicht wieder, der ihr diese Zeilen schrieb. Sie verstand, was er sagte, und sie hatte Mitleid mit ihm, aber das war nicht mehr der Josep, den sie kannte, immer fröhlich und gut gelaunt, eine Seele von Mensch, voller Zuversicht … Und sie hoffte, dass sie eines Tages, dass sie schon recht bald wissen würde, wie sie ihm auf diesen Brief antworten sollte. Am liebsten hätte sie es sofort getan, aber sie konnte es einfach nicht. Auch sie hatte sich etwas vorgemacht. Doch wenn sie ihm jetzt schrieb, sie käme gern mit ihrer Tochter zu ihm nach Caracas, um dort ein neues Leben zu beginnen, dann würde sie sich nur ein weiteres Mal selbst betrügen.

Sie las noch einmal den dritten Brief, der so geradeheraus war, so ganz anders als die beiden ersten. Und sie erkannte, dass sie ihm eine Antwort geben, diesen Brief hier zu Ende schreiben musste. Wieder griff sie zum Kugelschreiber, und sie beneidete die schlafende Katze und das sonnenwarme Geländer.

Eine Weile war es völlig still im Esszimmer. Palmira hörte, wie die Spitze des Kugelschreibers über das Papier fuhr. Sie erzählte ihm von ihrer Arbeit im Geschäft, von Nuri, den Lozanos, und dann fiel ihr nichts mehr ein. Sie hob den Kopf und schaute wieder zur Terrasse hinaus. Und bevor sie ein Lebewohl unter den Brief setzte, schrieb sie Josep doch noch ein paar Worte, ein paar Worte über diesen Herbst in Barcelona, der so sonnig war und noch so mild.

CÀMFORA* ODER DIE VERSTRICKUNGEN DES LEBENS

Maria Barbals Variationen über das Unglücklichsein und den aufrechten Gang

Für Palmira

Es gibt Personen, Ereignisse, Gegenstände, Gewohnheiten, ja sogar Gerüche, die für eine ganze Epoche, für eine ganz bestimmte Zeit stehen. Zusammen bilden sie eine Art Collage, in der sich unser Gedächtnis verdichtet. Und eine Funktion von Literatur, vielleicht ihre wichtigste Funktion überhaupt, ist es, Erinnerungsliteratur zu sein. So vergegenwärtigt uns *Càmfora* in seinen Anekdoten und seiner Epochensignatur die 1960er-Jahre und ganz konkret das Barcelona jener Zeit: die Ermordung Kennedys, die russische Hündin Laika als das erste Lebewesen im Weltall, der Seat 600, der für das Spanien der Franco-Zeit in etwa dieselbe Bedeutung hatte wie der Trabant für die DDR, das Transistorradio, die Sonntagsausflüge zum Strand der Barceloneta oder hinauf zum Montjuïc-Park … Es war eine Umbruchzeit für diese Stadt, die nicht nur erneut eine Einwanderungswelle aus den ungleich ärmeren Regionen Spaniens aufnehmen musste, sondern nunmehr ebenso aus dem katalanischen Hinterland. Ja, es war eine Schwellenzeit für ganz Spanien, das wirtschaftlich und auch mental dabei war, sich allmählich zu modernisieren, politisch aber weiterhin ein streng autoritäres, nationalkatholisches Land blieb. Wie *Càmfora* uns deutlich macht, war es ein Jahrzehnt voller Gegensätze: Auf

* *Càmfora:* katalanischer Originaltitel von *Ein Brief aus der Ferne*

der einen Seite die Verheißung von bescheidenem Wohlstand in Form eines Kleinwagens, auf der anderen Seite die weiterhin bestehende Pflicht, sich beim faschistischen Bezirksvorsteher zu melden. Auf der einen Seite die patriarchale Welt der Dörfer, in denen die Zugehörigkeit zu einer bestimmten Familie und die Rangfolge in der Erbhierarchie den Wert einer Person ausmachte, auf der anderen Seite das anonyme, trotz politischer und kirchlicher Reglementierung selbstbestimmte Leben in der Großstadt.

Càmfora erzählt uns von dieser Umbruchzeit aus der Perspektive derer, die man für gewöhnlich »kleine Leute« nennt und die in den Geschichtsbüchern immer nur als konturlose Masse auftreten. Und so kann man diesen Roman als Saga über die Landflucht lesen, die gerade zu Beginn der 1960er-Jahre einsetzte und alsbald ganze Bergregionen – wie etwa das Pallars Jussà, die Heimat der Autorin – nahezu verwaisen ließ. Zu Abertausenden verließen Familien wie die Raurills ihre einsam gelegenen Bergdörfer in den Pyrenäen, ließen ihr hartes Los als Bauern hinter sich. In diesem Sinne knüpft *Càmfora* historisch dort an, wo *Pedra de tartera* (dt. *Wie ein Stein im Geröll*) aufhört, und zwar mit dem Entschluss, Haus und Hof den Rücken zu kehren, und mit der Hoffnung, in der Stadt ein neues, ein besseres Leben beginnen zu können. 1992, in dem Jahr, in dem der Roman erschien, war diese innerkatalanische Migrationsbewegung im Großen und Ganzen bereits abgeschlossen. Nur an den Wochenenden und in der Ferienzeit erwachen die Bergdörfer seitdem wieder zu altem Leben, sind sie doch durch Landflucht und Bauernsterben zu einer bloßen Urlaubskulisse verkommen. Eine jahrtausendalte Kultur hatte in nur zwei, drei Generationen aufgehört zu existieren, eine Entwicklung, der die Anthropologen eine weit größere epochale Bedeutung beimessen als der gesamten digitalen Revolution, die aber von der literarischen – und politischen – Öffentlichkeit geradezu verdrängt worden ist.

1992, das Jahr, in dem der Roman erschien, war für Spanien ein *annus mirabilis*, ein Wunder- und Wendejahr, das ganz auf die Zukunft setzte. Endlich war man in Europa angekommen, durfte sich der staunenden Weltöffentlichkeit als modernes, ja postmodernes Land präsentieren. Nicht von ungefähr hatte Sevilla, die Stadt, von der aus einst die Eroberung und Kolonialisierung Amerikas gelenkt wurde, für ebendieses Jahr die Weltausstellung zugesprochen bekommen. Und Barcelona, die alte Mittelmeermetropole, die der Madrider Zentralmacht in den vergangenen Jahrhunderten so oft den Gehorsam verweigert hatte und jedes Mal neu *manu militari* besiegt werden musste, war damit betraut worden, im selben Jahr die Olympischen Spiele auszurichten. Dabei nutzte die Stadt das sportliche Großereignis nicht zuletzt für eine urbanistische Radikalkur, öffnete sich in weit größerem Umfang als bisher zum Meer und verordnete bis dahin vernachlässigten Stadtteilen eine touristisch orientierte Sanierung, die Vierteln wie dem Raval nur allzu oft ihr marketingmäßig unerwünschtes, da kaum verwertbares Kleine-Leute-Antlitz nahm. Damals, 1992, nach erfolgtem Übergang zur Demokratie, war der Zeitgeist nur wenig geneigt, sich an die bleierne Zeit der Sechzigerjahre zu erinnern. Ebendiese Zeit aber will uns der Roman ins Gedächtnis rufen, eine Zeit, in der es nach Kampferkugeln, Schweiß, Heno de Pravia-Seife und Schwarztabak roch, eine Zeit, die man ebenso vergessen wollte wie die Enge und Engstirnigkeit einer Welt, in der Gestalten wie der Bezirksvorsteher oder der Sergeant nicht als Überzeichnung gelesen worden wären, sondern als allzu reale, alltägliche Zumutung, mit der man in den Behörden, hinter unzähligen Schaltern, an allen möglichen Orten stets aufs Neue konfrontiert wurde.

Zu Beginn eines Jahrzehnts wie die 1990er, das sich selbst von Anfang an als »década prodigiosa«, als »wunderbar« wahrnahm, und in einem Land, das sich endgültig von seinen alten Dämonen befreit zu haben glaubte, konnte ein Roman wie *Càmfora* wegen seines scheinbaren Beharrens auf ein für obsolet gehaltenes »Bauernthema« in einem ersten Augenblick nur unzeitgemäß wirken, ja irritieren. Dies erklärt auch die gewisse Reserve, mit der manche Besprechung dem Buch kurz nach seinem Erscheinen begegnet ist, hatte sich die katalanische Literatur doch seit ihrem Aufbruch aus den Katakomben nach Ende der Diktatur als eine betont städtische, ja kosmopolitische Literatur entfalten und zeigen wollen. Autoren wie Maria Barbal – oder etwa auch Jesús Moncada –, die sich dieser Strömung widersetzten, wurden zuweilen als »ruralistas«, als »Bauernschriftsteller« stigmatisiert. Allerdings konnte man nicht umhin, die hohe literarische Qualität ihrer Werke anzuerkennen, was sich im Fall von *Càmfora* durch die spätere Verleihung der wohl wichtigsten Literaturpreise dokumentieren lässt, die sowohl die katalanischen als auch die gesamtspanischen Kritikervereinigungen zu vergeben haben. Mehr noch: Auf einmal war man sich auch in den Feuilletons darüber einig, dass diese Art Erinnerungsliteratur, wie sie Maria Barbal schrieb, nicht nur legitim war, sondern auch zukunftsweisend sein konnte und gerade in ihrer Bezogenheit auf einen ganz konkreten historischen und geografischen Kontext den vielleicht besseren Weg darstellte, um Themen von universeller Gültigkeit anzusprechen. Nicht nur in Katalonien, sondern auch in den anderen Literaturen der iberischen Halbinsel haben dies insbesondere die jüngeren Schriftstellergenerationen wieder erkannt. Kirmen Uribe etwa, der Shootingstar der neueren baskischen Literatur, die ja nicht zu Unrecht als eine der innovativsten gilt, hat es einmal so ausgedrückt: »Nur wenn du deinen Wurzeln treu bleibst, wirst du universell sein können.«

Das Lesepublikum hat *Càmfora* ohnehin von Anfang an als den großen, erzählmächtigen Roman wahrgenommen, der auch zwanzig Jahre später nichts von seiner Eindringlichkeit verloren hat, als einen Familienroman, der einem nicht zuletzt wegen seiner psychologisch fein ausgearbeiteten Charaktere in Erinnerung bleibt. Auf der einen Seite steht, verletzlich und doch so stark, Palmira. Sie ist die einzige Figur in diesem Roman, die nicht in Standeskategorien denkt, die sich von der alten Welt dort oben zu lösen vermag. Sie ist zugleich die Einzige, die es schafft, eine andere zu werden, sich Neuem zu öffnen, ein selbstbestimmtes Leben zu wagen, und sei es ganz allein auf sich gestellt. Nicht einmal ihre Liebe zu Josep kann sie davon abbringen, denn eins weiß sie ganz genau: Barcelona, das ist für sie der Ort der Freiheit. Mit Palmira hat Maria Barbal einen Gegenentwurf zu jener Colometa geschaffen, der Protagonistin des wohl wirkungsmächtigsten Romans der katalanischen Gegenwartsliteratur: *La plaça del diamant* (dt. *Auf der Plaça del Diamant*) von Mercé Rodoreda. Anders als Colometa lässt Palmira sich vom Leben nicht hin und her schubsen, nicht bedrängen, gefasst geht sie ihren Weg, und sie tut dies im vollen Bewusstsein aller Konsequenzen. Sie braucht keine Krücke, um aufrecht zu gehen, und nicht einmal die Liebe wird sie davon abbringen, ein selbstbestimmtes Leben zu führen.

Auf der anderen Seite, ihr gegenüber, stehen die drei Raurills. Leandre ist Palmiras Antagonist und verkörpert in extremer, ja perverser Weise die alte Welt. Dieser Raurill ist zerstörerisch und im gleichen Maß selbstzerstörerisch. Mit ihm gelingt es Maria Barbal, das eindringliche Psychogramm eines Menschen zu entwerfen, dem nichts heilig, der zutiefst amoralisch ist. Unbeständig, vorlaut, egoistisch, feige, faul, ohne

Mitleid und voller Grausamkeit, aber auf seine radikal negative Art ist er zugleich auch ein freier, ein glücklicher Mensch. Gerade in seiner Gestalt zeigt sich, wie sehr Maria Barbal das holzschnittartige Erzählen verabscheut und mit wie viel Sorgfalt sie ihre Figuren nuanciert, sie menschlich werden lässt. So zeigt Leandre, ohne aufzuhören, ein zu allem fähiger Bösewicht zu sein, gerade in seinem fast zärtlichen Verhältnis zur Prostituierten Françoise, dass selbst er nicht nur aus Bosheit besteht, sondern zuweilen durchaus rührend wirken kann.

Sabina ist psychologisch gesehen die wohl komplexeste Figur des Romans. Ein Inzestopfer, das seinen Schmerz dermaßen verdrängt und seine Scham dermaßen verleugnet, dass diese nur in Form einer Verschiebung zugelassen wird, als Kränkung, von ihrem Vater nicht als die eigentliche, die wahre Erbin anerkannt zu werden. Sie möchte Rache nehmen an diesem Vater, für all die erlittenen Demütigungen, für all das viele Leid. Sie will ihr Elternhaus in Schutt und Asche sehen, und doch, als sie den Hof anzündet und damit symbolisch die väterliche Allmacht, tötet sie stattdessen ihren eigenen Sohn, das einzige Kind, das das Leben ihr gegönnt hat. Und auch Maurici schafft es nicht, sich von der alten Welt zu befreien. Von Anfang an ist ihm klar, dass Barcelona ihn zerstören wird. In der Anonymität der Stadt fühlt er sich seines Status als Hoferbe beraubt, wo sich doch diese Sicherheit nachträglich als die einzige erweist, die ihm jemals Halt gegeben, ja, die ihn gänzlich ausgemacht hat. Letztendlich stirbt er, weil er nicht entwurzelt leben kann.

Keine Bergbukolik also und noch weniger ein Kleine-Leute-Idyll. *Càmfora* erkundet vielmehr in einem bestimmten sozialen und historischen Kontext die vielfältigen Erscheinungsformen des Unglücklichseins, weil man nichts mehr fühlen kann, weil einem das Ressentiment die Seele auffrisst, weil man sich verachtet, wertlos fühlt, weil man Angst hat, weil man aus Angst, aber auch aus Hass zu ersticken glaubt … Der Roman überzeugt zweifelsohne wegen seiner psychologischen Stimmigkeit, aber ebenso wegen der erzählerischen Eindringlichkeit, mit der er das Patriarchat anprangert und die ganze Schäbigkeit des Status- und Besitzdenkens vor Augen führt. *Càmfora*, das bedeutet zugleich Leben und Tod. So vermag der Kampfer zwar die Kleidungsstücke und Decken, die Bettlaken oder Tischtücher in der Kommode vor unliebsamen Eindringlingen zu schützen, sein Geruch aber – kalt und durchdringend – gleicht diesem alten, nie überwundenen Familienhass, der das ganze Leben vergiftet und manchmal sogar – wie in diesem Roman – in einer Tragödie endet.

Mit *Càmfora* hat Maria Barbal einen besonders durchdachten Roman vorgelegt. Anders etwa als in *Emma*, *Inneres Land* oder *Wie ein Stein im Geröll* verzichtet sie hier auf die Homogenität einer Ich-Erzählung, einer einzigen, sich erinnernden Erzählerstimme, zugunsten einer mehrfachen Perspektivierung der Geschichte, wobei es in den einzelnen Kapiteln meist eine Figur gibt, aus deren Sicht der Dinge und gleichsam aus deren innerer Wahrnehmung erzählt wird. Ebenso überzeugend ist *Càmfora* auch durch seine episodenhafte, ja fast collagenartigen Struktur, sind doch manche Kapitel in sich so fein verwoben und abgerundet, dass sie zuweilen eine geradezu novellenartige Stringenz aufweisen.

So gibt es auch wunderbar erzählte Nebengeschichten, die dem deutschen Lesepublikum bisher unvermutete Facetten von Maria Barbals Erzählkunst offenbaren: die leise Ironie, die Heiterkeit, ja die sich zuweilen bis zur Deftigkeit steigernde Komik. Man denke etwa an Xanós von Bauchkrämpfen geplagten Gang zur Polizeiwache, als er dort sein Gewissen erleichtern will, oder an die novellenartigen Kapitel über den Forellenraub der

Franzosen mit dem sich anschließenden Marsch der zornigen alten Männer gegen die Bordellbesitzerin, ein Marsch, der in seiner Komik an die Geschichte der sieben Schwaben erinnert. Doch erweisen sich solche komischen Momente im Gesamtzusammenhang des Romans keineswegs als Fremdkörper. Es ist vielmehr so, dass diesen Kapiteln eine ganz spezifische erzählerische Funktion zukommt: den ernsten, ja allzu ernsten Lauf der Dinge, wenn nicht aufzuhalten, so doch für die Zeitspanne eines Kapitels zu unterbrechen. Denn so manches Mal kann das Komische auch ein Zufluchtsort vor dem Tragischen sein und die Heiterkeit eine Form des Exils vor dem bitteren Ernst des Lebens. So bewahrheitet *Càmfora* nicht zuletzt jenes Diktum des Philosophen Odo Marquard, wonach die Heiterkeit der Kunst gar nicht das Gegenteil des Ernstes sei, sondern vielmehr eine bestimmte Weise, sich mit dem Ernst des Lebens zu arrangieren, und zwar so, dass dieser Ernst als eine Seite des Lebens, aber nicht als seine ausschließliche Dimension »eingearbeitet« und damit erträglich gemacht wird.

Großes literarisches Können offenbart aber im gleichen Maße das von Maria Barbal bewusst eingegangene Spiel mit der Melodramatik, positioniert sich der Roman doch selbstbewusst in der exakten Mitte zwischen Shakespeare und *telenovela*, dort wo sich die iberischen und iberoamerikanischen Literaturen so eigenwillig zu positionieren und bewegen wissen. Liebe und Hass, Macht und Gier, Eifersucht und Freundschaft, Selbstbetrug und Familiengeheimnis, Schicksal und Schuld: Dies sind für gewöhnlich die Zutaten der *telenovelas*, aber ebenso die Bestandteile des Tragischen. Maria Barbal hat einmal gesagt, sie schreibe, um zu verstehen, damit meint sie, eine menschliche und gleichsam auch eine sehr komplexe, ja widersprüchliche Wahrheit einzufangen, die sich ganz besonders in Krisensituationen herauskristallisiert. Und die Wahrheit, die

Càmfora erzählerisch ausarbeitet, ist zweifelsohne eine tragische: Dass der Mensch mit seinem Schmerz, mit seiner Angst wie auch mit seinen Sehnsüchten in extremer, in pathetischer Weise einsam ist und dass diese stumme Einsamkeit ihn in den Verstrickungen des Lebens zugrunde richten kann. Doch Maria Barbal will sich nicht der desolaten Endgültigkeit des Tragischen beugen. Zumindest eine Figur lässt sie aus der Einsamkeit ausbrechen und einen Weg ins Glück wagen, und sei es nur ganz zaghaft, so wie Palmira am Ende des Romans, ja, in dessen allerletzten Worten. Denn *Càmfora* hat ein sich fast zurücknehmendes und doch offenes Ende, so offen wie Palmiras Brief an Josep und ihr letzter Satz über den Herbst in Barcelona, der so sonnig sein kann und noch so mild.

Konstanz, im Juni 2011
Pere Joan Tous

Glossar

Barceloneta	ehemaliges Fischerviertel und gleichnamiger Strand von Barcelona
Botifarra	beliebtes katalanisches Kartenspiel (ebenso wie *Brisca*, *Manilla* und *Set i Mig*)
Bòta	Trinkbeutel aus Leder
Caliquenyo	einfache, handgefertigte Zigarillos
Càntir	bauchiger Tonkrug mit einem oder zwei Henkeln sowie einer engen Öffnung zum Einfüllen der Flüssigkeit
Coca de Sant Joan	Hefeteigfladen mit kandierten Früchten (»Johanniskuchen«)
Espardenyes	leichte Schuhe mit einer Sohle aus geknüpftem Hanfstroh, die mit Baumwollbändern um den Knöchel gebunden werden
Font del Gat	beliebtes Ausflugsziel in den Grünanlagen des *Montjuïc* (»Katzenbrunnen«)
Fonts de Montjuïc	beleuchtete Wasserspiele am Fuß des *Montjuïc*, auch *Font Màgica* genannt (»Magischer Brunnen«)
Magnicidio	spanisches Wort für Attentat, Königs- oder Präsidentenmord
Montjuïc	auf einem Berg gelegenes städtisches Naherholungsgebiet von Barcelona
Ninou	Neujahrsgabe für die Kinder, die auf den Dörfern von Haus zu Haus zogen, um ein frohes neues Jahr zu wünschen, und dafür mit Nüssen, Mandeln oder Süßigkeiten beschenkt wurden
Paral·lel	eine der Hauptverkehrsadern Barcelonas
Poble Espanyol	eine Art Freilichtmuseum auf dem *Montjuïc*, das Nachbildungen charakteristischer Gebäude aus ganz Spanien zeigt (»spanisches Dorf«)

Porró	bauchiger Glaskrug, der mit einer spitz zulaufenden Tülle versehen ist, aus der man den Wein direkt in den Mund gießt
Rubia	volkstümlicher Name für einen in den Sechzigerjahren besonders im ländlichen Bereich als Taxi eingesetzten Kombiwagen, bei dem die seitliche Verkleidung teilweise aus Holz bestand (»die Blonde«)
Soquets	ausgehöhltes Holzstück, in dem die vier Finger der linken Hand Platz finden, um sie beim Mähen vor möglichen Schnittverletzungen zu schützen
La Vanguardia	spanischsprachige, damals meistgelesene Tageszeitung Kataloniens
Ví rancí	trockener Likörwein

Die Psalmentexte sowie der Spruch aus dem Buch der Weisheit (S. 221 – S. 227) sind der Bibeleinheitsübersetzung entnommen.